終日没

SYU NICHIBOTSU

土山 祐一朗

TSUCHIYAMA Yuichiro

文芸社

I

やけに眩しい。目の前に広がる真っ暗な空間で、三角形や、六角形や楕円形、菱形などの光り輝く物体が回転、反転、拡大、縮小しながら運動を繰り返し、又組み合わさって行く。黒いキャンバスに回りながら銀色に光っている。それが粉のように砕け散り、吸い付けられる様に亀甲模様に変わる。また菱形に変わる。目映くきらきらと輝いている。

（あの世かな！　とうとう来たのかな！）

そう思ったのは数秒前だ。眠っていたのだろうか、私の脳が意識を持ち動き始めたのは、間違いない。どうもあの世ではなさそうだ。眩しい。あまりの眩しさに、反射的に目を覆う様に右手を上げる動作を開始した。が……指先が動いたのはわかった。だが腕は上がらない。力を込めても……左手も同じだ。足の指はさっき動いた様に思うが石でも乗っているのか重たい。体全体を動かそうと腰に力を入れてみる。僅かに動くが指先だけだ。どうなっているのか？目を開けようと思ったが開かない。開きそうにないが瞼は動く。ぎゅっと瞑ってみる。瞼の上下が離れない。もう一度瞑る、そして目いっぱい開ける。もう一度、もう一度、もう一度……眩しい。また瞑りゆっくり開けてみる。ぼんやりと光っている。眩しい。また、反射的に手を上げ様とするが上がらない。ははぁ～どうも手も足も固定されている。動かないはずだ。あの世で、ない事は間違いないが、何とかならないのか！

救急車に乗ったのは覚えているし、ストレッチャーがあまりにも大きく動き（ガチャガチャ）と大きな振動でうるさかったし、こんな物に乗せられたら健康な人でも弱ってしまうと思った事も覚えている、が、「もうすぐ着きますよ！」という声を聞いてからの記憶がない。ここは朝野病院だろう。救急車の中、葉山病院に行くはずだったが外科の先生しかいなくて急遽、遠い朝野病院に来る事になったのも救急車の中で救命士が話しているのを聞いた。

どれ位の時間が過ぎているのだろう。どれ位の時間意識がなかったのだろう。目は小さく開ければ鮮明になる。天井には細長い照明がたくさん張り付いている。眩しいはずだ。

カーテンの向こうに人の気配を感じる。話し声が聞こえる。（シャアー）とカーテンが開く、白い服の人影が入って来る。

「土山さん、わかりますか？」（はい！）と返事をしたつもりだが私の声は意志に逆らって空間を飛んで行かない。口の中に大きな物体が入っている。大口を開けっ放しだ。つばを飲み込もうにも出来ない。痛い。疲れた。目を閉じる。また眠りそうだ。今日はいったい何だったのだ。少しずつ思い出してみよう。

いつもと変わらない朝だった。少し気だるいなとは思ったがそんなに気にはならない。いつもの時間に起きて朝食を取り車で家を出た。今日は冬とはいえ、暖かい日射しが気持ちいい。

「土山さーん！　電話でーす」

事務の有田さんが早口で言う。早口の人はよくしゃべる。よくしゃべる人は頭がいいと聞いた事があるが本当なのだろうか。たしかに多く速くしゃべろうと思えば、多くの事を脳が指令を出さなくてはいけない。やっぱり有田さんは頭がいいんだと思いたいが思えない。せめて誰からの電話なのかは言ってほしいと言うのだが、「ハイ、ハイ」と言うだけでいつもこうだ。まぁーいつも朗らかで明るいからいいとしよう。電話は取引先の部長からのもので午後の商談の確認である。あちらが買手でこちらが売手。どうしても上下関係が出来てしまう、まぁーこれも仕方がない、商談の準備をし資料を纏める。

早めに会社を出て、いつも行く店で食事を取る。食べながら商談の進め方を考える。最近少し太りぎみだ。生活が不規則で体調もいいとは言えない、まぁーこれも勤め人だから仕方がないし、家にも給料を持って帰らなくてはならない。最近、（仕方がない）が多くなったなと思う。これではいけないと思い返し、ありったけのパフォーマンスで何とか商談を纏める。まぁーこういう成果があるからやっていけるのだ。成果がないと職場にも居辛くなるし、経営側からも辛辣な言葉を浴びる。実績があって初めて評価に値する。報告書を纏め、日報を書き、部下の日報をチェックし、明日の予定を確認してから帰途に就く。もう夜の9時だ。

帰るとすぐに風呂に入る。今日は商談が纏ったので、特に嬉しい気持ちでもないが気分は悪くない。食事を取りながら酒を飲む、冬の寒い時は芯から温まる。炬燵に入りゴロンと横になる。今日も一日が終わった。ほぼ予定通りの日だった。大きな変化もなく、変わり映えのしない日でもあった。大きな感動があるわけでもなく、こういう風に年を重ねて行くのだなと思う。これで良かった。子供も3人大きくなった。長男は地元に勤めていて同居している。長女は神戸にいる。次男は大阪の大学の3回生だ。妻の千賀子も元気で働いている。特に不満はない。これが幸せなんだろうなと思っている。今日はこれで終わるはずだった。

少し胸が悪い。胸を押してくる。こみ上げてくる。圧迫されている。飲み過ぎたのかな？いつの間にか炬燵から出て四つんばいになって額を畳に擦り付けている。両手で頭を抱える。どこも痛みはない。苦しくもない。いや苦しい、唾を畳に吐く。寒気がする、汗が出る、汗が出る、額の汗を手で拭く、体全体が熱い。寒い。

「お母さん！　お母さん！」……「お母さん！」

千賀子は台所にいる。二回目の呼び声が聞こえたのだろう。台所の戸を開ける。

「お父さん、どうしたん！」と背中を撫でる。

「ちょっとおかしい！」はぁーはぁーと言葉が続かない。千賀子は決心して階段下まで走り、2階にいる長男の祐治に「祐治ぃー、救急車呼んでぇー」と叫ぶ。

救急車か？　たいそうな事になったなとまだ余裕はあった。しばらくすると落ち付いて来た。息遣いも少しおさまった。救急車には悪いが、帰ってもらおうかとも思ったが、また、発作らしきものが来た。汗で服が濡れているのもあるのか寒気もする。

師走の夜の静寂の中、けたたましいサイレンの音が鳴り響く、恐怖を呼び起こさせる赤色灯、走り廻る人、近所の人の姿が赤く黄色く流れて行く。ストレッチャーに乗せられ、動き出す。

「土山さん、わかりますか？　名前と年齢言って下さい」と救命士。

「土山祐一朗、五九歳、養父市……」今は落ち付いている。近くの総合病院、葉山病院に行くようであったが、外科の先生しかいないらしいので朝野病院に行くらしい。かなり遠い。

ストレッチャーの振動が大きい。暴れている、朦朧としてくる。これは私の体のせいではない。ストレッチャーの振動のせいだ。これでは正常な人でもおかしくなる。

「土山さん、大丈夫ですか？　今、日高ですよ！　もう少しです、頑張って下さいね！」という言葉は聞いた。しかしそれを最後に、何も聞こえない、何も覚えていない、意識が消えた。それからの事は後から聞いた話である。意識を失った後、AEDを装着する。

「念のためです」一緒に乗っている千賀子を安心させる事も忘れない。

朝野病院に到着。ICUに入り各装置をセットした後、私の心臓は停止した。病名は心室頻拍、心室細動、頻脈性不整脈……ようするに、心臓が順序良く収縮、拡張する事で血液を全身に送り出しているのだが、私の場合、心室の収縮、拡張が異常に速く、一分間に200回以上の速さとなり振動状態となり血液を送り出す事が出来なくなっている。原因は、精神的肉体的ストレス、睡眠不足、多飲酒、高血圧……どれも当てはまっている。

心臓が停止したのが医師の前だったのが幸いした。すぐに心肺蘇生、停止12秒後、再び動き出す。再び動き出したものの血液が送れない。心臓は生命の維持に必要な血液を拍動によって全身に送り出す。送り出された血液は肺や腎臓などの臓器を巡って、また心臓に戻って来る。しかし、今は巡っていない。緊急処置だ、右の股の付け根の辺りを切り開き、直径5㎜程度の透明のチューブ状の器具を挿入する。静脈に差し入れ、人口心肺装置（縦横40㎝、高さ1ｍの箱状）に血液を送り込む。血液を酸素化した後、人口心肺装置から5㎜程度のチューブを通り左肩の首元に差込まれた15㎝程度の針を通り動脈に送り心臓へと送られる。

意識がないとはいえ、痛さを感じないとはいえ、豪快な事をするものだ。また左の股の付け根も切り開き、同じくチューブが入っている。これは血液の循環が安定されるらしい装置に繋がっている。口の中には人工呼吸器が入っている。点滴類の本数は多くてわからない。また仰向けで大の字になり、両手両足はバンドで縛られていたという。医師の説明があるとの看護師の案内で、千賀子と祐治、私の姉、甥、姪が家族待合室から小部屋に向かう。

「意識は戻っています……」と説明が始まる。

今は眠らされている。それは痛みや、苦しみを感じさせないためであり、体力が温存出来る。容態は安定している。

「心臓が12秒止まりました」

「えッーえェー」という叫びに近い声。

「まだ危険な状態です。心臓は一応機能していますが、血液は心肺補助装置で動いています。生存率は50％です。親族や会わせたい人を呼んで下さい」

また、「えッーえェー……」という叫び声。

大阪にいる次男の真平は今車でこちらに向かっているし、神戸の長女はどうしようもなく明日の朝の電車で来る事になっている。

「神戸の病院に転院してもらいます。心臓センターに私の知り合いの医師がいますので連絡しました。受け入れ態勢を調整してもらっていますがまだわかりません。朝になると思います。ヘリで神戸に行きますが夜は飛べません。ヘリにはいろんな機材を積み込みますのでこちらのスタッフ以外は乗れません。皆さんは、車で移動をお願いします」

「はい！」としか返事のしようがない。悪いとは思ったが、まさかそこまで悪いとは思っていなかった。動揺している。千賀子は自分がしっかりしなくてはと思ったのだろう、家族以外の人に丁寧にお礼を言い、今日のところは引き取ってもらう様に言う。千賀子と祐治も入院の準備をするため一旦家に帰る事にする。午前3時、看護師が来て、

「安定していますので会えますよ！　皆さん一緒に入れませんので、3人ずつでお願いします」

3人ずつ入る。皆無言である。変わり果てた私に、（お父さん、先に神戸に行くからね！）と千賀子は心で言い病院を出る。

家に帰り、掃除をし、洗濯をする。何かしら動いていないと落ち付かない。千賀子は着替えを用意し保険証、通帳、印鑑を揃える。朝の出勤時間を待って、私の会社、自分の会社に電話を入れ状況を説明する。隣家を訪れ、留守にする事をお願いする。朝8時、祐治と家を出る。病院には大阪から着いた真平がいる。電話のやりとりでは先程、神戸の病院の受け入れ態勢が

出来た様だ。看護師の説明では、ヘリに機材を積み込み次第出発するという。

真平と途中で待ち合せ、車2台で神戸に向かう。病院では機材が多くこのドクターヘリでは乗り切れない事が判明。大型のヘリをチャーターする事に少し手間取る。すぐ機材を乗せ替え午前11時30分、飛び立つ。1時間弱で神戸の病院の屋上に降り立った。この病院でもヘリで来るのは珍しいらしい。年に一人か二人。神戸近辺から来る患者は、救急車の方が速いのだという。お陰で私は〈ドクターヘリで来た男〉と有名になってしまった。

到着後、私はどういう処置をされたのか知らないが、3時頃、「先生の話があります」と小部屋に案内される。ここにいるのは、千賀子と祐治、真平と朝一番の電車で駆け付けた長女の理美。

「北岡です。脈拍、血圧は安定しています。まだ人工心肺で血液を循環させています。危険を脱したという事はまだ言えませんが、体力はあるので大丈夫だと思います」パソコンで心臓の動きを見ながら話す。（一生懸命動いている。助かったんだ！）と千賀子は思った。

眠りから覚めたのは、午後8時過ぎだった。（どうも俺はまだあの世には行っていない様だ。まだこの世にいるらしい）千賀子が先生と一緒にICUに入って来る。

「お父さん、大丈夫？　わかる！　皆いるからね！」

目だけでくるっと見廻し、皆の姿を確認する。（大丈夫）と言おうとするが声が出ない。

「今日はゆっくり休ませてあげて下さい」と、北岡医師。

「皆さんも、家に帰ってゆっくり休んで下さい！」と、看護師。

「明日は人工心肺装置を外します。早く自分の力で動いた方がいいので。その後はバルーンパンピング（血液の循環を安定させる器具）、それに人工呼吸器を外します」

「何か聞きたい事はありますか？」

と看護師に言われ、何を聞きたいのか頭の中を巡らせていた様だったが、

「よくわかりませんが、ありがとうございました」

「ひとまず安心です！」という医師の言葉にひと安心の表情を見せ、顔を見合わせる。

「お父さん、頑張ったね！　ゆっくり休んでね、明日朝また来るからね！」

家族4人は神戸の理美のマンションに今日は泊まり、明日、病院に寄ってから真平と祐治は大阪と実家に帰り、千賀子は残る事になった。


12月7日、午前9時、家族4人で面会に来る。少し安心している様子が窺える。家族が安心している事に俺も安心する。昨夜はよく眠れたのか眠らされていたのか、だるさはない……が動かすと痛い。面会時間は短い。

「救急車の中で……」と千賀子が昨日からの経過を説明してくれるが、どうも断片的なため、話を繋げてみよう。

12月5日夜11時頃、救急車の中で意識を失い、心臓が停止したのが11時30分頃。その後、人工心肺などの処置を受け、ヘリで飛んだのが翌6日の11時30分。神戸の病院に来て意識が戻ったのが午後8時だとすると、約21時間意識がなかった事になる。意識がない状態と眠っている状態はまったく違うものであろうと思われるが、私の中では境がわからない。それよりも心臓が停止した事である。幸い医師の前であり、心肺蘇生により再び動き出したのは幸運なんだろう。もし医師の前でもなく何らかの別の状況であれば、私は死んでいたかも知れない、死ぬの

は仕方がないとしても、私の知らぬ間に、何の意識もなく、何の思いもなくこの世から消えていたのだ。そんなものなのか？　呆気ないものだ。

　午前10時30分、人工心肺装置を外す手術を受ける。予定より長くかかったが、自分の力で心臓が動くようになったのは喜ばしい。同時に人工呼吸器も外す。さっぱりした。しかしまだ、いろんな機器や点滴が数多く私の体に張り付いている。大きく息を吸い込む。体の中に空気が吸い込まれて行く。息が出来る事に喜びを感じる。これでひとまず安心だ。

　しかし、千賀子が看護師から聞いた話によると、意識を失うと脳の働きが部分的に停止し、刺激が五感に感じられず、脳が拒否状態になり、脳の血流が酸素の欠乏で、脳の異常や両手足の麻痺が残りやすく、また心室細動により血液が脳に循環しない時間が長いと脳障害となる事がある。また心臓停止時間が10秒以上続くと、障害が残ったり植物状態となる可能性が高い。

　ベッドの中で両手足を動かしてみる。かろうじて動く、手も足も感覚はある。脳は今のところ大丈夫な様な気がするが自分の思いだけで、わからない。

　祐治と真平は、手術が終わった後、大阪と自宅に帰った。

「お父さん、当分の間、私が付添いするからね！」と理美。

　理美は勤めている会社の部門が閉鎖する事となり、他の部門に移る様勧められるが、会社を辞め無職になった。今はハローワークに通っている。ちょうど良かったと言えば良かった。

　入れ替りいろんな看護師が入って来て何かしらして去って行く。ベッドから動けない私は必然的に便は看護師のお世話になっている。仕方がない。

　バルーンパンピングも取れ、点滴も少なくなって来た。

「今日から少しずつ、三分粥を食べてもらいます」と看護師。

千賀子が来て、今から理美と買物に行くらしい。何か言いたげだが言わない……がどうしても言わずにいられないのか、

「お父さん、実は……今から理美の彼氏と会って食事をするの！　その後、お父さんのお見舞に来たいんだって！」（来なくていい）と首を振る。

「だってしょうがないじゃないの、来るって言うんだから。彼氏に変な事言わないでね！」

（声が出ないんだから変な事言おうにも言えないじゃないか）

どうも通じてはいない。しかし何だ？　変な事って。昼、三分粥を少し口にする。美味しいのか不味いのかわからない……が喉を通って体に入って行く。

「やっと食べられる様になりましたね！」と看護師。

今日のメニューは三分粥とたらの野菜蒸し、里いもといんげんの煮物、黄桃ヨーグルト。多彩なメニューだが１１５０キロカロリー、たんぱく質55ｇ、塩分８ｇ、全てミキサーにかけてあるのかドロドロだ。それぞれ一口ずつ……喉が痛い。一生懸命食べようと思うが、もう入らない。美味しいとも思えない。いや不味い。あぁー不味い。夕方、千賀子が、

「理美が来てますよ！　彼氏連れて、入ってもらいますよ！」

すぐに入って来る。ここに来るって事は、結婚まで考えているのだろうか？　嬉しい事ではあるが、何故か笑顔で迎える気がしない。

「お父さん、こちら原田さん！」

「こんにちは、原田です！」じろっと目を上に上げ、（あぁ……）

「今、神戸の商社に勤めてるの！」

（商社か、俺も商社だ。ろくなもんじゃないな！）

「お父さんまだ声が出にくいの！　少しは出るんだけど！」と千賀子。

「今から二人でルミナリエを見に行くそうですよ！」

（そうか、もうそんな時期か）

「二人共もう行って来たら、暗くなったし！」

「そうね！　そうする？」と、理美。

「うん」と、原田。

「お大事にして下さい、また来ます！」

「じゃあー」と、理美。私も一応大人として見舞のお礼を言わなくちゃあと、

「ありがとう……もうすぐ雨が降ってくるぞ！」と力いっぱい声を吐き出して言った。何とか聞き取れたようであるが、

「えー本当、全然降りそうじゃないけど！」

と信用していないし、また何んで私がそんな事を言ったのかもわからない。まぁそれはともかく、お互いに顔合せ出来たのはまぁーいいとしよう。


日に日に体が元に戻ろうとしているのを感じる。点滴の本数も減った。トイレも歩行器を使えば自分で行ける様になった。食べた物を吸収し残った物を排泄するたびに、体に栄養が廻っているんだと思える。医療も考えられない速さで進歩しているが、人間の本来の体の仕組みには到底かなわないと思う。看護師が入って来る。

「土山さん、こんにちは！　今日担当する中井です。よろしくお願いします」

「こんにちは！」声はまだ掠れているが出ている。

「中井さん？　ここに書いてある中井さんですか？」

とベッドの前に貼ってある主治医と主任看護師の紙を指さす。

「そうですよ！　私、土山さんの主任看護師です。知らなかったの？　そうね、まだ挨拶してなかった？」

俺は会うのは初めてだ。急に馴れ馴れしく言う。まだ若い。25〜26歳だろう。そんなに美人とは言えないが、可愛らしい女の子だ。

「土山さんの家族の方とはよく話してますよ！」

そうか、私がここに来た時からの担当なんだ。

「血圧と採血します」とベッドの上にお尻を乗せる。少し狭かったのか窮屈そうなので、私は体を後ろに動かす。ゆったりとしてから血圧を測り、空気量を測る。

「右手がいいですか？　左手がいいですか？」

「どちらでも！」と言いながら右手を出す。左手は左後ろの機器に繋がっていて元々採血出来る状態にはない。腕をぽんぽんと叩きながら

「土山さんのわかりにくいんだよなぁー」血管が出にくいらしい。

「よし！」と針を差す。失敗……。

「ごめん、ごめん、痛かった？」

「痛かった、とっても！」

「おかしいなぁー」と、また叩いたり押えたり、真剣な表情になっている。真剣に物事に集中している姿を間近で見るのは美しい。けっこう美人ではないか。

「だめか？」2回目失敗。

「今度はちゃんと真面目にやるから！」

3回目、何とか上手く入る。最初からちゃんと真面目にやってほしいものだ。

「実は、土山さん、もう一つ白状しなくちゃあいけない事あるんです！」

中井さんの目を見る、笑っている。

「何にぃ？」

「実は、土山さんが来た時も私、採血したんです」

「それで！」

「それで、その時も3回目！」

「白状する事はそれだけ？」

「うーん、とり敢えず、それだけ。でも土山さん、土山さんのはコツがわかりましたので、もう大丈夫です。お任せ下さい」

「何とぞ、よろしくお願いします、私の腕が穴だらけにならないように！」

「大丈夫、ちゃんと穴は塞いでおきますから！　あッーそれから今日は14時から〈禁煙教室〉ですよ！　タバコ吸ってたんでしょ！　ちゃんと聞いて下さいね！　じゃあーまたね！」

どうも負けている。中井さんは股の付け根の傷口を見てから、にこっと笑って出て行く。

歩行器で歩いていたのが松葉杖になり、今では何も無しでゆっくり歩いている。リハビリの先生が「院内の廊下を歩いて下さい」と言うので歩いている。廊下の突き当りが談話室となっていて、7階から見る景色は見事である。港が見える。大きな船が停まっている、小さな船が、走っている。明石海峡が見える。その先に見える山の稜線は淡路島だ。小船が止まり人の姿も見える。みんな動いている、働いている、俺はこんな所で何をしているんだろう。まぁー仕方がない。夕方、担当の看護師が毎日替わる。要するに朝から夕方までの勤務と夕方から朝までの勤務である。長い時間で大変だ。若い女性が多い。男性の看護師も多い。不思議なのは、必ず巨漢の看護師がいる。まぁーいい。

最近、中井看護師を見ない。採血の勉強にでも行っているのだろうと思い笑える。しかし、今日は来る予感がする。いやもうすぐ来る。ドアが開いた。来た。

「土山さん、こんにちは！」（ドキッ！）一瞬、無意識に隠れようとした自分に気が付く。

「久し振りですね！　会いたかったでしょ？」

「はい！　今日か、今日かと思ってました！」

「土山さん、さっき、ドキッとしなかった？　それと隠れようとしなかった？　まぁーあとでゆっくり聞くとして……最近昼食、夕食がたくさん残ってますね！」ちゃんと私の状態をチェックしているのだ。さすが私の主任看護師だ。これで採血さえ上手ければ！

「塩分が少な目なので味が薄いですが、ちゃんとカロリー計算してありますので、頑張って食べて下さいね！」

「わかりました。えーと……さっきのは、久し振りに中井さんに会えたので、胸がドキドキしちゃってドキッと言ったのかも知れません！」

「土山さん、ここは隠れるところはどこにもないですよ！　はい！　右手出して！」

中井さんはにこっと笑って、血圧と空気量を計る。いよいよ採血だ。普通採血するのに、（いよいよ）とかいう事はない……が……いよいよだ。集中しているのがよくわかる。お互い大きく息を吸う。止める。今日こそはと思っているのだろう。大きく息を吐いた後、

「ちょっと待って！　……いくわよ！」

「はい！　落ち付いて！　落ち付いて！」結局、３回目に成功。

「土山さん、私、本当は上手いんですよ！　本当ですよ！」

「わかってますよ！　私のがわかりにくいからね！　ごめんね！」なんで俺が謝るのか。

「中井さん、菜摘っていうんだ。いい名前だね」

「うん、私も好きな名前なんだ。土山さんもいい名前よ。祐一朗って」

こんな時は何かいいところを見付けて誉めるに限る。

「菜摘ちゃんって何歳？」

「何歳に見える？」

「23～24かな？」

「またぁー、うまい事言って！　じゃあ24にしとく！」

「おい！」

「土山さん、次は絶対、一発で決めるからね！」

「頼むよ！　穴だらけにならないうちに！」

「大丈夫よ、まだ左手もあるし、足もあるし、お尻もあるから！」

「えッー、勘弁してくれよ、お尻だけは！」

しかし何故、今日、中井さんが担当になる事がわかったのだろう。最近、勘が良くなったのは確かである。

「お父さん、私、一度、家に帰って来ようと思うの。お父さんも元気そうだし、あっちも心配だし。お父さんの事は理美に任せて。いいでしょ！」

「そうだな！　俺は大丈夫だよ！」

理美は一日おきに来る。２日分の新聞と洗濯物を持って来る。そして昨日の出来事と今日の予定を聞く。理美は毎日の出来事を聞いてノートに纏めている。『お父さんの闘病日記』と題して３食のメニューのカロリー数や検査の種別から、看護師に聞いた事、その他小さな事まで書いている。イラスト付きでもある。少しいいかげんなところもあるが大筋では合っている。

「お父さん、この前、すっごい雨だったのよ！」（例のルミナリエに彼と見に行った時だ）

「すぐにやんだけど！　あの時お父さん（雨降る）って言ってたよね、たしか！」

「えッー、そうだったか？　覚えてないなぁー」

覚えている、確かに言った。が、何んでそんな事が言えたのか？　まだ外も見る事も出来ない状態で……。まあーいい。

もうすぐ菜摘ちゃんが来る。今日は担当ではないがやって来る。……来た。

喋らなければとっても可愛い女の子だ。

「土山さぁーん、今日、担当ではないんですが……残念だった？」

「あぁー菜摘ちゃん、そりゃあ残念だ！」

よく気を付けていないと誘導尋問に引っかかる。

「あら、私の名前、覚えていてくれたのね！　嬉しい！」

「……（忘れるものか）」何か話があるらしい。何せ私の担当看護師だ。部屋を替わる話だなと思った。採血を代わる話ではない。

「土山さん、今日の午後４時頃、部屋を替わってもらいます」

今までは、重症患者でナースステーションに一番近い一人部屋だったのだが、安定もし重症ではなくなったのだな、と少し安心もする。

「でもまだ一般病室じゃないのよ！　２人部屋。話をするのもリハビリよ！　私もまた採血に行くし！」

「えッー……それもリハビリ？」

「今日は4時まで講義を受けて下さいね！」

午前中は心不全についての講義。その後、歩行訓練。午後、ストレスについての講義。今日は忙しい。移動はベッドをそのまま移動する。荷物は看護師が台車に乗せて運ぶ。5分もあれば引っ越し完了。入口は2ヶ所ある。入った所が前室で、洗面とトイレと収納。前室と病室はカーテンで仕切られている。大きな窓だ。見晴らしがいい。港が見える。今日は曇っていて淡路島の山の形がぼんやりと浮かぶ。外を見せるのも治療の一貫なんだろう。これまでの日常に戻りたいという意識を呼び起こさせるのだろうか。とにかく隣室の人に挨拶しよう。前室に出て、カーテンを少し開ける。

「こんにちは！」

70歳位の老人だ。ベッドに腰を下ろしていたのだろう。（ふいっ）と振り向いて、眼鏡を上げる。老人の割にはやんちゃそうな顔をしている。昔はそうとうなワルだったような気がする。

「ほい！」と変わった返事をする。

「土山と言います。よろしくお願いします」

「あぁー土山はん。わしは浅尾です。どっから来たんや？」

ちょっとヤクザっぽいが、話しやすそうだ。

「兵庫県の但馬の方です」

「あぁーヘリで来た人か？」

「そうです」やっぱりヘリで来るのは珍しいらしく話題になったらしい。

「城崎温泉にはよう行った。ええとこやなぁー、寒いけど！」

「浅尾さんはどちらから？」

「大阪や！」まぁーそうだろう。それ以外は考えられない。8年前にここで手術をして、今回は血管を拡げる手術をするらしい。

「血管に風船を入れるんや！　今も入れとるんやけど、ちょっと歪んだというか、曲がったというか、もう年やからなぁー。あんたはどないしたんや？」

「はぁー、心臓が悪くて」

「そんな事はわかっとる。ここは心臓センターやさかい、入っとるもんは皆心臓が悪い。どこがどうなんや！」もっともな事だし、本質を突いて来る。いきさつを簡単に説明する。

「ほぉうッー」と言いながら、野球を見ている。

「やったあー、同点や！　よう打った！」

今の時期、プロ野球などやってるはずがないのだが、確かにやっている。話は野球から、政治から、ここの病院の話に変わり、また野球に戻り、嫁の話になり、へそくりの話で終わった。

「浅尾さん、体温と血圧測りますよ！」看護師がやって来た。

「そんなん、一日に何回も測ったって一緒やで！」ぶつぶつ言いながら腕を出す。

「あぃーえぇー」体温計を見て看護師が言う。

「どないなんや！　どないなんや！」

「低い！」「なんぼや！」「26度！」「えッー、26度！」

「浅尾さん、ちょっと喋り過ぎで体が冷えちゃったんですよきっと！」

「……えッそうなんか？　体が冷えとんのか？」

「あッー違った。36度でした。正常です。浅尾さん、手術が近いから心配なんでしょうが、少し落ち付いて静かに生活して下さいね！」

「そんな事言うたかて、26度って驚かされたら誰やって落ち付いとれるかいな！　黙ってたら病気になるわぁ！」

　延々と続く、どちらもいい勝負だ。考えてみるとよく喋る人間は約7割、男は5割、女は9割（私の統計）。その中で男は2割、女は6割が（特に）よく喋る。浅尾さんとこの看護師は、共にこの（特に）の部類に属する。またこの（特に）の人は、人の言う事を聞かず、人の話も自分の話に切り替えてしまう才能を持っている。まぁー、これがストレスの発散。言い換えれば、自然にリハビリしているという事なのだろう。

　人間の体は不思議で神秘的なものだという事は前から思っていた。が今回はしみじみと思い知らされた。人間には自分の力で回復する能力が備わっている。いくら医学が進歩しても、到達出来ない神秘的なものは謎のままだろう。しかし、私の心臓は、「良くなる事は期待出来ません」ということらしい。要するに、これ以上悪化する事を止める治療なのだという。回復する能力は失なわれているという。したがって私が心臓の機能を失なった時、および機能が著しく低下した時に働く機械を私の体内に埋め込むという。これは呼吸や脈を正常に戻す役目を持っている。

「25日、13時30分より手術します」と聞くが、本当は午前10時からだ。

年配の小太りの女性が入って来る。浅尾さんの奥さんである。浅尾さんから聞いて想像していた通りの（想像したいわけではないが）、どこか見覚えのあるような（見た事はないが）、女性である。浅尾さんの言う奥さんの姿にあまりにもぴったりなので驚いた。

私に「こんにちは！　お世話になっています」（そんなにお世話していないが）と挨拶すると、さっそく言い争いが始まる。喧嘩とまではいかないが、二人共言いたい放題、この奥さんも例の（特に）の部類に属する。

「ミエコったら、私に内緒でマンション契約したんやって！」娘の事のようだ。

「まぁーしゃあないがな！　お前がうるそうて、ぐちゃぐちゃ言うから、家出たいんや！」

「あんた！　知っとったん？」

「知らんがな！　ちょっと金、出したりぃな！」

永遠に続きそうだ。私はベッドに入り、二人の雑音を心地よく聞きながら目を閉じた。

実は私は数日前から気が付き始めた事がある。薄々であったのが、今でははっきりとわかって来た。さっきの手術の日も時間もわかっていた。思い返してみよう。こうしてはっきりと確信出来るようになった今、自分の思いを纏めておかないと人に迷惑をかける恐れがあり、また誤解される恐れもある。確信は出来るが、どういういきさつで出来るようになったのか？　また、なってしまったのか？　本当に〈予見〉と言える物なのか？　何が〈予見〉出来て何が出来ないのか。自分の意識する事だけ出来て、意識しないものは出来ないのか？　今日の事は？　明日の事は？　1週間先の事は？　1年先の事の〈予見〉は出来るのか？　……私の脳が何かしらの異常をきたしたのは間違いない。果たしてこれも病気なのか？　少し休もう……落ち付こう……せっかく生かしてくれたこの命、何かの役にでも立てたらいい。

浅尾さんの手術の日程が決まらない。血圧が高く手術が出来ないのだ。私は手術の日まであと4日。毎日検査をやっている。明日の午前中にカテーテルを通して、心筋生検の予定である。何の事かよくわからない。最初の頃は検査の内容もよく聞き、勉強もしたものだ、最近は聞きもしない。なる様になれという心境になったのだ。千賀子が休暇を取ってやって来た。

「お父さん、どぉう？　ちょっと顔色が良くなってるみたい！」

顔色さえ良ければ病気は快方に向かっていると信じている。

「言葉も聞きとりやすくなったよ！　それから……」と延々と続く。家に帰ってからの事、兄や姉の事、会社の事、近所の事、保険の事他……。25日早朝、肺に血栓が見付かる。

「血栓が消えないと手術は出来ませんが……この薬で消えるはずです」

言い切ってもらうと心強い。血栓は消えた。手術は午後の予定が午前10時に変更。予定より少し長くなったが、3時間で手術は終わる。局部麻酔なので痛みはないが、手術の様子はよくわかる。体の心臓の近くに3㎝角の物体とそこから心臓に2本のリード線が入った。このリード線が心臓の動きを感知して3㎝の物体に伝え作動させる、よく出来たものだ。

「うまい事行ったんやって？　けっこう長かったで！　ここ（胸）に入れたんか？」

「そうです」

「もう、あんたも障害者や！」

嫌味はなかった。悪気もない。少し悲しかったがどうという事はない。昼過ぎ、2人の看護師が飛んで来る。体温、血圧を測る、先生も来る。バタバタと走っている。中井看護師もいる。

「土山さん！　病室替わりますよ！」

ベッドのまま押されて行く。急な話だ。重症病棟に戻されたのだ。

「採血お願いします」と北岡先生。そこには中井看護師がいる。真面目そうな顔だ。喋らないと可愛い。たくさんの人が見ているので緊張している。1回目失敗。私の目を見て（ごめんね）と言っている。（いいよ何回でも）と答える。2回目、成功。上出来だ。私の事より彼女が無事に採血出来た事に安心する。

血栓が出来たらしい。しばらくして、モニターを見ていた看護師から血栓が消えたという報告を私も聞いた。先生も看護師も中井さんも少し落ち付いたようだ。私はずっと落ち付いている。その後、安定している。

「土山さん、体力付けて下さいよ！　歩いたり体動かして下さいね！」

出来るだけ歩いた。自転車にも乗った（ペダルを踏むだけ）。リハビリの先生と階段も上った。きつい。（まだまだやなぁー）体力はかなり落ちている。

12月30日、再び一般病棟に移る。前にいた病室で、まだ浅尾さんもいた。

「大変やったなぁー！」

「はあー」本人はそう大変とは思っていない。

「もう大丈夫みたいやなぁー！」

「もう大丈夫です」

「あんたの方が早よう帰れそうやな！　俺はまだこれからや！」

「いつ手術するんですか？」

「今年にはするって言っとったのに、来年早々にするって！　もう、早ようやってくれたらええんやけどな！」

浅尾さんも手術の日が決まらずに落ち付かないようだし、いらいらしている……が……浅尾さんに限ってはそんな心配はいらない。浅尾さん特有の対処方法を心得ている。この心臓センターにいる先生、看護師はもちろんだが、患者も浅尾さんの事を知らない者はいない。

誰も皆、最初は見た目で敬遠するが、いつの間にか浅尾さんの術中に嵌っている、ナースセンターのカウンターで話しているかと思えば、中に入って周りには人が集まって来る。リハビリで歩いていてもその周りの人を引き連れて歩いている。病室でももちろんの事である。たいした話ではないが私も聞いていて楽しいし、担当の看護師達も腹を抱えて笑っている、これも才能だろう。

今日は大晦日。病院で大晦日や正月を迎えるとは思わなかった。

「土山はん！」と、浅尾さんがカーテンを開けて入って来る。

「土山はん！　明日の朝、初日の出を見ようや！　非常出口の横の小部屋からよう見えるんや！　晴れたらええんやけどなぁー！」（明日は晴れる。私にはわかる）

「ちょうど淡路島の横の海から昇るんや！」

「へェーそりゃあ見なぁーあかんな！　6時位ですか」浅尾さんと話すと変な関西弁がうつる。

「そやなぁー、もうちょっと早ようスタンバイしとかなあかん！　昇る前の、こう、だんだんと明るくなってくるとこがええんや！」身振り手振り天を仰いで話す、なかなかのロマンチストだ。

「土山はん、もうひとつ。これは本当は内緒なんやけど、昨日、ちょっと調べたんやけど、あの西側のトイレから3番目の部屋、今空いてるんやけど、あの部屋、VIPルームや。中に何でも揃っとる。ソファーもキッチンもある。ええ部屋や！　あそこからきれいな夕日が沈むんや！　今晩見ようや！　今年最後の〝終日没〟や！　誰も初日の出の事ばっかり言うとるけど、土山はん、おかしいと思わへんか？　一年の初めに昇るのもありがたいけど、一年の終わりに沈むのも見ておかんとバチが当たるで！」

（〝終日没〟なんて聞いた事がない）が、言われて見れば浅尾さんの言う通りの様でもある。

「いやぁー、そりゃあー、見とかなぁーあかんな！」

「せやろ！　ほんでも土山はん、見付かったら、やばいで！」

「浅尾さん、その部屋、鍵はかかってないんですか？」

「昨日は開いとった。まぁー、見付かったら見付かった時や。何とかなる」

どう何とかなるのだろう？　人の目を盗んでいけない所に忍び込む。とても入院患者の行動ではない。浅尾さんはいい人生を歩んで来たとは思えないが、面白い人生なのは間違いない。

「今日、3時からここで診察があります」と小太りで丸顔の看護師。傷口の状態が良ければ、テープを剥がすという。そう言えば、傷口を見た時、縫い目がなかった。（縫ってなかったんだ）

「そうですよ！　もっと大きな傷口でもテープで行きます！」

採血は上手い。一発で苦もなくやってしまう。

（やっぱり下手なんだ。もう少し連習させてあげないと犠牲者が増えるばかりだ）

「看護師さん、採血上手ですね！」

「そうですか？」

「あっち（重症病棟）ではだいたい3回目でしたよ！　2回は失敗で！」（くすっ）と笑って、

「菜摘の事でしょ？」

「えッーいえ、いえ、知りませんよ、誰だか！　知りませんよ！　私は！」

「はい、はい、内緒にしときます」

しまった……と思った。内緒にすると言って内緒にする人はまぁーいない……顔が浮かぶ。

3時を過ぎても先生が診察に来ない。夕日が沈むまでにはまだまだ時間はあるが、隣の部屋で何かいろいろしている様な気配を感じる。もう少し細かい打合せをしたいのだろうが、まぁ心配ない。今日はきれいな〝終日没〟が見られるのはわかっている。

先生が来たのは3時30分だった。

「土山さん、どうですか？　痛みはありませんか？　ちょっと見せて下さい！」

「大丈夫です。良くなっています。少し捻ると、（チクッ）と痛みが来る事がありますが！」

「それが痛みがあるという事です。それを聞いているのです！」

なるほど、おっしゃる通り、傷口のテープを剥がし消毒し、

「はい！　結構です。終わりました」あっけなく終了。

隣では、浅尾さんが携帯電話で話している。小声で話そうと思っているのはわかるが、まったく小声になっていない。いつもの喧嘩の様ではあるが……。

「わかった、わかった。はい。はい。それで、何時になっとんやっ……えぇ……ほんまか？　間違いないか？　……いやいや信用しとるで、わかった、切るで！」

院内での携帯電話は禁止である。せめて遠慮しながら使って頂きたい物である……が、先生も看護師も院内で使っているので説得出来ないしついつい使ってしまう。先生と看護師が出て行くと、慌ててかけ寄って来た。

「土山はん、計画変更や！　俺、毎年時間付けとんのや！」

几帳面なものだ。人は見かけによらない。毎年、〝終日没〟の時間を付けているという。

「さっき、あいつに俺の手帳見てもろたら、去年は4時48分や！　この時間は、大阪の家から見た時の山に消える時間や。そやさかい、神戸のここからやと、うーん、まぁー似たもんや！」

「今、何時や！」

「4時15分！」

「太陽がだんだんとこう……沈んで行くとこがええんや！　だから4時25分には、いや、もうそろそろ準備や！　晩飯食ってからと思っとったけど、こりゃあ、あかん。しかし晩飯が来る時はおらんなわしらは……まぁーしゃあない、何とかなる！」ともかく何とかなる。

「ええか、土山はん。俺が先に出て行く。あんたは、30秒後に出たらええ！」

秒刻みのスケジュールだ。人間どんな状況においても、何かの楽しみを持つ事は大切である。いや、何かの楽しみを見付けるために生きているのかも知れない。どんなにたわいのない事であろうと、その事に一生懸命になれる事が本来の人間の根本の楽しみなのだろう。

「いよいよやで！　ほな！　行くで！　ええな！」

二人共たわいのない事だとは1ミリも思っていない。夜盗に行く盗賊もこんなものかも知れない。アドレナリンが少し発生している。私はいつも冷めていたいと思っている、いつも冷静であれと心掛けている。冷静であればこそ、１００％の能力を発揮出来ると思っている。が、こういうたわいもない事に一生懸命になれる人は好きである。（今日は少し興奮して楽しもう）

30秒後、病室を出る。何故か音を立てない様にドアをゆっくり閉める。スタッフルームの前を見向きもせず通り過ぎる。中井看護師の姿は見当らない。採血の練習でもしているのだろう。

角を右に折れ、脇の通路に入る。この通路に用のある患者はいない。そこの3つ手前の部屋だ。今来た通路を見返し、急いでドアを開け、すばやく静かに閉める。ほとんど真っ暗だ。浅尾さんを探す。目がだんだん慣れてくる。椅子やベッドの位置がわかる。

「土山はん！　こっちや！」小声のつもりなのだろうが、そうでもない。上半身をカーテンの向こう側にやり、どこからか持って来た椅子に跨がって空を見ている。

「土山はん、ちょうどええとこやった。今からがええとこや！」

私も隣のカーテンの中に入り空を見る。

「わぁー赤いなぁー！」

ちょうど大きなビルとビルの間が赤く、黄色く見事に燃えている様だ。まだ沈むには少し時間がある。部屋を見回すと、ソファーがあり、机があり、机の上にパソコンがあり、奥に浴室もトイレもキッチンもある。冷蔵庫もある。金持ちの来る所だ。浅尾さんは静かに見つめている。俺もこの景色を眺めよう。そして心に残しておこう。

後で調べた事だが、これは〝終日没〟というのではなく、〝終の日の入り〟というらしい。大晦日に沈む太陽の事だが、縁起が悪いと言われ、忌み嫌われている。しかし浅尾さんは言う。

「初日の出を見る前に〝終日没〟を見とかんとバチが当るで！」

人間の（明・良）というところばかり見ていないで、誰もが持っている（悪・暗）の部分も見なくてはいけないという事を、浅尾さんが思っているかどうかは知らないが、浅尾さんの心が自然にそう言っているという事を私は感じている。

「浅尾さん、良かったなぁー、〝終日没〟は」

「そうやろ！」まだ余韻に浸っている。ロマンチストである。

大晦日の夕食には病院でも年越しそばが出る。天ぷら、煮魚、果物、豪勢だ。食事は病院生活の中で唯一の楽しみだ。今日はちょっと薄味ではないような気がする。美味しい。今年最後のサービスなのだろう。食べ終わった後、浅尾さんと明日の予定の最終打合せをする事になっている。静かだから、まだ食べているのだろう。

「土山はん！　終わってますよ！　終わったで！　今行きます！　そっちはどうや！」

「終わってますよ！　今行きます！」カーテンを開け横に置いてある椅子に腰かける。

「浅尾さんは、なかなか企画力と言い、行動力と言い、判断力と言い、なかなかのもんですなぁー。これは才能ですよ！」

「そんなええもんとちゃうで！」照れている。

「この能力を、もっといい事に使ったらええんやけどなぁー。そしたら世のため、人のため、ひいては世界平和のためになっとったかも知れへんのになぁー」

「悪かったなぁー。ええ事に使われへなんで！」笑いながら怒っている。

「ほんでなぁー土山はん、明日の事やけど、ええか？　去年の初日の出はなぁー、あっちゃうわ、今年の初日の出や、6時54分や！　初日の出はなぁー、こう、だんだん明るうなってこう地平線から……」と両手で地平線と太陽が昇る様子を手振りで説明しながら、

「こう、パァッと明るうなって、丸い輪が……そやな、お椀をひっくり返した様な光の塊がそやなぁーこう（さあッと）広がるんや……そこがええんや！」

と両手で大きな円を描き、天井を見上げながら言う。

「せやなぁー30分前には行かなあかん、真っ暗いうちから見とかなあかん！」

夜の9時には消灯である。部屋の電気を消しに来るため、眠るしかない。浅尾さんは静かだ

から眠っているのだろう。あれだけ動いて喋ればよく眠れるのだろう。今日は少し感動したせいか興奮して眠れない。今日は大晦日だ。毎年一応、来年の目標らしき物は立てている。今日はせめて何か、せめて何か、気持ちを纏めたい。これから俺はどうなって行くのだろう。はて！　と……気付いた。俺自身の事は何も〈予見〉出来ていないではないか！　待て！　そう言えば今まで〈予見〉といえる物の中で俺自身の〈予見〉はどうも無い。

家族の事も、家族の周りで起こる事も、看護師の動きも、浅尾さんの事も〈予見〉出来ている。それに雨が降る事も、手術の日程も〝終日没〟がきれいに見られる事もわかっていた。意識しなくても見える物と、意識すれば見える物もある。遠い先の事もぼんやりと見えてから、だんだん意識が高まってはっきり見えて来る物もあれば、初めからはっきり見える物もある……がしかし、俺自身の〈予見〉が出来ない……でいる。

たとえば菜摘ちゃんがやって来る、採血を2回失敗する、3回目に成功する、それは分かる。菜摘ちゃんを通じて私の絡んでいる〈予見〉は出来ているが……私自身に何らかの影響を与える出来事を他人に絡んで出来ているに過ぎない。疑問はたくさんある。どんどん増えてくる……そうだ、来年の目標だった。そうだ、来年の春、せめて桜を見る事にしよう。あの時、意識が戻った時、最初に思ったのは、来年の桜が見られるのだろうかという事だったのを思い出した。そうだ桜にしよう。元気になって桜を見よう。初日の出のためにもう寝よう。明日は快晴だ。きれいな初日の出が拝めるのが目に浮かぶ。

隣でごそごそと動いている。一部パーテーションはあるが、ほとんどカーテンなので隣の動きはよくわかる。まだ外は真っ暗だ。明るかったら大変だ。浅尾さんは私に気を使っているのか、物音を立てない様に動いているつもりのようだがよくわかる。

「浅尾さん、おはようございます。明けましておめでとうございます」

「あっー、起こしちゃったかぁー。まだ早いで！」おめでとうとは言わない。

「今、5時過ぎや！　あぁーよう寝た。寝過ぎやぁー。年取るとよう寝れるんが一番や。これが体のために一番ええ。今日も快調や！」

病院に入院している人の言葉とは思えない。

「土山はん、よう寝よう思たらやっぱり動かなあかん！　それと土山はん、心配事をなくすこっちゃ！　これはなかなか難しい。進んでなくしに行くか、忘れてしまうか、どっちかや！　時間が過ぎればだんだんと忘れてくる。腹立つ事も多いけどだんだん薄れてくる。何に腹立てとったんかわからんようになってくる。腹立てるより何か面白い事せなぁあかんと一生懸命それをするんや！　まぁー俺は腹が立つより、立たせる方が多いけどなぁー。ハッハッハッハッハッ……」悟りの境地に達している。

「それにしても、家のカミさん、何とかならんかのおぅー。あんなうるさい奴おらへん。これがわしの唯一の心配事や！　忘れよう思てもあかん。忘れようと思えば思うほど、目に浮かんでくる。何とかなるんかなぁー。何とかしてよ！　土山はん！」

これもまた一つの悟りだろう。はて！

「それより土山はん！」話がすぐ変わる。

「初日の出はなぁー、土山はん。水平線から頭がちょっと出た時がそうなんや！　その前に空がまあるく明るくなって、海が輝いて、こっちに光の矢が向かってくるんや！」

とまた大きな手振りで大きな円を書く。

「だんだん明るさの円が大きゅうなって来る。そこで（ポコッ）と頭を出す」

どうも昨日聞いたのと同じ様だが、

「そこで感動せなあかん！　感動せんやつは、ろくなもんちゃう、感動せなあかん！」

なるほど感動かぁー。

「土山はん！　そろそろ行こか？」

今日は特に人目を気にする事もなく、立入禁止の所に入るわけでもなく、夜盗に行くわけでもなく、ゆったりしたもんだ。非常出口の手前の小さな部屋である。見晴らしがとても良いところだが、今はまだ薄暗い。岩壁の街灯が転々と一直線に延びている。遠くに明石海峡大橋の灯りがきれいな楕円形となって揺れている。数隻の小型船の明りが揺れている。先客が２名、静かに外を見つめている。

「もうぼちぼち来るでぇー！」静けさが一瞬で吹き飛ぶ。

浅尾さんがまたいろいろと喋り出さないかと心配していると、案の定、

「初日の出はなぁー、水平線から、こう（ポコッ）と出る……」一通り喋り終わると、

「おぉうー、来るぞぉー！」

水平線上が確かに少し明るい。淡路島の先端がくっきりと浮かび上がる。浅尾さんの表現通り、空に（サァッー）っと半円の明りが浮かび上がり、大きくなってくる。

「土山はん、どや！　ええやろ！　こんなん見て感動せん奴は、ろくなもんやない、人間やっぱり感動せなあかん。感動した分だけ人間、大きくなるんや！」

この感動の話は３回目。さすがに３回目となると感動も薄れる。悟りの境地も怪しくなる。

浅尾さんの話を聞き流しながら、静かに見つめていたたい気分だ。

「おぉうッー、出たぁー！　土山はん！」

見ればわかる。人数が増えている。それぞれの人がいろんな思いを持ちながら見つめている。初日の出はきれいだった。感動もした。特に生死の境を彷徨った人には特別の思いだったろう。ふと（来年の初日の出は見る事が出来るのだろうか）と思う。とり敢えず〈目標〉は、春の桜を見る事にする。初日の出はそれからだ。

元日でも入院病棟は動いている。生き物が生活している以上仕方がない。いつもより暗く感じるのは看護師も先生も少ないためだろう。隣りの浅尾さんは珍しく静かだ、そぉっと覗いて見ると、新聞を顔の上に置いて眠っている。さすがの浅尾さんも、食べている時と眠っている時はおとなしい。もうすぐ看護師が来る。

「土山さん！　6日に退院が決まりました。前日に退院についての話がありますので、家族の人にも立会ってもらいたいので相談しておいて下さい。それまでは、まだまだ検査がありますし、リハビリもして下さいね！」

「土山はん、良かったなぁー。もうすぐや！」浅尾さんは眠りから覚めて聞いていたのだ。

16時、不整脈が見られ、看護師が飛んで来る。一応心配ないという事だったが、自分では意識せず何の変化もないまま心臓に異常が出るという事の方が不安である。まぁー、びくびくしていても仕方がない。今日は歩こう。しかし……やっぱり私自身の事は〈予見〉出来ていない。理美の彼氏が来た時の雨の事、中井さんが来る事（他の看護師も）、手術の日の事、〝終日没〟、初日の出の事、6日の退院が7日になる事、他にもたくさんある……。全てもちろん私に絡む出来事ではあるが、私が決める事ではない。私の思いは入っていない。だから自分自身の事は……何となく答えが見付かったような気もする。

2日、千賀子と祐治が来る。正月休みだ。「お父さん、どぉう？　痛いとこあるの？」から始まって、家であった事、近所の事、会社の事、私が家に帰ってからの事、退院の時に聞く事、退院の日は来れない事、迎えに来るのは翌週になる事、その間、神戸の理美のマンションで生活する事、但馬は大晦日から雪が降り、30㎝の雪が積っている事。「家に帰ったら寒いよ！」で終わり、（痛いとこある？）の答えは聞かない。その後、一緒に歩いた。「リハビリなんだから歩こうよ！」と言っていたが、千賀子が辺りを見たかったのだろう。明日には帰るようだ。千賀子が帰った後、浅尾さんが来る。

「土山はん、それにしても、あんたの嫁はん、よう喋るなぁー。うちも一緒やけど、自分の言いたい事だけ喋って、人の言う事なんか聞かへん！　まぁー女はしゃあないなぁー、皆、あんなもんやで！」（男でもよく喋る奴はいる）

3日、4日は検査もなく、リハビリも講義もない。ゆっくりした時間を過ごしている。いろんな人が正月休みなのだろう。

「理美、ちょっとブラブラしてみようか？」

エレベーターに乗って屋上に上る。屋上と言ってもガラス張りの大きな空間だ。見晴らしがいいし天気もいい。淡路島、明石海峡大橋が一望出来る。ヘリコプターの着陸地点が円型に描かれている。（ここに降りたんだ！）1F、2Fに下りる。退院が近くなるといろんな所を見ておきたくなるのは人間の心理なのだろう。

多くの人が忙しそうに蠢いている。多くの患者が歩いているし、看護師が小走りしている。外来患者がどんどん入って来る。皆、思い思いの方向に、思い思いの目的を持って人の間を掻き分けて進んでいる。もうすぐ、私もこんな日常に帰るんだ。

「お父さん、帰ろうか？　ランプが点いてるよ！」

心臓センターからある程度の距離が離れると、ランプが点灯する小さな機械をいつも首からぶら下げている。病院から脱走しない様に、監視されているのだ。

検査が今日（5日）に集中している。退院は先生の都合で一日延びて7日になっている。もともとその予定だ。レントゲン他の検査の後、服薬指導の講義、それから自転車に乗る。この自転車での検査結果は、元の体力の55％という事だった。確かに疲れた。この程度の動きでこれだけ疲れるとは、まだ完治には程遠いように思える。明日は不整脈、血栓の最終検査を受ける。16時から先生の説明もある。いよいよもうすぐだ。楽しみでもあり不安でもある。最近、菜摘ちゃんを見ない。

浅尾さんが少しおとなしい。気配は感じる。テレビの音も聞こえない。手術が近いから、不安なのだろうか。本を読んでいるのだ。珍しい。私は今日は人混みの中に行ったせいか、何か人と接したい気持ちなのかも知れない。カーテンの隙間から声をかけた。

「浅尾さん、本読んでるんですか？」

「おぉう、そやで！　わしもたまには本ぐらい読むんや！　土山はん、まぁこっち来て座りぃや！」と読みかけの所に紙を挟んで閉じる。

「土山はん、もうすぐやなぁー、でも1日延びたんやろ？」

「えぇー、そうなんです。7日になりました。浅尾さんの手術、10時からでしたね！」

浅尾さんの手術は血管の細くなった所に風船のようなものを入れて膨らますらしい。本人は知らないが、他にもどこか一緒にやるらしい。手術が近づくと気持ちが高ぶるのだろう。

「浅尾さん、私は浅尾さんの手術が終わってから、帰ります。頑張って下さい」

「おぉきに！　せやけどわしが頑張ってもしゃあないんや！　医者に頑張ってもらわんと！」

「そりゃあ、そうや！」（ハァハァハァハァ……）

「土山はん、あんたええ人やな！」

「俺がですか？　そんなええ人とちゃいますよ！」

「ちょっと話したらようわかる。あんたはほんまにええ人や！」

「浅尾さんもええ人やと思いますよ！　人を引き付けるもん持ってますよ！　見た目はええ人には見えまへんけど！」

「土山はんはええ人って言うたけど、一言多いな！」二人して笑い合った後、

「わしらのようなええ人ばっかりやったら、世界はようなるんやけど、今この世は悪い奴がようさんおる。悪いんなら悪いんで悪やとようわかる奴はまぁーええんやけど、ちょい悪や、小汚い悪が多過ぎる。それがあかん。土山はんはええ人や、最初見た時すぐそう思った」

「あんまりええ人、ええ人って言わんとって下さい。恥ずかしい。浅尾さんも鏡見て、自分の事をええ人やと思っとんですか？」

「土山はん、あんたやっぱり一言多いわ！　わからんかいなぁー、じゅわぁっとこう滲み出てくるもんがあるんや、ええ人は！」看護師が入って来る。手術前だからいろいろとあるのだろう、浅尾さんも何をするのだろうと心配の様子。

「浅尾さん、今日寝る前にちょっと測っときます。今日は睡眠をよく取って下さいね！」

「測るだけ？　山下はん、また測るんかいな！」看護師は山下というんだ。

「血圧が高ければ手術は出来ませんので！」そっけない。

「山下はん、内緒でビール買って来てくれへんか？　酒でも飲まんと寝られへんわ！」

「目ぇ瞑っていれば寝られます。今までずっと起きてた人を見た事がありません！」

「ほぉうーなるほど！　そうやなぁーええ事言う。手帳に書いとこ！」

「大きな字で書いて下さいね！　何なら私が書きましょうか？」

どの看護師も負けてはいない。自然に強くなるのだ。

「しゃあないな。参った、参った。まぁ寝るか！　土山はんもう寝るか！」

「土山さんはまだ寝てはいけません。退院前ですのでちゃんと測っておかないと！」

浅尾さんはまだ喋っているが、山下看護師は無視して血圧を測り採血をする。何とあっけない。菜摘ちゃん何とかならんのかー。浅尾さんが静かになった。寝れないと言っていた割には早い。いや心配で目を瞑っているだけかも知れない。何の本を読んでいたのか聞きもらした。

6日の朝が来た。浅尾さんは早く起きて新聞を読んでいる。私も起きてはいるが布団の中で天井を見上げている。いよいよ明日退院だと思うといろんな思いが湧き出てくる。ここに来た時も最初に見たのは天井だった。そうだ、あの時見た菱形の幾何学模様、星型の模様、眩しさの中で見たシルバーの造形、あの世かなと思ったあの時から始まっているんだ。

「はぁーい、もうすぐ朝ごはんが来ますよ！　その前に浅尾さんから測りましょうね！」

現実に引き戻される。ちょっと太った山下さんだ。

「よく眠れましたか？　ハハン？」鼻で笑う。

「寝れるかいな！　寝ろ寝ろってやいやい言うから……昨日の夜、測ったばっかりやないか？」

「血圧はまぁまぁーです。手術はまぁ出来るでしょうが、しかし、これが悪いなぁーだんだん悪くなってる！」

「えー山下はん、何やいな！　何が悪うなっとんや！」

「ここ！」と浅尾さんの口を押す。

「何やいな！　びっくりさせたらあかんわ！　心臓止まるかと思ったわ！　もうあかん、わしゃあー帰る。朝ごはん食べたら帰りますので、よろしく山下はん！」

「そう、帰るの？　ちょっと5分ほど待って！」

「どないするんや！」

「ロープ持って来るから！　浅尾さんの体、ぐるぐる巻きに縛ってベッドに括りつけてやる！」

「ひゃあー参った。家の嫁はんと山下はんにはかなわんわ、参った！　参った！」

「さぁー土山さんの番ですよ！　土山さんも今日は忙しいですよ！」

「俺も帰りたいわ！」

「土山さんは明日、帰ってもらわないと困ります！」

浅尾さんは本当は少し恐いんだろう、冗談ばかり言って紛らわせているだけなんだ。恐くてもいいんだ。臆病でいいんだ。

午前中に検査を集中させている。16時の退院の説明までに結果を出しておきたいのだろう。

16時前、細いとは言えない山下看護師が呼びに来る。例の〝終日没〟を見た部屋の2つ手前の小部屋だ。北岡先生と中井看護師、理美が来ている。中井さんが椅子を持って走っている。（いつもバタバタしてるなぁー。少し落ち付かないと採血も上手くならないぞ！）と思っていると、「何か？」と睨んでから、ニコッと微笑む。読まれている。

先生の説明も終わり、中井さんの退院の説明も何とか終わり、千賀子と理美が相談して纏めていた質問も全て聞いた。簡単に言うと、ストレスを起こさない事、バランスの良い食事を取り適度な運動をする事……仕事への復帰は少し先になるがストレスのない部署に変えてもらう事、車の運転は6ヶ月は出来ないのでその様にする事、それ以降も出来たら乗らない方がいい……。言う事は簡単だ。まあいい医者としてはこれ位の事は言うだろう。聞いていた菜摘ちゃんが（土山さんがこんな事、出来るわけない）と思っているのがよくわかる。笑っている。

病室に帰ると浅尾さんはいない。まだ検査をしているのだろうか？

「お父さん、いよいよ退院出来るんだ。どうなる事かと思ったけど！　お母さんは葬式の準備しなくてはって思ったって言っていたよ！」

「そりゃあそうだ。俺だってあの世に行ったのかって思ったもの！」

「お母さんと兄ちゃんが迎えに来るまで5日あるから、何かしたい事ある？」

「そやなぁーまずビール飲みたいな！　それから初詣で。それから……」

「それとお父さん！」と私の話を遮る、母親似だ。

「私、明明後日、ハローワークに行ってから大学の友達と飲み会があるの！　お父さん一人だけど、大丈夫！　明日は10時には来るから……それから今日、持って帰れる物、出来るだけ持って帰るよ。支払いはとり敢えず私のカードで支払うから。それと明日はタクシーで帰ったらってお母さん言ってたよ！」母親似だ、言いたい事は全て言う。話す順序は関係ない。

「じゃあー帰るよ！　最後の入院生活を楽しんでね！」

入院生活を楽しむ？　なんて聞いた事がない。まぁーでも、何となく楽しみな様な気もする。

ドアが開き、浅尾さんと太りぎみの看護師が入って来る。車椅子に乗ってのご帰還だ。

「浅尾さん、遅かったですね！」

「そうや！　ずっと検査。あの看護師にあっちに連れていかれ、こっちに連れていかれ、疲れたわ！」

「あの看護師って私の事？　浅尾さんほっといたらどこに行くかわかんないし、ほっといたら寂しがるし、子供よりたちが悪いんだから、今日は離しませんよ！　でもね！　私、用事があるから、土山さん、ちょっと浅尾さんの事、見張っててちょうだい。お願い」

「何が見張っててや！　土山はん、入口のドア、鍵かけといて！」

　鍵は中からかけられない様になっている。

「はい残念でした！」

「土山はん、明日、何時に帰るんや？　わしの手術、長ごうなる様やったら待っててくれなんでもええで。気持ちはようわかったから！」

「はい、その時はまたその時で、よーく祈っておきますので安心して下さい！」

「ありがとな！　土山はんに会えて本当に良かった、短い間やったけど、あんたは人を安心させる名人や！」

「浅尾さん、もうそんな誉めないで下さい。俺も浅尾さんに会えて本当に良かった！」

「土山はん、やっぱり人間、誉め合った方がええな！　土山はん、わし、今、思うてる事、あるんやけど、何やと思う？　今やないな、ずっと前からやな！　それ言ってもええか？」

「………」

「わしなぁー、あんまり人には言った事ないんやけど、あんたにになら言える。恥ずかしいけど、少し人のために、人の役に立つ何かをしたいんや。たいした事出けへんけど。そう思いながらいようと思てる。この年になってやっとそう思うんや。思わんよりも思うた方がええし、わしも昔はめちゃくちゃしたけど、罪滅ぼしや。土山はんと話してると特にそう思えてくる。土山はんはそんな事言わんでも、自然にそうなっとる様な気がする、何かこうじゃわぁっーと出てくるもんがある」

「ええ話ですね！　浅尾さんさっき看護師さんと話してる人と同じ人とは思えないですよ！」

浅尾さん、私も思うところがあります。やっと気付いた様に思います」

「何を思うところがあるか知らんけど、まぁーそれは何でもええんや。俺ももう70前やけど、まだまだこれからや！　今から始めても遅うない。年なんか関係あらへん！」

「ほんまですねぇー私もこの拾った命、何か役に立つ事をしたいです！」

「土山はん、元気でな！　もう言わんけど！」

「浅尾さんも元気で。〝終日没〟、初日の出、最高でした。特に忍び込んだのが。浅尾さん、今日は逃げ出さない様に！」

「土山はん、あんたの唯一の欠点や！　一言多い！」

浅尾さんにつられたのかも知れない。思いもかけない言葉だった。が、誰もが心の片隅に置いている気持ちかも知れない、それも思いもかけない人であり一番似合わない人があの顔であの口から発せられた言葉につられて、（私にも思うところがある、それに気が付いた）と言った。そう言った事に少し驚いている。浅尾さんは本気だった。敵わないと思った。私も本気なのだ。

人のために役に立つなんていう人は嫌いだった。結局は自分への見返りに満足しているのに過ぎないと思っていた。そんな事、言わなければいいではないか。言わないでやったらいいではないか。でも浅尾さんは言った。浅尾さんはそれが出来るのだろう。それはおそらく自分自身の心への見返りなのだろう。俺も言った。（俺は何か行動したい）とふつふつと沸いている私の能力を使わなければならない。何のためにこの能力が出来上がったのか、この能力を使って何かをせよ！　と言っている……まぁーまてまて、まず体力を付けよう。６ヶ月は車の運転も出来ないし、田舎では身動きが取れない。焦る事はない。計画を練るには十分な時間がある。遅くはない。年なんか関係あらへん！

退院の日の朝が来た。冬だというのに青空が覗いている。気持ちのいい朝だ。浅尾さんはもう起きている、眼鏡をずらして新聞を読んでいる。この老人があんな思いを言える人だとは思えない。

「いい天気ですねぇー、浅尾さん！」

「ええ天気や、ええ天気やと嬉しくなる、退院の日がええ天気で良かったなぁー！」

「浅尾さんも手術の日がいい天気で良かったですね！」

「そんなん関係あらへん！　雨でも台風でも手術とは関係あらへん！　でも外は寒いでぇー。あんたんとこ雪積っとんのやろ！　気い付けんとあかんで！　こんな生ぬるいとこ長い事おったんやから体が付いて行かへんで！　まぁーでもそうやってだんだん環境に慣れて行くんや！そうやって、強くなって行くんや、そやけど、あれやなぁー、なんぼ手術やいうても、雨より、青くてええ天気の方が嬉しいかなぁー。そう思わなぁーあかん。そやなぁー！」

「浅尾さん、朝ごはん食べられるんですか？」

「あかんのや！　心臓やのに関係あらへんのに食べさせてくれへん！　土山はん、最後のご飯、味わって食べときや！」

食べ終わった頃、太った例の山下看護師が来て、

「浅尾さん、ぼちぼち行きましょうか？」

「血圧測らんなぁーあかんのやろ？　高かったら手術出来へんのやろ？」

「大丈夫、今日は出来ます、今日はやります！」

「高かったらどうするんや！　謀ったなぁー、やられたぁー、うそつきぃー、このいかのきんたまぁーぁ」笑っている。

「浅尾さん頑張って！」

「土山はんも元気でな！」

浅尾さんは、太った看護師に車椅子を押されながら後ろ向きになったまま手を上げ振った。

（浅尾さん、手術は成功ですよ！）

千賀子が持って来てくれた私服に着替える。服が重たい。冬着のせいなのか、病衣が軽過ぎるのか。ズボンがぶかぶかだ。

ベッドの上に大の字になって少し休む。（コンコン）とドアを叩く音がする。そぉっと開いて体を入れる。中井さんだ。後ろ向きにお尻を突き出してドアを閉める。私は驚いてベッドから飛び起きる。病院を出る前にもう一度顔を見ておきたかった。もちろんお礼を言うためだが、来てくれて嬉しかった。窓からの光が逆光になって顔面は影となり黒い。

「土山さん、準備出来た。浅尾さん今手術でしょ！」

「はい！　だいたい出来まして、手術中です」

何かとんちんかんな返事だ。……中井菜摘さん、来てくれたんだ。

「そうですよ！　私、担当看護師ですから、最後まで見届けておかないとね！」

「中井さん、ありがとう。中井さんのお陰で楽しかった。痛かったけど！」

「土山さん、今のって普通看護師に言うお礼とはいえないんだけど！　それで、どこが痛かっ

たの？」……（あれッ、話題を変えよう）

「菜摘ちゃん、写真撮ってもいい！」

「うん、いいよ！　一緒に撮ろ」

「ちょっと待って。まず菜摘ちゃんだけ！　そこに立って！」シャッターを押す。

「そのまま、もう一枚。うーん、後ろ向いて、腰丸めて、はい！」

「何んでお尻撮るのよ！」

「こりゃあカメラに入り切らないなぁー！」

「もぉうー何よ！　一緒に撮って！」

「じゃあここに座って！」とベッドに一緒に腰かける。

「じゃあ撮るよ！　もうちょっと寄って……もっと……！」

とほっぺをくっつける。くっつけてる時間が嬉しい。

「私ので撮るからそのままね！」

ほっぺはくっつけたままだ。

「ありがとう菜摘ちゃん。いい記念になる！」

「うん、私も。土山さん、もうこんなとこ来ちゃあだめだよ！　今度来る時は死んじゃうよ！　とっても危険だったんだから、気を付けないと、元気でね！」

「うん、わかった！」引き寄せて抱きしめたい衝動に駆られたが、理性に動きを封じ込められた。解除を試みるが出来ない。

「土山さん、あのね、はっきりしといた方がいいと思うから言うけど！」

「えッーなに？」

「ちょっと前に土山さん言ったよね！　山下さんに、あっちに採血の下手な看護師がいるって。それって私の事？　言ったよね、土山さん！」

「えッーそんな事言ったかなぁー、それはあのう、そのぉー、へェーおりゃあズドーン！……」

「何言ってんの？　もう一度……」

「菜摘ちゃんも元気でね！　彼氏を早く見付けろよ！」

「うん！　土山さんみたいな人がいたらね！」

「そりゃあー難しいなぁー。俺みたいな男はそうはいないぞ！　もう少しレベル下げないと！」

「土山さんよりまだ下げるの？」

「おい！　あのなぁー」

「土山さん、本当に元気でね！　私、もう行かなきゃあー、今度、2月に診察に来るんでしょ？　こっちに寄ってね！　採血してあげるから！」

「ウヒャアー！　参った、勘弁してくれぇー」

「だめよ！　本当に来てね！　じゃあ、私、行くから！」

菜摘ちゃんは手を振りながらドアを開け、外に出て、手を振りながらドアを閉めた。ドアの部分にだけ太陽の光が差し込んでいる、眩しかった。

「もう、いいかなぁー！」

理美がいつの間に来ていたのか、浅尾さんの方から顔を出す。（もういいかな！）どっちのもういいかなのか？　退院の準備が出来たかなぁーの（もういいか）なのか、菜摘ちゃんとの別れの余韻に浸っているのが（もういいか）なのか？　理美はいつから来ていたのか？　菜摘ちゃんとのやり取りをどこまで聞いていたのか……理性が解除出来なくて良かった。ともかく、

「うん、もういいよ！」と返事をする。

コンコンと細くない山下看護師が入って来る。何か知らないが、何となく助かったと思った。

「土山さん、これ診察券です。これ持って、総合受付に行って下さい！」

「わかりました。山下さん、ありがとうございました。浅尾さんによろしく言っといて下さい」

「はい！　わかりました。言っときますよ！」

ありがとうとは言ったものの、こいつが菜摘ちゃんにチクリやがったのかと笑えた。

「理美！　じゃあ行くか？」

病室を見廻す。浅尾さんの入口のカーテンを開けて見る。

（手術の後の弱っている姿は見られたくないだろう）

部屋を出る、浅尾さんの住所も連絡先も知らないが、いいんだ。また会える。

スタッフルームに行き退院の挨拶をする。近くの看護師が集まって来る……が菜摘ちゃんはいない。一通りまわって病棟を出る。振り返って「心臓センター」の文字盤を見る。

（もうこんなとこ来ちゃだめよ）（わかってる）

総合受付へ、人混みの中にいるが苦痛ではない。ただ私は、この人混みの中での生活を皆と同じように過ごして行けるのだろうか？　支払いをする。35万弱。この金額が多いのか少ないのかわからないが、２割負担だから……約１７６万。毎年の医療費が増大しているのもわかる、これは、菜摘ちゃんもちゃんと採血しないと税金の無駄遣いだぞ！

Ⅱ

病院の玄関を出る。出たんだなと思う。当分ここともおさらばだ。振り返ってみる。そして（さよなら）と小さな声で言った。

「お父さん、タクシーで帰ろ」

「いや！　電車にしよう！」

歩いてみたかった。今の自分がどの程度回復しているのか感じてみたい。昨日には、ほぼ回復している様に思えた。病院の横の薬局で、30日分の薬をもらう。ここを出ると歩く歩道に乗り、少し歩けばポートライナーの駅だ。歩道を降りて歩きかけたとたん、（ウッー、ちょっと違うな！　こんなはずでは！）と思った。横を歩く人の速さに付いて行けない。駅に着いた時には、かなり疲れている。

「急に無理しない方がいいよ！　タクシーにする？」

「うん、大丈夫！　荷物も少ないし」

ズボンが緩い。ずっと履いていたものだが、これだけ痩せたんだ。ベルトの穴が足りない。片方の手をポケットに突っ込んで落ちない様に引っ張り上げる。電車に乗る。座席に座り、外の景色を見る。病院以外の景色は新鮮だ。空が広い。海も広い。人も多い。みんな動いている。

三宮の駅に着く。ちょうど昼の12時を少し廻ったところだ。

「お父さん、ご飯食べようか？　何が食べたい？」

と理美が言う。病院食が不味いといつも言っていたので、美味いものを早く私に食べさせたいのだ。駅を出る。駅前広場は公園になっている。ベンチが並び女学生が何か食べながら楽しそうに話している。老夫婦もいる。1月の初めだというのに、暖かい日差しだ。二人でベンチに座る、やっぱり座ると楽だ。それぞれの人が、それぞれの思いで、またそれぞれの場所に散らばっていく。

「何でもいいよ！　理美に任せる！」

広場に面した大きなビルに入る、全階、食べ物屋だ。エレベーターに乗り7階で降りる。たくさんの店が並んでいる。洋食の店に入るが、客が多く入口近くの待合で順番待ちをしている。

「お父さん、他の所にしようよ！」

今一番の昼時だ。今日は火曜日だ。サラリーマンの昼食とは少し違う人種のような気がする。隣の和食の店が比較的空いている。そうか⁉　今、学生はまだ休みなのだ。

「ここにする？」

あまり乗気ではないが、私に合わせるつもりになったのか？　私もさっきの店よりはいい。すぐに案内してくれる。にぎりのセットを二人とも注文する。1ヶ月振りのまともな（？）食事だ。上にぎり、小鉢、みそ汁……どれも美味しい。ペロリと食べてしまった。

(食べる方は回復しているな！)

「お父さん、初詣でに行く？　生田神社が少し歩けばあるよ！　お父さん、神社好きだもんね！」

「近いのか？　行きたいなぁー。行こうか？……ちょっと待てよ！　うーん……今日は帰ろう」

自信がなかった。行こうと思えば行けただろうが、今日は早く帰ってゆっくり休みたかった。

「じゃあ、出ようか？」

立ち上がろうと椅子を後ろにずらす。さぁーと立ち上がった時、ズボンが付いて来なかった。慌てて座る。辺りを見廻す。向かいのテーブルの人と隣のテーブルの人が気付いたに違いない。小さく微笑んでいる気がする。ここの店は衝立や隔てる物が何もない。ズボンを引っ張ったまま外に出る。理美は会計をしている。さっきの公園に戻り、理美に鋏を買いに走ってもらう。ベルトを約10㎝切る。(何んとスリムになった事か?)

JRに乗る。何とか座る事が出来る。青木の駅で下車する。マンションまで歩いて10分。大丈夫だと思ったが足が重い。特に階段の上りは一気に上れない。商店街を通り抜ける。平日の昼過ぎでも賑わっている。住宅街に入る。一つ向こうの道路沿いに小さな公園がある。母親が砂場で遊んでいる子供の様子を見ている。老夫婦がベンチに座っている。老人はデッキ型の杖に顎を乗せて、子供の様子を微笑ましい眼差しで見つめている。老婆は老人を見つめている。

「ちょっと休もうか?」

手前の大きな木の下のベンチに座る。歩いていると寒さはあまり感じなかったが、止まると寒い。こうやって暑さ寒さを感じながら自然に慣れてくるんだろうか？　しかし今は疲れているし、動きも鈍い。こんな状態で病院を出て大丈夫なのだろうか？　放り出されるような感じがないわけでもない。

「お父さん、今日夜何が食べたい？　私が作ってあげる」

「そうだなぁー、お前作れるのか？　しかしだなぁー（あれが食べたい、これが食べたい）って言ってもそれが出来るのか？　作れる可能性は？」

「うーん、30%位かな？」

「じゃあーお任せします」

スーパーで買物をする。ビールを6本買う。大通りに出るといろんなマンションがある。セレブのマンションらしい。その向かいにある3階建のマンションが理美の住まいだ。アパートに毛が生えたような物だがセキュリティーがある、暗証番号を入力するとオートロックのドアが開く。エレベーターがないので、やっとの事で3階に上がり、部屋に滑り込む、疲れた。夕食はスープ餃子と野菜サラダらしき物と温かいご飯だ。これが得意料理なのだろう。美味しい。味付のセンスはいい。ビールを飲んだが不味かった。

「お父さん、明日、初詣でに行こうよ！　それからお母さんのプレゼント買おうよ！」

そうだ、もうすぐ千賀子の誕生日だ、あの時（退院する時）の（もういいかな！）の意味は、おそらく、菜摘ちゃんとの別れのシーンを主に言ったのだろう。私の千賀子に対する裏切りを、ほんの少し感じたのかも知れない。そのための罪滅ぼしのために千賀子に私からのプレゼントをさせる事により、理美なりに清算したかったのではないだろうか！

「わかった、そうしよう！」

風呂に入り体を洗い、タオルを絞ったが、ほとんど絞れない。力が入らないのだ。まだこんな状態なのか！　股の付け根が青く黒ずみ、まだ痛む。今日は疲れた。今日は早く寝よう。疲れているのに眠れない。理美はまだ起きて何か書類を見ている。何せ一部屋だ。布団を被り目をギュッと閉じる。目を瞑りながらぼんやりと思う。

（私にも思うところがあります。やっと気が付きました）と言ったものの、（俺も何かの役に立つ行動を起こしたい）とふつふつ沸いているものの、何をするんだと私自身の事はわかっていない。（まず体力を付ける）まあそれはいい。しかし時間が過ぎ、日々の生活に慣れてしまうと、その思いが薄れて来る事に今は不安を感じている、思い立った時に行動に移す。これでなければ、ずるずると日常に埋没してしまう。特に実家に帰れば車も運転出来ないし、一人で出かける事など不可能だ。明日は初詣でだ。明後日、理美はハローワークの後、飲み会だ。よし明後日だ、行動を起こそう。俺もどれだけの能力が身についているのか確認したい。

しかし何かの役に立つ事をするにも、やはり元手がなければ何も始められない。よし、軍資金を作ろう。それも内密にだ。


朝、目が覚める。よく眠れた。（ずっと起きてる人見た事ありません）……山下看護師が言っていた通りだ。理美は手早く朝ご飯を作る。以外と速い。一般的に見て、料理も早い方がだいたい旨い。豚汁と漬物。りんごも剥いてある。まぁー最低ここまで出来れば嫁に行っても何とかなる。しかし、片付けはどうもダメな様である。

昨日、駅から下った道を上って行く。下りの時はそうも思わなかったが、上りはきつい。通勤のサラリーマンが次々と追い越して行く。

「お父さん、ゆっくりでいいよ！」

わかっている。それしか出来ないんだから仕方がない。三宮の駅を出て商店街の方に進む。空は青い。商店街に入ってすぐ右に曲がると正面に大きな朱色の鳥居が見える。鳥居をくぐり、奥の朱の楼門をくぐる。凜とした空気が漂っている。祭神は「稚日女尊」。縁結びの女神である。源平合戦の舞台だった所だ。そんな事を意に介さず理美は、

「おみくじ引こうよ！」

そっちの方が気になる様だ。理美は中吉、私は吉。（心おごり、身を持ち崩して災いを招く恐れあり）。もうすでに招いている。（心正直に、行い正しく身を守るべし）。要するに正直に

素直に行動しなさいという事の様だ。今、軍資金を千賀子らにバレない様にどうするか考えているところだ。悪い事は気にしない事にする。賽銭を入れ、皆の健康をお祈りする。駅前の大きな店に入る。千賀子へのプレゼントは理美はどうも鞄に決めている。二人でどれがいいかを選び、後で比べて決める事にする。よく考えてみると、二人共これがいいと思って選んでいるのに持ち寄っても決まるわけがない。がしかし

「じゃあ、お父さんが選んだ方にしよ」と理美。4千500円のバッグ。「金額ではない、気持ちだ」と話しながら、千賀子には8千500円という事で手を打つ。

「でも、やっぱりこっちの鞄も捨て難いのよねぇー！」と理美が言い出す。

「ねぇーそう思わない！」

「そうだな！　理美も欲しいのか？　買ったら！」

「本当!?」1万2千円。千賀子のより約3倍高い。もちろん私の財布からである。なんと女性は鞄が好きな生き物なのだろう。まぁ理美にもお礼をしておくのもいいだろう。ふと思うと、昨日よりは疲れが少ない、痛みを感じる事も少なくなった様に思う。がまだ動きは鈍い。まぁー少しずつでいい。昼食を取り、商店街で買い物がしたいと言うのでまた歩いた。そして靴やら小物やら何かと買った。まぁーこれもいいだろう。駅からの帰りにスーパーに寄る。今日はカレーを作ると言う。もう何が食べたいかと聞かない様になった。ビールも一緒に買う。

「いつもここで買うのか？」

「うん、そうね！　ここ寄りやすいし、でも向こうにもあるのよ！　あのパン屋も美味しいし、ちょっと行った所のパスタも美味しいし、マンションの近くの総菜屋にもよく行くし、ピザ屋もあるよ！」

「何でも揃ってるなぁー、あまり自炊してないだろう！」

「バレたか！　でもお米はよく炊いてるよ！　お父さんの作ったお米が一番美味しいから！」

人を喜ばせる言葉をよく知っている。カレーは旨かった。ビールはまだ不味い。体が受け付けようとしない。このまま飲まない様になるのだろうかとも思ったが、まさか……。

「明日、私はハローワークに行って、夕方から飲み会なんだけど、お父さん、大丈夫？」

「俺は大丈夫。明日はゆっくりする、気分が良ければぶらぶらするし、カレーもあるし！」

「じゃあ私、朝出て、向こうで飲み会まで時間、潰すからね！」

ハローワークの後、原田君と会うのだろう。

「理美、ここの鍵もう一つあるんだろ？　それと1階の入口のとこ、もう一回教えてくれよ！」

「1階のオートロックの暗証番号は２１３よ。入力すると鍵が開くから入ってドアを閉めたら自動で鍵がかかる。出る時も一緒よ！　お父さん、出かける時はちゃんと身分証明書、持っててよ、倒れた時困るから！」

「わかってるよ！」母親に似て、うるさい。


翌朝7時過ぎに起きる。パンとコーヒーと少しの野菜にドレッシングをかけて食べる。それから化粧が始まり、着て行く服を決めるのも時間がかかる。今日は決まっている。鞄も似合っている（昨日買った高いやつだ）。やっぱり今日は原田君と会うのだろう。

「お父さん、行ってくるね！　何かあったら電話してね！」

「あまり飲み過ぎるなよ！」

いつも言われていた言葉だなと思いながら見送る。さあ、私も始めよう、着替えは速い。電気とガスをチェックし、出たのは9時50分。駅まで歩く。気分が高揚しているのだろうか、急ぎ足になっているつもりだが、ちっとも速くない。仁川駅で降り、阪神競馬場に向かう。いろいろと考えたが軍資金作りは競馬にする事とした。自分の発想の程度の低さに少しがっかりしたが、〈予見〉を試すには持ってこいだという事で決めた。大学時代と勤め始めた頃、競馬をした事はあるが、競馬場に行くのは初めてだ。たくさんの人が同じ方向に向かって歩いている。ついて行けばいい。広い所だ。

中に入る。大勢の人。次のレースは8レースだ。馬場に出る。馬がいる。お金は10万ほどある。着順はすぐにわかった。どうせなら1着、2着、3着を当てる3連単だ。これは配当も高い。が、今日は試運転だ。たくさんの金が入っても持って帰れないしバレたら説明に困る。1着11番、2着4番、3着9番、配当は100円あたり3万5千640円。自動券売機で1万円では多過ぎる。2千円でいい。当たれば71万2千800円。これでも多いがまぁーいい。本当に〈予見〉は出来ているのか？　間違いないとは思うが心配でもある。

あっけなくレースが終り、11・4・9で配当3万5千640円と掲示板に出る。ほっとする。レースを見なくても、馬を見なくても、馬の名前を知らなくてもわかる。現実になった。不思議な思いもある。後ろめたさも少しある。まぁーこれを何かの役に立つ事のために使うんだ、と言い聞かせる。自動払戻機で払い戻す。100万以上は窓口に行くらしい。要領はわかった。次のレースもしようと思えば出来るが、次の段階の準備をしていない。今日は試運転だ。次の準備を考えよう。今日は帰ろう。

千賀子が迎えに来るのは11日の予定だが、10日になるのはわかっている。神戸にいるのはあと2日。ここにいる間に何かしておく事はないか？　軍資金を作るのは難しい事ではないのはわかった。作った後の事を考えなくてはならない。作る行為より秘密にする事の方が難しい。秘密にするという事は、元々無理がある。嘘が発生する。嘘が嘘を呼ぶ。よーくわかっている。もしもである、病みあがりの男が家を抜け出して競馬なんぞに行っている事がバレれば、呆れ返って嘆くだろう。未来が〈予見〉出来るなんぞと言おうものなら（狂ったか）……やっと生死の境を乗り越えて来たのにと、また病院に連れ戻されるのがオチだろう。世間も同じだ。信じる人は一人もいない。しかし、やるしかない。慎重に秘密裏に、何も疑われる事なく、事を進めて行かなくてはならない、まぁーあと2日、神戸での生活を楽しもう。

2日間は理美と喫茶店に入ったり、映画を見たり散歩したり、ショッピングもした。内緒で小遣い（競馬場で稼いだ）も渡した。ちゃんと内緒にする事を言い聞かせる。いい使い方だ。

「お母さん、明日来るって！　兄ちゃんと一緒に！」

千賀子からメールがあり、11日の予定を10日にするという。わかっていたとは言えない。明日、家に帰る。家には新しいベッドが1階の茶ノ間にセットされているらしい。その周りはカーテンで囲っている、以前に聞いた計画（私も意見したがどちらかというと無視され）通り出来ているらしい。理美は数日遅れて実家に帰って来る。理美は今無職のため、3月末まで失業給付金で食い繋いでいる。その間、家に帰って私の面倒を見てくれる計画だ。月に2度ハローワークに行く、その時また神戸に戻る。私は家に帰ると自分で行動を起こせるわけではない。外出出来ても、千賀子か理美と一緒という事になる、とても行動を起こすのは難しい。まず車の運転が出来ない、乗れる様になるのは6ヶ月先だ。焦る事はない。じっくり計画を練る事にしよう。体力を付けよう。チャンスはある。

10日、11時、千賀子と祐治が迎えに来る。見かけは元気そうにしている私を見て（顔色もいいね！）と安心している。

「先生にちゃんと聞いた？　今後の診察の日程とか仕事の復帰とか？　もし倒れた時の事とか？　みんな聞いた？」

「あぁー聞いた！」

「理美、どう、うまく聞けた？」

「聞いたよ！　全部！」

俺の返事だけでは信用出来ないらしい。

「お父さん、ベッドがこの前来たのよ！　カーテンも付けたし、テレビも回るやつだから、こっちからでもあっちからでも見られるし！」

俺の生活の場所がセット出来たらしい、ありがたい事だが、こっちからとあっちからがどっちからかわからない。

「お父さん、あれ、渡したら！」と理美が言う。

「そうだな！　お母さん、誕生日のプレゼント買ったんだ！」

「えッーウッソォー、本当、何？」バッグの入った袋を渡す。

「バッグ？」勘はいい。

「わぁー嬉しいー！　お父さんが選んだの？」

「そう！」

「いくらしたの？」聞かずにはいられない。

「8千500円！」

「えッー高っかぁー。で、本当はいくら？」

「……4千500円！」

「まぁーそんなとこやろな！」

理美が笑いながら「バレるの、早っやぁ！」。この人には嘘は通じない。まぁー値段より気持ちだ！　皆で昼食を食べ、理美の化粧品と食材を買う。もう帰るのかと思いきや、千賀子はバッグの売り場から動かない。バッグを探している。あまり良くない行いだ。同じものを見付けたらしく、納得した様子で
「お父さん、もう早く帰ろうよ！」

俺のせいで遅くなったかの様な言い方をする。勝てるわけがない。自分本位であるが、自分ではそんな事、カケラも思っていない。悪いのはみんな俺だ。

「理美、ありがとうね、今度、いつ帰れるの？」

「1週間ほど先かなぁー！」

「なるべく早く帰って来てね！　お父さん一人だから！」


我家の周りは白い雪が積っている。山も白、植木の上も白、木の枝も白い。そして当然、外は寒い。家の中も寒い。古い家だから、風も入る。カーテンで四方を囲っているので、少しは寒さを和らげている。千賀子らの発想は上出来である。久し振りの我が家だ。1ヶ月振りだ。短い様ではあるが、ずいぶん長かった。いろんな事があり過ぎた。不安もあるが、やっぱり我家は落ち付くものだ。

茶ノ間は水色のカーテンがかかっている。間仕切建具の前に吊った物だ。冬にこの色は寒く

感じる。まぁーいい。これまでは2階で寝起きしていたのだが、2階だといざという時に大変だという事でここにした。左端にベッド、テレビは反対側の端。テレビの台座を回せば隣の部屋からでも観れる。これがあの時言ってた事か。まぁーよく出来ている。千賀子が一生懸命考えた作品だ。（人の意見も聞かないで）

風呂に入る。ゆったりとした風呂だ。股の付け根の傷口の痛みは少なくなっているし、黒ずみも薄くなっている、だんだんとこうして良くなっていくのだろう。まだ回復力は残されているんだ。近所に住む姉夫婦が持って来てくれた寿司を食べてビールで乾杯した。

毎日の生活は退屈な日々である。何かをしなければならないという事はない。外は雪が積っているし寒い。寒いのは心臓に悪い。運動をして下さいと医師や看護師は言うが、外には出られない。新聞を隅から隅まで読む。読み飽きるとテレビを観る。

「ちょっと運動でもしたら！」と、数日休みを取っている千賀子が言う。ベッドに腰かけ足を伸ばす。家の中をうろうろする。うろうろすると千賀子には目障りになる。

数日すると近所で（祐ちゃんが帰ってるらしい）と噂が出始めたのか、いろんな人が見舞にやって来た。ベッドの隣の部屋に炬燵がセットしてある。応接間だ。救急車で運ばれてから今日までの事を繰り返し話をする。一応順を追って話すと結構時間がかかる。近所の人も外は雪が積っているので暇な人が多い。私も暇なものだからお互い持って来いだ。

会社の同僚、先輩、後輩、友達夫婦、千賀子の友達、また電話もたくさんある。私も同じ事を何度も言うのに飽きてくる。理美も数日前から帰っている。

会社に退院の挨拶にいつ行こうかと迷っている。総務の浜野に連絡を取る。明日の14時に行く事になる。給与や、傷病手当、税金の支払いの相談をしたいと言う。理美に乗せてもらい会社に行く。皆集まって来る。皆久し振りだ。浜野が目配せするので立ち上がり、社長室で話をする。一通りいきさつを話した後、今の状態、今後の見通し、また、早く仕事に復帰してほしいと一応言われるが、当分は出来そうにない事を報告する。

もうそろそろ具体的な行動に出たいという思いが日ごとに増している。今日は冬とはいえ暖かい日差しだ。理美を買物に誘う。いろいろ考えたがどこかに拠点を作らなくてはいけない。京阪神にするのも今の自分では限界がある。隣町の和田山にしようと考えている。

そこそこの町だ。大型のショッピングモールもあるし、この近辺では一番人が集まる所だ。ショッピングモールの隣にレンタルルームの看板があり、コンテナがたくさん並んでいるのを以前から知っていた。ショッピングに入り理美は洋服を見始めたので、

「服、買ったら！」と金を渡す。見始めるとなかなか決まらないのを知っている。母親譲りだ。

「俺ちょっと下にいるから！」と、エスカレーターで1階に下り外に出る。駐車場を抜けて「レンタルルーム・倉庫」という大きな看板の方に進む。ここで車庫付のレンタルルーム（月1万円）を1年間契約し、電話とネットを申し込んだ。意外と簡単に決まった。

次はいよいよ軍資金集めのスタートを切る。競馬場へ行く計画だ。でもよく考えてみれば人のために役に立つという意気込みは潔白だが、行動が不純な様で、もう少し何とかならないのかとも思う。自分の発想力のなさに少し嫌気もするが仕方がない。近々理美が三宮のハローワークに行く。25日のはずだ。その時をスタートとしよう。

馬券を買うにはいろんな方法がある。ネットに登録すれば自宅で買えるし、口座を開設すれば、当り馬券は還元され、口座に入金される……がそれはしたくなかった。登録も口座の開設

もしたくなかった。証拠が残る。どうも自分自身も不純だと思っているのかも知れない。

「理美、今度、ハローワークに行く時、お父さんも連れて行ってくれる？」

「えッーほんとに！　まぁーいいけど！　25日やで！　次の日、私用事あるから！」

「あぁー俺もぶらぶらしたいとこあるし！」

「1日泊りになるよ！」いや2日泊りとなるはずだ。

帰って来た千賀子に言うと、

「なんでお父さんが行くのよ！」

「ちょっと付き添いで！」

「なんで、付き添いしてもらわなぁあかん人が付き添いで行くんや。まぁーええけど！」

興奮すると言葉遣いが変わる。

「そうや、私も行こうかな！」

「いやいや行かんでもええー。金曜日だし、お母さんにはしっかり稼いでもらわんと！」

「なんか怪しいなぁー。私が行ったら困る事でもあるんやないの？」

「いえいえ、そんな事は決してありません……はい！」

納得していない様子だが、たまには遠出もいいんではないかと千賀子は考えているのだと私は思っている。今日は22日、3日後である。

当日、朝早く理美の運転する車で出発する。まだ少し雪がある、道路も凍っている様に思えるが、理美は平気で車を走らせる。青木のマンションに入る。それからハローワークに私も同行する。その後、食事を取り、買物に行く。明日会う友達への手土産を買ったり、また服を買ったり……いろいろと買う物があるものだ。どうしてこれだけ、服や鞄、靴、がいろいろと欲しいのか、……まぁーこれも日本の経済が回っていくためには必要なのだろう。都会の風は冷たい。喫茶店で温かい飲み物を飲み、それからまたぶらぶらと店を見て回った。

「お父さん、ご飯食べて帰ろうか？」

「そうだな！」

温かい食事を取り、マンションに帰る。

翌朝、朝早く理美は出かけた。夜も遅いはずだ。昼は友達と会い、夕方から原田君と会うはずだ。いつもの様に化粧をしてから、洋服を選ぶ、女の化粧をしているところはあまり見たくないものだ。それにしても上手く誤魔化せる。

「じゃあ、お父さん、行って来る。夜遅くなるけど大丈夫！」

「大丈夫！　それより、ちょっと車のキー預かっとこか？」部屋のキーは預っている。

「えッー乗るの？」

「いや乗らないと思うけど、買物したら入れとこうと思って！」

実は少し迷っている。今日大金を得ても全てを払い戻すのは無理である。おそらくスーツケース4～5個は必要だろう。そんな物を今日持って帰れない……がスーツケース一つは持って帰ろうと思っている。1レースだけ払い戻し、他は後日にしようと思っている、今日一度は5億前後の払い戻しをやってみたいと思っている。

退院3日目に行った時の様に、マンションを出る。仁川駅で降り、人の流れに合わせて歩く。途中立ち止まり、店に入る。以前に来た時、見かけた雑貨店だ、奥にスーツケースがあるのを前に見た。大小さまざまだが中位の物を買う。ざっと計算すると5億は入る。それを転がしながら競馬場に入る。金は20万位持って来ている。まず配当3万4千700円の第8レースを3

万円買う。予定通りレースは終わり、窓口で馬券を渡す。１００万円の札束10個と、残りの41万をカウンターのガラスの穴から受け取る。これで軍資金が出来た。

次の第9レース、配当は1万8千650円。スーツケースに入る5億にするには、３００万で5億4千９５０万……少し多い。２７０万にする。レースが終わる。窓口で渡す。ちょっとこっちを見た年配のおばさんは、じっと馬券を見て、私を見る。

「そちらへ回って、奥のドアから中に入って下さい！」

「お持ち帰りはどうなさいますか？」

無言でスーツケースを差し出す。別の係員がスーツケースを転がし、また戻りおばさんに一言二言……淡々と作業をこなしているが、時々チラッとこっちを見る。気持ちのいいものではない。暫くするとスーツケースと明細を渡してくれる、慌てて外に出る。もう二度とここには入りたくないものだ。疑いの目で見られている様で気分が悪い。

残金を全部つぎ込み、10・11・12レース全部で23億円を超えた。少し調子に乗り過ぎた。残り18億の当り馬券と5億の入ったスーツケースを転がしながら歩いた。ネットに登録していればこんな事をしないで済んだし、嫌な思いもしなくても良かったと思いながら電車に乗り青木の駅からまた歩いた。ここからは下り道で良かった。マンションの手前のパーキングに止めてある車のトランクを開けスーツケースを入れる、今日の仕事は終わった。コンビニでカップ麺とおにぎりを買ってマンションに帰る。風呂に入り、昨日買っていたビールを飲んでおにぎりをかじり、カップ麺を食べた。少し興奮気味だ、悪い事をしているという意識はないが、実際何十億という金を得てみると、犯罪者になった様な気にもなる。まして誰にも相談出来ないし、協力も頼めない。少し悲しい。

理美が帰って来たのは夜の11時を少し過ぎていた。少し酒が入っている、気分は良さそうだ。

「お父さんごめん、ちょっと飲んじゃった。今日は帰れない。明日の朝帰ろ！」

そんな事はわかっている。

「いいよ！　おにぎりとパンがあるけど食べる！　お風呂は？」

「うん、風呂入って寝る！」

女の酔っ払いはいいものではない。いや、男の酔っ払いもおそらく同じであろう。

少し金額が多過ぎた。調子に乗り過ぎた。払い戻しは60日以内である。60日という事は、まだ車に乗れない。車で来なければ持って帰れない。それも残金約18億円ともなるとスーツケース4つは必要だ。まぁー時間はある。いい方法があるはずだ。帰りにまたショッピングモールに寄り、こっそりレンタルルームにスーツケースを入れてから家に帰る。まずまずだ。


3月も半ばである。雪もすっかり融けて、春がそこまで来ている。村のあちこちで畑仕事が始まっている。知らぬ間に体調も良くなって来ている。当所の目標（春の桜を見る）のももう少しだ。計画を練ってはいるが、決定には至らない。自分で行動を起こせればいいのだが、まだ他人任せにするしか仕方がない。

会社の総務の浜野から電話が入る。近日、家に来るという。私はまだ会社員なのだ。いろんな書類をこなすのも総務の仕事だ。給料の明細、12月は5日しか出勤していないが、残りは有給で全額出る。1月、2月は、勤務実態がないので給料は出ない。出ないばかりか、各種保険料、市民税、その他は払わなければならず、なんとマイナスの給料明細だ。初めて見た。厳しい現実である。しかしよく出来たもので、傷病手当があり申請すれば給料の7割が入ってくる。

浜野は、いつから出社出来るか知りたがった。車に乗れなくてもそれなりの仕事はあるし、部下の指導も出来る。体調と相談して考えてほしいと社長からの伝言も聞く。ありがたいと思ったし、まだ必要とされているのだと思える事に満足している。しかし迷っている。会社に復帰する事は出来る。体力的にも自信は出始めている。が、それが今後の私の計画の妨げになりはしないか？　……また助けになるのか？

理美が動き出す。3月の末で雇用保険の給付が終わる。神戸に入社試験を受けに行くという。3月18日、4日後である。私の都合は今度は残金を取りに行くだけでよいのだが、理美と一緒だと残金を全て持って帰る事は出来ない。せっかく行くのだから、軍資金をもう少し増やすなどという欲が出て来ている。理美も機嫌よく入社試験を受け自信たっぷりのようであるし、私も3レースを行い約16億円を稼いだ。前回分と合わせて39億円である。今回もスーツケースに5億を持ち帰り、残金の当り馬券は29億円である、その29億円の内、13億円は4月中旬には払戻しの必要がある。まぁー何とかなる。

4月第1の土日、千賀子が同窓会に行く事になっている。以前から楽しみにしている様子だ。たまにはいい事だ。理美は3月の末に就職が決まり神戸に帰った。

さっそく例のレンタルの店に電話を入れる。ここはレンタカーもやっている。

「4月5日の土曜日、車を借りたいのですが？　ちょっと荷物を積みたいのでバンがいいです。運転手もお願いしたいのですが！　今そちらのルームを借りてる土山です！」

以前、運転手も都合しますよというのは聞いていた。

「あぁー土山さん、わかりました！」

当日、千賀子は朝6時に出かけた。

「行って来まぁーす！」嬉しそうな声だ。しかし今まで私がこんなに嬉しがる事をしていなかったのかとも思う。祐治も今日は土曜だが仕事で7時には出た。8時にレンタカーが来た。簡単な挨拶の後、（どちらまで！）

「宝塚の仁川駅の近くで、阪神競馬場の中の建物なんですが、その前にレンタルルームの横のショッピングモールに寄って下さい！」

「わかりました」

余計な事は言わない。無口な人だ。助かった。何かと聞かれると思い返事を用意していたのだが、何も聞く様子がない。そういう教育を受けているのだ、ショッピングモールの家具売場で、机と椅子、本棚、電化製品その他を買って、夕方の5時に届けてもらう様に頼む。エアコンと工事もお願いする、なかなか機会が少ないので今日にまとめ過ぎたかな！

そして神戸に向かう。例の雑貨屋でアルミのスーツケースを6個と台車を買う。競馬場の建物に近い所に車を止め、スーツケースを下ろし、台車に積んでロープで縛る。運転手に1万円を渡し、食事に行ってもらう事にする。払い戻しは前にもやっているのでよくわかっているが、嫌な時間だ。顔をちらちらと見られるが仕方がない。30分はかかっただろう。ちゃんと台車に乗せてロープで縛っている。おそらく200キロはあるだろう、台車はしっかりとしているが意外に軽い。運転手に聞いていた携帯に電話を入れ、二人で荷物を乗せた。

神戸から和田山に戻り、レンタルガレージに荷物を下ろす。エアコンの工事はすでに終わっている。家具類も届いている。ネットも接続し、パソコンもセットする。おばちゃんに手土産を渡し、待ってもらっていた運転手に家まで送ってもらう。やれやれ、予定通り上手くいった。

風呂を沸かし、買って来た寿司を並べる。帰って来た千賀子と祐治と一緒に寿司を食べ、ビールを飲んだ。これで第一段階は終わった。予定より金額が多い。欲が出たのは分かっている。まぁいい。しかしもう少し他の方法がなかったのか？　もっと簡単に出来なかったのか、自分自身の事が〈予見〉出来ない以上、まぁ、仕方がない。

第2段階は〈株〉だと決めている。私なりに考えた結果だ。考えがまとまりつつある事業は、資金がいくらあっても足りない。今の資金を元手にして、安定して調達出来る様にしたい。〈株〉は安い時に買って高い時に売るその差額が利益となる。いつ一番安く、いつ一番高くなるのか？　短期間に差額の大きな銘柄を割り出す必要がある。何千、何万社ある中で、その銘柄を探し出す事が、今の私には可能なのである。〈株〉を始めるには、証券会社に口座を開設し、指定された金融機関からその口座に入金したり、身分証明書を提出したりする必要があるが、この際仕方がない。ただ、今暫くは内密にしておきたい。公にする時は、十分な資金が集まり、具体的な計画が決まり、会社を立ち上げる時だと思っている。その時までに家族も反対出来ない態勢を作っておきたい。とにかく今は内密に！

4月の半ば、行動に出る。まず証券会社を選ぶ。どこがいいのかわからないが、これだと決め、申込書を郵送してもらう様お願いする。2日後、封書で来る。ネットで申し込めば簡単なのだが、自宅のパソコンはこの件には使いたくなかった。必要事項を記入し、免許証（実際は乗れないが免許証はある）のコピーを添えて郵送する。口座開設の通知が来る。次回から指定の住所（レンタルルームの事務所）に郵送するとある。この口座に指定された金融機関から入金すれば取引が出来る様になる。

金曜日、マイナスの給料袋を持って浜野が来た。

「土山さん、傷病手当の書類出しましたので、3ヶ月分の手当が入金されてると思います」

1～3月分の手当だ。4月からは毎月申請して1ヶ月分が入る様になる。

「それと、社長からの伝言ですが、体調が良ければ週に3日でも4日でも出て来てもらいたいと言っておりますが！」

「そうですか！ ありがとうございます！」

ありがたい話ではある。自分でもこの体でどの程度の仕事が出来るのか試してみたい気持ちもある。が私の病気を引け目に感じながら仕事をするのも心苦しい。また今後の事業の計画に集中したいという気持ちの方が強い事に気付いている、どういう理由で断るか……。

「浜野さん、私も、もう一度やってみたいという気持ちは持っていますが、まだ今の体調では自信がありません、いつまでもこんな状態では迷惑をかけますので……4月末で退職の手続きをお願いします。社長にもよろしく言って下さい。また私からもご挨拶に伺いますが……」

「そうですか……わかりました、それでは、退職の準備をします近日中にまた寄ります」

「すみません。せっかく言ってもらっているのに、よろしくお願いします」

「実は土山さん、私も6月末で退職するんです」

「えェッー、何んで?!」

「まぁーいろいろあって」

「そうなんですか……まぁーそりゃあーいろいろとありますよね。それでこれからは?」

「まだ決めてないんですが、家族がおりますので、ゆっくりとはしていられないんです。土山さんの手続きはちゃんとしますので！」

そうか、そりゃあ大変だ。まだ若いんだからいろいろと考えればいい。

俺もとうとう会社員ではなくなる。いわゆる無職だ。本格的に始動しなければ……。

5月1日、千賀子が出かけた後、タクシーを呼ぶ。さあ今日から始めるぞと意気込んでいる。昨日は浜野が花束を持って来てくれた。

「土山さん、今日で退職です。ご苦労様でした」

記念品もある。涙が出てくる。退職のための書類もたくさんある。総務は大変だ。一通り書類を書き込み説明を受けた。

「それでは土山さん、私もいろいろとお世話になりました、ありがとうございました！」

「いえいえ、浜野さん、ありがとうございました。……それで……浜野さん……また近々、お願いしたい事があるんです」

「わかりました。連絡して下さい。6月までですよ！」

タクシーに乗りレンタルルームに行く、500万円取り出し、待たせていたタクシーでメガバンクに行く。例の指定の金融機関だ。前もって申請していたので口座は出来ている、500万円入金する。窓口の女性に、レンタルルームのある地区の担当の外回りの社員の名を聞き、伝言をお願いしようとすると、

「土山様、今担当の者がおりますので！」

男性社員が呼ばれた。若い精悍な今どきのイケメンである。

「太田です。よろしくお願いします」

「あぁー太田さん。さっそくですが、えーとどうしようかな？　今日、私が借りてるレンタルルームに来れませんかねぇー。ちょっと相談したい事がありまして！」

「わかりました。何時に行かせて頂ければ！」

「出来れば、今からでも！」

「わかりました、ではすぐ行きます！」

私は待たせていたタクシーでレンタルルームに戻る。太田もすぐ現れる。

「太田さん、私は口座を開設して間もないですが、実はまとまったお金を入金したいと思っています。それでここに来て頂いたのですが！」

「はい！　……どれ位のお金を！」

「37億位です！」

「へェ〜、いつ頃ですか？」

「今から！」

「わかりました。どういう風に！」

「現金で！」

「どこで?!」初めて取引する人間に対して多少の疑いを持っているのか、金額の多さに動揺しているのか、太田は素っ頓狂な声を上げた。

「ここで！　そこにあるんです！」

「えーと……少し待って下さい、37億ですね！　応援を呼びますので！」

私はガレージの倉庫からスーツケースを運ぶ。太田はスーツケースの1つを机の上に乗せ、

「開けていいですか？」

「お願いします！」

「いや、ちょっと応援が来てからにします」応援の銀行マンが4人現れる。金の取り扱いは上手い。自動で数える機械を持ち込み、2人一組で作業を始める。一人はそれをじっと監視して

いる。さすがに速い、と言っても2時間近くかかっただろう。

「終わりました。39億6千345万円です」

「太田さん、37億を証券会社の私の口座に入れて下さい」

「残りは、どうしましょう？　一応全額口座に入れますが、いいですか？」

「じゃあ39億入れて下さい。残りはここに置いといて下さい！　39億入金したら連絡お願いします！」

「今日、3時までには入金します！」

残金の6千345万円をスーツケースに戻し、レンタルルームの倉庫に仕舞った。銀行マン達は、どこで手に入れた金なのかとか、何も聞かなかった。銀行では、私の事が噂になる事だろう。何者なんだ？　どうしたんだあの金は？　悪事を働いているに違いない。あの男の経歴を調べろ！　まぁー仕方ない、いつかはこうなる。目標は年末までに5千億、ひと月700億だ。出来ない数字ではない。今日は帰って酒でも飲もう。レンタルルームの事務所に寄り、手土産と銀行が持って来た粗品を渡し、タクシーに乗った。

復習をしておこう。〈急騰銘柄〉——要するに、急激に短期間に上昇する銘柄の事である。その中でも一番早く上昇する銘柄が見えて来る。買える順番もある。売れる順番もある。買える株数もある。売れる株数もある。いくら急騰していても、売手が少なければ買えない。しかし私にはその順序が見えて来るのである。とにかくまず買ってみよう。

翌日、同じ様に千賀子が出かけた後、タクシーに乗りレンタルルームに行く。初めての取引だ。難しい事はわからないが、買い方、売り方は、勉強してわかっている。パソコンを開く。まず今日一番の上昇する銘柄が見える。買える数量が表示される。クリックする。簡単に買える。2番目の銘柄が見える。買う。3番目、4番目、だんだん上昇率が小さくなる。ざっと60銘柄、90分かかっている。今日は買いだけなのだが、売りが入るともっと時間はかかる。もう一時間、60銘柄を買う。購入額は約8億。もう少し手早く出来ないものか？　始めたばかりだ焦る事はない。帰りのタクシーの中で思い付く。

急騰銘柄、株数、日付、そして売り日、買い日を前日に表に纏めておくのだ。そうすれば売買は簡単な作業だ。考えればすぐに出て来そうな事ではないか？　今日家で作ってみよう。いや明日の売買だけではない。明後日、明明後日の分も出来るかも知れない。

翌日もタクシーでレンタルルームへ行く。売買の表を作っているため打ち込む作業は速い。今日もまだ買いだけだ。翌日の金曜日も同様、まだ買いだ。

3日間でトータル280銘柄、35億円を買った。売らないともう買えなくなる。明日は土曜日、休みだ。来週の月曜日には売れる銘柄もたくさんある。月曜日の表を作成しているが、買いの株もたくさんある。売れないと買えないはずだが……手元の資金の事まで〈予見〉は考えていないのか？

月曜日、まず売りの方を打ち込む。すぐに売れる株もある。たくさんの投資家が見てるんだ。本日でのトータル残金は12億円。買いの合計は50億を超えた。

そうした日々を繰り返した。売買の銘柄数も増えている。作業も慣れて来ているので時間も短縮出来ている。家で表を作っていることもある。

5月末、取引を始めて1ヶ月が経過した。残金と保有する株価を確認する。残金70億円、保有株価90億、元手の4倍。増えてはいるが、ペースを上げねば目標にはまだ遠い。焦りはない。要領がわかったので自信はある。

半年が過ぎた。体も順調に回復していると思っている。免許が解禁になる。そのためには神戸の病院で診察を受け、医師の診断書を添えて、免許センターで更新の手続きを行わなければならない。6月3日、病院に行く。2月と4月にも行ったが、心臓センターには寄っていない。行ってみたいのは山々だが、行かないだろう自分がわかる。翌日、免許センターで申請し、講習を受ける。免許が出来るのは7日後だという。勿体ぶるものだ。やっとこれで自由に動ける。ペースを上げなければ！　6月末には残金と保有株価の合計は380億、7月末は850億、8月末には1350億を超えた。だが、まだペースが遅い。

9月の初頭、取引の作業をしている。取引の量も増え忙しい時でもあるし、夕方から千賀子と出かける事になっている、たまには付き合わないと……しかし、もうすぐあいつが来る。

「土山さん、お客さんよぉー！」

ドアの外から事務所のおばちゃんの呼ぶ声が聞こえる。ドアホンもチャイムもないのだ。ドアを開ける。スーツ姿の男性が立っている、辺りを見回している。私の部屋の中を覗きながら名札を差し出す。感じの悪い男だ。

「〇〇証券の谷原です！」

「あぁー谷原さん！」

口座を開設した時に一度電話で話した事のある私の担当者だ。開設すると担当者が付く。

「よくわかりましたね！　遠い所からわざわざ！」

この男は私の売買を全て知っている、要注意人物だ。この男は新しく始めた私の売買があまりにも激しいので、私を調べに来たのだ。

「まぁー入って下さい、おばさんありがとう！」

谷原は部屋を見回しながら小さなソファーに腰を降す。

「さっそくですが土山さん、今証券関係で、土山さんの噂が出始めています。いや持ち切りと言っても言い過ぎではありません。うちへの問い合わせが増えて来てます。情報は出さない様にしていますが限界があります！」

「へェーそうなんですか？　それは困りましたねぇ！」

「土山さんの買う株、売る株、全てが当たっている。総なめです。一度も損失がない。私もこの世界は長いんですが、こんな人は初めてです。一度、土山さんにお目にかかりたいと思っておりました」

「そうですか、ありがとうございます。私も株の取引は初めての事で、しかし今のところ上手くいっているので私も驚いています。まぁーこれからどうなる事やら！」

「本当に初めてなんですか？　これからは土山さんを訪ねて来る人も多くなると思いますし、注目されますよ！」

「あぁー谷原さん、今から女房と待ち合わせをしてましてもう時間がないんですが、まぁー今後ともよろしくお願いします！」

「うちの情報は漏らさない様にしますが、土山さんの場合は無理です。すぐに広まりますよ！土山さん、まぁーここに来る人には気を付けて下さい。今日は帰りますがまた来ます！」

「ありがとうございます。あなたも含めて、気を付けます」

その後も取引に集中する。年末には残金と保有株価の合計は、５０００億円を超えた。目標には達しているが、取引に集中していて他の事が何も進んでいない。そろそろ第３段階の準備を始めないと！

　年の瀬も押し迫った日、相談したい事があると浜野を呼び出した。まだどこにも就職が決まっていないはずだ。小料理屋の一室を予約している。第3段階はどうしても協力者が必要だ。まず思い付いたのが浜野だ。彼しかいないと思った。彼は全体を見る事が出来るし、纏める事が出来る。仕事も速い。それよりも何せいい人間だ（多少の癖はあるが）。いい人間であるだけで十分だ。説得しなくてはならない。説得出来る事はわかっているが、本気で思いをぶつけなければその結果も得られない事はわかっている。浜野はもう来ている。彼は地元でこの店の事は良く知っているし、常連でもある。

「浜野さん、呼び出して申しわけない！」

「いえいえ！　私こそ呼んで頂いて！」焼酎を飲み、鍋をつつきながら、本題に入る。浜野は6月末に退職し、雇用保険で生活していたが、それももう切れている。

「浜野さん、実は今、俺はやりたい事業があって資金を稼いでいる。年末で5000億円を超えた。NPO法人を設立して、その金を有効に使いたいと思っている！」

「5000億!?　すごいですね！　何をやる法人なんですか？　どうやってそんな大金を！」

「困っている人の支援だ。障害者、孤児、虐待児、その他にもたくさんある。その人達への支援だ。利益は出さない法人だ。春には事務所を立ち上げたいと思っている」

「へェーそんな事を！」

「浜野さん、どうだろう。俺と一緒にやってもらいたいんだが！」

「土山さん、びっくりしてます。突然の話なのと、5000億なんて大金の話とで頭がこんながらかってます。土山さんが何かやりそうだなぁーとは思っていたんですが、私に声をかけてくださって、嬉しいです。今すぐにでも返事をしたいんですが、一応嫁の意見や承諾を取ってから返事をさせて頂きます」

「よろしく頼みます。事務所を建てる場所は決めていますが、地元の浜野さんの意見も聞きたいし、事務員も雇いたいし、法律や税金のわかる人も雇いたい。NPO法人の申請もしたいし、金融機関との話もしなくてはならない。何とか一緒にやってほしい！」

「わかりました。明日、朝、返事をします」明日の朝、いい返事が来るだろう。いよいよ公にする時が来た。もう千賀子にも隠しているわけにはいかない。よく隠し通せたものだ。退院して鞄を贈った時、いとも簡単に値段の嘘を見破った事を思えば、不思議という他ない。

正月三日、家族が揃った夕食の後、

「ちょっとお父さんから話したい事がある！」

皆はまた、例年やっている今年の目標みたいな事だと思っているようだった。

「退院してから1年が経つ。この1年、ある事業を起こそうと思って資金を作って来た」から始まり、浜野に言った内容を少し省略して言う。皆半信半疑で狐に抓まれた様な顔をしている。

「君らには、迷惑はかけないつもりでいるし、今のままの仕事を続けてくれたらいい。お父さんも忙しくなる、ほとんど家にいられなくなるが、まぁーよろしく頼みたい」

「お父さん、退職してから、そんな事してたの？　そんな才能があったとわねぇー。いつも酒飲んでぐうたらしてるのに！」

「隠してたんだ才能を！　それから和田山に仮の事務所を出す。その後の具体的な事は未定だ。それから、今集めた資金は、君らも何か使いたい事があれば相談に乗る。以上……終わり！」

皆、よく聞いてくれたし、理解もしてくれている……と思う。びっくりしただろうし、大金がある事も理解しているが、何か関心が薄い。貪欲さがない。（まぁーお父さん、やったら！）という感じである。かえってその方がいい。

正月明けてからも売買の量は増えている。取引しながらも浜野と相談を重ねる。和田山の土地を買って、事務所を建てるまでは、賃貸の事務所を借りる事にする。客も多くなるだろうし、社員でも入社すればこのレンタルルームではどうにもならない。レンタルルームのおばちゃんに言うと、賃貸の事務所、アパートはもちろん、戸建も扱っているらしく、数件の案件を出して来る。この近くで、交通の便も良く、新しい事務所の土地にも近い、まだ新しい賃貸ビルの2階を借りる事に決め、さっそく、事務所用品を買い揃え、引っ越しする、おばちゃんにはお土産とたくさんの優待券を持って行く。

窓は西側しかないが暗くはない。机と椅子は3セット用意したが配列上1セット増やし、大きめのソファーとテーブルを置く。北面にトイレ、倉庫、湯沸しがある。コピー機、書棚、金庫を置いてもまだ余裕がある。

「浜野さん、まず社員の募集をしたいんですが、事務職、営業職……それから……」

税務、法律、不動産……は専門の事務所に依頼する事にする。

「土山さん、会社名が決まっていませんし、届出もまだです。まずそっちからやらないと！」

「あぁーそうでしたね！　Dハートにしようと思っています。NPOの申請もお願いします！」

「Dハートの D は土山さんの土ですか？」

「そんなとこです」

「社員の待遇はどうしますか？」

「この会社は一般の会社と違って、人に支援する会社です。考え方はいろいろあるとは思いますが、支援する方が安月給では気持ちが安定しませんので、一般の会社の5割増位で行って下さい。それと浜野さん、これは入社準備金です。1千万円あります。何にでも使って下さい。個人的なものです。まだ決めていませんでしたが浜野さんの給料、月100万という事にして下さい。私もその金額で！」

「ありがとうございます。まぁー順番にやって行きます。それと例の土地の持主を調べました。急なんですが、今日の夜だったらいいという事なのでお願い出来ますか？」

谷原がまたやって来る。歓迎したい相手ではないが、来る者は仕方がない。証券取引では世話になっているが、証券会社の人間が普通こんなに出かけて来るものなのか？

「土山さん、さっき例のルームに行ったら留守だったので、おばちゃんに聞いたら、事務所を出したって聞きまして！」

「まぁーどうぞ。まだ片付いてないんですが、こちらは浜野です。株の方でお世話になってる証券会社の方で、私の担当になってもらってるんです」

「そうですか。浜野です。まぁーこちらへどうぞ」

「土山さん、また一段と派手にやってますねぇー。順調過ぎるんじゃないですか。土山さんの取引を研究している人も多いんですが、頭を抱えていますよ。何故だかわからないが実績だけが飛び抜けている。何故こういう事が出来るのか皆わからないんです！」

「そんな大袈裟に言わないで下さいよ！　たかが知れてますよ！　しかし谷原さん、もう少し、続けますよ！」

谷原も本当はわからないのだ。何故私だけ、こんなに買う株、売る株が当たるのか？

「言ってくれないでしょうが、一つだけ聞いてもいいですか？」

「いいですよ！　答えられないかも知れませんが！」

「土山さんは、どういう根拠で買う株を決めてるんですか？」

「はぁはぁ〜〜。それは谷原さん、内緒ですよ！　内緒！」

「でしょうね！　土山さん、新事業、頑張って下さい。だいたいの事業内容は聞きました！」

「ありがとうございます、誰から聞いたのですかねぇー。まだあまり口外してないんですが！」

「それは内緒です。土山さん事業の経過も見たいですし、また寄らせて頂いてもいいですか？」

「谷原さんは恐いからねぇー。鋭いからなぁー、もう来ないで下さい！」

「わかりました。また来ます。また証券情報持って来ますよ！」

地主は、大きな門構えの古い立派な家である。浜野の情報では、今は地区の顔役らしい。現在80歳だが、若い時は大手の建設会社の役員をしていたらしく、息子が今その会社の役員をしている。また、浜野の父親と知り合いという事だ。応接間に通される。高級な置物が並んでいる。この地区の名士なのだろう。私はひと目見た時からこの土地にしようと思っている。まぁー小さな小山である。小さいと言っても山ひとつだ。国道から少し入っているし、その裏の山も高くない。この山のてっぺんを切り崩して平地にし、そこに建てようと思っている。

「土山と申します。突然の事で申しわけありません」から始まって、何の事業をするのか？何故この土地なのか？　などとこと細かく説明する。

「突然来て売ってくれなんて、虫のいい話だと思いますが、何とかよろしくお願いします」

「あの山を今何かに使っているというわけでもないし、今後も使う予定はないが、どこの誰だかわからない人に売る気にはなれないと思っておったが、浜野さんの息子さんという事だし、話だけは聞こうと思った。今、土山さんの話を聞いて、私も協力したいと思った。あの土地がどんな風に変わって行くか、見届けたい気もしてきている。しかし売る事は出来ない！」

「山下さん、売る事が出来ないなら、お借りする事は出来ませんか？」浜野が言う。

「いいえ、山を切って、道を作って、建物を建てるのですから、お借りするというわけにはいきません。譲ってもらわないと、私の気持ちが納得出来ません！」

「よくわかりました。あの山はあなたに差し上げます。どうか好きに使って下さいっ！」

「差し上げる？」と浜野。山下さんは事業の内容も、私の事も、気に入ってくれている様だ。

「ありがとうございます。ありがたく頂きます。あの山がどう変わって行くか、これから見ていて下さい！」

「いいんですかねぇー」と浜野。

「いいんですよ浜野さん。手続き上何か不都合な事でもあれば何でも言って下さい。協力しますよ！　私もどう変わって行くか早く見たいものです！」

「ところで山下さん。あの山の下の田や畑も一緒に譲って頂きたいと思っているのですが！」

「参ったなぁー。もう今さらだめだとは言えないですなぁー！」

「ありがとうございます。ところで山下さん！」

「まだ何か？」

「山下さんの息子さん、大手のゼネコンの役員をされていると聞きましたが、是非この工事をお願いしたいと思っております。こんな田舎まで来て頂けるかわかりませんが！」

「わかりました。土山さんの方からも言ってみて下さい、私も連絡しておきます！」

「山下さん、もうひとつ。山下さんには、是非共お願いしたい事があります。あの山の監理指導もお願いしたいですし、地区の説明会などの協力もお願いしたいのです。それと、まだ出来たばかりの会社ですが、我社の相談役になって頂きたいのですが、お願い出来ませんか？」

「土山さん、あなたに全てお任せします！」

ＮＰＯ法人の申請も許可が下り、求人募集の登録（ハローワーク）も出来た。大手銀行の口座も、Ｄハート名義で開設し、地元の金融機関5行にも口座を開設した。山下さんの息子さんにも電話を入れ、経緯を説明し、建設依頼をした。大手銀行や地元の金融機関に口座を開設してから来客が多く忙しい。田舎町である。噂が広がるのも速い。市役所・商工会、各福祉団体、もちろん金融機関も来る。皆、このＤハートという一風変わった会社の内容を逸早く理解して、今後の対応を検討したいのだ。

「土山さん、もう名刺がなくなったでしょう、また新たに作りましょう。代表でいいですか？」

「そうですね。浜野さんは副代表兼総務部長でどうですか？」

「わかりました。それと、法律事務所、税務事務所との顧問契約も出来ました。登記事務所もお願いしました。ここは不動産もやっています！」

「そうですか！　求人は？」

「ハローワークに登録出来ましたので、あと細かい概要を書いて今日提出します。心当りの大学にも郵送したいと思います」

業務内容を決める。まず第一にしたい事は、障害者支援である。これを基本とする。お金を支援する。多過ぎても少な過ぎても良くない。私は月5万円、年間60万円がいいと思っている。その他は、主に孤児や虐待児、貧困児童などの支援および保護施設。そして障害者の教育、職業訓練施設、およびその他福祉関連支援である。

Ⅲ

「代表！　明日15時、面接に来ます。吉村貴樹25歳、昨年の10月に退職しています。それと明後日13時、女性の面接です。新卒です。堀江由夏、21歳。求人表を一昨日出したばかりですが、意外に早いです」

翌日来た吉村君、好青年である。求人表の内容を見て応募したいと思ったという。営業職希望だ。断る理由は何一つない。

「まだ出来たばかりの会社ですが、あなたがこの会社で働きたいと思ったのであればありがたいと思います。今月末までには、通知を送りますのでよろしくお願いします」

「私が前の会社を辞めた理由は聞かないんですか？」

「言った方がいいのなら聞きますが、言いたくなければ、それはそれでいいですよ！」

「はい！　わかりました。私も言いたいわけではありません！」

この吉村は入社する事になるのは分かったのだが、明日来る女性は分かっていない。〈予見〉出来ていないのだが、特に気にはならない。翌日、堀江由夏はやって来た。まだ18、19歳でも通る今時の愛嬌のある可愛らしい女の子である。求人表を出したのは3日前である。面接の日が決まったのが2日前、だから求人表を見て、その日に決め、翌日連絡して来た事になる。

「堀江由夏と申します。この春大学卒業予定の21歳です」

はっきりと聞きとりやすい声で、物怖じしないで言う。

「こんな狭い仮の事務所でびっくりしたでしょう！　新卒なのに、もっと大手の企業に行こうと思わなかったのですか？」

「もちろん大手も考えましたが、しかし御社が気になりまして！」

「そうですか！　気になりましたか！　気になったら確かめないとね！」

「求人表を見まして、ビビッと来ました。御社の業務内容は、申し分ないんですが、仕組が分かりません、どういう事で成り立つのか、確かめに来ました」

「そうでしょうね業務内容は支援ばかりですからねぇー。資金はどうするんだと思うのは当然です。今話せば長くなりますが、私なりに安定して利益を出せる工夫をしています」

「その工夫が知りたいのですが……」

「どうしても確かめたいのなら我が社に入社するしかないですね！　でも就活もまだこれからでしょ！　いろんな所を受けたらいい！」すると堀江由夏は顔を上げて、

「入社させて頂きたいと思います。よろしくお願いします」

「えッー、もう決めちゃうんですか？」と浜野。

「どうしても気になる様ですね！　それならこちらも受け入れたいと思いますが、まだ、時間がある。いろんな所も受けてゆっくり考えてからでいいですから！」

「他の所も参考に受けますが、気持ちは変わりません！」

「あなたは、せっかちなのかも知れないですね！　一呼吸置いて考えるという事も大事な事かも知れませんよ！　今月末までに通知を郵送します。また考えが変わったら遠慮なく言って下されば結構です」迷いはなさそうに帰って行く。今の若者らしくないとも言えるだろう。思い込んだら、まっしぐら。それは良い事なのかも知れない。いや良くないのかも知れない。浜野と相談して、内定の通知を送る事にする。これで2人は確定した。幸先はいい。どちらも営業職？　堀江さんが営業職を希望か確認していない。

「あれは、事務職という柄じゃないでしょう！」

「そうだな！　事務所でじっとして机に座ってるタイプじゃないな、どう見ても！」

「代表！　事務職をもう一回募集しますよ！　他にはどうですか？」

「そうだな、新しい事務所は山の中だから、庭の手入れをする人を募集したいのと、雑用係の人もお願いしたい」


3月以降、毎日忙しい。する事はいくらでもある。気持ちは落ち付いている。少しずつではあるが株の取引も出来ている。新しく事務職の人も決まった。この4月からは、合計、5名で動いて行く。

「代表！　例の堀江さんが、入社までに何か手伝いに来てもいいかと連絡がありまして、特に問題もないので、その様にします。明日からです、実は私も助かります」

「浜野さん、ちょっと気になる事がありまして。今後、地元の事に関わって行こうと思っています。どれ位関わればいいのか今はわかりませんがお願いします！」

「どういう内容ですか？　一応聞かせておいて頂いた方が」

「そうですね。実は私の住んでいる地区なんですが、大変危険な所があるんです。それを誰も理解していない。もしもの事があると大きな被害が出るし、犠牲者も出るかも知れない……まぁーその事を解決したいと思っています」

「わかりました。ここにはずっと出て来られるんですね！」

「もちろんです！」

次の日、堀江由夏がやって来る。面接に来た時はリクルートスーツだったが、今日は私服である。ちょっと可愛らしい系の服装だ。まぁーまだ社員でもないし、バイトだから自由と言えば自由なのだが、まるでアイドルの少女の様である。

「代表！　勝手な事言ってすみません。早く来たいという気持ちがだんだん大きくなって！」

「いやぁーうちは助かるからいいけど、学校にはもう行かなくていいの？」

「週に一度、卒論の講義に行きます、水曜日です。それ以外の日は、こちらで何か出来る事をさせて頂きたいと思います。出来ればですが……代表の秘書……と運転手……だめですか？」

「だめじゃないけど、秘書らしい仕事があるかなぁーまだそんな段階じゃないし、まぁー何でも手伝ってもらおうかな！　卒業旅行は行かないの？」

「行きません、それとバイト料みたいなもの、本当は頂かなくてもいいんですが、代表が気を使うと思いますので少し頂きます！」

「ハッハッハッーわかりました。じゃあ少しだけ！　という事で浜野さんよろしく！」

「わかりました。少しだけ、それと堀江さん、今日は、ここまでどうして来たんですか？　車持ってるんですか？」

「お母さんの車借りて来てます、あまり乗ってないので！」

「それじゃあ、堀江さん、まず、社服を見に行きましょうか？　今の服装もよく似合ってるんですが、あのう、もうちょっと落ち付いたものを……それと車も！」

「えー落ち付いてないですか？　それと車って私の？」

「この前、副代表と私の社用車決めました。今から見に行きましょう！」

「あぁーどうぞ、行って来て下さい、代表！　おとなしい服と車にしといて下さいよ！　ところで、お母さんの車は？」

「はい！　クラウンの３０００ccです！」

結局、車も服も、決しておとなしいとは言えないものばかりになってしまった。

「こんな車がいいんじゃないですか？」

「いいえ、こっちの方がいいです！」

「色は白にしましょうか？」

「青がいいです！」

自分の主張をしっかりと言うのは若者らしくていい。彼女もてきぱきと選んで行く。

「あのう、それもいいですが、こういうやつもどうですか、買いましょうか？」

「いいえ、それはいいです！」

「………」まぁー仕方ない。若いのだ、浜野さんが怒る。その後、いろんな所を訪問したり、お客が来た場合、常に堀江由夏が同席した。スケジュールも手際よく管理してくれている。勘がいい。「娘さんですか？」とよく言われる。誰も秘書だと言う人はいない。車もいつの間にか私の車を由夏が運転している。私なので我慢しているが、他の人なら乗っていられないだろう。浜野は少しは自分の仕事も手伝ってもらおうと思っていたらしく、当てが外れて機嫌が悪い。

「堀江さん、今日は地区の人との話があるので今日の仕事はこれで終わりにしましょう！」

「あぁーあの例の危険な場所があるっていう件ですね！」よく知っている。

「うん、それもある」

「私も行きます！　秘書ですから！」

「いやぁーそれはだめだ。その家にお邪魔するし、おそらく飲み会になる。飲み始めると、明日になる！」

「私も行きます。代表が関わって行く事を全て知っておきたいので、迷惑はかけません！」

「若い娘がそんな所まで付き合わなくてもいい。堀江さんのご両親も心配されるだろうから！」

「私の両親は、（お前のやりたいと思う事をお前が考えてやりなさい）といつも言ってくれています。私、両親には信用あるんです！」

（それは君が思ってるだけじゃないのか？）そう言おうと思ったが、

「それはいい話だが、俺なんか、嫁にはまったく信用がないんだが、酒の席は面白くないぞ！」

「行きます、両親にはちゃんと電話します！」どうも人の言う事を聞きそうにない。

「あぁーそう、わかった。じゃあ、君は夜の9時になったら帰る様に。だから酒は飲むんじゃないぞ！　飲めるのか？」

「わかりました。そうします。お酒は飲めません！」


「まぁー祐ちゃん、上がって！」

研雄さんはそう言いながら、堀江由夏の方を見ている。とにかく、何故、こんな若い子と一緒に来たのかという事を説明しないと始まらない。

「研雄さん、こちら堀江由夏と言います。4月から私の事務所に来てくれる娘さんなんですが、入社するまで、何か手伝いたいと言ってくれてて。今日もどうしても一緒に来たいと言うので
……びっくりしたでしょう！」

「祐ちゃん、びっくりしたよ。こんな可愛い娘、連れて来て！　まさか彼女やないだろうけど、彼女ならこんな堂々と連れて来ないだろうし、まぁー由夏ちゃんもこっち来て！」

研雄さんも研雄さんだ。早や由夏ちゃんなどと呼んでるし、由夏も可愛いと言われてニコニコしている。

「まぁー祐ちゃん、とり敢えず飲もう。体調はもういいんだろ?」

由夏はよく気が付く。お酌をしたり、あてを小皿に取って渡す。

「ところで祐ちゃん、事務所って何やるんだ?」

「まぁー福祉関係の事務所を作りました。今は仮の事務所だけど、新しい事務所を建てる準備がほぼ出来て、来年の春には新事務所でオープンします」

「祐ちゃんは、何かしそうだなとは思ってたんだけど、いよいよやるか?」

「それで研雄さん、今から本題なんだけど……」

研雄さんはこの地区では一目置かれていて、何かと言えば、長になる存在の人物である。もう70過ぎだろう。人望は厚い。この地区は東西に走る山の裾野で、それに沿って集落や田畑がある。南向きには楕円形に大川が流れ、集落を囲んでいる。その大川の堤防は3m~4mと高い。上流と下流に橋が架かり、その山と川の間の三日月状の土地に住人が住んでいる。その土地はちょうどお椀状になっており、一旦水が入り込めば逃げ場がない。まして、大川の川底と今生活している土地の高低差はほとんどない。川の南に県道が走り、その奥は傾斜のきつい山になっている。

「祐ちゃん、前にもそんな事言ってたなぁー。危険な所だって!」

「何十年、何百年とこの危険から逃がれて来たから、誰も危険だなんて思っていない。研雄さん、この危険は必ずやって来る。今年の台風には、大災害が起こるんですよ!」

「本当かいな!」

「取り越し苦労であればいいんですが……研雄さん、あの山が崩れるんですよ！　もしそれが台風の時と重なれば、崩れた土砂は川を塞ぎ、この低い土地に流れ込んで来る。堤防は決壊し濁流が押し寄せ……。結論から言うと、集会所を建てます。濁流が来てもびくともしない集会所を。場所は哲夫さんとこの畑。ここは村のほぼ中央で避難しやすい。全員が2階に避難出来る様な施設にします。研雄さん、皆を説得して下さい。私だけが言っても説得し切れません。費用は全て私が用意します。それで研雄さん、近日、当座の資金を持って来ます。哲夫さんから土地を買って下さい。他に何に使っても結構です。とにかく皆を集めて説明会を開いて下さい。誰か手伝いの人がいるのなら誰か雇って下さい。この堀江も使って下さい。もうすでに3月です。土地が買えたら、申請もしなくてはいけないし、造成、設計、契約もしなくちゃあ進みません。7月末には完成しないと間に合いません。いいですね、研雄さん！」

「うん、わかった様なわからん様な……けどわかった。よぉうわかった」

「まぁーそういう事で、頼みます。研雄さんも忙しくなって、自分の仕事（と言っても特にないが）が出来なくなると思いますので、私の事務所に非常勤で勤めて頂きます。毎月給料を支払います。特に事務所に来る必要はありません。いいですね！　研雄さん、いいですね！　ところで堀江さん、あんた何してんの？」

「えッ、私、えぇっと、さっき代表がトイレに行った時、研雄さんに勧められて飲んじゃった！」

「何にぃーお前はバカか？　まったく……研雄さんも研雄さんや！」

「でも由夏ちゃんも飲みたそうやったし、今日、車で帰るの知らんかったし……」

「もうえぇー。研雄さん、今まで俺の言った事、覚えてるやろうな！」

「はい覚えてます、山が崩れるんやな！」

「君も何を考えてんだ。今からお母さんに電話しなさい。自分で勝手に飲んじゃったって言うんだぞ！」

「はいわかりました。すみません！」

「何を笑ってんだ。今日はどうするんだ？　車にでも寝ろ！」

「まぁー祐ちゃん、由夏ちゃんも反省してるから！」由夏は泣きながら電話している。

「祐ちゃん、俺も急な話で、どんどん進んで行くから頭が付いていかない。まぁーもうちょっと飲もう。由夏ちゃんもこの際だ、飲んじゃえ！」

仕方がない。私も大人げなく、若い娘を泣かせてしまった事に少しの反省はある。

「まぁー飲め！　飲んじゃったんなら仕方がない。しかし、君は酒が好きなのか？」

「いいえ！　よくわかりません、どうも嫌いではない様です！」

「しかし、これが普通の会社だったら、もろ（クビ）だぞ！　浜野さんが聞いたら大変だ！」

「代表！　大丈夫です。私まだ入社していませんので（クビ）には出来ませんよ！」

「あぁーなるほど！　そりゃあそうだ！　変なとこに頭が回るやつだ！」

由夏はハイペースで飲んだ。そして酔い潰れている。研雄さんも酔っ払っている。もう話など出来るものではない。美紀子さんにお礼と詫びを言い、

「おい！　立て！　帰るぞ！」

由夏の手を私の肩に回し、腰を持ち上げながら私の家まで帰った。千賀子を起こし、着替えさせ、布団に寝かせた。

翌朝、由夏は起きてこない。9時過ぎ、眠そうにぼぉッとして起きてくる。まだ酔いが抜けていない。浜野には少し遅れると言ってある。

「おはようございます！」

「あぁーおはよう、よく眠れましたか？　元気そうでなによりです。まぁー朝ご飯でも食べなさい！」

「奥さん、すみません！　代表、昨日はどうもご迷惑をおかけしまして、酔っ払わない様に飲もうと思ってたんですが！」

「初めから飲むつもりだったんかい！」

「今度からは、酔っ払いません！」


「お二人共、今日はお早いご出勤で！　朝帰りですか？　いや昼帰り！」と浜野。

「………」

「代表！　さっき木村研雄さんという方から電話がありまして、今晩7時30分、一緒に行ってほしいと、何でも哲夫さんのところに行くと！」

「代表！　私も行きます！」

「いや！　君はいいです。バイトなんだし、二日も続けて夜遅くなるのは、ご両親が心配されるだろうし、うちの会社も何んて会社なんだって思われるだろうし！」

「大丈夫です、だって、私が行かないと！」（……行かないとどうなのだ？）

研雄さんの家に早めに行って作戦会議をする事に。美紀子さんに昨日のお礼を言い、醜態を詫びる。

「由夏ちゃん、一気に飲んじゃだめよ！　祐ちゃんも病み上がりなんだからね！　今日も飲むの？」

「いいえ、今日は飲みません、大丈夫です！」がしかし、作戦会議の結果、今日は飲みながらの方が早いという結論である。哲夫さんも、飲むとすぐ眠くなるたちであるらしい。

「堀江さん、酒とつまみ、もうちょっといいやつ買って来て下さい！」

「わかりました。哲夫さんの方は一人ですか？」

「一人だよ！」

「じゃあー4人分ですね！」

「…………？」いやぁーな予感がする。こいつはまた飲むつもりだ。由夏が上手に哲夫さんに酒を勧め、うとうとしかけるのを強引に説き伏せる。

「研雄さんと祐ちゃんが言うんならしゃあないやろ！」と言わせてから寝かせてあげる。

研雄さんは次の相談をしたいらしく、3人で飲み直したい様だが、研雄さんも由夏も私も美紀子さんが恐いので私の家で飲む事にする。二人共酔い潰れたが、一応10日後に説明会を開く事を決めている。由夏は幸せそうに寝ている。たまに笑っている。何なんだこの女は？

それから由夏は、毎日出勤するが、すぐに出かける。研雄さんの所に行っているのだ。報告はきちっとする。2日に一度は美紀子さんから電話がある。「祐ちゃん、帰りに寄って！」と言われた時は由夏は飲んでいる。そして、担いで連れて帰る。

説明会は計画通りの結果となる。由夏が研雄さんを立てながら主に説明し、皆を納得させた。初対面であるにもかかわらず、説明会が終わった時には皆が「由夏ちゃん、由夏ちゃん」と呼ぶようになる。決して嘘はないのはあたりまえだが、上手く進めて行く。ただ皆、本当に災害が今年起こるなんて思ってる人はいない。まぁー今は仕方がない。これからだ。しかし由夏は変な娘だ。細かい要望も聞きとり、次回の説明会の日程もちゃんと決めている。

「祐ちゃん、次の相談したいんで、家に来て！」説明会の後はこうゆう事になるのは分かっていた。すでに由夏はお酒を買いに行っているし……。

「代表ぉー、すみません。今日、代表の家に泊まらせて頂くよう千賀子さんに頼んでおります！」

「何にぃー、君らはもう相談出来てたんかい！」

なかなかやるもんだ。まぁーいい段取りと言えばそうだ。

「研雄さん、業者の心当りは？」

「うん、ない事はないんだが、これと言って……」

「代表、山下さんにお願い出来ませんかねぇー！　事務所の件もあるし、打合せも纏めて出来るんだし！」

「それはそうなんだが、あの大手がこんな所まで来てくれるかなぁー」

「とにかく頼んでみます！」もう電話している。

「代表！　明日10時、事務所に来てもらいます。新事務所の打合せも兼ねて。いいですか？」

「まぁーいいですよ！」

「代表！　もちろん、研雄さんにも来てもらいます！」

「わかった、俺も行くよ！　祐ちゃんの事務所、初めてだし！」

研雄さんは由夏によく注ぐ。飲ませたくて仕方がないのだ。

「それにしても由夏ちゃんは強いなぁー！」

「私もどれ位飲めるかよくわかんないんで、今度、確かめてみようと思ってます！」

「そんな事、やらんでよろしい！　若い娘が何て事言っとるんだ！」

完全に酔いが回っている。しかし飲む量は確かに増えている。いつもの様に由夏の片腕を私の肩に乗せ、由夏の腰を抱いて歩く。いつもより重い。（何だこいつ、太ったな！）と呟くと、

「太ってません！」と喚く。耳はいいんだ。


「朝帰り出勤が二人共板に付いて来ましたねぇー。二人の変な噂が立たない様にお願いしますよ！」と浜野。朝のイヤミも板に付いて来た。

山下さんは快く引き受けてくれる。今さら断われないのだろうし、元々、断われない人なのかも知れない。地方の工事にはほとんど関わらないのだが、Ｄハートの関連工事という事でお願いする事にする。

「代表！　あまり工期もないので、さっそく敷地調査を行います。その後、要望を聞き取りしたいのですが、ある程度区民の要望を纏めて頂けるとありがたいのですが！」

「わかりました。さっそくに、それともう一つ山下さん、実は、この集会所を建てる事になったのは、山が崩れるという仮定なんです。危ない所があるんです。山の強度の調査もやってもらいたいんですが、いかがでしょうか？」

「はい！　出来ますよ！　すぐに準備します」

「ありがとうございます。それともう一つだけ！」

「代表ぉー、一つだけが3回目ですよ！」と由夏。

「わかってる、うるさいなぁー」

「はい！　いくらでも言って下さい！」

「それでは遠慮なく。今、お願いしています新事務所の下の部分に広い畑が残っていますよね、そこに30戸程度のマンションを建ててほしいんです。もっと早く言ったら良かったんですが」

「山の調査も急ぐんですよね！　マンションはいつ頃までに？」

「今年の8月末です」

「5ヶ月ですか……わかりました。代表、打合せも頻繁になりますが、ご協力お願い出来れば可能です。喜んでお受けします」

　山下さんは、現場事務所の宿泊棟に本社から呼び寄せた社員を住まわせ、足りない時はホテルを予約して、毎日打合せ、作業を指示する。新事務所も集会所もマンションも山の調査も同時進行だ。設計書も出来上がり、集会所の説明会も問題なく終わり、マンションの設計も完了して契約も済んだ。準備が出来次第着工の手筈になっている。

　朝、副代表と堀江を呼ぶ。

「浜野さん、私も今、地区の事ばかりに関わっていて申しわけないが、地区の方も順調に進んでいます。浜野さんの方はどうですか？」

「4月からの新入社員が3名、2名は入社事項、事業内容、業務内容も説明しております。堀江さんはまだですが。今のところはこの事務所では狭いので増やせませんが、来年の4月からの入社の募集はしています」

「わかりました。浜野さん、この堀江さんは、当初、事務をお願いしようと思ってたんですが、ご覧の様にどう考えても、どう見ても事務というタイプではないので、今まで通り私の秘書をして頂こうと思います。地区の事にも関わっているし、それと新企画室を担当してもらおうと思っています」

「代表！　ありがとうございます。私も最近、事務には向かないなと思う様になりまして！」

と由夏が言うと、すかさず浜野が、

「最近かい！　最初来た時からわかっとったわい！」

「ハッハッハッ……という事でよろしく、堀江さんちょっと話がありますので！」

とソファーに誘う。

「あのう、その前に、新企画担当という事は、新企画室の室長という事ですね！」

「まぁーそうだ！」

「はい！　では、代表、その話とやらを！」

「……何だかもう忘れた。また思い出したら言う！」

今日は由夏に労いの言葉をかけてから、今の地区の事の悩みを解消しておこうと思ったのだがやめた。言わなくても由夏はやるだろう。第一の悩みは、皆が信用していないわけではないが、皆がそんな心配しなくてもと思っている事だ。それをどうやって皆を付いて来させるか、それを突破しないと中途半端になってしまう。それが一番恐いのだ。まぁー少し任せておこう。

由夏は、時間があれば研雄さんの所に行っている。研雄さんは由夏の事を信用し切っているし、しっかり手なずけられている。地区の人も、新しく現れた者ではあるが、一目置いている。

(手なずけられ始めている)


少しずつ、春の気配を感じる様になった。

「堀江さん、卒業大丈夫？　論文出来てる？　1週間に1日行くって言ってた大学、あれから

1回も行ってないんじゃないの？　本当に大丈夫？」と浜野。

「ご心配をおかけしている様ですが、浜野さん、私、首席で卒業するんです」

「ええぇ……シュセキ？　習主席？」

「首席です。はい！」

「そんな事……賄賂でも贈ったんですか？」

「賄賂なんか贈らなくても首席です、はい！　あしからず！」

「代表！　4月1日、入社式をしたいと思います、特別な事をするわけではないのですが、代表の挨拶、方針の発表、その後、昼食会をしたいと思っていますが、どうですか？」

「いいですよ！」

「じゃあ、どこか予約します。しかし代表、堀江さん、最近何か落ち付いて来た様ですが、服も前みたいにチャラチャラしてないし！」

「私もそう思ってるんです。働いている事に、目覚めたんでしょうか。地区の人も堀江さんの事、信用しているし、研雄さんなんか、ぞっこんですよ！」

「まぁーあれだけ行ってればねぇー。Dハートの社員だって事忘れてるんじゃないですか？」

「ハッハッハッ……まぁーまだバイトだし！」

　朝、由夏が代表室（いってもパーテーションで仕切るだけ）に勢い良く入って来る。挨拶もしないで……。

「代表ぉー」と大きな声で呼ぶ。私もびっくりして椅子から尻が浮く。

「何だ、大きな声で、〈おぉー〉を伸ばすな！　こんな狭い所でちょっと落ち付きなさい！」

（この前、ちょっと落ち付いて来たと思ったとこなのに）

何か心に思うものが大きくなったのだろう。が、新入社員の教育を急がねばならない。

「代表！　突然なんですが！　お願いがあります」

「……何だ……ゆっくり言え！」

「ダーイーヒョーオォー！　ちょっと……言い……にくい……んですが……」

「何だと、君でも言いにくい事があるのか？」

「ちょっと行って来たい所があります！」

「どこに？　大学か？　……補習かぁ？」

「いいえ！　ちょっとアメリカに！」

「アメリカって！　あのオバマのアメリカか？」

「イエッス、ウイ、キャン！　……代表、私は企画開発室長を命ぜられてからいろいろと勉強しました。日本のいろんな施設の実状も調査しました。アイデアもありますが、やっぱりアメリカの障害者の支援、作業施設、障害者レストラン、ホテル、また孤児施設などの実状をこの目で見てみたいんです。また社会進出のための教育、病院、学校などの知識も得たいと思っています。そのためにはやっぱりアメリカに……」

「ほぉう～～意気込み、意欲、目的はいい」

「こういう仕事に携わっていく以上、もっと知識を深めたいと思っております。室長になったからには私の企画次第でこの会社も……代表ぉー！」

「いつから？」「すぐに！」「どれ位？」「1ヶ月！」「誰と？」「一人で！」

「そりゃあーダメだな！　若い女性が一人で遠い他国に行くなんて、両親が許すわけないだろ！　一人なんかにしておくと何をしでかすか……」

「ハァー、わかりました。誰か付き添いがいて何かしでかさない様に監視してたらいいって事ですね！」

「まぁ〜そういうことだ。これからは忙しくなる。地区の方も追い込みだ」

「そうですね！　帰って来るのが遅くなると、Ｄハートも地区の事も……私がいないと……！」

　自分がいないと進んで行かないと思っているらしい。そうかも知れない。

　次の日の朝、おはようも言わずに、

「代表ぉー！」

「だから〈おぉー〉を伸ばすな！　何だ？　朝っぱらから！」

「ダイヒョ！　今日の夜、時間作って下さい！」きたきた。

「今日の夜、私の家に来て頂きたいんです」

「わかった。私も君の両親に謝りたいと思っていたんだ。夜遅くまで働かせたり、酒飲ませたり、外泊させたり、……それで、言ったのか？」

「それとなく母に！」

「それで、どうなんだ！」

「悪い感じじゃないんですが、もうひと押し！」

「なんだ、俺がもうひと押しの応援に行くのかァ」

　堀江家は町並から外れた山の中にある。本道から脇道に入る。脇道と言っても本道より整備されて両サイドに植木が並んでいる。少し進むとゲートがある。近付くと自動的に開いた。

「おぉうーすごいな！　ここから堀江家の屋敷か？」

「さっき脇道に入った所からです！」

門を抜けて暫く走ると、大きな建物がある。周りが暗いが、たくさんの外灯で家が大きいのはわかる。入口の門も開いている、車を入れ大きな車庫に滑り込む。車が4台。和服の女性が立っている。

「いらっしゃいませ！　土山様、どうぞこちらへ！」

（由夏はええとこのお嬢様なんだ……）

応接間らしき部屋に案内される。主人が座っている。頭がずるっぱげ、丸い眼鏡をかけ、和服を着ている。これは……波平だ。婦人を正面で見る。これは綺麗だ。気品がある。50歳前後だろう。まてよ！　由夏のお母さんか？　いや違う。もう一人の婦人が入って来ると、さっきの婦人は部屋を出た。

「代表、父と母です！」

「堀江です、初めまして。妻の真由美です」セレブ感が溢れている。

「土山です」と名札を差し出す。

「大きなお宅ですね！」

「いえいえ、そんな事はないですよ！」

話が途切れる。由夏がどこまで話しているのか確認していないし、由夏も喋らない。両親もこちらの説明を待っている様な気配である。仕方がない、私から言い出すしかない。

「今度4月から娘さんには、私の会社に入社して頂く事となり、大変喜んでいます。まだ会社を立ち上げたばかりですし、社員もまだ私と副代表と2人ですが、いい大学を出ていらっしゃるし、また首席で卒業なさるとか。うちみたいな小さな会社ではなくてもっと大きな会社も狙えると思うんですが、あっさり決めて頂いています！」

「土山様、まだ卒業しておりませんし、由夏、首席って本当？」と母親。

「はい！　その予定です！」（何んだ。予定なのか）

「この娘、ちょっと変わってるでしょ！」

「そうですか？　まだ数日しか見ておりませんが、まぁ確かに変わっているといえば変わってますね（変わっているのは最初から分かっている）。しかしいろんな会合にも出て頂いたり、酒席にも参加してもらったりしているもので、夜、帰りが遅くなったり、帰らなかったりで、ご両親には大変、ご心配をおかけしていると思っています。是非一度お会いしてお詫びしたいと思っておりました」と一気に言う。

「土山さん、この娘はねえ、悪気はないんですが、好きな事にはとことん行かなくっちゃあ止まらないんですよ！　酒席にも土山さんは『来るな』って言ってたんでしょ！　おそらく、由夏が無理矢理付いて行ってるんだと思います。大体わかります」

「いえいえ……そんな事は……そうなんです！」

「代表ぉー……」

「まぁーちょっと人と違うのは決して悪い事ばかりじゃないんですが、心配なところもありまして。お酒もよく飲むし、酔っ払うし、酔っ払うとすぐ寝てしまうし。まぁーおっさん的なところが目立ってます！」

「代表ぉぉぉぅ〜〜」

「ところで、お母さん、今回のアメリカ行きの件は聞いておられますか？」

「はい！　聞いております。私も楽しみにしています。もう用意出来てます」

「あぁ、そ・う・で・す・か……すみません、ちょっとトイレを……」

席を立つ。由夏の肩を叩き（ちょっと来い）と合図する。トイレ前の手洗いで、

「おい！　どういう事だ、堀江、謀ったな！　お前というやつは！」

「すみません、代表から両親に言って頂きたくて。代表も一度両親に会いたいって言ってたし……」

「お前一人で企んだのか？　お母さんもグルか？」

「グルです、はい！」

「お父さんは？」

「グルではありません！」

「お父さんはどこまで知ってるんだ！」

「私がアメリカに行くらしいって事！」

「お母さんも行くって事は？」

「さっき知ったと思う！　……いいえ、数日前！」

「バカやろう、そっちをちゃんと言っとけ！」

トイレから帰って来ると綺麗な方の婦人が「こちらにどうぞ」と言う。茶ノ間である。テーブルいっぱいに酒と豪華料理が並んでいる。小声で由夏に、

「どういう事だ！」

「こういう事です」（バカやろう）と小さく呟く。

「バカバカって言わないで下さい……バカ……代表、今日は泊まっていって下さいね。私いつも泊まらせて頂いていますし！」

「今さら、ここでさよならって帰れるわけないだろ！　バカ！」

婦人が私の横に座り、「どうぞ！」。美人である。時々愛想笑いをする。あまり見つめていると由夏が後で何を言うかわからない。

「由夏がそんなに飲めるとは知らなかった。女の酔っ払いはみっともないぞ！」と父親。

「私もそんなに飲めるとは思ってなかったんだけど……男の酔っ払いもみっともないわ！」

これはいけない。親子喧嘩にでもなったら決まる事も決まらない。

「堀江さん、由夏さんが、アメリカに行く事になりそうなんですが……もちろん勉強のためですが、堀江さんとしては、どう思われますか？」

かなり入っている。ずるっぱげの頭が眩しい。湯気が出て来そうだ。

「…………」考えているのか、いないのか、聞こえていないのか。

「どうも若い女の子一人では心配なので、お母さんに一緒に行ってもらうという話になってきているんですが！」

「さっきの……話では……どうも……そんな感じだったようですね。それは、由夏が行きたいって言ってるんですね！」

「そうです。昨日、朝、突然、大きな声で、お願いがあるって言うんです。堀江さん、一人でこの家で大丈夫ですか？」

「あぁーそれは大歓迎。ひと月でもふた月でも、2人がいないと静かでゆっくり出来て嬉しいんだが、土山さんの方にご迷惑をおかけするんじゃないですか？」

「そうですね。迷惑というわけじゃないんですが、5月、6月になると忙しくなりそうなので、行くとしたら今なんです！」

「わかりました。お任せします。土山さんも大変ですね、こんな者を社員にして！」

「いやぁーはぁーまぁー」

「代表ぉー！」

「それじゃあ2人共、早く行って早く帰って来て下さい。危険な所には行かない様に。それと条件が一つ。アメリカでは禁酒！」

「えッえッ〜〜」と2人。

「それはぁ〜ちょっと〜！」由夏。こりゃあダメだ。

「土山さん、決まったところで、今日はたっぷり飲もうと思いますがどうですか。まだ飲み始めだし、先にお風呂入って来ませんか？　それからゆっくりやりましょうよ！」

「じゃあ、そうさせて頂きます」席を立つ、由夏が案内する。

「脱いだ物はそこに置いといてね。私が洗濯します。着替えは持って行きますので……あとで……お背中流しましょうか？」

「ブッウッー何だと、大人をからかうんじゃゃない！」

笑いながら出て行く。勤めている社長をからかうし、突然アメリカに行きたいと言うし、今後、何をしでかすことやら……前途多難である。

「土山さん、由夏から聞きました会社の事。利益は出さなくていいんですってねェ！」の話から、堀江さんの会社の話、新しい事業、新事務所の話、お酒の話、趣味の話、そして由夏の話になる。

「由夏さんは、子供の頃はどんな子だったんですか？」

「そうですねェー由夏は私に似て、頭も良く、運動神経も群を抜いてました」まぁーいい。

「高校2年生のあの時までは……」（あの時）と波平は言ってから由夏の顔色を窺う。（いいよ！）って返したのだろう、話を続ける。

あの時というのは、由夏が高校2年生の時、部活の柔道で秋の大会の練習中、投げ合いになり、2人共頭から落ちた。相手の男の子はすぐに立ち上がったが、由夏は頭を強打し、気を失った。救急車で運ばれたがよくある事でもあったし、皆、脳震盪でもちろん心配したが、すぐに帰って来るものと思っていた。しかし、救急車の中で心臓が止まった。心肺蘇生、12秒後復活する。私とよく似ている。しかし、病院に着いてから再び20秒停止。意識が戻ったのは3日後だったという。

脳波の検査、その他後遺症になりそうな事は検査では出ていない。しかし由夏は頭痛に悩まされた。数分おきに強烈な痛みに襲われた。どうしようもなかった。医者は鎮痛薬をくれるだけだ。治療方法がわからないのだ。痛みが和らぐのを待つしかなかった。皆もちろん心配したし、いろんな医者にも診察してもらったが、何も出来る事はなかった。苦痛に喘ぎながら日々は過ぎて行く。痛みの周期が遅くなるのを痛みが少しでも小さくなっていくのを喜びとするしかなかった。

人間の体の神秘性、回復力と襲いかかる病との闘いだった。一日一日と過ぎていくにつれ、少しずつ痛みが小さく、周期も長くなってくるのがわかって来る。2ヶ月過ぎた頃には痛みは僅かになり、3ヶ月後には痛みは消えた。しかし、また襲って来るのではないか、また戻って来るのではないかと不安は大きくなった。いつ何時、あの痛みが襲いかかって来ても挫けない様、心の中で自分に言い聞かせた。学校も出席日数が足りなかったが、何とか進級できた。痛みを忘れるために、大学受験の勉強に集中した。集中していないと、何を考えるかわからない。自分でも自分を信用出来なかった。有名大学に合格しても嬉しいとも思わなかった。いつも不安と共に生きた。いつから笑っていないだろうと思ったし、これではいけないとも思っていた。

時間の経過というものは、時には恐ろしいものではあるが、ありがたいものでもある。だんだんと不安が和らいで、時には笑顔になる事もある。本心で笑っているのだろうかと疑っている自分がわかる。2年が過ぎた頃、自分の今までは何だったのだろう、不安と共に生きて来ただけではないか、と何のきっかけもなしにふと思った。バカバカしくなった。開き直ったのだろうか。痛みが出て来てもいいじゃないか。出たら出たでまた頑張ればいい。とにかくまずやりたい事をやろう、行きたい所に行こう。もっと笑っていよう。

「それから痛みは出てないんですか？」

「はい！　それからは出てないです！」

「医者はどう言ってるんですか？」

「医者もねぇ！　わからないんですよ！　頭の中まで！」

由夏が帰って来る。

「代表、布団敷きましたのでいつでもどうぞ！　言って下されば案内します！」

「ありがとう由夏ちゃん。大変だったね。よく頑張ったね。こんな言い方しか出来ないけど！」

由夏は頷きながら小声で、

「お風呂、早かったんですね！」

「…………」

まさか……本当に背中を流すつもりだったのだろうか？　そんなバカな！

今日はたくさんの話が聞けたし、事業をやっている経営者からの意見も貴重な経験だった。

堀江さんも最初は取っ付きにくく、こりゃあ参ったなぁーと思ったが、そうではなかった。由夏もいい家族を持って幸せだ。

「じゃあ、由夏ちゃん、休ませてもらおうかな……どうもご馳走さまでした」

「お粗末でした。土山さん、また来て下さいよ！　そうだ、由夏達があっちに行ってる間に、週に2、3回やりましょうよ！　また来て下さいよ！」

「はぁーそうですね！」

「土山さんとはまた飲みたいですね！」

「ご迷惑でなければ、今度は私の所にも来て下さい！」

「ありがとうございます。でも弥生の料理はいいでしょ？　2人がいない時はこっちでやりましょう！」（あの和服のよく似合う人、弥生さんっていうんだ）

由夏が立ち上がり、案内してくれる。長い廊下を歩き「ここがトイレです」（わかっている。さっき行ったじゃないか）、突き当たりを右に回る。長い廊下の中ほどで、

「この部屋でお休み下さい。代表、明日は何時に起こしましょう？……あのう今日はすみませんでした。私、頑張って来ますので！」少しは反省の色が見える、がしかし、由夏も大変な目に遭っているんだ。俺とは比べものにならない。

「そうだな、7時にしようかな。今日は、あれで良かったのかな？　君には騙されたけど！」

「それでは、明日朝7時、肩をトントンとしますので、お休みなさい」

由夏はにこっと笑って、戻って行った。

今の状況を確認しておこう。近頃、〈予見〉があまり出来ていない。ここに来る事も話の内容も以前なら全てわかっていたはずだ。必要性が少ないからなのか？〈予見〉しようと思わないからなのか？　しかし、必要性があろうがなかろうが、〈予見〉というのは湧いてくるも

のではないのか？　由夏の事を〈予見〉出来ないでいるのも気になっている。もう少し神経を研ぎ澄ましてみよう……。眠った。

肩をトントンと叩かれている。すぐに気が付いた。由夏が起こしに来てくれたのかな？　もう朝なのか？

「ダイヒョウー、まだ3時ですよ！　寒くないですか？」

「うん、ちょっと寒いかな！」すると由夏は、私の布団の隅を持ち上げ、身を入れる。そして背中に抱き付く。私は何をしているのか意味がわからず、由夏の体を付けたまま起き上がる。

由夏の手を1本ずつ剥がして行き、振り向く。

「おい！　何してる？」

「えッー代表が寒いって言うから、温めようと思って！」

寒いって私が言うから同じ布団に入って背中に抱き付き温めようとしたと言うのだ。……どうも今の言動と態度からして嘘とは思えない。

「私も寒かったし！」などと言う。20を過ぎた女性とは思えないし、男と女のどうのこうのなどとは関係なく、寒いから温めようと抱き付いていたのだ。私は由夏の肩を抱き、

「ありがとう！　もう寒くないから！」

「じゃあーまだ早いからもう少し寝てて！」

「じゃあ、そうする」

由夏は立ち上り、浴衣を整えて出て行く。これでは眠れるわけがない。背中に由夏の温かさを感じながら、これまでの疑問がまた頭の中を過る。

（やっぱり、〈予見〉しようと思っても、由夏の事は〈予見〉出来ない。なんで由夏だけ……）

顔を洗って着替える。服はきれいにたたんで揃えてある。カッターシャツとネクタイが新品だ。後ろにいる由夏が、

「代表！　朝食が用意出来てますので、召し上がって下さい！」

「ありがとう、せっかくだから頂こう！」

両親の姿もあの弥生さんの姿もない。顔を合わせない様にしてくれているのか？　特別豪華というわけではないが、どことなく気品がある朝食だ。由夏が味噌汁を注いでくれる。こうして見る限り普通の可愛い女の子だ。皆、いろんな過去を持っている。いろんな苦難に出遭っている。そしてこうして生きているんだ。由夏だって……俺だって……。弥生さんってどういう関係なんだろう。ただのお手伝さんではない事は確かだ。

「この朝ご飯、弥生さんが作ったんですか？」

「そう。代表、私だって作れますよ！」と自慢げに言う。

「へぇーそりゃあ知らなかった。今日は弥生さんので良かった」

「まぁ代表、また今度、食べて頂きます。代表、昨夜、千賀子さんに、電話しておきましたので。代表はちっとも電話しないんですね！」

よく気が利く。が、あの突飛な行動はどうも理解出来ない。

時計は9時を回っている。浜野はもうすでに机に向かって書類とにらめっこしている。

「副代表、おはようございます。遅くなりました。すみません」

「おはよう！」

「副代表、今日はそれだけですか？　いつもの嫌味はないんですか？」と由夏。

「あのねぇー、毎日毎日、言ってたら疲れるんだよ！　言わせない様にしてほしいもんだ！」

「私に言ってるんですか？」

「2人に言ってるんです！　まぁーそれはいいから、今日は堀江由夏さんの入社式を行います。いいですか？　堀江さん！」

「えッー私の入社式？　そんな大々的にやって頂けるんですか？」

「いいえ、大々的ではなく、小々的です、はい！」

由夏がアメリカに研修（自称）に行く前に社員にしておかなければ、旅費、保険、その他書類上まずい事になるからだ。

「それでは代表、辞令を！」

「えぇーそれでは、堀江由夏殿、あなたを企画室長兼、代表秘書に命ずる」

「わぁー嬉しい！」

「それでは堀江由夏さん、一言抱負をお願いします」

「はいそれでは一言言わせて頂きます。えっへん。私は生まれて21年間、いろんな苦難に遭って来ましたが、いつも私のやりたい事、疑問に思った事は頑張って解決して来ました。その間、多くの人に大変迷惑、心配をかけて来ましたが、何とかこれまでやってこれたのは、たくさんの人の温かい気持ちのお陰です。また両親には、本当に温かい心で自由奔放にさせてもらって感謝しています。今、私は、この会社を両親と同じように感じています。温かい大きな心で見守って頂ける事に感謝します。今後も迷惑をかけると思いますが、よろしくお願いします」

パチパチと拍手が湧く。（3人だが）

「堀江さん、ありがとうございました、これからも頑張って下さい」

「いえ！　まだ話はこれからなんですが！」

「あぁーそれはまた今度、ゆっくり聞かせてもらうとして、まぁー多々問題があると思いますが、温かい心で見守りたいと思います。それが私に出来るかどうか、何とも言えませんが！」

「ええーそんなぁー！」

「堀江さん、これが保険証、社員証、それからここに2千万円入ってます。これは、研修費用です。旅費、宿泊、その他何に使っても構いません、と代表が言っております！」

「えッ、こんなに！　こんな私に！　ありがとうございます」

「残っても返す必要はありません。足りなくなったら言って下さい。それと、出発の日から帰って来るまでの予定を出して下さい！」

「わかりました。明後日出発しますので明日提出致します」

「明後日か？　ところで堀江さん、英語はどうなの？」

「大丈夫です。学科は違いますが勉強しましたのでペラペラです。他に中国語、韓国語、フランス語が話せます」

「へェーすごいなぁー、苦手なのは日本語だけか？　明日は準備もあるだろうから、予定がなければ休んでもいいよ！」

「わかりました。それより、今日は、私の入社祝いはどこでやるんですか？」

「………………」二人顔を合わせて、

「また飲むの？」

「いやぁー、私は今日の夜、用がありますので……。代表、しっかり祝ってあげて下さい！」

「おい！　副代表！」

「どうもまだ予約出来てないようなので、私が幹事をします。祝いの当事者が幹事をするのも変ですが、どうもしてくれそうにないので！　いいですね！　代表！」

「昨日、お祝いしたつもりじゃあだめかなぁ～」

「だめです。こういう事はちゃんとしとかないと何年も言われますよ！」

　午前中は久しく出来ていない〈株〉取引をする。ブランクはあったが、売買の銘柄はちゃんと頭の中に出てくる。事業も軌道に乗れば資金もどんどん出ていくはずである。安定的な株取引で収入を上げていかなければいけない事はわかっている。

「代表！　山下さんから封書が届いています。すみません、朝電話で例の山の調査結果を送りますって言われたの、代表に言ってませんでした」中身を取り出し、目を通す。

「堀江さん、研雄さんの所に行こうと思うが、君はどうする？　そうだ、研雄さんも誘おうか君の入社祝い！」

「もちろん私も行きます、秘書ですから。もうバイトじゃないんだから！」

　外に美紀子さんがいて、「中にいるのでどうぞ」と言った。研雄さんは珍しく、炬燵の上で書き物をしている。なんだか真面目なそうな横顔である。ふとこっちを見て、何か言いかけようとしたが由夏の方が早かった。

「研雄さんも真面目に考えてる事あるんだ！」

「何ちゅう事言うんだ。俺はいつも考えてるのに！　まぁー上がって上がって！」

「研雄さん、さっき何書いてたの？」

「えッー見てたの？　えーと内緒！」

「もぉうッ研雄さん、何それ！　だめだめ、言って！」

「仕方ないなぁー、入社祝いの席で言うから！」

……何と研雄さんは入社祝いの事をすでに知っていた。いつの間に連絡したのだろう。すでに出かける準備も出来ている様だし、我々が来る事もわかっている様子だ。予約もすでに出来ているかも知れない。入社祝いをする事が決まってからほとんど由夏と一緒にいるが、いやそうでもないか！　まぁーいい。

研雄さんに山の調査結果の話をした後、少し早いが店に行く。途中、集会所の現場に寄る。きれいに整地も終わっている。小料理屋の離れの座敷である。落ち付いた趣のある店だ。

「由夏ちゃんよく知ってるなぁ、こんな店！」

「何でも知ってるよ。それにうちの会社、入社式の日に入社祝いの幹事してくれる人が誰もいないの、ねぇ代表！」

「君はずっと前からいるから新入社員に見えないんだよ、それより、由夏ちゃん、いつ予約したのかな？」

「えーさっきよ！　ちょうど空いてたし！」

「研雄さんはいつ聞いたの？」

「うーん、1時間ほど前！」

(そうか、ちょっとした合い間に連絡したのか)

「そんな事はどうでもいいでしょ。代表、それでは、今から私の入社祝いと前途を祝して乾杯したいと思います」

主賓兼幹事である。入社祝いという会とは程遠い会である。研雄さんが由夏がひと月もいない寂しさをこんこんと嘆き、由夏がそれを慰めるという構図が延々と続く。しかしよくよく考えて見る。まだ数週間しか経っていないこの小娘に振り回されている。しかし、仕事にしろ、地区の事にしろ、ちゃんと実績を残している。結局午前3時頃まで飲んで、座敷に敷いてもらった布団で寝た。由夏は研雄さんのお腹の辺りを枕にして寝ていた。研雄さんは、由夏のいない間に地区の宿題をたくさんもらっていた。

アメリカ出発当日、関空まで送る事にした。研雄さんも一緒に行くという。搭乗前、私に抱き付き、

「代表！　行って来ます。しっかり勉強して来ます。向こうではお酒は飲みませんし、危険な所には行きません！」

「不思議だなぁー。本当に顔に（嘘です）って書いてあるの、初めて見た」

由夏が顔を撫でる。研雄さんにも抱き付き、

「研雄さん、行って来るね！　私がいないと寂しいと思うけど、ちゃんと宿題やっといてね！」

「うん寂しい。早く帰って来てね！」私は紙切れを渡す。

「ここに行って見ろ！　連絡してあるから、いいな！　お母さんも無理しないで楽しんで来て下さい。見張りもちゃんとお願いしますよ！（お互いに）」

いればいるでうるさいと思う子だが、いなくなるとちょっと寂しい。研雄さんはもう泣きそうだ。事務所は静かなものだ。物音ひとつしない。この小さな空間の空気も動かない。浜野も、あのうるさい由夏が急にいなくなったので、嫌味をいう相手もなく静かだ。二人共、仕事をしている様な素振りだけはしている。

今はとにかく由夏のいない間に確かめておきたい事がある。まず、私の能力が維持出来ているかの確認だ。〈今日は、誰々が来る〉〈昼から雨が降る〉〈由夏のお父さんから電話がある〉〈明日、おじゃまする事になる〉〈そして9月に大きな災害が地区を襲う〉……。能力はまだ維持している。しかし、何故、由夏の事を〈予見〉出来ないのか？　由夏に対する疑問が日増しに膨らんで来る。彼女は求人を出した日に応募している。有名大学を首席？　で卒業する様な人がこんな出来たての会社に来て即決出来るものなのか？　由夏の家に行った時、大きな事故に遭った事を聞いた。心臓も何秒か止まった。私と同じではないか！　お父さんも言っていた。

「由夏はあの事故があってから、言う事がことごとくその通りに進んでいる」

私はある仮説を立てる。その仮説は、由夏も未来を〈予見〉する能力を持っているのではないか？　それも私の能力より遥かに高度な能力を持っているのではないか？　そして由夏は私が能力を持っているのも知っているのではないか？　そして由夏は近くに同類の人間を感じる事が出来る（私にはない）のではないか？　そして私にあの日布団に入り背中に抱き付き、由夏なりに確信したに違いない。（この男も同類だ）と。それから毎日私を観察し、また親近感も覚えた。そして（この男は私の能力には気付いていない）そう思ったはずだ。どの程度の能力なのか！　由夏も同じように、同類の私事は〈予見〉出来ないのか？　明日、由夏のお父さん達に会って、ヒントを掴みたいと思っている。

夜7時、堀江家に行く。食事をせずに来てくれという事だ。酒と寿司を持って行く。車庫に滑り込む。一瞬ライトの光が和服の婦人を照らす。弥生さんだ。迎えに出てくれているのだ。

「いらっしゃいませ、土山様！　どうぞ！」

この前と変わらず上品で美しい。髪を上にぐるぐるに巻き上げている。うなじが白い。この婦人は堀江家の何なんだろう？　まぁーそれも今日わかるだろう。炬燵のある茶ノ間に案内される。堀江氏がいる。きれいな禿頭だ。額のやや上に数本の黒い毛がある。

「あぁー土山さん、やっと来てくださいましたね！　土山さん、先に風呂どうですか？　私はもう入りました。今日はゆっくりとやりましょう！」

「じゃあ、そうさせて頂きます！」

「おーい、弥生！」弥生さんが小走りでやって来て、風呂に案内してくれる。

「土山様、ここに下着と浴衣を置いておきます。これ由夏ちゃんが買って来たんですよ！」下着の事だろう。少し派手である。お客さん用ならもう少し普通おとなしめにするものだが、由夏が買うとこうなる。酒も料理もとっても旨い。酔っ払わないうちに聞いておく事は聞いておこう。

「堀江さん、堀江商事は主にどういう物を扱ってるんですか？」

「主に繊維関係です。食品、機械、不動産、金融、福祉関係もやってます。要するに何でもですよ！　商社ですから、売れる物を買って売り、国外にも輸出します」

「へェーそれはすごいですね！　由夏さんも堀江さんの所だったら思いっ切り出来るでしょうに。私の会社みたいに小さな所では……」

「いやぁー私もそう思っていましたし、由夏もあの事故まではそのつもりだった様です」

「そうですか。その事故の後に変わったんですね。それとそれから由夏さんの言った事がことごとくその通りになっているとおっしゃいましたが、あれはどういう事ですか？」

「あれはね！」堀江は由夏の変わって行く姿を思い出しながら喋った。由夏はあれ以来、性格も人格も変わった。決して悪い方に変わったわけではない。頑張り過ぎるのを心配もした。出席日数が足りない分は優秀さで補う事が出来、何とか高校を卒業した。ある日受験勉強をしている由夏と話す機会があった。そうしたら由夏は、この大学のこの学部に入り首席で卒業する。そしてこういう仕事の会社に入り、小さいが私の努力によって大きな会社にして行きたい。

「だから、由夏は首席で卒業するでしょう、そして、由夏の言った会社が土山さん、あなたの会社です」堀江の話は続く。昨年、堀江の母が入院していた時の事だ。冬になると堀江の母は毎年入院している。寒いと体調が悪くなるが入院していれば元気だった。ある日由夏が、「お父さん、今日、おばあちゃんのとこ行って来て、絶対だよ！」と言った。何とか時間を作って行ったが、とても元気だった。しかし、次の日亡くなった。

「あれはなんだったのだろうと今も思います。そういう事なら切りがないほどたくさんあります。だから私は由夏のする事に対して何も言いません。あの娘は何ていうか？〈勘〉なんでしょうか？　土山さんの会社にお世話になる事も、あなたを見て間違いない事もわかりました。それと人命救助をすると言ってました。しかし土山さん、あの娘はちょっと変わっています。一筋縄ではいきません。もう私達の手には負えません。土山さん、由夏の事、よろしくお願いします」（そう言われても困る）

おそらく由夏は、自分の能力に気付き始めた頃はつい口から出てしまったのだろう。両親は〈勘〉がいい程度で〈予見〉が出来るとは思っていない。ただ私の能力よりも大きな能力を持っているのも間違いないだろう。そして地区の災害の事もはっきりとわかっているから、あそこまで本腰が入るのだ。さてどうするか？　早いうちに問い詰めるか？　様子を見るか？

4月1日、入社式だ。入社式と言っても2人だが会社としての形が出来つつある。しかし、実質業務は何一つ出来ていない、まだ準備段階である。今の状態で支援を始めては、事務が追い付かない。簡単な挨拶の後、浜野が2人に業務内容、今後の予定、由夏が今いない事などを説明した。私は少し時間が出来たので、堀江さんの会社を調べる事にした。堀江商事。本社は大阪。支社が但馬、東京、中国、韓国、インドネシア、アメリカ。社長は堀江佳祐。由夏の父親の弟の息子だ。役員に堀江真造（由夏の父）以下、堀江なんとかが続き、堀江由夏の名前もある。（由夏も役員なんだ）。続いて、橘弥生とある。（弥生さんも役員か）。社員数240名。主な事業はこの前堀江さんから聞いた通りだが、最近海外との取引が増えている。由夏を役員にしたのも、将来堀江商事で活躍してくれるだろうと期待していたからだろう。堀江家の事が少しはわかって来た。急ぐ事はない。新しく入社した吉村君も江口さんも仕事の出来る人だ。支援内容を説明するパンフレットを企画し、浜野と相談しながら役所関係や福祉関連を回っている。支援の開始は来年の春（新事務所オープン時）とパンフレットにも説明しているが、依頼が届き始めている。

「支援の開始を少し早めた方がいいかな！」

「そうですね！　少しずつでも審査をやらないと留まってしまうでしょう、いざという時は麻痺してしまうでしょう！」

　雑用もたくさんある。保育施設の備品も補充したいし、社用車も増やさないといけないし、駐車場の増契約もしておかないと、事務用品の不足もある。電話番もいる。来客もある。お茶も出す。浜野も忙しそうで口も利かない。（由夏早く帰って来てくれ！）。浜野が出ている間、電話にも出ないで〈株〉の取引をする。売り時、買い時が少しずつずれているのはわかっている。毎日やるのが理想なのもわかっているが、今は仕方がない。浜野が帰社したのを幸い、

「ちょっと現場を見て来る！」と外に出る。たまには外に出て動かないと……浜野は出ないでほしいと言いたげだが……。新事務所の現場の１００ｍほど手前で車を止める。山の頂上は平らになっているが頂上での仕事は見えない。山の下部分では重機がたくさん動いている。マンションの現場は1階部分の形は出来上がっていて、２階の型枠が進行中である。集会所へと向かう。現場には研雄さんがいる。現場監督のつもりらしいが、どことなく元気がない。由夏がいないからだ。

「おう！　祐ちゃん。由夏ちゃんはあと何日で帰って来る？」

「うーんと！　あと８日！」

「まだ８日もあるのか？」本当に寂しそうだ。

「しょうがないなぁー。今度、研雄さんを元気付ける会でも開きますかな！」

「祐ちゃん、それ、今日にしてくれる、ちょっと祐ちゃんに聞きたい事があるんだ！」

研雄さんが聞きたい事というのは、由夏の事である。研雄さんは自分でもわかっているが、由夏の虜になっている。まぁーそれはいいとして、研雄さんは、由夏の想い、熱意が尋常ではない事が疑問なのである。自分とは関係のない土地や人の中で一生懸命になってくれるのが嬉しくもあるが、何故そこまでやってくれるのか？　不思議なのである。だから皆も、ついて来るのだ。言ってみれば関係のない由夏の熱意に負けてついて来ているのだ。

「あの娘と一緒にいると時々不思議な思いをする事がある」と研雄さん。たわいのない話の中でも、ふと由夏の言った事が後で思うと不思議なのだ。今日誰が来て、誰は来ない、合わせて何人集まる中で何人の人が賛成して、少ない反対の中でも誰々は正当な反対をする……。由夏の言った事が現実となっていく。「何か持ってるんじゃないか？」研雄さんの思いは違っていない、よくそこまで気付いたものだ。研雄さんの人を見る目も捨てたもんじゃない。

「まさか本当に〈予見〉が出来るなどという事は、そんな事があるはずがないよな？」

少しは疑いを晴らしておいてやろう。

「確かに由夏ちゃんは勘のいい娘だし、頭もいい。自分の思う通りに進んで行くのも、ちゃんと分析、計画しているからだろう、だけど大したもんだよ、あの若い娘が！」

「だけどもう地区の人の大半は由夏ちゃんに洗脳されている。まぁー俺もそうだけど、アハッハッハッー」それに続けて聞いてみる。

「それで研雄さん、由夏ちゃんのどんな時にそう思ったんだ？」

「偶然かも知れない事もあるけど、これは偶然じゃないと思える事も多いんだよ！　いくらでもある。まぁー一番は（9月に山が崩れ、川が氾濫し、堤防が決壊し、家が流される）って小会議の時に言い切るんだよ。皆、どう思ってるのかと確かめてみると、由夏ちゃんの言う事、だんだん信じるようになってるんだ。催眠術をかけられてるみたいに」

少しは安心したが、言い過ぎの面もある。能力があるなどと思う人は今のところいないようだが、悟られる危険はある。

「研雄さん、それは僕の受け売りだよ！　実際に山が崩れ、家が流されれば少なくとも半分は死ぬ。だから由夏ちゃんは本気で災害が来るんだと信じて説得してるんだ」

「俺もそうじゃないかと思ってる」

由夏が帰って来る前日、堀江家に行くつもりである。実は今日、由夏から電話があった。明日帰るという事と、アメリカでの診断の結果は良かったという。実は出発前、私の主治医の紹介でアメリカの脳の権威である医師に由夏の診察をお願いしていたのだ。帰ってからゆっくり説明するという事であった。堀江家では、いつものように弥生さんが迎えてくれる。

「土山様、ご無沙汰ですね！　もういらっしゃらないかと思いました」

「いいえ、毎日でも来たいと思っていましたが……」

「そうですか？　じゃあ道をお忘れになったのかしら！」いつもの軽い戯れ言を言う。

「弥生さん、今日は調子が良さそうですね！」

堀江の禿頭をゆっくり観察する。丸い眼鏡がよく似合う。今日は由夏が何故、私の会社を選んだのか？　それは同類の者がいるからなのだが、家族の者にはどういった説明をしているのか、それを聞きたい。いつもの様に風呂に行く、新しい下着と浴衣がきれいにたたんである。

「弥生さん、やっと由夏ちゃん達帰って来ますね。昨夜、由夏ちゃんから連絡ありましたか？」

「いいえ、電話があるのは、土山様がここに来ている時だけです。だからまだ2回だけ！　今日かかって来ますよ、きっと」

「そうなんですか？　そりゃあー堀江さんも寂しかったでしょうね。それより堀江さんってよく似てますね、波平に！　波平を少しふっくらして、目鏡を少し下げるともうそっくりですよ！　頭の毛はどうですかね！　堀江さんの方が多いですかね！」

「どっちもどっちですよ！　あっ……いえ、知りません！」

どっちもどっちか……比べるに値しないのだ。風呂の中で堀江の顔を思い出す。実にいい顔だ。私の好きな顔の部類に入る。眺めていたい顔である。本来顔というものは、その人の人生そのものだと常々思っている。優しそうな顔立ちの人でも刺のある人もいれば、怖そうな顔の人でも何と優しい人なんだろうという人もいる。だが優しい中にもよく見ると刺の部分もかすかに見えるし、怖い人でも優しさは顔のどこかにある。じわじわと滲み出ているのだ。優しい時もあれば非道な時もある。表もあれば裏もある。全てのものを人は持ち合せているのだ。堀江さんのものも、一度見てみたい気もする。

堀江さんはもうすでに出来上がっている。まず一つお願いしてみる。

「堀江さん、由夏さんは堀江商事の役員になっているんですね」

「あぁー、うっかりしてました。さっそく役員から引かせます、実は由夏も知らないんですよ。私の会社の事、調べられたんですね」別に怒っているわけではない。

「すみません、少しだけ。大きな会社ですね。海外の支社もたくさんあって……堀江さんが創業されたんですか？」

「親父が昔、小さな雑貨屋をやっておりまして、まぁーそれの延長ですよ。もう私も引退したいんですが、辞めさせてくれません、しかし、もう少しで引こうと思っています」

「由夏さんが堀江さんの会社に入るのをやめて小さな会社に入ると言った時に他に何か言ってませんでしたか？」

「そうですね、そこはよくわからないですが、何か吹っ切れたのか、何かに憑かれたのか、ちょっと変わってしまった」

「それは、私の所に就職するという事も、何かに憑かれている内の一つということですか？」

「うん、まぁーそうですね。何故、あなたを選んだのか？　私には理解出来ない。だからこうしてあなたに来てもらっているわけです」

「堀江さん、私も何故由夏ちゃんが私のことを選んだのか、それを知りたくてここにやって来ているんです。お互い由夏ちゃんを理解出来ていない者同士だという事ですね」

「しかし、土山さん、こうしてあなたと何回か一緒にいますと、何となくわかるような気がします。何となくですが！」

「やっぱりこれは……由夏ちゃんは、私に一目惚れしたという事でしょうね！」

「……ハァア？」堀江は箸で肉を掴み口を開けたまま止まった。弥生は、ふっと体が浮き上がり、慌ててビールを焼酎のグラスに注ぐ。

「あぁーごめんなさい！　こりゃあーちょっと冗談がきつかったかなぁー」

「いやぁーひょっとしたら、由夏は、そんな変な好みがあるのかも知れない！」

波平には言われたくない。弥生も気を利かせたつもりなのか？

「あぁーまぁー。じゃあ私も変な好みなのかしら、まぁーどうぞ！」と焼酎をビールのグラスに注ぐ。翌朝、弥生の作った朝食を食べ、見送ってもらう。結局由夏からの電話はなかった。

「ご馳走さまでした。弥生さんは変な好みじゃないですよ！　いい好みです！」

「いいえ、やっぱり変だと思います。本当に変な好みかどうか確かめたいと思いますので、土山様、またいらして下さいね！　きっとですよ！」

「ありがとうございます。また来ます。今日、由夏ちゃんを迎えに行って来ます」

昨夜の収穫は、まぁあんなものだろう。堀江家族は由夏の能力に気付いていない事と、弥生さんは私の事を好んでいるという事はわかった。事務所に行くと、千賀子と理美がいた。来ているのはわかっていたが。

「お父さん、外泊で朝帰り？　怪しい！」

「何言ってるんだ。いろいろとあるんだ。何だ今日は？　理美どうだ新しい会社は？」

「うん、順調にやってるよ！」何が順調なのか、聞いた本人もわからないが、いい日本語だ。

「理美が急に帰って来て、お父さんのとこ行ってみようって言うもんだから！」

「お父さん、まだ病み上がりなんだから無理しちゃあだめだよ！　お酒も飲み過ぎない様にね！」

久し振りに帰って来た娘は、だんだん母親の煩わしさに似て来た様である。

「お父さん、新しい事務所とマンション建ててるんだって？　見たい！」

「まだ形になってないから見ても面白くないぞ！」

「いいから、見たい！」

「浜野さん、いいかな？」

「いいですよ！　どうぞ行って来て下さい。いろいろとありますが！」一言多い。

千賀子と理美を案内して帰した後、

「浜野さん、もう一度、出て来たいんだけど！」

「いいですよ！　どうぞ、どちらでも！」もうすでに諦めている。

「ちょっと由夏ちゃんを迎えに行こうと思って！」

「わかりました、私も忘れてました。どうぞ、行ってあげて下さい」

今日、由夏が空港に夕方5時着で帰って来るのはわかっているが、由夏から聞いたのは今日帰って来る事だけだ。私は母親の真由美さんの事を〈予見〉する事で5時だとわかったわけである。由夏が言わないのは、言わなくてもわかっているのだと思っているのか、何かを試しているのか、まぁーとにかく迎えに来いというメッセージだ。研雄さんを乗せて空港に向かう。

研雄さんは急な誘いではあるが、由夏に会えるという事で息が弾んでいる。

Ⅳ

国際線ロビーを出て来たのは6時を回っていた。由夏が大きな荷物を持って歩いている。後から真由美さんが付いて行く。まだ私には気付いていないが、キョロキョロしながらだんだん近付いて来る。私を探しているのだろうか？　50ｍほど先に私を見付けたのだろう、スーツケースを後ろに引き摺り、肩からかけたカバンを揺らしながら駆けてくる。目は一直線に私を見ている。数メートル手前で、スーツケースを手離し、

「ダイヒョオォ〜〜！」と両手を広げて抱き付いてくる。私もつい両手を広げ受け止める。（おかえり）。何も言わない。ただ抱き付いている。この娘は今どういう心境なのだろう。追い付いて来た真由美さんが、

「代表！　帰りました。ありがとうございました」

さすがに由夏は、私の首に巻き付けた両手は離している。

「お帰りなさい。疲れたでしょう？」と話している間に、由夏は研雄さんに抱き付いている。研雄さんも一生懸命抱きしめている。これで研雄さんの（由夏欠乏症）は完治するだろう。再会の儀式もようやく終わり、車に乗る。

「代表！　由夏ったら、飛行機が着く1時間ほど前からソワソワし始めて、着いてからはもう落ち付かないんですよ！　キョロキョロと辺りを見回して……あれは、代表を探してたんですよ、きっと！」

「だって、代表が迎えに来てくれてるかなぁーって、心配だったから！」

本当らしく聞こえるが、由夏は私が来ているのはわかっているはずだ。が何故そんなに落ち付かないのか……〈予見〉出来ていても確認出来るまでは落ち付かないのだ。

「由夏ちゃんどうだったアメリカは？」

「はい！　いい勉強になりました。もうちょっと向こうにいたかったんですが……でも早く帰りたかったし……今度はもうちょっと計画を細かく立ててから行きたいと思ってます」

「えっー、また行くの？」

「由夏ちゃん、それは浜野さんに言わない方がいいよ！　ちょっとほとぼりが冷めてからじゃないと。浜野さん、忙しくて今は機嫌悪いんだ！」

「いやだ！　会いたくないなぁー。ほとぼりが冷めるって、私、犯罪者みたいじゃないの！」

「まぁー、犯罪者みたいなもんだよ！」

「もぉうー、代表ぉー！」

「由夏ちゃん、研雄さんがね、由夏ちゃんがいなくなってから元気がなくて、寂しそうで、もう見ていられないもんで、この前〈研雄さんを元気にする会〉をやったんだ。今度は由夏ちゃんの帰国祝いをやろうって言ってるよ！」

「わかりました。さっそく段取りします。それより研雄さん、私の留守中、出してた宿題出来た？」

「ちゃんと出来てるよ！　由夏ちゃんの言い付け通り！」

研雄さんも元気になっているのがひと目で分かる。（由夏、恐るべし）である。

次の日から由夏は精力的に動く。行動力もそうだが、資料作り、各種申請などの業務もてきぱきとこなして行く。浜野も言葉には出さないが、仕事が回って行く事に気が楽になったのだろう。いつの間にか機嫌が直っている。

「代表おぅー！」

「〈おぅー〉を伸ばすな！」

「わかりました、代ヒョ！　アメリカの研修レポート出来ましたので読んで下さい」

「わかった、読んでおく……急ぐのか？」

「急ぎます。簡単に内容を説明しますと……」

「簡単でいいよ！　後で読むから！」

「はい！　要するにまぁー研修した内容はともかく！」研修内容は特に関係はないらしい。

「私は今後、Ｄハートがどの様な方向に進んで行くか、この一点だけ考えて研修して来ました。今年度の予算に……」

「わかった。ここに書いてあるんだな。堀江さん、これは読んでから説明を受けた方がいいんじゃないか？」気勢をそがれしぶしぶ説明を止める。

今日は由夏を誘い出し疑惑を少しでも解明したいと思っている。本当に由夏が能力を持っているのなら、何かと二人で相談もしやすいし、何かと役に立つし、成果も上がるだろう。

「堀江さん、今日は研雄さんと相談したい事があって行く約束をしている。君も一緒に行ってほしいんだが」

「はい、わかりました。集会所も大分出来ただろうなぁー！」

まず新事務所とマンションの現場に寄る。本当は由夏の運転する車には乗りたくないのだが、言えば後が煩わしいのでじっと我慢している。慣れというのは恐ろしい。だんだんとこんなものだと思えてくるが……やっぱり恐ろしい。運転している由夏の横顔は、いつもと変わりなく活発な女の子である。この女の子が能力を持っているのか信じがたい思いであるが……少しずつ質問を始める。

「ちょっと聞きたいんだが、アメリカでの検査の事、両親は知っているのか？」

「代表！　ありがとうございました。両親には言ってません。私も心のどこかにシコリがありましたが、もう自信が持てた様に思います。両親には言ってません。今はもう忘れかけてるものですから、思い出させたくなくて。でも何かの時には話そうかと思っています」

「それは良かった。由夏ちゃんそれと……由夏ちゃんに話しておいた方がいいと思う事があるんだが、……後で！」

と新事務所の現場のずっと手前で、現場の見晴らしがいい場所で止める。

「えぇー何ですか？　早く聞きたい。……オォオォーここよく見えますねぇー！　わぁー広いなぁー代表、あのてっぺん、城みたい！」そっちに夢中になる。下のエレベーター棟はまだ形としては見えないが、車で頂上まで上る道路は出来つつある。

「わぁーマンションも進んでますねぇー。予定通り8月には完成するんですね！」

「予定通りだ。……由夏ちゃん、研雄さんが言うんだ。由夏ちゃんは本当にいい娘だし、頭も良く、いつもいつも一生懸命、我々に接してくれている。でも時々不思議な思いをする事がある。由夏ちゃんの言う通りに全ての事が進んでいるし、今後起こるだろう事を言い切るんだよ、あの娘は、まさか未来が見えるわけじゃないだろうけどって」

一瞬、動揺しているようにも見えた。がすぐに消えた。

「へぇー、研雄さんがそんな事を。とうとう私の催眠術にかかったなぁ！　それで代表は何て言ったんですか？」

「私もそうかも知れないって。由夏ちゃんは魔女で、未来が見透かせてるかも知れないって！」

「えー、魔女か？　あんまりイメージ良くないなぁー！」

現場に行くと研雄さんがいた。

「わぁー由夏ちゃん、会いたかったよ、元気！」（この前会ったではないか）

やっぱり研雄さんは（由夏欠乏症）だったのかも知れない。

「由夏ちゃんがいない間の宿題も出来たし、その説明もしたいし、どおぅ？　帰国祝いはいつ？」

「うん、まだ決めてないんだけど！」

「由夏ちゃん、早くしような！　明日は？」

「わかった。じゃあそうする。それより集会所進んでるねぇー。結構大きいし、研雄さんが監督してるから！」

「順調に進んでるよ！　あの現場監督の鈴木って子、しっかりしてるよ！」

３人で現場を見に行く事にしたのだが、その前に、

「研雄さん、今日の用事を忘れるところだった。この前、山下さんとこで山の調査してもらっただろ？　やっぱり悪い所がある事もわかったし、この調査結果を持って市や県に陳情したいんだ。私も研雄さんも、出来たら地区の人も、由夏ちゃんにも行ってもらおうと思ってる。向こうもはいはいとは言わないから何回も何回も行くんだよ！　たとえ間に合わなくても後の事を考えると今行っとくのがベストなんだ！」

「そうか？　そんなに悪いのか？　じゃあその事も帰国祝いの時に相談しよう！」

何かはぐらかされた感じだが仕方がない。酒席での相談はこの2人の場合、纏まったためしがない。現場には作業員がたくさんいたが、監督の鈴木さんはあいにくいなかった。

「由夏ちゃん、もう帰るの？」研雄さんは寂しそうだ。

「じゃあまた明日ね！」研雄さんの言った（未来が見える）が気になっているのか、運転中、由夏はいつもと違っておとなしい。

「帰国祝いは、誰と誰でするの？」

「代表と研雄さんと私……あっそれより代表、明日の夜大丈夫ですか？」

「先に聞けよ！　それもだけど、堀江家にも帰国後に一度お礼の挨拶に行かなきゃあな！」

「代表、私がいない時、私の家に行って何がわかったの？　何か調べたんでしょ？　いやだ。空港で言ってたじゃない？（かなりわかって来た）って。何がわかったの？」

「そうだね。堀江さんが波平にそっくりな事とか、事故に遭ってから、由夏ちゃんの言う通りにことが進んでいるとか、元々は堀江商事に入るつもりだったけど、事故の後は、小さな会社に入るつもりだとかに変わったとか、大学を首席で卒業するとか、由夏ちゃんのお祖母さんの亡くなった時の話とか、あの綺麗で清楚な弥生さんが、堀江さんの妹だって事だけは、今でも信じてないんだけど！」

「よく調べたわね！　弥生さんの事は自分で調べてね。代表！　さては、弥生さんに惚れちゃったの？　恐いわよ！」

「いやぁー、そんな事はないよ！　でもお世話になったし、とてもあの堀江さんの妹とは……」

「あぁー、こりゃあだめだ。惚れてるわ！　代表、気を付けないと火傷しますよ……でも私もあの堀江の娘なんだけど……信じられるのね！　それってどういう事、えー代表ぉー！」

私が（未来が見えるんじゃないのだろうか）と言った時、確かに動揺はあった。由夏もうまくごまかしたし、私もそのごまかしに乗ったから話はそれで終わった。しかし私が由夏の事に気付いたのを感づいたはずだ。いや、ひょっとすると由夏は私に感づかせたいのかも知れないし、私が気付くのもわかっていたのかも知れない。

翌朝、会議を始める。浜野にも吉村君にも江口さんにも由夏のレポートを渡しているので目を通しているはずだ。よく出来ている。今後、この法人の考え方、方針、事業内容、経費、他それぞれの各事業別に説明している。その事業が多い。10事業ある。

「堀江さん、よく出来てると思います。浜野さん、どうでしたか？」

「私も同感です。何か欠点を見付け様と思いましたが、見付からないんですよねー。堀江さん自身の普段の行いならいっぱいあるんですがね！」

「………………」

「で堀江さん、この多くの事業をどういう風に進めて行くんだ？　優先順位はあるんだろ？」

「もちろんです。10ページに事業計画のスケジュールを書いています。副代表、読んでないんですか？」

「えッー、そうだったか!?」

「これだけの事業となると相当数の社員が必要になってくる！」

「代表！　14ページに増員計画書を入れております。読んでないんですね！」

「えッー、14ページが抜けてたのかな！」

「……今後も別の事業も計画する余地は残しておきたいですし、計画書にも書いておりますが、3年後には但馬外にも出る計画です。しかしあくまでも企画室の計画ですので、今後の検討課題です」
「今のところ異議はありません。もう一度丁寧に読み返してみます。しかし、まだこの会社も始まったばかりですので、とにかく軌道に乗る様にお願いします」と、浜野。
「えーそれでは、このレポートは、私がこの事業を始めた時のコンセプトに合ったものです。方針としてはいいと思っております。今後は詳細を検討しながら進めたいと思います。以上！」

由夏の帰国祝いは、研雄さんの（由夏欠乏症）のためにやった様なものだった。酔う前に、一応、由夏の出した宿題の成果を研雄さんが報告した。今のところまでは皆、一応理解している。要するに、山が崩れ、河が氾濫し、堤防が決壊し、家が流れる。そのための集会所であり、避難所である。由夏の宿題は、全員を避難させる方法である。全戸を3戸ずつ分ける。出来るのは8班で、各班で班長を決める。宿題はそこまでだ。今後は各班長に研雄さんが（由夏もだが）こんこんと説明し、納得させ心構えをさせる事である。研雄さんの提案で副班長も班で2人決める事にする。要するに全員役付である。山の危険度が高いとの調査結果を元に役所への陳情の方法も決めた。……二人共、料理と酒をチラチラ見ながら話している。今日はこの位にしておこう。どうせ二人共、酔払ったら覚えているのか信用出来ない。

帰国してから、由夏の行動に変化はない。というのは語弊がある。元々異常な行動の持主に変化がないという事は、変わらず異常という事だ。〈予見〉出来ている気配も人に感じさせていない。研雄さんが言った事を伝えたためだろう。由夏自身も気を付けているのだろうし、反省もしているのだろう。由夏に問いただしたい思いが膨らんで来ているが、まぁー待て！近いうちに、きっと来る。その時が……。

研雄さんから電話があり、次の段階の相談をしたいと言って来る。研雄さんも本腰を入れて来たと思いたいが、由夏ちゃんに会いたいためだけかも知れない。また酒になる。由夏は喜ぶだろうが、浜野は（またか）と思うと煩わしいなと思いつつ由夏に言う。

「わかりました。さっそく準備します！」

何を準備するのだ、酒か、由夏はすぐ出かけたが帰って来て、

「代表！　行きましょうか？」（まだ早い様に思うが）

「集会所に寄ってから行きましょう！」

集会所の現場に研雄さんがいる。現場監督も板に付いて来た。

「鈴木さん！」と研雄さんが呼ぶ。

「祐ちゃん、ここの現場責任者の鈴木さん。とってもいい監督さんだよ！」

「鈴木です。代表の土山さんですか？　よろしくお願いします。あぁ由夏さん、こんにちは！」

由夏とはすでに親密になっている。

「土山です。順調に行ってる様ですね！　研雄さんや堀江が無理言ってませんか？」

「無理というわけではないんですが、ちょっと！」

「ちょっと何よ！　鈴木さん！」と由夏が噛みつく。

「いやぁー何というか、トンチンカンな事ばかり言われまして……」

「何がトンチンカンよ！」

鈴木さんが言う由夏のトンチンカンはこうだ。この建物は本当に流れないのか？　どれ位の物がぶつかっても大丈夫なのか？　下水が壊れた時とか、水道管が壊れて水がこない時とか、

停電になった時の事とか、順序良くわかりやすく説明しないと理解してもらえないらしい。

「わかりやすく説明してもらったからよくわかったわ！　でもトンチンカンで悪かったね！」と笑って言いながら差し入れを渡している。よく気が付く。まぁー酒を買ったついでだろう。

鈴木君はいい青年だ。ひと目見ればわかる。由夏はもう、この青年と冗談を言い合える仲になっている。

「まぁー由夏ちゃん上がって！」

と、研雄さん。由夏はさっそく酒を出し、つまみを出し、台所に行って、美紀子さんと話している。何かお願いしているのだ。抜かりはない。こういう準備は天下一品だ。

「由夏ちゃん、まぁー今日は飲もう。集会所も順調に行ってるし、大事な話も特にないし！」

「ハァァー、おい待て待て！　今日は次の段階の話をするんじゃなかったのか？　えッ！」

「わかってるよ！　ちゃんとやるよ！　由夏ちゃんがここに書いてくれてるスケジュールの確認だよ！　あとでするから！」

今日ここで次の相談をする必要があったのか？　まぁーいい。今日は付き合ってやろう。2人共こうしているのが一番楽しいんだきっと！

「研雄さん、もう寝ちゃうの？」

「なぁにぃ言ってるんだ！　さあ飲もう！」と言いながら目は瞑っている。

「由夏ちゃん、もう寝かせてあげよう！」と言うと、

「私も寝るうー」とごろんと横になる。（今日はいったい何だったんだ？）

「おい！　こら！　寝るな！　帰るぞ！　こら！　若い娘が、風呂位入って寝ろ。服に酒が沁

みてるぞ！　浜野さんが、臭いって言うぞ！」由夏は浜野と聞くとすぅっと起きて、

「研雄さん、じゃあ帰るからね！」

「由夏ちゃん、うちに泊まってけよ！」

「うん、ありがとう。代表の家に泊めてもらうから。千賀子さんに言ってあるから！」

（えッー、千賀子に頼んでいるのか？）

私の家はすぐそこである。私も酔っている。由夏の肩を抱え、バランスを取りつつ歩く。今日は満月で明るい。結局、今日は飲んだだけだった。何一つ相談した事はない。

「ダイヒョウ〜ちょっと！」と、由夏は田んぼの石垣に（よいしょ）と腰を下ろす。

「おい！　もうそこだから、帰るぞ！　立って！」

「ダイヒョオーここに座って！」と手で石垣の上を叩く。何という酒癖の悪さ。

「もう知らん！　朝までここで寝てろ！　俺は帰る！」

ちょっとびっくりしたのか、少しして嗚咽が始まり、「エッエーン、ひぃッエーン」と泣き出す。慌てて隣の石垣に腰を下ろし、（さあ帰ろう）と言おうとすると、両手を私の首に巻き付け、私の顔を引き寄せ、唇を押し付ける。驚いている間もなく、今度は私の顔を唇で押す。私は後ろに倒れそうになり、両手を後ろに回し何とか倒れるのを止めた。手を付いた後ろの田んぼは成長し始めた稲がびっしりと植わっているし、もちろん田んぼには水がたっぷり浸っている。私は両手を失い、無抵抗のまま、由夏の唇を受け入れている。

「ユカァー、おい由夏！　ちょっと待て、押すな！」

「参ったか？」

「参った！」（何だこれは！）

由夏は、私の顔を引っ張り、少し上がった手を引っ張り上げた。由夏が自分の手を見て、

「きゃあーー、なに⁉」

私の手には田んぼの泥がたっぷり付いている。由夏の手にも泥がたっぷりと……。

「おい、服を触るな！」

「代表ぉー、肩を触るなぁー」

蛙が鳴いている。6月の梅雨の頃である。月がしっかりと照らしていた。


翌朝、浜野と由夏を呼ぶ。吉村君と江口さんは、もうすでに営業に回っている。由夏は見た目にも眠そうなのがわかる。あれから千賀子に泥が付いた言い訳をし、風呂に入り、由夏を風呂に入れ、寝たのは2時を回っていた。予想通り起きてこない由夏を叩き起こし、こうして連れて来たのだが、浜野は何も言わない。言わない方が気持ちが悪い。（またやってるわ！）と思っているのが目付きでわかる。2人を呼んで仕事の話をしないと、じっとしていられない。

「呼んだのは、堀江さんの計画書により、障害者の職業訓練施設および宿泊施設、障害者支援センターの建設に当たり、土地の確保がまず第一である。高浜先生に依頼してほしい」

そう浜野に言うと、

「私が言います！」と由夏。

「あの先生はへらへらしているからバシィッっと言わなきゃあ効かないのよ！」

確かにそれは言える、浜野ではバシィッっと言えないらしい。

「やっぱり代表、直接会って言いましょう。あの先生はその方がいい！」

これは高浜先生もたまらない。眠そうな割には由夏の目がニヤッと光っている。浜野は機嫌

が良さそうには見えない。後で一言謝っておこう。

「浜野さん、地区の件が大詰めに来ています。もう少し我々も関わっていくのでよろしく頼みます」私が言うと浜野は、

「わかっております」当てにしていない様にも聞こえた。高浜先生には、新事務所建設に当たり、土地の仲介もお願いした。不動産の登記を主にやっている司法書士事務所である。70歳前で、私より少し上だろう。言いたい事を言い、失礼な事も平気で言い、人を食った言い方もする。しかし頼まれた仕事は意外ときっちりと出来ている。社員がしっかりしているのだろう。頭が異常に禿げ上がっているが、後ろ半分は黒髪が多く、あまり見た事のない禿げ方をしている。波平とは少し違う。我が社ではこの社長の事を新種禿と呼んでいる。

「高浜先生、いつもありがとうございます。お忙しいのにお手数おかけしまして！」

「ちっとも忙しくないんですよ！　代表のとこ位ですよ忙しいのは。暇なもんだから、今、遺言書を作る事を進めてます」

「へぇー遺言書を！」

「そうです、特に資産家・事業主・社長、代表なんか一番最初に作っとかなきゃあだめですよ！　たとえば代表が（ポックリ）と逝ったとする。後はどうなるか、考えた事ありますか？　準備しておかないと、残った人が困ります」

「なるほど！」

「代表！　今の事、考えといて下さい、近日中にゆっくりと聞きますから！」

まぁこれも先生の言う通りだ。忘れそうになったが例の土地を依頼した後、

「先生、もう一つ、私の家の土地もお願いしたい。ここから今の家まで遠いので、この近辺で

建てようと思っています。出来たら、山の中みたいな所がいいですね！　この堀江さんの家が山の中に建っていまして、出来たら一度、見て来て頂きたい。いいかな堀江さん！」

「はい、構いませんが、私は山の中よりも、もっといい所があると思うんですけどねぇー」

「代表、よく考えてみると、今度の施設用地も山の中みたいな所ですねぇ」

「そう言えばそうですね」

「まぁー山ならばたくさんありますよ。今は山の値打がなくなりましたからねぇー。もう一束一文ですよ！」

「えッ？」

「二束三文より安いって事です」

「代表、良かったですね。タダみたいな値段で、買えそうですよ！」と由夏。

「しまった。あまり安い安いと言わない方が良かったかな！」

「もう遅いです。ただ、平地も少し考えといて下さいね。ね、代表！」

「何だかこのお嬢さんは手強いなぁー。可愛い顔して！」

新種禿は、頭の汗をタオル生地のハンカチで拭きながら笑っている。何となく可愛い。浅尾さんと言い、研雄さんと言い、波平、高浜先生、いずれも甲乙つけがたい禿である。どうも私は禿に縁があるらしい。

高浜事務所の佐々木さんから電話があり、現地を見せてもらう事になった。続けて5件、山ばかり見た。山ではあるがその山の持つ雰囲気がとてもいい。高浜先生は人間的には問題だがセンスはいい。由夏は山ばかり見て飽きたのか、

「佐々木さん、まだあるの？　私、山じゃない所がいいわ！」

「わかってます、高浜からもよく聞いてます。あのお嬢様はちょっと何だか、あッ、いやあー、こっちの方も観てもらいなさいって！」

「あのお嬢様はちょっと何なのよ！　いいわ、手帳に付けとくから！」

平地を３ヶ所見てから高浜事務所に寄る。高浜先生はいない。由夏に会いたくないのだろうか？　佐々木さんから図面と金額を提示される。

「あら！　山と言っても、結構な金額が付いてるわねぇー。これがみんなタダになるって事なのかしら！」

「いえいえ、そんな事は、とても……」

「でも先生は、一束一文だって言ってましたよ！　一文って今どれ位かしら、１０００円位ね。じゃあの山６つで６千円か？　代表それで考えましょうか。佐々木さん、明日返事します。どの山とどこの土地をいくらで買うかって事！」

「えッーいくらで買うかってのも、そちらで決めるんですか？」

「もちろんそうよ！　先生に言っといてね！　一文って安いのねって！」

（こりゃあー高浜が逃げるはずだ！）

数日後、由夏は佐々木さんに電話を入れ、８ヶ所全てを購入した。佐々木さん、高浜先生、共に泣いていると巷の噂で聞いた。これも仕方がない。何せ由夏に余計な事を言い、弱みを握られるのが悪いのだ。これを由夏が見逃すはずがない。また埋め合せをしなくては。

もう一つ気になる事がある。実はこのところ株の取引が出来ていない。忙しいのもあるのだが、（浜野や由夏にはそんなはずはないと言われそうだが）出来ていない。安定した収入源だけに毎日コツコツとやるべきなのは分かっている。リストも出来ていない。せめてパソコンで取引を出来る人がいないだろうか。それならば何とか家で夜にでもリストを作るのだが……。おそらく由夏に基本を教えれば取引は出来るだろうし、由夏ならリストも作れるだろう。やんわりと言ってみる事にする。

「堀江さん、今日、土地の持主の方に挨拶に行こうと思ってる。君も一緒に来てくれ」

「はい、わかりました。これが持主の住所と地図です。先方には電話入れております。2人の方が2ヶ所の持主ですので6名です」

「まぁーそぉう！　何で！」

「佐々木さんに聞いたんです。代表が挨拶に行くって、だから！」よく気が利く。車の中、

「由夏ちゃん、君も忙しいだろうが、地区の事も本腰を入れなきゃならない。研雄さんとも相談出来てるだろうが、私も確認しておきたい事や、要望もある。研雄さんと相談する前に君に説明しておきたいが、運転中でも大丈夫か！」

「大丈夫です。対向車さえ、私の車に近付かなければ！」

「おっとっと……ちょっと待て！　そこで止めろ！」

たまにこの娘の事が本当にわからない事がある。本気で言っているのか、冗談なのか。

「代表、冗談ですよ！　大丈夫です。話しかけてもらった方が、運転に集中しないでいいですから！」

「……どういう意味だ！」

「まぁーそんな事より、代表の説明の前に、今、研雄さんに言ってる事、言っていい？」

「いいよ、じゃあ言って！」（そんな事よりって……）

「もうそろそろ地区の皆の訓練の準備を始めたいと思います。その前に皆にやってもらう事と

我々がしなくてはならない事を分け、当日にする事と当日までにする事を纏めます。

まず当日までにする事は、①当日前日には必ず各個人で揃えた貴重品を確認する。貴重品リストと貴重品袋は1週間前に配る。②総合責任者（研雄さん）を決める。副責任者、これは私！ 班（24戸8班）を作り、班長・副班長（2人）を決める。（以上は出来ている）③当日、不明者がわかる様人数確認をする。④以上の行動を説明、納得させ、本気にさせる。

我々のする事は、①市に危険性を説明し、繰り返し陳情する。②食べ物・飲み物・寝具・ガス・コンロ・発電機・燃料・着替え・日用品・その他、1週間程度の避難生活が出来る様に揃える。③トイレ・浴室・洗面・洗濯、が使える様に準備する。また近日そのリスト作成。以上です。当日にしなければならない事は、もう少し先に纏めます」

「そうか、進んでるな！ まだまだあると思うが皆、誰も本当の危険を感じていない。これを説得するのが君だ。研雄さんを動かし、他の人を動かしたらいい。中途半端だと犠牲者が出る」

「代表はどうするんですか？」

「俺が出ると、俺に任せっ切りになる。だから悪いが俺は出ない」

「わかりました、細かい部分はこれから詰めます」

「当日、皆を地区外に出せばいいではないかと思うかも知れないが、その方が難しい。由夏ちゃん頼むよ！」

由夏は（はい）と言うが、当日がいつなのか、私にはわかっている。しかし、由夏はその事は聞かない。由夏もわかっているのだきっと。問題はその日に皆を避難させる事だ。今日は研雄さんとの相談だが、由夏が素面のうちに話せたので、二人共酔っても大丈夫だ。私の言いたかった事は全て由夏がやっている。これが研雄さんにいつも言っている事であり、確認の必要もないのだが、まあ今日は確認しておこう。

研雄さんは現場にいる。用がない時はたいていここにいる。

「おぉう由夏ちゃん、祐ちゃん！」

「研雄さん、現場監督みたいだね本当に！」

「そうだよ、鈴木さんのいない時は連絡役だし、どうだ！　だいぶ出来ただろ？　2階の風呂結構大きいんだ、あれだと4、5人は入れる、また由夏ちゃんと一緒に入りたいな！」

「私も入りたい、研雄さん！」（……君らは、バカか？）

「研雄さん、今日はじっくり相談したいと思います。具体的な事を、いいですね！」

「わかった。じゃあ家に行こう。飲みながらじっくり話そう！」

「研雄さん、今日は飲みながらじゃダメです。代表が今日はうるさいから！」

ここそこと話しているつもりの様だが、私にも聞こえている。

「ちょっと位いいだろ！　寒いんだし！」（そんなに寒くもない。暑い位だ）

「ちょっともダメです！」

「本当に？」

「たぶん！」どうも二人共、飲むつもりでいる。由夏が意を決して私に、

「代表！　ちょっと言いにくいんですが！」

「言いにくい事は言わんでいい！」

「じゃあ言いません！　私ちょっとお酒買って来ます。代表、心配しないで下さい。ちょっとです。今日はちょっとです」これまで飲んだ時にしっかり話が出来たためしがないが私も諦めた。まぁー素面の時に由夏に言っているので大丈夫だろう。まぁー飲み始めて何分位脳みそが

まともに働いているかだ。計ってみたい気分だ。

「由夏ちゃん、副代表に電話してくれる。今日は帰れないって！」

「えッーえッーいやだぁ〜〜私がするんですか？　代表ぉーお願いしますよ！」

「これは秘書の仕事じゃないか？　君は私の……」

「はい秘書です。（こういう時だけ偉そうに言うんだから！）そうだメールにしよっと！　代表、携帯貸して！」

　頭はいいが、ずる賢い。メールをしながら台所で美紀子さんを手伝っている。

「由夏ちゃん、お酒買って来なくてもたくさんあるよ！」

「いやぁーそれは！」一応遠慮している。

「あんた達が飲んだ残りがいっぱい。スナックが出来る位あるんだから！　今日は私が美味しいの作ってあげるよ！」

「わぁー嬉しい」

「まぁー飲もう！」始まった。

　美紀子さんの作った物が美味し過ぎて、いつもより弾んだ。私が避難の話を投げかけると少しは乗って来るが、いつの間にか、由夏と研雄さんは別の話しで盛り上がっている。夜も更け、日付も変わる。研雄さんは寝る。由夏は何かぶつぶつと寝ている研雄さんに言っている。

「おい！　帰るぞ！　おい！　俺は先に帰る。君はここを片付けてから来い！」

「だめぇー、先に帰ったらだめぇー、待って！　私、研雄さんと相談するんだから！」

「あ、そぉう！　じゃあゆっくりと相談しといてね！　研雄さんはもう起きないよ！」

「いいよ！　由夏ちゃん、片付けは、やっとくから！　いつもの事だし！」

「すみません、美紀子さん、帰ります！」

私が声をかけると、由夏も慌てて私の後を追う。いつものパターンだ。

「待ってよぉう－、代表！　私と一緒に帰るの恐いんでしょ？」

「あぁー恐い恐い」由夏の足元がおぼつかない。さっさと先に帰るつもりだったのだが、仕方がない。由夏の腰を抱えながら歩く。私の体にもたれながらふらふらと、

「代表ぉーちょっとぉー座ってぇーここに！」

ほらきた。聞こえないふりをすると、私の腕を引っ張る。

「もぉうッーいいからぁー座ってぇー！」

力は強い。この酒癖の悪さは何とかならんのか！　素早く私の首に手を回し、

「はい！」と唇を近付ける。私が避けると、巻いていた手を私の顔の両耳の辺りに持ち替え、私の顔を引き寄せ、唇を重ねる。

「ねぇー酒臭くなんかないでしょ！」

こんなところを誰かに見られたら大変だ。そのまま由夏を持ち上げ（ストン）と地面に立たせる。今日も満月がきれいだ。〈株〉の事やリストの事をやんわり話そうと思ったが……今日は無理だ。

V

来年の春からの入社を希望していた事務職の福山さんが2回目の仮事務所オープンの時から

来てもらえる様になった。福山さんは、介護の必要な母がいるが、今回の仮事務所で介護が出来る体制が出来たので来てもらえる事になった。また調理の林さんも、来春入社の予定であったが、保育施設も出来たので利用しながら勤務する事になる。

　由夏は朝、出社すると毎日の様に出かけている。もちろん研雄さんの所である。私が、夜は出来るだけ行くなと言ったからだろう。さすがに昼からでは酒も飲めない。さぞかし順調に避難の準備も出来ているだろう。

「代表！　今集会所にいるんですが、現場監督の鈴木さんもいるんです！」

「そおぅか？」

　全ての土地の調査が終わった様で、鈴木さんは私の新居の構想を聞きたいらしい。

「今日の午後にしておきました。私の家も見られた様ですし……研雄さんとの話もバッチリ出来てます！　じゃあー！」

　私の都合より由夏の都合に合わせている筋があるのと、仕方がないとはいえ、秘書の仕事を忘れてしまっている。午後、鈴木さんがやって来る。

「代表、すみません、急に時間を取って頂きまして。由夏さんに日程の方お願いしましたら代表が今日の午後がいいと聞きましたので！」（そんな話はしていないが）

　鈴木さんは私の住宅用の土地の図面を広げ説明を始める。とてつもなく広いがほとんどが山である。鈴木さんは住宅の位置を決め、一般道から家に至るまでの道路の計画図を作っていた。

「いいですねぇー、私の思っている通りです！」

「この部分の大木は少し切りますが、出来るだけ残したいと思います。建物の周りは明るくなる様にしたいですし！」

「鈴木さん、家の周りと進入路には、変な虫や特に蛇が出ない様にして下さいね！」と、由夏。

私は鈴木さんに目で合図し（由夏の言う事はほっといて下さい）、鈴木さんも（わかりました）と目で答える。

「それと代表！　この奥にずっと入って行くと大きなきれいな池があるんです。とってもいい所なので、そこまで道を付けたらって思っています。それとその池から小川を造って家まで引いて来る事も出来ます。まぁー私の想いですが！」

「へぇーそんな池が？　是非それはお願いしたい。家の横に小川があるのっていいですねぇ！」

「そう思われますか？　ちょっと考えます。ただあの池は、山の向こう側の集落の水源になっていると思われますので、それも調べてみます！」

「蛇の件もよろしくね！」一通り打合せが終わった時、

「代表！　私の部屋は、南向きのこの辺にして下さい。ちょっと広めで！」と、由夏。

「……何で？　私の家にあなたの部屋を作るんだ？」

「だって、夜遅くまで仕事した時、家に帰るより代表の家の方が近いし……」

「酔っ払って、家に帰れない時のためですよ代表！　これは考え物ですよ代表！」と浜野。

「……違いますよ！」と由夏。

「それと代表、あのマンションなんですが、屋上の畑は、入居者の皆さんが野菜を作るんですか？　そうして1階の大きな厨房で調理するんですね。新しいマンションの形態ですね！」

「えーっ?!　屋上を畑にするの？」と由夏。

「そうだよ！　自給自足だよ！」

「代表、お願いがあるんですが。その屋上の畑なんですが、今建設している部分は田んぼだったので畑土には向かないんです。どこか畑土の取れる所はないですか？」

「じゃあーちょっと遠いけど、私の畑の土で良ければ使ってもいいけど、運搬が大変か？」

「いいえ、大丈夫です。集会所から帰りに持って帰る様にしますので。でも代表のところの畑はいいんですか？」

「うん、もういいよ。息子もしそうもないし」

「ありがとうございます。代表、次は住宅のプラン持って来ます！」

「鈴木さん、私の部屋と蛇の件もよろしくね！」と由夏は念を押した。

「代表、もう一回研雄さんとこ行って来ます。そろそろ詰めの段階に来てますので！」

「えッー今から？　もう夕方の6時だぞ！　今からって事は……」

「代表、それで、あのう……」

「今日も泊まるのか？　わかった。千賀子に言っておく。俺は行かなくていいんだな！」

「いいえ！　最初に顔だけ出して、……それから……えッーと！」

「えぇッーと何だ？」

「えぇッーと迎えに……」

「迎えに来いという事か？　研雄さんの家から俺の家まですぐじゃないか。わざわざ迎えに行かなくても……」

「あぁーそうですか。若くて可愛い娘に夜遅くまで働かせて、それでいいんですかねぇー！」

おぉぅー来た。たちが悪い。高浜先生の気持ちがよくわかる。

「わかった、わかった。迎えに行くから、あんまり飲み過ぎるなよ。若い娘が大酒飲みだなんて噂でも流れてみろ、嫁にも行けないぞ！」

「わかってます。お酒は買って行きません！」

「えッー本当か？　飲まないのか？　いよいよ真剣になったんだな！」

「いつも真剣ですぅ……美紀子さんが残ってるお酒がたくさんあるから、買って来るなって
……置くとこもないから少し減らしてって！」

「何ぁーんだ。飲まないのかと思って安心したのに損した。じゃあ今日は一緒に帰るか！」

帰りの車の中で、やんわりと聞いてみた。
「由夏ちゃん、実は今、株の取引があまり出来ていないんだ。少し忙しいのもあるんだけど」
「忙しいの？　誰が？　代表が？　へェー」（やっぱりそう来たか）
「まぁーそれはともかく、誰かいないか？　由夏ちゃんの知り合いの中で、パソコンが出来て、
来てくれそうな人？」
「すぐに頭に浮かんだ子が一人いるけど。頭はいいし、ちゃんとしてる子なんだけど出不精で、
友達はいないし、一人暮しの子。家で出来るバイトやってるはずなんだけど、連絡してみる
わ！　とっても美人よ、私と同じ位かな！」（…………？）
「ちょっと引き籠もりやってたんだけど……でも話せばそうでもないのよ！」
「どこに住んでるの？」
「まぁー近くと言えば近くかな、車で30分位！」
「何とか上手く頼んでみてくれよ。給料はたっぷり出すし……由夏ちゃんと同じ位美人なら、
そうとうな美人だろうな！」
「何よ！　頼むとなれば、白々しい事言って！」

「そんな事ないよ、本当だよ！　仕事はパソコンを操作するだけなんだ。私の作ったリスト通りに打てばいいだけだし、リストはちゃんと前日には作るから。リストは由夏ちゃんだって、基本さえわかれば作れると思うし、またやってもらうかも知れないよ！」

「〈株〉の取引のリストねェー！」

「そう。今日買う銘柄と数量、今日売る銘柄と数量、その表だよ。それを見てパソコンを打って取引をする。そんな仕事だから、自宅でも出来るし！」

「わかった。まぁー言ってみる！」

やんわりと言ったつもりだが、どういう風に受け取ったのか？　しかし、そのリストが能力を持った人でないと出来ないのは、由夏はわかっているのか？……。

研雄さんの所に行き、由夏を降ろし、少し話をしてから（また後で来る）と言って帰る。夜の11時過ぎに行くとまだ飲んでいるのだろう、玄関から2人の話し声が聞こえる。酔っ払いの声だ。

「研雄さぁ～ん、わかってぇるのぉー、ちゃんとしっかりしてよぉうー」

「由夏ちゃん、わかってるよぉうー。ウゥ～ひぃっ～ちゃんとぉ～何だっけ？　今の話はぁ～」

「えッー研雄さぁ～ん、もぉぅッ～それで何の話って、そんな事知らないよぉう～私も！」

分かっているのか、わからないのか、わからない。その後、2時間ばかりぐたぐたと言いながら過ぎ、由夏を連れて帰る。帰り道、石垣に座り、抱き付かれた後、重い腰を抱いて歩き、そして風呂に入れて寝た。今日は……今日も何だったのか？

翌日、由夏が連絡を取った友達に会いに行く。

「着いたわよ！」古い木造のアパートだ。

「そうね、一緒に来て！　うーん！　やっぱりここにいて！　私一人の方がいいわ！」

由夏は車を降り外階段を上がって奥に消えた。1時間後、カンカンと鉄骨の階段を下りる音が聞こえる。階段の上で手を振る女の子に、由夏も手を振る。

「上手くいったわよ！　あの娘がぴったりよ、この仕事。小泉奈緒っていうの。大学の時の友達だけど、彼女よく卒業出来たと思うわ。頭はいいんだけど、あまり来なかったもの授業に。友達も少ないし、話すのも得意じゃないけど、私とは気が合ってたかな。でも彼女、今、自分を変えたいんだなって思った」

「俺はどうしよう？」

「免許は？　車は？」

「移動はいつもスクーター。おそらく車の免許は持ってないと思う」

「そうか？　どうしよう、今のアパートででも出来るんだけど！」

「それはそうなんだけど、奈緒のアパートだと、ちっとも外に出ないから！」

「わかった。一部屋借りよう。奈緒さんの近くで……じゃあ今から、ちょっと一緒に行って」

例のレンタルルームの事務所に行きワンルームマンションを借りる。ここは今のDハートの事務所と奈緒さんのアパートのちょうど中間だ。2階建てでセキュリティもしっかりしている。電気やガス、ネットなどを頼み、契約書にサイン。その足で机、ソファー、パソコン、冷蔵庫、レンジ、他を買い揃える。

事務所に戻ると浜野がいる。どうも機嫌が悪そうだ。書類とにらめっこしている。最近は地区の事もあり、奈緒さんの事もあり、Dハートの仕事をまともにしていない負い目がある。

「代表、これが2回目の仮事務所の備品リストです。調理の関係は林さんに無理言って打合せに参加してもらいました。保育関係も介護用品も派遣してもらう事務所にお願いしてリストを作ってもらっています。目を通して下さい。今日中に！」

「わかりました。さっそくに！」

「それから鈴木さんから電話がありました。今日、夕方の時間はどうですかって。予定が付かない時はまた指定して下さいって！」

「堀江さん、鈴木さんに連絡して、夕方でいいって！」

「代表、鈴木さんが来るまで、せめてそれまでリストのチェックして下さい」

「わかりました。堀江さん、君も頼む！」

　2人で備品のリストのチェックをするが、何故か一緒だとすぐ脇道に逸れる。浜野の顔付きが、私たちに期待していないのが良くわかる。案の定2人の結論は変更なし、異議なし。浜野もどうせこんな事だろうと思っていたのか、、

「あぁーそうですか？」と、つれない返事。

　鈴木さんがやって来る。図面を広げる。大きな家だ。平屋だ。たくさんの部屋がある。由夏の部屋がどれだかわからないほど多い。ホールも広い。キッチンもレストラン並みだ。娯楽室もある。トイレも多い。浴室は2ヶ所、家のそばを小川が流れている。

「いいですねぇー。ちょっと大き過ぎるかも知れないが、この外部との連続性がいい。由夏ちゃんどう思う？」

「私の部屋はこれですか？　もうちょっと広い方がいいかな！　代表の部屋ってこんな広いんですか。えッ、お風呂もトイレも付いてるの？　これは贅沢だわ！」

「代表、進入道はここから入ります。ここに門を作ります。冬でも雪は積もりません。そしてこの図面が奥の池です。池の周りは遊歩道でぐるっと回れる様にします。そこに東屋。春も秋もきれいだと思います」

「鈴木さん、蛇や虫は大丈夫ですか？　そこんとこはよろしくお願いします」

「鈴木さん、よく出来てますね。とっても気に入りました。一つだけ、この辺に事務室として使う部屋を2つ作って下さい、それで進めて頂きたいです。でも鈴木さんって忙しいのに少しは休みはあるんですか？」

「休んでいてもする事がないですからね！」

「でも研雄さんが言ってましたよ、鈴木さんって料理が出来るんだって。プロ級だそうですよ！　それで鈴木さん、私の部屋、窓は大きくクローゼットは広めで……蛇の件もよろしく！」

「まぁー今のはともかく、鈴木さん、先に造成にかかれるのであれば、池の方からでも」

「わかりました。山下とも相談します。申請も急ぎます」

由夏は奈緒さんに説明している。玄関錠（カード）や電源やロック、パソコン、その他電化製品……。

「代表、遅かったわね！　そうだわ、初めてよね！　こちらが小泉奈緒さん。代表、きれいな人でしょ？」

「そうですね！」

「由夏、やめてよ！　こんにちは、小泉奈緒です。よろしくお願いします」

「土山です。こちらこそよろしくお願いします。奈緒さん、ここで一人ですが、大丈夫ですか？　何かあったらすぐに飛んで来ますので！」

「大丈夫です。一人は慣れていますので！」

「代表！　奈緒はやっぱり車の免許持ってないんだって。だから免許取りに行ってもらおうかと思って！」

「あぁーそれがいい。今やってる取引は、９時～15時までだから、15時以降でもいいし。費用はこちらで持つから。あっそれから由夏ちゃん、準備金、渡しといて！」

「ありがとうございます。それで代表、仕事の内容を教えてもらえませんか。ちょっと心配で……」

「大丈夫ですよ、ちょっと待って下さいね！」と鞄から書類を取り出す。

「昨夜作ったリストです。これが買いのリストで順番に上から買って行く。この数量で、打ち込めば全て買えます。売りも同じです。たとえばこの銘柄を読み込んで数量を入力してここをクリック。今、多くて５００銘柄位かな。もっと増やしたいのですが」

「このリストは代表が作られるんですか？」

「今のところ私が作っていますが、もうすぐ由夏ちゃんが作ってくれると思っています」

買い方、売り方を一緒に聞いていた由夏が、リストを見て、

「じゃあ、明日から私が作ります。メールでこのパソコンに送ってもいいんだけど、奈緒の顔見たいからリストここに届けるよ」なんと簡単に言ってのけた。

「このリスト通りに銘柄と数量を９時から15時までの間に打ち込んだらいいだけですか？　他には、何か？」

「そんなもんよ。奈緒、頼む方もあまり難しい事出来ないんだから！」

（ぷゥッー）と吹き出す。ごもっともな事です。しかし由夏は、株の売り方、買い方の手順と

リストを見ただけで、何もかも悟ったのだろう。おそらく彼女の作るリストは間違いないだろう。これで由夏の能力を私が確信した事を由夏はわかっているだろう。

「奈緒さん、じゃあ、少しやってみて！」奈緒は手慣れた調子で打ち込んで行く。

「よくわかりました。もう少し多くてもいけそうに思います」

「それではよろしくお願いします。それより由夏ちゃん、浜野さんからの伝言なんだけど、仮事務所の引っ越しだから、今日中に自分の荷物を纏める事。あのチャラチャラしたたくさんのファッション雑誌、あっちには持って行かない様に言ってたよ。必ず処分する様にって！」

顔が赤くなっている。顔に血が昇っている。その点奈緒さんは色白で、目鼻立ちがすっきりしている。とても（私と同じ位美人よ）っていうのはおかしいのではないか……がそんな事は言わない。

「あの男！　今度、崖から突き落としてやる！」（おぉぅ～恐ろしい～）


由夏はあれから奈緒さんと教習所に行って申し込みを済ませた後、奈緒の事務所に足りない物の買い出しをし、奈緒とご飯を食べ、事務所に帰って来たのは夜7時を回っていた。私以外、皆もう帰っている。（機嫌の悪い）由夏は何も言わず、自分の机（椅子）に座り顎を手に乗せ、考え事をしていたが、急に立ち上がり段ボールを持って来て、机の中の引き出しを段ボールにひっくり返した。2つ、3つ、4つ……。入れ終わると、ビニール紐を持って来てぐるっと回し結ぶ。そして後ろのファッション雑誌を見詰めていたが、やがて机の上に運びビニール紐で結んだ。片付け始めてから約5分。実に早い。見事な片付けだ。そして、

「代表、私、明日、奈緒の所に寄ってくるから、この荷物、一緒に持って行って頂けるかしら。

直接あっちに行きますから……私……帰ります！」

と立ち上がり、浜野の机をドンと叩き、椅子を蹴飛ばし、出て行こうとしたが、

「由夏ちゃん、あのう、そのファッション雑誌の塊も……持って行くの？」

私が言うと、由夏はこちらを睨みながら鞄を小脇に抱え、ファッション雑誌の塊を両手で持ち、ドアをお尻で閉めて出て行った。カッカッカッという足音が小さくなって行くのを聞きながら恐怖を覚えた。由夏はちゃんとリストを作ってくれるのだろうか？　早いとこ機嫌を直しておかないと、私も……崖から突き落とされる。


翌日――由夏は明るく笑っている。自分の机に向かい、引き出しの中へ、段ボールの荷物をひっくり返して入れ、書類を紐で結んだまま、引き出しに放り込んだ。

「堀江さんはいいなぁー簡単で、早くて！」

「あら副代表、私は使いながら片付けてるんですよ！　決してちらかってるんじゃないんです」

「あぁーそうだったのか？　ずぅっと片付けの途中だったんだ！」

おっとまたキレられたら大変だと思い話題を変える。

「堀江さん、あっち（株取引の事務所）の方はどうだ！」

「はい、一応取引出来る様にはなりました。しかしまだ2日目なので心配です。ちょっと午後には行ってみたいのですが、代表もお願い出来ませんか？」

「そうか。浜野さん、2人抜けてもいいですか？」

「どうぞ！　その予定にしてますから！」

そう言われてみると何か寂しい。が由夏が初めてリストを作っているのも見たい。

「でも今日は仮事務所のオープンですので、皆で弁当食べてからにして下さい」

ごもっともな事だ。浜野さんはいつももっともな事ばかりだ。しかし由夏も朝、奈緒さんの所には行っているはずだ。ははぁー、午後からの荷物の片付から逃げたいんだ！


奈緒さんの事務所に行く車の中――。

「代表！　昨日は二人して私をいじめてくれましたね！　ただでは済みませんよ！　高くつきますよ！　いいですね！」

「ひゃぁ～～、俺はただ浜野さんの言った事を……」

「奈緒と一緒に神戸に買物に行きます。代表から見て奈緒ってちょっと地味でしょ！　明るくないし、着てる物も持ってる物も、どうも垢抜けないの。あの美貌で持ってるのよ。だから私、彼女を改造しようと思うの。私はこの美貌とセンスの良さがあるからいいんだけど……今日は奈緒の物を買いたいの！　奈緒のついでに私のも買うけどー、いいね！」

「へぇー、ついでに？」まぁーこれで機嫌が直るなら安いものだ。

事務所に行くと奈緒さんがいない。由夏が電話しようとすると、帰って来た。

「由夏！　どうしたの？　あッ代表、こんにちは！」

「うん、ちょっと奈緒を引っ張り出そうと思って！」

「あらどこへ？　今、教習所の入所の説明を聞いてたの。明日から本番よ！　平日は午後3時から、土・日は、10時と1時30分からの2回。早く取らないとね！　それでどこに引っ張り出されるの？」

「まぁーいいから行くよ！　……代表、説明して、私が喋りながら運転するの恐いんでしょ！」

「えッー喋っていなくても……いやぁー奈緒さん、うちの社員は皆制服があるけど（まだない）、奈緒さんはその必要もないので服とか靴とか鞄とかを買いに行こうという事になって。由夏ちゃんが選びたいらしいよ！　ついでに自分のも少し買うらしいけど！」

「あぁーそういう事ですか。いいんですか代表？」

「あぁー大丈夫！　少し多めに買っといたらいいよ！」

「奈緒ったらねぇー、高校の時の服まだ着てるのよ。いつもはジャージだし。もっとお洒落しなさいよ。おばさんになっちゃうよ！」

「いいじゃないの、まだ着られるのに。あッ、それより、今日もらったリストの最後のやつ、あれ買えなかったよ、由夏！」

「えッーウッソォー。奈緒、今持ってる？　あのリスト！」

「うん、持ってるよ。はい、これ！」奈緒さんが運転している由夏に渡そうとしているので、

「おッとぉっとぉー、危ない危ない。前見てても危ないのに、今そんな事したら……」

　とリストを奈緒さんの手から取り上げる。ざっと目を通し、

「由夏ちゃん、この最後のやつ、明日買うやつだ」

　しかし、それ以外のリストは完璧だ。この娘こそ、株の取引なんてもちろんやった事もないだけでなく株の知識もまったくないはずだ。それがすでに出来ている。

「ごめん、ごめん。昨日リスト作ってて、だんだん腹が立って来て、カッカしてたのよ！」

「あら、何にカッカしてたの由夏？」奈緒さんは私の方を見て、悟ったのか、

「なんだ、今日は代表の罪滅ぼし！」

「奈緒！　だから今日は、思いっ切り買ってやるのよ！　車に入りきらない位！」

「わかった。代表には悪いけど、由夏の応援するかな！」

「おぉーい！　でも奈緒さん、私はなんでそうカッカしてるのかよくわからないんですが！」

「えッー?!　なんでわからないのよ！　バカ！」

服、鞄、靴、2人共たっぷり買い込み、化粧品から、ネックレス、帽子を買い、最後は奈緒の食料品を買って終わった。レストランで早い夕食を食べながら、

「奈緒って、いつも垢抜けない服着てるのにこれだけ魅力的なのに、さっき買った服着てたら、みんな男が振り向くよ、ねぇー代表！」

「うん、そうだな！」

「由夏、私ってそんなに垢抜けないの？　ショック！」

「そうだよ！　普通の女の子でいつもそんな服着てたら誰も見向きもしないよ！　奈緒、私に任せて。奈緒を改造してみせるから！」

「えぇー?!　改造？」

「そうだ、今日はまだ早いから、車を見に行こう！」

事務所の近くのいつも買っているショップに寄り、奈緒の車も買った。

「代表！　車まですみません。まだ免許も取ってないのに、他にもこんなにたくさん買ってもらって……いいのかしら……代表！」

「いいのよ奈緒。みんな代表が悪いんだから！」

「代表も大変ですね！　由夏は恐いですよ！　何があったか知らないけど、でもここまですれば後は、アッサリしてますからもう大丈夫ですよ！」

これ以上引きずられたらたまったもんじゃない。

　2回目の仮事務所には代表室がある。来客の対応をするのにどうしても必要だからという由夏の提案で出来た。まぁー応接室である。だいたい由夏もここにいる。ここにいるから話も早いのだが、どこか気が抜けない。

「代表、そろそろこの前購入した土地に建設予定の施設の計画を進めるんですよね？」

「あぁーそうだった。私の家だけ頼んでおいて、そっちが先だな！　堀江さん、施設の概要を決定したのを纏めておいてくれないか。今度、鈴木さんにお願いしよう！」

「わかりました。明後日です。代表の家の設備器具の決定や外装を決める時に話します。その時私の部屋の内装の見本を持って来てもらうんですが、施設の件も簡単に説明しておきます」

(何と、もう自分の部屋の内装の話をするのか？)

「代表、それと研雄さんから電話がありまして、今日私、夕方行くんですが、祐ちゃんもたまには来いって！」

「夕方？」嫌な予感がする。もう予感ってものではない。必ず飲み会になる。

「夕方行ったら、必ず研雄さんったら飲もうって言うんだから！」

研雄さんのせいにしているが、飲んでもちゃんと打合せが出来ればいいのだが……。

「それと代表！　うちにも久し振りに顔を出してって、父と母と弥生さんが言ってますので！」

(そっちもか？　とり合えずこっちから片付けよう)

「今日は主に何の話だ！」

「今日は貴重品リストのチェックと配布の時期。その確認の仕方と避難訓練当日の内容です」

一応内容はしっかりしている。がしかし、それは酔うまでにしないといけない。酔ってからでは2人共……。

「そこで由夏ちゃん、私からの提案なんだが、いいかなぁ～！」

「はい！　なんでしょう？」

「あのね、避難の話とか、貴重品の話が終わってから飲むってのはどうだろう？」

「本当そうですね！　でも行ったらもう研雄さんもう飲んでるんだもの。私も飲んでてもちゃんと纏められるし、私もお酒本当はそんなに飲めないんだけど、仕方なしに！」

「へぇーそうだったの！　そりゃあ知らなかった！」

要するにここに来て、由夏は研雄さんと打合せと言いながら雑談しかしていないのだ。しかし話の内容は進んでいる。あと約1ヶ月。由夏もわかっているはずだ。由夏の事だ、しっかり手配しているはずだ。でないと、地区の人からあれだけ信頼されたり、会議もうまく纏められないはずだ。まぁー今日はお手並み拝見しよう。2人共飲み始めてからもう長い。最初は避難の話も出て、おっと思ったがそれから雑談ばかり、肝心の話に移らない。やがて研雄さんは半分寝てしまい、由夏もテーブルにうつ伏せのまま動かない。いつもこんなのだろうか？　と研雄さんが寝返りを打った時、ファイルの上の紙が飛んだ。私も研雄さんの横にあるファイルは気になっていたのだ。私は飛んだ紙を拾い、ファイルを開き差入れたが見てみたいと思った。

中にはかなりの枚数がある。飛んで来た紙は（貴重品リスト№9、木村美紀子）とある。ファイルを引き寄せると、（研雄さんがしなくてはいけない事）と箇条書に列記されている。それと各日付には相談する内容、結果、次にする事、何日までにする事……今日はこの各人別貴重品リストの確認とある。由夏はおそらく、一緒に話していても、飲んでいる時は頭に入っていない事がわかると、書面で渡す方法に替えたのだ。おそらくその方が頭に入っている事が確認出来、(由夏ちゃん、何か書いた物くれよ！) と言うのだろう。だから相談すると言って来ているのは、この書面を渡すのと飲みながら各地区の人の情報を集めているのだ。でないと個人個人の貴重品リストが由夏が作れるはずがない。そしてこの書類が研雄さんへの指示書に見えるのを嫌がったのだろう (研雄さんへの自尊心を傷付けない様に)。そう言えば研雄さんはいつも炬燵に入って書類を見ている。その方が頭に入るのだ。だからこうして一緒に飲んで研雄さんを楽しませているのだろう。そうだ、この地区の人の生死に関わるこの避難計画は、研雄さんを担ぎ上げる事しかないのである。改めて由夏を思い、恐ろしさを感じた。ついでに私の貴重品リストを見る。(伝達済) とある。(何だよ！)

「おい！　由夏、起きろ、帰るぞ！　肌が荒れるぞ！　浜野さんが見てるぞ！」

ひゅっと起き上がり辺りを見回す。

「浜野さん……何よぉーバカぁー！」

美紀子さんにお詫びをし、由夏を連れて帰る。いつもの石垣の所に来ると由夏は少し (シャン) とする。

「祐ちゃん、ここに座って！」(初めて祐ちゃんと呼んだ) 呆気に取られて立ったままいると、

「祐ちゃん、早く座って、座ってくれないと、私も座れないでしょ！」

私が座った後、その上に座るつもりらしい。石垣に腰を下すと、由夏は私の膝を跨いで座り、両手を首に巻き、唇を押し付ける。石垣が梅雨で湿っているのか尻が冷たい。

「おい！　尻が冷たい。由夏はいいよなぁー人の膝に座って！」

「あたりまえでしょ！　女はお尻を冷やしたらだめなのよ！　赤ちゃんが産めなくなっちゃうんだから！」

「俺ももう赤ちゃんは産めないよ！」

「ハァアーアー、バカじゃないの！」

「大きな声を出すな！」

「祐ちゃん、そこ触らないで！　お尻、いやぁー動かさないでバカァー」

由夏の頭越しに大きな満月がいる。満月の中を灰色の雲がゆっくり動いている。暑いはずだ、もう7月も終わりだ。

Ⅵ

〈株〉の取引も由夏と奈緒さんとの働きで順調過ぎるほど進んでいる。鈴木さんとも打合せを繰り返し、私の家も、施設の計画も着々と進んでいる。由夏を代表室に呼ぶ。今日は真面目に事務室の自分の机にいる。

「堀江さん、君に相談したい事があるんだが、今日私の予定はどうなっている？　午後はちょっと一緒に行ってほしい所があるんで……」

「はいわかりました。で……どちらに？」

「病院！」

「えッー代表ぉー、もしかしたら！」と口を押さえ驚いた様子。

「もしかしたら何だ！」

「もしかしたら代表ぉー、余命を宣告されそうなので私に一緒に行って聞いてほしいと！」

「ほぉうー君の想像力は素晴らしい。病院と言っただけでそこまで……まぁーいい。実は君には言ってなかったが、2時から私の主治医の所に診察に行く。この病院もいつも多くの患者だし、但馬の病院も医師も看護師もそもそも病院も不足している。君の事業計画には入っていないが、私は病院を造りたいと思っている。総合病院だ。私の主治医なら独立して立派にやって行けると思うが、本人にその気がなければどうにもならない。その意志があるのなら、支援したいと思っている。病院を創る事は、私の思いの中の基本なんだ！」

「わかりました。とてもいい考えなんですが、診察中にそんな話をするのもちょっとどうかと思いますよ！　看護師もいるし、次の患者もいるし。一席設けましょう。今日の夜、上手に誘って下さい」

「じゃあ、今日の予定は全部、上手く断っておいて下さい！」

「わかりました。私、断るの得意ですから！」

「えッーそうかぁー？　君は何でも引き受ける方ばかりで、断る方は苦手だとばかり思ってたんだが。だって浜野さんに帰れないって連絡するのも嫌だって言ってたし、まぁー引き受けるのも飲み会ばかりだものな！」

「代表ぉぅー、私の悪口言うのはそれ位にしといた方が、代表の身のためですよ！」

「ひぃえッー今のは悪口じゃないよ！」

「どこが悪口じゃないんですか!?　誰が聞いても悪口ですよ！」

「そうかな？　君の事を思ってる通りに喋ってるだけなんだけど……それが悪口になっちゃうんだ！」

「代表ぉぅー、今のも悪口です。でも、本当は、私のいいところたくさん知ってるくせに！」

(知らない～)

「土山さん、どうですか？　体調は？」と主治医の山地先生。

「はい。特に変わりなく順調です！」

「少し太った様ですね！　少しは動いてますか？」

「いいえ！　全然動いてないです」と由夏。

「こちらの方は娘さん？　……じゃあなさそうですね」

「先生、どうしてわかるんですか？」と由夏。

「いやぁーそれは、顔立ちが全然違いますからねぇ！」

「どういう風に違いますか？」と由夏。

「いやぁーそうですね、この娘さんの顔立ちは、（シャキッ）とされてますが、土山さんはどちらかというと（フラッ）としてますので、あっ、いやぁーすみません、私も（フラッ）の方ですから！」

「山地先生はやっぱり、よく見ていらっしゃる。（シャキッ）と（フラッ）とが親子のわけないですよね！　先生もどちらかと言わなくても（フラッ）のタイプですよ。私、土山の秘書兼企画室長の堀江と申します。よろしくお願いします」

「土山さん、そう言えば事業を始められた様ですね。聞きましたよ。福祉関係の事業の様ですね！」

「はいそうです。まだ始めたばかりです。噂も広まって、本当の噂ならいいんですが、へんてこりんな噂が広まったら大変です」

「……堀江さん、少し黙ってくれませんか？　私が話してるんです」

「すみません、私、話が合いそうな人だと喋り過ぎるんです。それが私の唯一の欠点で！」

（唯一の？）

「山地先生、実はちょっと相談したい事があるんです。いや、私の体の事ではありません。ここではちょっと言いにくいんですが、今晩、少し時間を頂けませんか？　今日がだめなら、先生の都合のいい日時を言って頂けたらと思いますが」

「えッー何の話なんですかねぇー。今晩は大丈夫ですが、そこに部屋がありますが」

「いいえ、そこでもちょっと、別に変な相談じゃないですよ。真面目な相談です。ね、代表！」

「そうですか？　それでどうしたらいいですか？」

「それでは今日お仕事が終わる時間にこちらにタクシーを来させます。お帰りもタクシーで家までお送りします。それとも、もしよろしければ、お泊まりになられてもいいですし。朝、お家までタクシーを行かせますので。それで、今日は何時頃お迎えに上がればいいですか？」

「しかし、患者さんとお酒飲むのって、ちょっと変ですね！」

「代表ぉー、代表はあまり飲まない方がいいですよ、病み上がりなんだから。代わりに私が少しだけ頂きます！」と、由夏。

「バカヤロー！」

「面白い人ですね、お名前は、堀江さんと言いましたか？」

「堀江由夏です。先生とは話が合いそうですね！」

「それは君が思ってるだけだ。それでは先生、後程。失礼しました」

「反省は？」「してます！」「あなたが！」「悪うございました」「もう二度と！」「喋り過ぎません！」今日はまあーしおらしい。いつもこうならいいのだが。

「堀江さん、料亭とタクシーはもう予約出来てるんだろ？」

「……はい！」

「先生、泊まられると思うから、下着とシャツ、靴下、ネクタイを買っておこう。朝、これがあると男は感動するんだよ……」（しまった）

「へェー代表、いつも弥生さんが用意してるの、感動してるんだ！」口は災いの元。

「そうだよ、由夏ちゃん。次行った時、またそれが洗濯してあって、たたんであったら、またそれがいいんだ。由夏ちゃんも早いとこイイ男捉えて、やってあげたら！」

「そうなんだ……私にもいるんだけど、なかなかしぶとい奴でねぇー！」

「嘘つけ！」

山地先生は、私の命の恩人である。私がこの病院に運ばれて来た時、心臓が止まったのを蘇生させてくれた。顔は（フラッ）としているが腕は確かである。高慢なところもない。フラッとしているせいか優しく見えるし、人当たりもいい。由夏は山地先生の事を話が合いそうな人だと言うが、フラッとした顔といい、私と同じで、フラッとした顔が好みなのだろうか？

「山地先生、もし良ければお宅に連絡いたしますが、連絡先をお聞かせ頂ければ！」

「じゃあ、お願いします」

「それと先生、もし良ければ、お部屋を取っておりますので、今日は泊まられても結構ですが」

「じゃあ、そうさせてもらおうかな。飲むと動くのが嫌になっちゃうから」

「それでは、その様に連絡します。それではお二人、お風呂に行かれては？」

なかなか気が利く。浴衣に着替、部屋に入ると由夏も浴衣に着替えている。

「私だけ浴衣じゃないと無粋でしょ。この方がお二人共くつろげると思いまして！」

（料理屋の女将でもいける）

「まぁー先生、どうぞ！　はい代表も！」

　とビールを注いでから、

「代表ぉー」と催促する。

「あぁーごめんごめん、一番の酒豪に注がなきゃあ！」

「まぁーなんて事を……それではカンパァーい！」

「土山さん、なかなかいい秘書を見付けましたねぇ。お若いし、綺麗だし、面白いし、仕事も出来そうだし！」

「先生！　もうそれ以上言っちゃダメです。図に乗りますよ、先生の言った（シャキッ）と（フラッ）っは、今年中は言いますよ、この人は！」

「あら、そんな事ないですよ、酷い事言いますね。いつもいじめられてるんですよ！」

「先生、この娘にあまり飲ませないで下さいね、酔ったら、絡んで来ますよ！」

「どんな風に絡んで来るんですかねぇーまぁー由夏さんどうぞ！」

「まぁー先生どうも！　絡んでも知りませんよ！」（キャバレーでもいける）

　酔っ払わないうちに本題を切り出す。

「先生を見込んでお願いしたい事があります」

　次々と料理が運ばれてくる。由夏は見計らって酒を注いでいる。先生もいける口だ。

「私は先生に命を救って頂いてから神戸の病院に入院しましたが、そこで同じ心臓病で入院している浅尾さんという70歳過ぎの人と同じ部屋になりました。浅尾さんという人は外見は厳つい、丸刈りで言葉も荒い人で、看護師にも（オイ、ねえちゃん）なんて言う人でした。若い看護師も年配の看護師も負けてはおらず、上手く口を合わせているなぁーと思ってたんですが、なんと込み入った話でも浅尾さんに相談する看護師が多く、浅尾さんも真面目に答えているんですよ。それも上手に納得出来る様に答えているんです。私もよく話すようになったんですが、……まぁーちょっと長くなるので言いたい事だけ言うと、浅尾さんがね、（土山はんも60過ぎたんやね、わしも70過ぎたんやが今になってやっと一つわかった事がある。それは、人は生まれたからには何か人のために、誰かのために、何かをせなあかん！　いや、せなあかんのや！　土山はん！）あの顔であの頭でそんな事を言うんです。恥ずかしがる事もない。この時私はこの人は純真なんだと思いました。そして（土山はん、わしは土山はん位な年に戻れたら今から思えばしたい事が山ほどあるんや。しかしよう考えて見ると土山はん、今からでも出来るんや。そうない思っとる。話は違うが土山はん、〈してやった〉とか思うたらあかんのや！　しかし俺がやった事でだんだん広がって、少しでも世の中の人が良くなったらええ事や、誰がしたなんか誰も知らん、それでええんや！）

熱弁になると大阪弁がどんどん出てくる。私にそれをやってみろとは言わないが、いや、やってみろと言ってるんだと思いました。山地先生、青臭い話ですが、私はこの浅尾さんの話を聞いてから何かしなくてはと思ったんです。まして一度は失くしかけたこの命、先生のお陰で生き返ったわけですが、この命を使えるだけ使ってみようと思ったんです」二人共じっと聞いている。由夏に目配せをし、酒を勧めさせる。

「人のためと言っても資金がない。それで、軍資金を作りました。その話はさておき、2年弱で、数千億円を集めました。そこで今の事業を始めました。いや、法は犯してませんよ！　事業と言ってもまだ支援出来るのは数千人、数万人ですが、今、企画していろいろと今後は支援の輪を広げて行く計画です。ですが、どうしても人の体を治すというのは外せないんです。それが病院です。総合病院です。それを山地先生にやってもらいたいんです」

「……突然の大きな話で、びっくりしています。土山さんの話はよくわかりました。私もそんな希望がないわけじゃなくて、専門医として開業の事は考えておりましたが、総合となると覚悟が入ります」

「それはそうでしょう！　私は別に山地先生のために言ってるんじゃないんです。みんなのためです。山地先生ならみんなのためになれるって思うから、山地先生なら間違いないと思えるからお願いするんです！」

「急な話なのでちょっと考えさせて下さいっていうのは土山さん嫌いなんでしょうねぇ」

「いいえ、そんな事もないんですが、好きではないですね。覚悟は考えて出来るもんじゃない。でも先生。私は嬉しい。先生はもう覚悟していらっしゃる」

「土山さん、私はあなたの話を聞いてとてもやってみたいと思いました。覚悟も出来たと思います。私にさせて下さい。よろしくお願いします」

「ありがとうございます。こちらこそよろしくお願いします。細部についてはこれからゆっくり相談させて頂きますが、基本的な考え方だけ少し話しておきたいと思います。土地、建物、医療機器、備品、求人、オープンまでの人件費他一切の費用は全て私の方が負担します。しかし手続き上、所有者は私のNPO法人となりますが、経営は山地先生の方でお願いします。NPO法人と山地先生との関係は賃貸という事になります。私の方に利益の分配は考えて頂かなくて結構ですが、税金だけNPO法人に支払って頂けたら結構です。もう一つ、この地域で一番の総合病院にして頂きたい！」

「わかりました。精一杯やってみます！」

「建設場所・オープン時期・設立準備委員会の人選などまた相談したいですし、他の病院との連係も考えなければいけません。しかし、この地域にはまだまだ足りないのは間違いありません。どうかよろしくお願い致します」

「こちらこそよろしくお願い致します」

「山地先生、今日はそこまで。飲みましょう！　おぅー由夏ちゃん、よく黙ってたなぁー今まで！　何だ、泣いてるのか？」

「泣いてません！　早く飲みたいなと思って！　まぁ先生どうぞ、代表も！　私も！」

皆よく飲んだ。私も先生が受けてもらえた喜びもあった。山地先生もこんな大きな話がこんな短い時間で決まってしまった事に不思議さを感じながらよく飲んだ。

「これも代表の人徳なんでしょうね！」

「人徳でしょうかねぇー。普段は人格の欠片もないんですがねぇー！」と由夏。

「土山さんも由夏ちゃんには歯が立たない様ですね！」

「そうなんです。とてもじゃないが、手に負えない。言葉尻を捉えては突っ込んで来るし、ちょっと気に障る事を言うと執念深いですし……本当に困っています」

「あらそうだったの、もうその辺にしといた方が身のためですよ！」

「ね、この様です！」

「私も気を付けます」

「もおぅッー、先生までぇー！」

続いて、とりとめのない雑談となり、由夏の話となり、くだらない話で終わる。山地先生も由夏の事を気に入った様だ。

「お二人共、私の話ばっかりもういいですから、お休みになられたらいかがですか？　先生も明日の診察に障りますよ！　代表も主治医の前でこんなに飲んじゃって！　先生も少しは止めて下さい、主治医なんだから！」

「いやぁー参った。土山さんの気持ち、よーくわかります！」

「先生これですよ、いつも！」山地先生も、うとうとしている。

「先生、まだ寝たらだめですよ！」寝室に運びベッドに寝かせる。

「代表も休んで下さい。隣の隣の部屋です」

「由夏ちゃんは、どこの部屋？」

「あら！　気になるの？　内緒！　ちょっと片付けて来ます！」

私は部屋に入り水を飲み、大きなベッドに大の字で横になる。今日の酒は心地好い。うとうとした様だ。目が覚めたのは、まだ朝ではない。背中に温かい物体が張り付いている。ゆっくりと由夏の手を離し、足を離す。振り向くが由夏は小さな寝息を立てて眠っている。私は由夏を引き寄せ、腕枕をして眠った。

朝だろう、目が覚めると由夏はいない。起き上がり、布団を抜け出し、昨日飲んだ部屋に行ってみると、山地先生と由夏が朝食を取っている。

「あぁー代表、よく眠れましたか？」

「うん、まぁー、先生、おはようございます」

「土山さん、お先に頂いています」

「代表、私、先生を送ってタクシーで病院まで行って来ます。その足で奈緒の所に寄ってから、事務所に向かいますので、代表は車でゆっくり帰って下さい。先生も私も一応今のところ勤め人ですので時間はちゃんとしてないとね……代表と違って……。今後、病院の事は先生と相談していきます。今のところは（内密に）という事でよろしいですか？」

「はぁーそれで！」

「土山さん、ありがとうございました。いろいろと考えるところが多いですが、近々また報告します。由夏さんとは頻繁に連絡を取り合っていきたいと思います」

「はぁーよろしくお願いします」

たいがいの場合、ある話が進むと、詳細については由夏と話を進めて行く様になっている。相手もどういうわけか、一度由夏と話すと、私より由夏と話をしたがる。別にそれでいいのだがちょっと寂しい気もするし、また由夏の仕事が増えていく。由夏は先生と私を寝かせた後、リストを作ったのだろう。少し頑張り過ぎだ。


事務所に行くと、由夏もたった今奈緒さんの所から帰って来たらしく、浜野に話を始めたところの様だ。吉村君も江口さんも福山さんもいる。私は皆を集めた。

「今日は皆さん揃っているので、説明しておきたい事があります。昨夜、ある病院の先生と会食しまして、Dハートとして病院を開設する事にほぼ決まりました。この件については、堀江さんの企画の中には入っておりませんが、私の構想の中では中心的なものです。突然ではありますが今後Dハートでもこのプロジェクトに関わって頂く方が多くなると思いますのでよろしくお願いします。まだ、開設する事が決定しただけで細部の事はまったく決まっておりません。ある程度、纏まりましたら世間にも発表したいと思いますので、それまでは極秘にして頂きたいと思っております。直近の担当は、私と浜野さんと堀江さんにお願いします！」

皆ただ呆然と聞いている。

「浜野さん、支援の応募は増えていますか？」

「はい！ ここのところ急激に増えています。審査はほとんど出来ていませんが、各市、各団体にも認知されて来ていますので今後も増えていくと思われます、いつから始めるかですね問題は？ 出来たら早い方がいいと思います」

「8月の1日から始めましょう！ 審査は皆で手分けして、審査の項目もありますね！」

「わかりました、手分けして審査始めます」話が終わった後、浜野と由夏を代表室に呼ぶ。

「浜野さん、堀江さん、病院の件は、建設委員会のメンバーの人選が大事です。委員会が設置しなければ話は進みません。山地先生の方からはかなりの人数が選ばれると思いますが、こちらの方は、私と浜野さんと堀江さん、それと高浜先生にお願いしようと思いますが！」

「いいと思います」

「堀江さん、山地先生と相談して、委員会の設置の件を相談して下さい！」

「はい！ わかりました！」と江口さんがノックして代表室に入り、

「代表！ 今、谷原さんという方から電話がありまして、午後1時にお伺いしたいという事で、少しお待ち下さいと言ったんですが、切られてしまいました」

「あぁーそうですか。わかりました……」

谷原はまたいろいろと煩わしい事を言うのだろう、忙しい時に会いたくはないのだが、逃げるわけにはいかない。浜野が出た後、由夏が残っている。ニヤニヤしながら近寄って来る。

「代表ぉー、嫌な人なんでしょ？ 会いたくない人では？ 顔に書いてある」

「そんな事ないよ！」と顔を撫でながら言う。

「代表は、すぐわかるから嘘つけないね！　よく嘘つくけど！」

「君ほどでもないよ！　谷原っていう人、堀江さんは知ってるかなぁ？」

「会った事ないけど、だいたいわかります。証券会社の人でしょ？　代表の担当の人！」

よくわかっている。会ってもいないし、私から言った事もない、と思う。

「じゃあー、1時前にどっか出かける？」

「それも大人げないなぁー。邪険にするわけにいかないし」

「じゃあー立ち話にする？　新事務所の建設現場で！」

「そうだな。応接室で座って話すと、どうも苦手だなぁー、あの人は！」

「じゃあ、1時前に出ようよ。それで後から現場に来てもらうという事で！」

現場の駐車場に車を止め、歩いて、エレベーター棟の現場に行く。構造体はまだ上まで上がっていないが外部の足場から想像すると高いものだ。頂上まで上る裏道は舗装はまだだが、道は出来ていて、工事用の車両だから道は粗い。

「代表、谷原さん、今からこちらに向かうそうです！」

仮の事務所からは目と鼻の先である。のこのこ歩いて来る男がいる。谷原だ。鞄を持ち、この暑いのにスーツを着ているが、暑くないのか汗もかいていない。

「土山さん、こんにちは、ご無沙汰しています」

「谷原さん、お久し振り、暑いのにこんなとこまで！」

「いやぁー久し振りに土山さんの顔が見たくなりまして！」由夏が小声で、「そんなに見たくなる様な顔かしら？」「何だと！……」

「土山さん、すごい広いとこですね、あれが事務所ですか？」

「いいえ、あれはマンションです。事務所はこの上！」と山の頂上を指差す。

「へぇーあぁー見えますねぇ。あれは頂上ですか？」

「ここからエレベーターでも上がれますし、エスカレーターでも上がれる様にする予定です」

「何と、壮大な計画ですね。事務所というより芸術ですね！」

「裏道が出来てるんで、上まで上がりましょうか？」由夏の運転で頂上に上がる。

「おぉぅぉぅー何ですかこれは?!」谷原は建設中の建物を見て叫んだ。私も由夏もここまで上がって来たのは初めてだ。建設途中であるものの、実際に見ると驚きがある。

「土山さん、何ですかこれは？　まるで宇宙船が舞い降りた様ですね！」

私もそう思った。建設中のため外観色はコンクリート色だからよけいにそう思えるのだろう。ましてや外回りに影響を及ぼさないため、シートも張っていない。由夏も唖然としている。

「こんな建物だったの？　神秘的ね！」

出来るだけ自然を残すため、すぐ側に大木がどんっと居座っているし、周りに咲く花も植物もそのままにある。３人共感動して呆然と見上げていたが、邪魔になりそうなので、ガードマンの指示で道を下りる。谷原も何をしにここに来たのか忘れてしまったかの様に話をしない。

そこへ由夏が焚き付ける。

「谷原さん、最近、株の動きはどうですか？」谷原も我に返ったのか、

「そうですね！　動きは良くないですね！　土山さんだけですよ大きな動きは。でも土山さん、一時動きが止まってる様な時期もありましたがあれはどうなさったんですか？　それより、あなたは？」

「あッー私、堀江由夏と申します。企画室長兼、代表秘書をしております」

「そうそう忙しい時期がありましてね。株をやってる時間が取れなくて！」

「そのくせ、のんびりしてましたがね！」

「うッうん！」

「でも今は、以前よりももっと活発になってますね！　どうも違うんですよね、以前のやり方と今のとでは、結果は変わらずすごいんですがね。ただどこが違うかって聞かれてもよくわからないんですが、どこか荒っぽくなった。遠慮する事がなく、何か我が道を行くという感じに見えるんです。土山さんの性格が変わってしまったのかと思えましてねぇー！」

「谷原さん、私は元々性格が悪くてねぇー、それが出て来てるんでしょうねぇー！」

由夏が谷原を睨んでいる。荒っぽく、遠慮する事もなく、性格が悪いと言われているのと同じだ。

「土山さんには、幾度も驚かされています。株の取引もあの事務所も、常識で考えると痛い目に遭います。でも楽しみなんですよ、また来たいのですが、堀江さんとおっしゃいましたか、私、あの人に嫌われた様です。ずっと睨まれてます、私の事！」

「あぁーそれは気を付けた方がいいですよ！　うちの副代表は、（今度崖から突き落としてやる）って言ってましたし、谷原さん、あの事務所の辺りは突き落としやすい崖がたくさんあるんで、背中を見せたら危険ですよ、この堀江に！」

「いやぁー参った。俺何か言ったかなぁー、堀江さんの気に障る事！」

「まぁー谷原さんも代表も、言いたい事言ったら面白いでしょうね、でもね、気を付けて下さいね。崖だけじゃないですよ！　何せ私は性格が悪うございますので！」

谷原は私の株の取引に由夏が大きく関わっている事を薄々感づいている。

集会所もマンションも追い込みに入っている。新事務所も順調に進んでいるし、私の家も着工した。Dハートの障害者支援は定着して来たのか毎日増え続けているし、その他の支援計画も幾つか始まっている。病院の開設もこれからであるが準備も進んでいる。鈴木さんにお願いしているのは、障害者の訓練・教育施設（支援学校）及び宿泊施設、またレクリエーション、スポーツ施設、児童養護施設他であるが、病気や健康の資料室などを備えた複合施設を各地域に計画している。

私の能力も最近あまり動いていない気がする。由夏もどうも忘れているのでは？　と思える位気にならない。ひょっとすると飲み過ぎて記憶がなくなれば、能力も薄れていくのではないかと思えるほどである。これはいい事か、悪い事か、まぁー必要に迫られないなら必要のないのかも知れない。が、おっと、そんな事は言っていられない。株の取引の事もあるし、地区の災害がそこまで来ている、せめてそこまでは、何とか、残っていてくれないと！

「代表、病院の件ですが、明日、例の所で先生と会う事にしています。主には事務局を作る事、建設委員会の人選、発足日程、候補地他です。それと、先生も忙しい人なので先生の秘書という か窓口の方をお願いしております。私みたいな有能な秘書がいればいいんですが！」

「……まぁーそれはともかく、病院の件は、もちろんですが、地区の事も迫っています。お願いしますよ、堀江さん！」

「わかっています。今日も研雄さんとこ行って来ます。詰めの段階です。貴重品の件・陳情の件・竣工式の件などです」「いつ頃行くの？」「午後からです」「帰りは？」「……明日の朝です。

はい！」「……迎えには？」「早めに！」「…………あぁ〜」

代表室で一人、今の仕事の内容、今後の予定を纏めてみようと思った。由夏がいないと何故か落ち付く。何かと忙しくしている様に自分では思っているが果たしてそうなのか？　肝心な事を忘れていないか？　事業も増えているが、由夏に負担をかけ過ぎている様に思える。彼女も何もかもに関わっていたいところもあるのだが、どうしても由夏の企画よりも遅れている事業もある。それよりも由夏の歓迎会をやってから他の人のをやっていない。それよりも皆に賞与を出そう。堀江家にも久しく行っていないし、それよりも由夏が能力を持っている事は確かだが、由夏の口から聞いた訳ではない。果たしてどうしたものか……。

研雄さんと由夏との相談は無事、済んだ。そして、いつもの様に、いつもの如く終わった。お盆休みに説明会を開くことになった。

山地先生は眼鏡をかけた若い女性を連れて来た。由夏より少し年上だろうか？　24〜25歳位、髪は長く、背も高い。スタイルも良く、間違いなく美形である。美形を和らげるために眼鏡をかけているのではないのだろうかと思える。

「紹介します。白石涼子、20代前半です。私のアシスタントをしてもらっています。多才な人物で、今後はこの病院の仕事をしてもらいます」20代前半です……とは紛らわしい。

「白石です。よろしくお願いします」

こちらも（シャキッと）した顔立で、2組共（シャキッと）と（フラッ）の組合せである。

今回は第一回の基本会議という名称にする事が決まる。メンバーはこの4名である。事務局の設置場所はDハートの事務所とし、事務局長は、新しい局長が決まるまで浜野がする事に決まる。総合病院開設、建設委員会の設置の設立を決め、委員会のメンバーの調整に入る。山地先生方が10人、私の方が4人、計14名。事務局長と事務員未決であるが順次決める事とする他、委員会メンバーもまた私と山地先生の判断により増員する。

「山地先生、すみませんが、施工業者を私の方で決めさせて頂きたいと思っております。業者にも委員会メンバーに入ってもらい、業者からの意見も聞きたいと思っています」

「はい。もちろんいいですよ！　例の代表の所の建物を建てている業者ですね！」

「そうです。これから事務局の方で情報の収集、分析、今後の予定など作成しますが、定例の会議を週1回のペースで行いたいと思います。私の事務所でどうでしょうか？」

「結構です。水曜日は病院の会議がありますので、それ以外であれば！」

「それでは、木曜日の午前10時という事でどうでしょうか？」

「わかりました」

「それでは次回の会議は委員の皆さんの顔合わせとなりますが、メンバーが決まれば事務局から連絡させて頂きます。それといずれは公になりますが、それまでは内密にお願いしたい。噂が先走るのは良くありません、主な事が決まれば発表したいと思います。もう一つ、私の方の委員は病院の事には無知ですので、委員会の運営は山地先生の方でお願いします。事務局長その他雇用された場合は委員会の方で費用を出します。委員会には私の方から出します。必要な費用は遠慮なく使用してくださって結構です。とり敢えずDハートに事務局を開設しますが、開設の場所や時期が大筋決まれば、開設事務所を建てます。山地先生、事務局長の人選をお願いします。浜野でもいいんですが、Dハートの仕事も忙しくて！」

「わかりました。考えます」

「それと先生、この基本会議も定例に……どうですか?」

「それはいいですね、ぜひ!」由夏が突然、「その方は私が担当します。いいですか代表ぉー!」

「それはいいけど……週1回は多いぞ。基本的な問題に関わった時だぞ!」

「もおぅーそんな事、わかってますよ! それは白石さんと相談します」

「山地先生、この人(由夏)は、飲み会の段取りは天下一品なんです。この人より上手な人は見た事がない。これも才能なのかなぁ?」

「あらッ、私もっと別な才能があるのにわかってらっしゃらないですね! それでは皆様、別室に移動して頂けますか? 食事の用意が出来ておりますので!」

「おぉうー、やっぱりこれは才能だ!」と、山地先生。乾杯をしてから酒宴が始まる。由夏はおとなしく飲んで食べていたが、聞きたくて仕方がなかったのだろう。

「白石さん、先生が多才って紹介されましたけど、何をされてるんですか?」

白石さんも顔立ちや容姿からそんなに飲めるとは思えないが、見かけによらない。言いにくそうにしているので、横から山地先生が、

「白石さんは、これでも医者の卵なんですよ! 今は私のところで勉強したり、秘書をやってもらっていますが、いい医者になりそうです」

「へぇー女医さんですか。どんな勉強ですか?」

「私が心臓なので、主には心臓ですが、白石君は脳の不思議さに取り憑かれています。脳はまだ未知の部分が多いですからね!」

「へぇー、脳をねぇー!」涼子が話し始める。

「だって不思議だと思いませんか？　たとえば、たとえばですよ！　堀江さんが代表の事、好きだとして下さい。たとえばの話ですよ！　もちろん、代表は素敵な方ですが、年齢もある程度いってらっしゃる。そして肥満だとしましょう。（肥満だ）普通はこの二人はくっつきそうに思えないんですがそうでもない。変な顔の人も年齢の差があっても、二人は結ばれて、この世の中は回っている。もちろん容姿だけじゃないのはわかっていますが、好き嫌いの本能って今だにわからないんです。不思議でしょ？」「ほぉう〜〜確かに！」

「それと最近、脳の研究で予知能力の細胞がある事が解明されました。どんなメカニズムで細胞が出来るのかまだわかりませんが、予知能力の細胞を脳内で増殖出来れば、大変な事になります……」私も由夏も（ドキッ）としたのは間違いない。

「先生、病院の中にこういう研究室を作って下さい、しかし未知の分野ってすごいですね！」

「由夏さんはどう思います！」と白石さん。

「わぁ〜〜どうなんでしょう、でも涼子さん、たとえばの話が変なのでピンと来ませんでしたね！　でも面白そう！」

「代表は由夏さんの事、よくわかってらっしゃるんでしょ。由夏さんってどんな人？」

「わかってますよ！　もちろん。ただこれはあくまで浜野が言った事ですが、堀江さんは、よく飲み、よく食べ、酔っぱらってクダを巻き、朝帰りをして、よく嘘を吐きます」

「もぉう〜〜何んて事を。代表ぉー、もっとあるだろいい事が！」

「えぇーとッ、部屋は汚く、片付けが出来ず、絡んで来るから恐い」

「覚えてろ！　代表も浜野も！……」私も慌てて、

「しかし、今の事業のほとんどは堀江の企画です。今後の企画もたくさんありますし、計画もしっかりしています。Dハートは堀江の企画通りに進んでいます」

（それを先に言えよ！）とぶつぶつ言っている。

「白石さんはいいですね、山地先生は優しそうで！」

「山地先生も変ですよ！」

「おいおい！　どこが変なんだ、そういう君だって変だぞ！」

もう知らない。総合病院もご破算になりかねない。私と山地先生は寝たが、あとの二人はあれからも飲み続けたらしい。恐ろしい。朝、二人はごろ寝をしている。一応毛布がかけてあるが、あまり見られたものでない。

「山地先生、最近の若い女の子はすごいですね。よく飲むし、言いたい事は言うし！」

「本当ですよ！　うちの白石なんか、おとなしそうに見えますけど、なかなかやりますよ」

「そうなんですか？　しかしうちの堀江には勝てないと思いますよ！」

「まぁーどっちもどっちなんでしょうか？　お互いこの娘達には苦労してるんでしょうね、ハァハァハァハァ……」と言ってるものの二人共、この娘達の仕事の出来には一目置いている。

Ⅶ

今日も由夏は、研雄さんの所に行っている。盆の集会の説明の件で行っているのだ。大筋は聞いているが、果たして当日に全てが上手くいくのか？　研雄さんに正しく伝わっているのか？　研雄さんが当日その力を発揮してくれるのか？　結果はわかっているものの、それは準備が正しく出来ているかにかかっている。研雄さんに電話を入れ、今日、私一人で行くことを告げる。（何故由夏ちゃんは来ない）とは言わない。二人共何かの思いがあるのだろう。

「研雄さん、今日は由夏ちゃんがいないけど、研雄さんの口から今の様子を聞きたい」

「わかった。順番に言うぞ。まず、市への陳情はこれでもかという位行っているが、なかなか向こうも負けてはいない。のらりくらりとかわすのが何故こんなに上手いのか不思議な位だ。次は今度の説明会、これが当日までにしなくてはならない資料。これが当日の資料。これが貴重品リスト。これが買い揃えるリスト。これが班長の仕事リスト。これが婦人部にお願いする資料。そしてこれが私の行う行動リスト……見るかい？」

　きちんとファイルされている。付箋が付いている。由夏からだいたいの説明は受けてはいるが、こうして書面化されたのを見るのは初めてだ。一字一字丁寧に読んで行く。とてもわかりやすく、順序良く、誰が何をいつするのか、何故するのか、これはこの時に使用する物、これは何に使用するのか、一つ一つ説明もあり、またあくまでも必ず災害が来るとは言っていないが来る可能性が高いと言っている。この説明を受けると研雄さんも班長も、従わざるを得ない状態になるのはもちろん、それ以上に、自分から率先して動くようになる。まさに催眠術なのかも知れない。驚いたのは、貴重品リストである。共通の貴重品リストの他に各個人個人の貴重品リストを由夏は作っている。これは由夏が研雄さんや美紀子さんや、班長から得た情報を基に作ったのだ。これを見ると皆、揃えざるを得ない心境になるのだろう。

「代表！　今日は木曜日です。午前10時から病院の定例会議です。午後は鈴木さんが来ます。例の提案だと思いますので！　いいですね！」

怒られている様だ、由夏もそういうつもりもないのだが、仕事が多過ぎるのか、苛立っている。はて！　それとも私の呑気さに呆れているのかも知れない。

病院の開設準備委員会の第一回会議がここの仮事務所で行われる。こちらからは、私と浜野と堀江と高浜先生と山下さん、山地先生側は10人。先生と白石涼子、その他紹介されたが、皆、医療関係者と思いきや、一人別畑の人間がいる。どうも事務局長にするつもりの人の様だ。

自己紹介の後、浜野が司会を務め、私が設立の主旨を説明する。建設場所、開設時期、近隣の開業医との関係や、県、市立の総合病院との連係などが話し合われ、次回の開催を決めて終わった。場所は但馬の病院の配置から自然と場所が絞られてくる。土地の交渉はこちらで高浜先生にお願いする事になる。

「大丈夫かしら、あの親父！」

「大丈夫じゃないけど、きっとやってくれるよ！」

「堀江さん、今日、研雄さんとこ行くんだろ？」

「代表ぉーどうしてわかったの？　まさか？」

「君が今朝、言ったじゃないか！」

「あら！　言ったかしら！」

「でもまぁー聞いてなかったとしても君の行動はだいたいわかるよ！　パターンがいつも同じ……」と言いながらまた余計な事を言いそうで止める。

「あぁーいつものパターンで悪かったですね、それと代表、私がさっき入って来た時、嫌そうな顔してましたね！　顔に書いてありましたよ！」

「いやいや、そんな事ないよ！　君の思い違いだ、それより由夏ちゃん」と話題を変える。

「ちょっと聞いて、真面目な話！」

「あらッ！　私、いつも真面目です。代表みたいに不真面目じゃありませんので！」

「わかった、聞いて！」と、今日、由夏が研雄さんと相談する前に言っておきたい事を言う。

由夏はいつも昼夜を問わず働いてくれている。特に今回の件は、本当は私の仕事なのだが、由夏に頼りっぱなしである。本当に感謝している。（少しオーバー目に言う）由夏も研雄さんの所に行くと言ったらまた飲むつもりだなと思われるから黙って行くつもりだったのだろうけれど、俺はそんな事はこれっぽっちも思っていない。（本当は思っている）本当に感謝しているし、今後もよろしく頼みたい。人の命がかかっている事だから……。

由夏は黙って聞いていたが、本当に感謝してくれてるんだと思えたのか、

「代表ぉー、そこまで思ってくれてたんだ。私、きっとやってみせるから！」

「由夏ちゃん、頼むよ！　ところで、話というのは？」

「代表、いつも切替えが上手いですね、今度そのこつを教えてもらいたいものです」

なかなか話に辿り着かない。

「由夏ちゃん、いいかな、研雄さんとの話の前に、由夏ちゃんはどう考えているかわからないが、私の希望を一つ言っておきたい。今回の件はなんでこんな事をするのか我々にはわかっているが、区民の人達も研雄さんも班長も本当のところはわかっていない。9月10日に台風で山が崩れ、川が氾濫してほとんどの家が流されてしまうなんて、そう言われても本心では誰も思ってはいない。まして〈予見〉出来てるなんて事言っても誰も信用はしない。しかし、一人残らず避難させなければならない。一つの案として、集会所の竣工式展を9月10日に行い、同時に避難訓練も行う。ちょうど、10日は土曜日で休みの人も多い。その時間が15時26分だから、

10時から始めて、昼食を取りながらの宴会としたらどうだろう。しかし竣工式となると山下さんや鈴木さんや一応関係者も呼ばなくてはならないが、わざわざそんな時に呼ぶわけにはいかない。だから、公的な竣工式は何日か前に簡単に済ませておくという事なんだが……」

今回思い切って言ってみた。災害の起こる日、山が崩れる時間、崩れてどうなるのか、由夏は平然と聞いている。わかっているのはわかっている……が声に出して言ってみるのは初めてだ、さてどう出る由夏？

「代表、わかりました。私もいろいろと考えておりますが、その日、その時に集会所にどうして皆を集めるか、それも全員、それも、ちゃんと貴重品を持って集まれるか……ぶっつけ本番なんですよねぇー。でもぶっつけ本番以外はないんですよねぇー。研雄さんと相談します。それを実行させせるのは研雄さんなんですから、研雄さんにしっかりしてもらわないと」

平然としている。

「由夏ちゃん、経費はまだある？　それから今夜は私のとこ泊まったらいいよ！」

「経費はまだあります。今夜お願いします！」

「迎えは？　遅め？」「うん、じゃあ遅めに！」由夏は直帰と書いて出て行った。

盆休み前、由夏はこのところ毎日研雄さんと打合せだ。由夏が出かけている時、高浜先生から電話が入る。病院の土地の件で相談したいという事である。今からでも伺いたいという事だが、由夏がいないと言うと、（是非に）と言う。他の件もあるので私の方から伺う事にする。

「先生、今日は堀江がいないので寂しいと思いますが」

「本当！　寂しい！」

「先生、今日は後で遺言書の聞き取りお願いします」

「やっとその気になりましたか？」

実は会うたびに言われていたのだ。それと、いつも無理言っているので仕方がない。

「先にやりましょうか？」と書類を揃え、事務員を呼び立ち会わせ書記をさせる。

「土山さん、何でも言って下さい。後で訂正も出来ます。私も作ってるんです。嫁には内緒ですがね！」

「私は先生と違って内緒にする必要はないですよ。先生はたくさんあるんでしょうね。○○さん（立ち会い人）に今のとこ内緒と書いといて下さい！」

「おっとっとっと、代表といい、由夏さんといい、困った人達だ！」（どっちが困っている人か）

遺言書の聞き取りがほぼ終わった頃、なんと由夏が来た。今日は班長の8人を呼んでいるので夜8時にもう一度集まるらしい。

「先生、私のいない時に代表を丸め込もうって思ってもダメですよ！」

「いやぁー参った。今日は偶然由夏さんがいないという事だったんですが、だから代表にも、今日はやめましょうって言ったんですが！」（そんな事は聞いていない）

「まぁーいいわ！　最初からね、先生！」

「まだ何も聞いてないよ」

「あら？　じゃあ今まで何してたのよ！　ははぁー、さては私の悪口でも言ってたんですね、先生！」

「言ってない、言ってない。思ってるだけですよ！　ヒャア〜〜言っちゃった！」

土地の件は、地主とも何回も会議をしているらしい。何人か渋る人もいるが、地域のためである事を説明し、土地代金も何とか高値を出す事で、ほぼ納得しそうであるとの途中経過である。ざぁっと出した見積りの金額を聞いた。

「その位なら何とか取決めてほしい。手付を打ってもいい、何としてもお願いしたい！」

「わかりました。やってみます。……堀江さんもいいですか？　それにしても私共の経費もかなりかかっています！」

「あら、先生も代表と一緒で、嘘吐く時鼻が（ヒクッ）となるんですね。気を付けた方がいいですよ先生！　それと高浜事務所の経費の半額は、土地所有者に上乗せして下さい。いいですね！」「へぇ～～っ、この人には敵わない！」

由夏は高浜事務所を出ると、さっさと研雄さんの所に行った。約束の8時にはまだまだ早いが、事務所で机に向かうのが苦手なのだろう。

「浜野さん、何か気になる事とか問題とかありますか？」浜野はペンを置き一刻置いてから、

「事業の計画が少しずつ遅れています。計画が早急なのかも知れませんが、別の事業（病院）を始めたのもあるので相殺なんですが、出来たら計画通りに出来たらいいなと思います。それと代表、病院関係の経費の件ですが、今開設準備室も出来ましたし、この経費、人件費、その他や今後、いろんな人を雇う事となりますし、土地の代金もあります。これは病院関係として独立させた方がいいのですが」

「そうですね、うっかりしてました。独立させましょう。税理士の杉本先生に相談して下さい」

「わかりました。そうします。それと代表、堀江さんの事なんですが、あの入れ込み用はちょっと尋常じゃないんですが、大丈夫でしょうか？　吉村君や江口さんも、何をやっているのか

よくわかっていないので心配もしているし、反発もあります」

「浜野さん、今堀江さんがやっている事は……今が一番大事な時で、もう少し見守っていて下さい。皆にもそれとなく言ってもらえませんか？　後1ヶ月の事ですから！」

「そうですか、あと1ヶ月で手が離れるんですか？」

「まぁー今やってる事には手が離れますが、また新しい展開になってそちらにも今よりは手間がかかります」

「代表がそうおっしゃるのなら……要するに堀江さんにあまりごちゃごちゃ言わない方がいいという事ですね！」

「まぁーそうなんですが、あまり言わないと彼女も図に乗りますし、多少のブレーキもかけてもらった方がいい様に思います」

「難しいですね。まぁー普段通りで！」

理解してもらえたのかよくわからないが、由夏が隠してまで研雄さんの所に行かなくてはならない事はなくなったと思う。


今日は由夏には遅めに行くと言っていたのだが、少し早めに迎えに行く。遅くなると完全に酔っ払っていて介抱しに行く様なものだ。まだ話が出来るうちに行くに限る。玄関に入り2人何かしゃべっているのを聞きながら台所に行って美紀子さんに挨拶する。話し声が聞こえるがどうも遅かった様だ。玄関ホールに戻り、2人のいる部屋の引戸を開ける（ダイヒョオー）と（祐ちゃあーん）が同時に聞こえる。2人共、出来上がっている。

「代表ぉー、遅いじゃぁーないですかぁー！」

「今日は早いだろ！　早く来ないと2人共ダメになっちゃうと思って来たら、遅かった」

「代表ぉー、何言ってるんですかぁー。まぁこんなとこですが上がって下さい」

「ふぇッーこんなとこで悪かったなぁー。まぁ上がって飲め、祐ちゃん！」

　2人を見ているとアホらしくなって飲まずにいられない。

「ところで由夏ちゃん、今日の話は出来た？」

「もうとっくに出来ましたよ！　ねぇー研雄さん！」

「あぁーとっくに出来たよ！　何の話か忘れたけど！」

　まあこんなところだが由夏なりにやっているのだ。由夏にはもう、この結果が見えているのだろう。どういう風に納めるか楽しみでもある。今夜も月がきれいだ。夜風が涼しい。由夏は私の手を握り前後に振る。そしていつもの様に、いつものところで……。この娘にとってこれでいいのだろうか、と思いながらのめり込んで行く自分を知っている。また離れようとしない自分も知っている。離れれば由夏にとっていい事なのかも知れないが、そうしたくない自分がいる事も知っている。


　8月16日、盆休み中の区民への説明会と集会所の披露も無事終わる。由夏と由夏の指示を受けた研雄さんと、研雄さんの指示を受けた班長との上手な連携で予定通り進む。その当日の避難訓練の予定表と貴重品リストと個人別のリストも渡され、各人の当日の担当、仕事の分担などが説明され、渡された。公的な竣工式は9月3日。研雄さんと班長、由夏と私、山下さん、鈴木さん、他役所からの数人で行う事とする。

　例の如く研雄さんの所で飲んで私の家に泊まった朝、2人で事務所に行く途中、奈緒さんの所に寄る事にする。由夏はおそらく研雄さんの所に行く前にリストを作ったのだろう。抜け目はない。奈緒さんはすでに免許も取り車で通勤している。

「由夏、免許も取れたし、株の売買ももっと増やしても大丈夫だよ、いつも昼までに終わっちゃうから！」

「わかった。早くなったんだ、ちょっと考えるわ！」

増やしてもいいよと言った様であるが、私がやっていた時と比べると格段に増えている。利益もどんどん増えている。奈緒さんに賞与を渡し、事務所に向かう。

「由夏、ひょっとしてあんた、車、研雄さんとこに置いてんじゃないの？」

「えぇー、あら忘れちゃった。代表がこれに乗れって言うもんだから！」

私のせいであるらしい。（まあーそれはともかく）と例の話を始める。今日は私が運転しているから安心だ。９月10日、午前10時にサイレンを鳴らします。それを合図に地区民全員避難行動を始める。リーダーは担当の家の確認をする。集合して、竣工式をして食事をする。まぁーそれだけの事なのだが、細部の決め事が膨大で、説明を受けるが長い。一応全て文章にしてあるのだが……。

「とにかくまずこれを読んで下さい、代表、相談は明日します。今日読んで下さいよ！　もう当日までスケジュールはいっぱいですからね、代表！　今日は代表の予定を入れておりませんので、明るいうちに現場を見ながら相談したいと思います。が、まず事務所に寄ってから……それからマンションに寄って、集会所に行きます」

「えっー、さっき集会所の前通ったのに！」

「まぁーそれはともかく、その時、私の車、持って帰ります」（なぁんだ……そういうこと！）

「代表、今代表が考えてる事は間違いですよ！　偶然そうなっただけです。本当ですよ！」

「はいはい、しかし車を忘れるなんて人、聞いた事が……」

事務所に行く。簡単に挨拶を終え、資料を少し持ち、浜野にちょっと出かけますと言って外に出る。何という早業だ、浜野が呆気に取られた間に、もう姿はない。マンションに向かう。

「代表、地区の皆さんにこのマンションに入ってもらってからの事なんですが！」と話し出す。

「マンションの隣の隣の隣が中古車センターでレンタカーもやっています。皆さんここから車を借りて頂きます。ここから仕事に出勤する人もいれば雑用で車が必要な時はここで借りて頂きます。この中古車センターの社長に近日その旨お願いしておきます。それと、それとですね、代表ぉー、このマンション、4人家族用が8つ、3人用が8つ、2人用が6つ、1人用が8つですが、1人用が4つ余りますので、そこに……私が入ります」

「えッー～君も……入るの？」

「復興の相談のためもあるし、何かとここにいた方がいいと思いまして！」

「それはありがたいけど、君はいいなぁー、実家もあるし、私の家にも部屋があるし、マンションにも、どこにでも行ける。毎晩でも酔っ払えるな！」

「代表ぉーちょっと私の事、思い違いをしていらっしゃる。私は飲みたくて飲んでるんじゃありません、仕方なしにです。はい！」

「あぁーそうだったねぇー、酒は嫌いだったんだねぇー、知ってますよ！」

集会所へ向かうが、寄らずに前をゆっくり通り過ぎる。数人が外の作業をしている。研雄さんの家も私の家も通り過ぎ、

「代表、ここに登りましょう！」と村のはずれにある神社の登り口で車を停める。

「代表、ここから、村全体が見えるでしょ！」

「ちょっと待ってくれ、ちょっと休んでから！」と石段の横道に入り大きな石に腰を下ろす。

「代表！　後、ここをどう復興して行くのか、聞きたくて！」

「君にはもうどうなるのかわかっているのか？」

「………」私の構想を言ってみる事にする。

「24戸のうち22戸は流される。２戸は上流のため家は流されずに残るが、使いものにはならない。堤防からこちら側を堤防より高く盛土をする。そこを住居地域とする。そこに全戸を建て、集会所、公園、イベント広場、作業所などを作り、その他の部分は現状の高さで、田、畑とする。それと大事なのが川替えだ。河川の位置を山から離す。道路も動かす。幸い土地は広い。河川を動かす事により、崩れた山の部分から傾斜地が緩く広くなる。そこに果樹園を作る。その経営は、区で新たに作る組合だ。まぁーざっとこんなもんだ！」

「よくわかりました。私もそのつもりで動きます。これで私の予定が作れます」

「皆こんな所を出て行けば簡単なんだが、そうはいかないんだ！」

「代表！　ここ座ってもいい！」と私の隣に座る。

「あそこの石垣も埋まっちゃいますね！　こんどからはここで！」

と私に抱き付き、両手を巻き付け、唇を押し付ける。

「おいちょっと待て！　昼間っからだめだ、誰か見てるぞ！」

「大丈夫！　誰も見てないから！」（酔ってなくても一緒なんだ）

9月10日と前日の行動と準備の文章を見る。これは盆休みの会議と皆に渡した物の詳細版だ。

完璧と言える内容だ。それを行動に移せるかが問題である。あまり完璧過ぎると予期せぬ事態にぶつかるとかえって完璧さが邪魔になる。しかしよく出来ている。少し書いておこう。前日までの準備物、食料品、電化製品、寝具、衣料品、食器類、調味料、それが個別に数量まで書いてある。たとえば食料品、これは女性のリーダーを3人決めて、5日分の朝昼晩のメニューを作り、そのメニューごとの食材を書き出している。その他の食品も、パンとか漬物とか副食類、そしてちゃんと酒とアテもたっぷりと書き込んである。食材も何日か前に買える物と前日に買う物を分けてある。おそらく2階の倉庫いっぱいになるだろう。またその他の備品が多い。スクリーン（プライバシー保護のため）、貴重品入れのリュック、ロッカー、犬と猫を保護するケージほか。

前日までの行動、簡単に運べない貴重品の中告、当日、仕事に行く人や、この地区から出て行く人の確認、また、当日知人や来訪者があった時の対処、身動きの出来ない人の集会所への誘導、予定外の出来事が発生した時の対処方法他、よく出来ている。

ここで集会所の特別の細工を書く。水は屋上のタンクに1週間分で100人分の水が蓄えられる。飲用、トイレ、洗濯、風呂用だ。発電機も屋上に2台設置している。トイレは地下に大きなタンクを埋めている。下水が使用出来なくなるとタンクへと流れる。後日、復旧すると下水に放出出来る様になっている。また屋上はヘリコプターが降下出来る様になっている。各個人別の準備物の明細を見る。下着・服・靴下・寝間着・他5日分（予備として購入もしている）。貴重品の明細もわかりやすい。印鑑・通帳・年金手帳・保険証・火災・生命保険証・その他・貴金属・現金・服用薬ほか。ざっとこんなものだ。まだまだあるが書ききれない。

次の日の朝、由夏を呼ぶ。

「堀江さん、昨夜読んだ。よく出来ている。後はどう行動に移すかだ！」

「前々日にリーダーを集めて最終確認をします。今のところ脱落者はいない様です。ちょうどこの頃から風雨が強くなるはずですので皆、真剣になってくるのではないかと思います」

「わかった、もうひと息だ」

「それから代表、今日から例の食材など、買える物から買い出しします。吉村君を同行させてもいいですか？」

「いいけど、相談してたらなかなか買えないぞ！」

「大丈夫です。私が決めますので、彼は荷物持ちです、はい！」

「あぁーそぉう」（可哀想……）

「本当は、代表でもいいんですが、重たい物は持ちそうにないので……はい！」

「あぁーそれは良かった、いやわかった」

「それから鈴木さんには荷物の持込みの了解は取ってあります。この事務所の倉庫に入ってる物も持って行きます」

「わかった。手伝う事があったら言って！」「…………」


総合病院開設準備委員会もすでに6回目を終わり各種の決め事も進んでいる。高浜先生仲介の土地取得も大詰めを迎えている様だ。一部購入出来た土地に開設準備室事務所もプレハブで出来ている。プレハブと言っても立派で大きな物だ。部屋もたくさんあるし、会議室も大小、3つある。事務長は1回目の会議で見たあの男だ。一度見たら忘れられない顔だ。今日は準備室事務所が出来たので、寄って頂けたらと山地先生が言うので寄ってみた。若い女性の受付がいる。土山だと伝え事務長に面談を申し込む。話したい人ではないのだが、応接室に通される。ソファーに座ったかと思うと眼鏡をかけた長身の例の男が入って来る。事務長だ。年の頃は40前後だろう。この暑いのにきちんとスーツを着てシャツの襟もピンと張っている。目が鋭く角ばった顔の下は顎が上を向いている。眼鏡を外せばきっと恐い顔だろう。これは身近で見るものではない。こういう顔立ちはどうも好きになれない。やっぱり波平がいい、なんて思っていると尖った顎を上下に動かしながら何か喋っている。実に奇妙な生き物である。何か喋っているが見とれてしまって何を言っているのかわからない。横の由夏をふと見ると口を開けてぽかんとしている。由夏も見とれているのだろう、事務長が名刺を差出す。

「事務長の水野です。これまでお顔だけ拝見させて頂いておりましたが、どうぞよろしくお願いします」声はいい。目を瞑って聞いていれば実に爽やかだ。

「はぁー土山です。こちらは堀江です」由夏は頭だけ下げる。目は瞑っている。

「あぁーこちらが堀江さんですね！」とニヤニヤしている。

これまでも顔は見ているはずだが、どこからか由夏の情報を得ているのか笑っている。笑った顔がまた奇妙である。どうせいい情報ではないのだろう。眼鏡から見える細目が一段と切れ、ツンと尖った鼻が微妙に横向きに動く。もう何を言っているのかさっぱりわからない。さっさと切り上げ応接室を出る。結局何を話したか記憶にない。ただ顎だけ見ていただけである。

（代表ぉぅー由夏ちゃあ～ん！）

白石涼子が近寄って来る。今日は眼鏡をかけていない。コンタクトなのだろう。眼鏡をかけていないせいか美形がそのまま出ている。事務長の顎を見た後だから同じ人間とは思えない。何故神はこうも差を付けたのか？　不公平だ。

「お久し振りです。初めてですねこの事務所！」

「いい事務所だね！ 今何人位いるの？」

「23人です。代表の部屋もありますよ！」

「へぇー、私の部屋も！」

「代表！ 今度から定例会議はここで行うようになります。ご案内はこちらで致します。山地がまたお二人とご一緒したいと言っております、第2回基本会議」

この前はおとなしそうな人だと思っていたが、今日の感じはコロッと変わっている。眼鏡ひとつでこうも変わるものなのか。女は化けるのが上手い。また近々基本会議をと別れる。

「代表、さっきの事務長の事、嫌いでしょう？」

「そんな事ないよ！ でもあの顔は……」

「ちゃんと顔に書いてありましたよ、嫌いって！」

そう言えば年を取ったのか、人の好き嫌いがはっきりしてきたのかと思っている。

「私もあの事務長嫌いです。あの顔は見ていられませんが、何故か見入ってしまいます。やっぱり私は、デレッっとした呑気な顔が好きです」（失礼な事を言う）

「代表！ 私、もちろん誉めてるんですよ。代表が私を見る時は、デレッっとした顔に好きって書いてありますよ！」

「嘘吐けぇー。そんな事はない！」

「代表、私が代表の顔見る時、何んて書いてあるかわかります？」

「どうせ、デレッっとした変な顔だろ！」

「当たぁりー。でも嫌じゃないよその顔。私、イケメンってだめなのよねぇ～」

弄ばれている。自分ではイケメンだと思っているのだが……。

9月3日、今日は各リーダー（班長）に避難用の貴重品リュックと貴重品の明細を配る事になっている。その後、0時から竣工式だ。事務所には朝、高浜先生と佐々木さんが来ている。病院の土地の件は片付きほっとしているのだろうし、苦手な由夏がいるのはわかっているが、ひょっとすると会いたくなったのかも知れない。各種書類の印を押す。小声で先生が、

「代表、これ遺言書の原案です。確認しておいて下さい。よければ印を頂きたいです」

一応仕事が終わった後、どうしても先生はへらず口を叩く。

「由夏さん、この間の件ですが、私の事務所に来たくなったらいつでも言って下さいね！」

「わかりました。あのう先生のとこの一番奥の大きな机、あそこが空いたら言って下さいね。あそこなら座ってみたいかな？」

「えーっ、あそこは私の机だ。さては高浜事務所が……乗っとられる！」

「先生それと例のもう一件頼んでた、あの横の土地もいけるんですね、じゃあー一束一文という事で！」負けてはいない。竣工式に向かう車の中、

「由夏ちゃん、いよいよ後1週間だ。準備も大変だが、多少の気分転換もした方がいいぞ！」

「そうなんですかねぇー。呑気な人に言われてもねぇー。でもその方が忘れてる物にも気付くんでしょうねぇー。そうだ代表、うちの堀江が土山さんはいつ来るんだって言ってましたよ！」

「そうだな！　久しくあの頭も拝んでないし、明日にでもお伺いしようか？　堀江さんにお願いしたい事もあるんだ」

集会所は竣工式の準備が出来ている。簡単な挨拶や祝辞の後は12時からの食事会までの間は、

鈴木さんの説明と各リーダーの質問である。

（停電になったらどこで発電機をかけるんだ？）（停電になると自動で切り替ります。燃料は今満タンですが、24時間フル稼働で3日持ちますのであとの補充をお願いします）（下水が使えなくなると自動で地下のタンクに溜まるのか？）（そうです。たとえば１００人ならば10日分は溜められます。ライフラインが復旧すればそちらに放出出来ます）（屋上の貯水槽にはどれ位溜まるのか？）（たとえば１００人ならば10日分は溜められますが、溜めるには約20時間かかりますので、それは前もってお願いします）

次から次へと質問が出てくるが鈴木さんは順次、説明して行く。質問も出終わって静かになったのがちょうど12時。食事会を始める。研雄さんの挨拶は長い。由夏は研雄さんの後に回り耳元で（もういいから）と囁く。今日は簡単な食事会だ。役所の人達は早く帰り、後は鈴木さんへの質問が始まる。隣にいる山下さんが、

「代表、病院の方はもうすぐ造成に入る事になります！」

「そうですか？　いよいよかかりますか？」

実はこの前の委員会の会議をさぼったのだ。忙しいのもあるが、実は会議に出ていても、医療関係の話はよくわからないのだ。

「もうプランは作ってるんですか？」

「ラフプランですが、医療機器を決める段階に入っています。新しい医師も何人か決まっている様ですし、近隣の病院との連携も進んでる様です」話が途切れたのを見計って、

「山下さん、お願いしたい事がありまして、いつもの事ですが！」

「なんでしょう！」

「実は今のこの集落の事ですが、もし例のあの山が崩れた場合、この地区は全滅します。万が一の場合に、今のこの現状を把握していて頂きたいのです。出来ればこの地区全体の調査をお願いしたいのですが」

「わかりました。調査しましょう、そんなに広い場所でもないので時間もかかりません。ちょっと費用がかかりますが、ヘリを飛ばして上空から写真を取っておくと面積から敷地の高低差から土量の計算まで出来ます」

「へぇー、それは是非やって下さい。何としても今週中です。雨が降ってても大丈夫ですか？」

「いやぁー、降っていない方がもちろんいいですが」

「それじゃあ、7日までですよ！」

「わかりました、ちょっと電話入れさせて下さい」席を立ち電話をしている。暫くすると、

「9月7日、ヘリの予約が取れました。地区の人の了解は取らなくていいですか？」

「大丈夫です。研雄さんに言っておきます。よろしくお願いします」

「私もこの地区の周囲を一応回ってみます」と鈴木。すると由夏が、

「鈴木さんには、よくして頂きました。ありがとうございます」

「由夏さんもまだお若いのに何でも出来るんですね。この地区の人達も由夏さんには一目置いてますし、研雄さんはもうぞっこんですよ！」

「そうですよ！　そうそうそれからこの間高浜先生ったら、代表の前で私を引き抜こうとするんですよ！」

「へぇーそうなんですか？　それでどうしたんですか？」

「そうしたら代表ったら憎たらしい。（それは君の勝手だ）なんて言うんですよ！　だから私、

今、思案中なんです。給料も倍出すって言うし！」

「はぁはぁはぁ……由夏さん、その先生が2倍出すって言うのなら、うちの会社でも出しますよ！　由夏さんなら、どうですか？」

「代表ぉー山下さん、あんな事言ってらっしゃるんですが、どうしましょう！」

「山下さん、外から見るとどうしてそんなに評判がいいんでしょうかね。でもねぇー実際はねぇー、いつも一緒にいるとですねぇー、何というか、まあ大変ですよ！」

「あら代表ぉー何が言いたいの？　どういう意味なんでしょうか？　実際はどうなんですか？返答によっては私にも考えがあります。代表ぉうー、どうなんですか？」

「あぁー今のはちょっと口が滑った。思ってもいない事言ってしまっ……」

「代表ぉー、口ってどういう風に滑るんですか？」

由夏はニヤッと笑っている。これでまた当分絞られる。山下も鈴木も笑っている。

「大体、鈴木さんが悪いんですよ、由夏ちゃんの事、誉めるから！」

「すみません！」

「鈴木さん、念のため言っときますが、この人の事、誉めたら図に乗るし、貶しでもしたら、もう大変！　償いをたっぷりさせられます！　はい」

「代表、もうそれ以上言わない方が身のためですよ！　明日の朝の光が拝めるか知りませんよ！」

「ひゃあー、参った。鈴木さんこれですよ！　せめて遺言書が出来るまではご勘弁を！」

皆笑っている。しかし今日よくわかった。鈴木が由夏を見る目が温かい。由夏は鈴木の思いをどう受け止めるのだろうか？

翌日、朝、由夏が呼んでいないのに代表室に入って来る。

「代表！　今日、私の家に行くんだけど、どうするの？」

最近（いや前からか）私に対してため口が酷い。

「どうするのって何？」

「だからぁーどういう風に行くのかって聞いてるの！」

「どういう風にって、そうだな、お菓子と饅頭持って！」

「そうね、だったら代表、さっそくお菓子とお饅頭買いに行きましょう。選ぶのにたっぷり時間かかるから！」菓子と饅頭を買うのに時間がかかるとは思えない。

「副代表、今日は研雄さんとこ行って最後の詰めをして来ます。今日は直帰で……代表も！」

「わかりました。二日酔いには気を付けてお2人共！」

「それでは行きましょうか、代表ぉー！」

「まだちょっと早いんじゃないの？」ちょっと睨んでから、

「それでは行きましょうか」「はい！　はい！」

助手席に座ったが、ちょっと由夏の横顔を見る。微かに微笑んでいる。人の揚げ足を取って、優位な立場になって、その主導権を奪う。困った性格だ。それを楽しんでいる。こういう時は弱い立場の方から喋り出すらしい。

「由夏ちゃん、今日はどこに？　研雄さんとこでいいんですね！」

「後で！」

「じゃあ、お菓子と饅頭を買いに！」

「そうですね。じゃあ、お菓子とお饅頭買いに行きましょう！」

なかなか着かない。お菓子の店はどこにでもあるのだが、こいつは何か企んでいる。

「代表、着きましたよ！」〇〇貴金属とある。

「由夏ちゃん、ここは饅頭売ってないいんじゃないの？」

「あら、そんな事ないですよ！　売っているはずです！」

「………」指輪を見ている。まだ横顔は微笑んでいる。

「代表、私、これにします。ねぇー代表、とっても美味しそうでしょ？」

「そうかなぁー、ちょっと硬いんじゃないかな？」

「私、歯は強いんです。このネックレスもいいな！」

「そんな長いの、喉に詰まっちゃうよ！」

「大丈夫、一気に飲むから！」

「そうだ、由夏ちゃん、波平さんに何かいい物ないかなぁー。そうだ帽子はどうかな？　あの頭に被らせておいて、ぱァッと取ったら面白いだろうな！」

「じゃあー帽子と菓子と饅頭買いに行きましょう！」

そして、きれいな今時の店に入るが、どこも女性服ばかりの店だ。由夏はすでに服を選び始めている。帽子を探す様子はない。

「由夏ちゃん、帽子は？」

「あぁーあぁ、端っこにちょっとあるから見て来て！」

結局、私が帽子を選び、由夏はお気に入りの服をたくさん買った。

「由夏ちゃん、もうそろそろ帰ろうか。研雄さんとこに寄りたいし」

「そうね、まずレストランに行って考えようよ、予約してるから！」

予約してるんだ。いつの間に？　美味しそうに食べる。食欲は旺盛だ、元気の元は食べる事だ。

「代表、これ食べないの？　貰っていい？」

「いいよ！」それから結局、靴を買って鞄も買った。満足そうに微笑んでいる。

「じゃあ、由夏ちゃん、もう帰ろうか？」

「そうね、まだちょっと早いけど」

「そんな事ないよ。もう暗くなって来……」

「そうだ、帰りにあの海辺の公園に寄って！　私、夜の公園って一度行ってみたかったの！」

夜の公園？　そりゃあ、悪い趣味だ。公園は道路と海の間にあり、どうもデートコースのようだ。カップルがいる。手摺を掴んで下を見ると、暗くてよくわからないが岸壁だ。手摺沿いに木製のベンチが並んでいる。ここにも薄暗い街灯が寂しく照らしている。

「代表ぉーここ座って！」きたきた。座らせられると次はまた、……体をよじって海を見る。

「ここは明るい時見たらきれいなとこなんだろうな！」

「ううん、今の方がいいの！」と腕を引き寄せ、首に両手を回す。いつものやり方だ。

「ちょっ……」

「もおうッー何も言わなくていいの！　ちゃんとして！」

「……ちゃんと……して？」唇を押し付けて来る。

「外でこうしてるのって、初めてね。気持ちいい！」

(何を言っている。……いつもあの石垣で……)小さな声のつもりだったが聞こえたのだろう。

「静かにして！　今、いいとこなんだから！」

由夏は勝手だ。しかしその勝手さに負けている。まぁーいい、1週間後には、この娘も大変な目に遭うのだ。頑張ってもらわないと……これ位の事なら何んて事はない。……そしてまんざらでもない！

「代表！　こんな時、代表って言うのも変ね、祐一朗にする。これからは！」

とうとう、ため口から呼び捨てになった。その時、少し由夏の体を離そうとしたのだろう、

「ここから突き落とされたら一貫の終りね、ね！」

「ヒャアーアー」研雄さんの所になど、由夏は最初から寄るつもりはない。


いつも先に風呂に入る、私の後から由夏が付いて来る。

「祐一朗！　着替えここに置いときますよ！　感動するやつ！」

と言って近付いてくる。いつもの様に首に腕を巻き付け、

「はい！」別に嫌なわけではないが、さっきしたばかりではないか！　蛇に巻き付かれた蛙のようだ。唇を重ねながら小窓を明ける。今日も月が見える。今日はきれいな三日月だ。

「もっとちゃんとして！　動かないで！」

「月が見てるよ」

「もう、いいの！」

「じゃあ風呂に入って来る」

「そっちのいいのじゃないの！　もぉうッ！」

皆さんにお土産を渡す。真由美さんにも弥生さんにも土産を買っているのだ。真由美さんが、

「わぁー素敵！」弥生さんは、服を手に取り、

「ありがとうございます、後で着てみます！」

波平はさっそく帽子を被ってから……さっと脱いだ。由夏がその時、（プッー）と吹き出す。思い出したのだろう。危ない、危ない。堀江さんは気にも止めず。

「ありがとうございます。それより土山さん、今度は総合病院を作るらしいですね！　もう聞こえてますよ」

「近々、発表しようと思っていますが、もう聞こえてますか？」

「場所まで聞いています。土山さんの名前も出てますよ！」

「それより堀江さん、堀江商事は、医療機器、扱ってらっしゃるんですね！」

「えぇー一般医療機器から先端医療機器まで、その他にも、医療備品まで、医療分野では、結構やってるんですよ！　薬品もそうです」

「もし良ければ、一度、堀江さんのところの人に私共の委員会に来て頂けませんか？」

「喜んで行かせて頂きます。社長を行かせます。土山さん、一度会ってやって下さい。私の甥になるんですが、まだ若造で、活を入れてやって下さい！」

「話が上手く纏まるかわかりませんが、お願いします」

弥生さんが寝室に案内してくれる。場所は分かっているのだが付いて行く。入口の前で、

「土山様、今日はありがとうございました。高価なものを！」

「いやぁー、あれは弥生さん、前に服のサイズの話になった時、子供服でぴったりっておっしゃってたので子供用ですし、指輪もネックレスも、子供用のおもちゃです！」

「あれ！　子供用……おもちゃ？」冗談なのは分かっている。

「それにしても、いつも気を使ってくださってありがとうございます。もうそんなに気を使わないで下さいね、でも今度は普通の大人用でお願いします！」堀江家の人は皆、図々しい。由夏は今日も来るのだろうか？　どこかに期待している自分がいる。今日は少し問い詰めてやろう。お互いにわかっているが由夏から直接、能力の話を聞かない。どの程度の能力なのか、私より高い能力の様だが聞いてみたいものだ。外で風の音が聞こえる。雨でも降るのだろうか？

ドアが開く。薄暗いのだが由夏が入って来たのがわかる。そぉっとドアを閉める。私の布団に滑り込む。

「今日は、こっち向いててくれたの？　今日はちゃんとしててね！」

「………」ちゃんととはどういう意味だ？　由夏は唇を押し付ける。私の手を取り、由夏の胸に押し当てる。プクンと膨らんだところは柔らかい。由夏は上を向き、

「祐一朗、私、考えたの。もう祐一朗もわかっていると思うけど、言っとくね！」

呼び捨てにされているのは気にならなくなった。(由夏にも私と同じ能力がある。家族も誰も知らない、私が能力を持っているのは、会う前からわかっていた。私の能力がどの程度あるのかは大体分かっているが、由夏本人の能力がどれ位か、またどの様な能力があるのかまだ全てわかっていない。これからもっといろんな能力が現れて来る様な気がする。と由夏は思っている)

「ただ、私と祐一朗が……もし、そうなったら、その時、どちらかの能力がなくなってしまいそうな気がするの！」

「君の能力がなくなる事もあるのか？　どう見ても君の方が高い能力があるのは分かっている」

「そうね！」否定しない。

「能力がなくなるのは、祐一朗の方だと思う。でも、変わってくるのよ、時間が経てば！」

「由夏は他に能力を持った人を知っているのか？」

「何人かいるのはいるんだけど、遠いところなの。今はただいるって事だけ！」

「君の能力はすごいんだなぁ！」

「そうね、祐一朗と比べると、赤ちゃんと大人位の差ね！」

「へぇーそんなに違うのか？　由夏が赤ちゃん？」

「アッハァハァハァ……祐一朗が……きゃあーっ」由夏の胸をぎゅっと揉み撫でる。

「由夏は俺の事、〈予見〉出来るのか？」

「出来ないの！　元々何を考えてるのかわからないからなのかと思ってたんだけど！」

「……何だと！」由夏を押え付け体の上に乗り、膝を開く。由夏は私のお尻を（ギュギュギュウー）とつねる。私は（ギャオーッ）と叫びながら飛び起きる。

「祐一朗！　大きな声、出しちゃーだめ！　おあずけよ！　ね！」

　大体はわかっていたものの、由夏の口から聞けたのは大きな収穫だ。これまで誰にも言えず相談も出来なかったのがこうして話し合えるのは大きい。しかし俺は赤ちゃん程度か……。


　9月7日、由夏は今日も吉村君を連れて、買い出しに行く。吉村君も何でこんなにと思いながら由夏の指示に従っている。由夏の方が年下であるが、明らかに立場は逆転している。吉村君も手下の様に扱われているのを何とも思っていないし、喜んでいる節もある。由夏の人間性なのか。まぁー吉村君も認めているのだろう。しかし由夏も、もう少し、年上の吉村君にしても、私にしても、少しは敬ってほしいものだ……まぁいい。集会所の2階の倉庫に運び込む。

誰が見てもわかる様にネームプレートを貼り付け、整然と並んでいる。

「そうですよ！　やっぱり中途半端じゃだめなのよ。ご飯も炊きます。味噌汁も作ります。メニューも5日分あるのよ！」

「由夏さん、訓練にしては徹底してますね、5日分ですか？」

「まさか、由夏さんが作るんじゃないでしょうね！　皆、帰っちゃいますよ」

「何よそれ！　私が作れないとでも言うの。まぁー今回は地区のご婦人方に頼んでありますが」

「あぁーそりゃあー良かった」

「吉村君、あなたが避難してると思って、朝から何をするか言ってみて！」

「ちょっと待って下さいよ。起きる、トイレに行く、顔を洗って歯を磨く、髭を剃る……」

「タオル、歯ブラシ、トイレットペーパー……あッー髭剃りがない！」

「由夏さんも髭を剃るんですか？」

「……たまにだよ！」

「朝ご飯食べて、新聞を読む……」

「歯みがきは朝ご飯食べてからだろう？」

「私は先に磨くんです。朝起きたら口の中がねばねばしてますから！」

「それから……」もう飽きて来たのか。

「5日もこの中に詰め込まれたら、息抜きにちょっと娯楽をしたいですね、カラオケとか？」

「避難中にカラオケか？　不謹慎だけど、それもいいか！　リラックス出来て！」

「後は、眠れない人も多いと思いますので、やっぱり酒でも飲みますか！」

「そうね、避難中にカラオケしながら宴会か?」

「由夏さん、そこまで言ってないですよ!」(でもこの人ならやりかねない)

「吉村君、引き返して、カラオケとお酒ももう少し増やして。女性用のワインも買っとこ!」

「由夏さん、何か勘違いしてるんじゃないですか? 花見に行くんじゃないですよ!」

上空にはヘリが飛んでいる。山下さんが依頼したものだ。カラオケとお酒、ワインを買い、ガソリンスタンドに寄って、発電機の燃料とガス屋でプロパンガスを依頼して帰る。


9月8日、今日は貴重品のうち各自で運べない物の移動をする事になっている。由夏と研雄さん、班長のなかで勤めていない山さん、明未さん、文夫さんが同行する。軽トラックとバイトを2人雇っている。名簿と貴重品のリストを見ながら各戸を回る。わけのわからない物もあるがその人にとっては大事な物なのだろう。その後、吉村君とまた食料品のうち保存期間の長い物——乾物、調味料、缶詰め、カップ麺および買い忘れ物を買う。倉庫もいっぱいだ。


9月9日、昨夜から雨が激しくなっている。風も少し出て来た様だ。台風情報では少し北に逸れてはいるが、大型の台風だ。由夏と吉村君、浜野を代表室に呼ぶ。

「浜野さん、最悪の状態にならなければいいが、私と堀江さんは1週間は帰れないかも知れない。あとの事はよろしく頼みます。吉村君は今日は手伝ってもらうが、夜には帰ってもらうからよろしく頼む。堀江さんどうだ?」

「はい、準備は出来ています。今日は朝行って屋上の貯水槽に水を入れ始めた後、研雄さんを落ち付かせます。その後、吉村君と最後のお買物をして、倉庫の整理、点検。夜は、研雄さんと班長全員と各戸を回って貴重品などの確認をします」

「へぇー堀江さんが倉庫の整理するの？　大丈夫かなぁー！」と、浜野。

「……大丈夫です。いつもやってますので！」「…………！　…………！」

由夏も私もこの結末はわかっているのだが、この結果も適確な準備と正しい行動がなければ成り立たないのである。

雨はだんだんと激しくなっている。川も増水している、山はまだドンと構えているが、由夏はじっと山を睨み付けた。鈴木さんが辺りを見回っている。ヘリだけでは出来ない細部の調査をしているのだ。

「鈴木さーん、ご苦労様です」

「堀江さんも大変ですね、昨日、撮影も終わりました。私はもう少し調査しますので失礼します」

「はい、気を付けて！　さっきから貯水槽の水入れ始めてます」

「そうですか？　私も後で見ておきます」その後、由夏は吉村君と買物に行く。

「いよいよ、買い出しも最後ですね！」たくさんの店を回り、集会所の倉庫に収める。よくこれだけの物を集めたものだ。服から下着から布団、毛布、丼、鍋、フライパンに包丁、米も野菜もたっぷりある。これが結局、不必要な物が一つもないのだ。

私も早めに集会所に行く。20時には班長全員集まり、最終確認の後、手分けして各戸を回り、明日の確認、貴重品の確認の後、再び集会所に集まる。

「皆さん、ご苦労様です。一つだけ変更したい事があります。上下の橋の所にバリケードを午後3時に置く様にしていましたが、それはやめて、班長の車を上下5台ずつ橋の入口の所に停めてほしい。区民以外の人が入れない様にするためです。それと今後、突然の変更の場合は研雄さんに言う事。研雄さんから指示を出す様にします。研雄さんはここにドンと座っていて下さい！　何か質問は？　なければ今日はこれで解散します。ゆっくり休んで下さい！」

研雄さんと由夏と私だけ残る。

「祐ちゃん、研雄さんが今晩は、一緒にいたいって言うの？」

研雄さんもよくやってくれている、最後の最後で抜かりがないか心配で一人ではいられないのだろう。今日は付き合ってやろう。

「今日は研雄さん、うちに来て！　心配事があったら雑談しよう！」

「由夏ちゃん、今日はどうするの？」

「どうするのって、さっき決めたとこだよ！　ちょっとだけ飲むって！」

これは危ない。途中で酒は出さない様にしよう。しかし2人共よくやった。いよいよ明日だ。明日のために今まで準備して来たのだ。

もう話し尽くしたのか、これといって話は進まない。千賀子が入って来る。

「皆さん、もう1時ですよ！　明日ぐうぐう寝てたらどうするの！　布団は皆ここでいいのね？」研雄さんを布団に放り込み、窓際に行きカーテンを少し開ける。雨はすごい勢いで降っている。風は少しおさまっている。

「由夏ちゃん、俺らも寝よう。明日は大変だから、今日はみんな忘れてゆっくり寝るんだぞ！」

由夏は小さく頷く。川の字で寝る。由夏は真ん中だ。私も布団に入る。由夏はすぐに私の布団に入って来る。

「ちょっとだけ！」

「バカやろう！　ダメだ！」手を首に巻き付けて離れない。唇をせがむ。

「由夏、ダメだ！　こんなところで！」

「いいわ！　じゃあ、研雄さんの布団に入る！」

「おっと！　待て、待て！」気が緩んだ隙に、唇を押し付ける。仕方がない。

「じゃあ、今日はもう許してあげる。お休み、ゆっくり寝てね！」

ゆっくり布団から出て自分の布団に入る。笑っている。（寝れるかぁー）ぎゅっと目を瞑る。

確かに由夏も研雄さんもよくやった、だがそれ以上に班長や副班長も実によく付いて来てくれた。異常と言ってもいい。本当に起こるか起こらないかわからない災害にこんなにも真剣に動いてくれたのは確かに異常だ、研雄さんや由夏が一生懸命動いていたのに付いて来たのもわかるが、これはひょっとして由夏が何かの手を使っているのではないか？　まぁーそれであってもいい。とにかく明日、皆無事であれば……いつの間にか眠っていた。

雨の音に気付く、外はもう少し明け始めている。研雄さんはいない。家に帰ったのだろう。年を取ると夜は早いが朝もめっぽう早い。由夏もいない。布団を畳み隅に重ねている。おそらく得意な料理を千賀子と一緒に作っているのだろう。窓を開けてみる。雨の勢いは変わらず強い。風も強く少し開けた窓から雨風が入り込む。川の水も増えただろう。台所から由夏と千賀子の話し声が聞こえる。その横を通り過ぎ、勝手口から外に出る。そこは屋根付の庭である。紅葉や山茶花、樅があり植木も並んでいる。夏の終わりではあるがたくさんの花も咲いている。病気をしてからどうも生き物に対して優しくなっている。今では毎朝、花にも植木にも水を与えている。一緒に生えている雑草にまで枯れない様に水を与えた。今日この生命体は尽きる。

せめて最後の日はと思い水を与えている。研雄さんとこの大きな松も尽きるのだろうか？　終わりかけた朝顔が青く赤く風に揺れている。水を与え、家の中に入る。家の中に入らないと愛おしさがこみ上げてくる。

「代表、どこに行ってたんですか？　朝ご飯出来てますよ！」由夏が全部自分が作ったかの様に言う。この娘は今日という日もいつもと同じように振る舞っている。たいしたものだ。

「ちょっと待って、先に化粧してくる」

「今日は化粧なんかしなくていいよ、可愛いんだから」

「まあッ、ホント？」こう言っておくと暫くは機嫌がいい。

「千賀子、10時にサイレンが鳴る。祐治と一緒に車で来い。貴重品を忘れるな。祐治も早めに起こしとけよ！」

由夏と歩いて集会所に向かう。集会所では数人が動いている。集会所を通り過ぎ、

「ちょっと河を見て来る！」

「私も行く！」由夏が小走りについて来る。傘などさしていられない。全身雨合羽だ。

「祐ちゃん、もうちょっとゆっくり歩いてよ！　ねえー、さっき私の事、可愛いって言ったよね！」

「誰が！」

「祐ちゃんが！」

「誰を！」

「私の事！」

「えッー言ってないよ、そんな事！」

「覚えときなさいよ！　自分で言った事ぐらい。でも口が滑ったんだ！　日頃から思ってる事はどうしても口に出ちゃうんだよねぇー！」

由夏は私の事をほぐしてくれているのかも知れない。途中、家の周りに物が散乱している。村中はまだ正常に動いている。各戸には電気が点いているし、人の動く気配も感じる。（この生活の営みも今日が最後なのだ。ゆっくりと味わってもらいたい）下の橋まで行ってみる。河川は濁流が大きな波を作り、うねり、その大きな波のてっぺんで水が弾け、堤防を越えようとしている。村中の小川は出口を失い、周囲の畑に浸水し始めている。山は大きく木々を揺らしているが、ドンと控えている。

集会所には数人のリーダーがいる。研雄さんもいる。（増えたなぁー）（この調子で降れば危ないぞ！）（今日は避難訓練じゃなしに、本当の避難になっちゃった）午前8時、リーダー全員集合。研雄さんが挨拶。今日の予定および訓練の指示をする、再確認だ。

「哲ちゃんと山さん……の5人は下の橋の向こうにお願いします。菊子さんは私の車で車椅子共運んで下さい。運ぶのは健ちゃんと文夫さん、そして肝心なのが皆集まっているかの確認です。それは前に決めた通りにまた、今日外出している人、これから出る人の確認も……」

まだ研雄さんの挨拶は終わっていないが由夏を呼ぶ。

「由夏、誰か今日の行事のビデオ撮ってくれる人決めてくれ」

「私が撮るつもりだけど」

「あぁーそうか。特に例の山、その時は必ず撮ってほしい。由夏が何かで撮れない時は、俺に言ってくれ！」

「わかった……私が撮れないと思った時は、祐治君にお願いするわ！」

「えッ?!　あぁーそぉう！」皆でテーブルを並べ、行事の準備をする。今日は一応、地区民にお披露目という事にしている。昼を食べて、酒もある。ゲームもする、出し物もある。婦人部のリーダー3人も来て、さっそく厨房で準備を始める。由夏が説明をしている。食材やら備品の置場所の事だろう。午前10時、文夫さんにサイレンを鳴らしてもらう。

「……ウゥ――ウゥウ――ウゥウ――」

気持ちのいい響きではない。危険と恐怖心を煽る音響だ。病院に運ばれた時の事を思い出す。

「健ちゃんと文夫さん、菊子さん迎えに行って、ゆっくりでいいよ！」

ぞろぞろと集まり始める。皆、背中にリュックを担いでいる。立ち止まって話しながら、うろうろしている人を誘いながら集まって来る。また、雨が激しくなった。しかし皆、あまり危険は感じていないのがよくわかる。全員集まって来れるのだろうか？　各班長が人数の確認を始める。その時、文夫さんから研雄さんに電話が入る。（菊子さんが今日は行かないって動かない。貴重品のリュックは用意出来ているが……）

「ちょっと菊ちゃんとこ行って来る！」菊子さんは一人暮しだ。息子夫婦は大阪にいる。勝手に上がる。文夫さんもいるが、寝室に閉じ籠もった菊子さんも頑固者だ。

「菊ちゃん、開けるよ！」

「まぁー研さん、どうしたんだい今日は！」

「どうしたんじゃないだろ！　皆でご飯食べるんだよ、集会所で、さぁー行こう！」

「足が痛いんだよ、雨の日は！」

「菊ちゃん、今日だけは俺の言う事聞いてくれ！　皆で連れてってくれるから！　いいな！」

「わかったよ！　行くよ！　おい文さん、そこのリュック頼むよ！」

文夫さんと健ちゃんで菊子さんを担ぎ、車椅子に乗せ車に移動する。研雄さんは菊子さんの寝ていた辺りを見回し、「何んだ！　薬、出しっ放しにして！」と薬を纏めて持ち出す。

集会所では、ほぼ集合出来つつある。その時、山さんが、

「今、先生が来たんだが、息子の茂樹がまだ寝ているらしい。先生は（あんな息子、もう知らん）って言ってる。研雄さんが、「おい！　祐治、一緒に来い！」私も「おい祐治、帰りに俺の車に乗って来い！」千賀子に車で来いって言っていたのに歩いて来ていたのだ。茂樹を怒らせたら研雄さんなど吹っ飛んでしまう。そんな時のための用心棒だ。

「おぉーい、茂樹、いるかぁー上がるぞ！」と大きな声で叫び2階に上がる。勝手知ったるものだ。祐治は車を取りに行く。茂樹のところまで車を持って行くように研雄さんに言われている。研雄さんは茂樹がどこに寝ているか知っている。

「茂ちゃん、開けるぞ！」遮光カーテンを閉めているせいで酷く暗い。

「おい！　茂樹！　起きろ！」窓まで行きカーテンを開けようと踏み込んだ時、何か踏んだ。踏んではいけないと思い力が抜けた。バランスを崩し横向きに倒れて、くるっと回って尻餅をついた。起きようとしたが動かない。腰をひねったらしい。

「おい茂樹！」茂樹もびっくりしている。勝手に入って来たおじいさんが腰を抜かしている。

「祐ちゃんに電話してくれ！　俺が動けないから誰か迎えに来てくれって！　俺の電話を使え、ポケットから電話を取ってくれ……いいな！」茂樹の電話がもどかしい。説明が悪かったのか、研雄さんが茂樹に倒されたと伝わってしまった。祐ちゃんに電話したつもりが哲ちゃんにかかったらしい。

「おい皆！　研雄さんが茂樹にやられたらしい。2階で動けないと言ってる。4人ほど行って

くれ。担いで下ろさなきゃあだめかも知れない」遅れて行った祐治も茂樹にやられたと思ったらしい。４人が掛け上がると、研雄さんは仰向けに倒れている。哲ちゃんが、

「茂樹、お前！　何んて事を！」

「哲ちゃん、俺は大丈夫だ。転んで腰を打った。茂樹は何もしちゃあいない！」

「わかった。歩けないのか？　……４人で担ごう！」

「いや待て！　茂樹！　俺を背負え！」茂樹は力持ちだ。何なく背負って階段を下りる。

「おい茂樹、お前も乗れ！」皆、雨で下着までびしょびしょだ。

全員集まったのは11時30分。研雄さんは、うつ伏せで哲ちゃんに腰を揉んでもらっているが、これはそうとう酷い。これからひと仕事してもらわなければならないのに、これではどうにもならない。昼の12時過ぎ、食事会が始まる。地区全員が集まるのは初めてだろう。研雄さんは、正面に布団を敷き横たわりながら、挨拶をするが、

「研雄さん、挨拶はもういい。それより飲めるか？」

笑いながら痛みをこらえ、起き上がろうとするが、

「研雄さん、無理、無理、美紀子さんに飲ませてもらえば！」

「何言ってやがる！」思ったより重症だ。まぁー今日のところは死にはしない。喋れば研雄さんの用は足りる。何とか研雄さんの音頭で乾杯が終わった時、由夏が叫ぶ。

「あぁーあー……しまったぁー！」誰しもがシーンと一瞬時間が止まった。

「信ちゃんとこのインコと茂樹君のハムスター、持って来てぇー、誰か！」

研雄さんの所の（たま）や文夫さんの所の（ラム）、孝夫さんの所の（ラン）以上猫、哲ちゃんの所の（ゴン）、明さんの所の（ポチ）以上犬は前もって連れて来て今はケージの中にいる

が、インコとハムスターは曖昧な言い方だったかも知れない。信ちゃんと祐治、茂樹と哲ちゃんが駆け出す。ゆっくり飲んでもいられない。

「信ちゃあーん、インコの餌もお願いねぇー！」何とか、インコとハムスターを連れて来る。餌もだ。これでゆっくり食べて飲める。研雄さんの所に行ってみる。仰向けで寝ている。

「研雄さん、どおぅ？　痛む？」

「まぁー寝てたら痛くないんだがね。ごめんな、手、かけちゃって！」

「実は、何人か帰りたそうな素振りをする人がいるんだが、一人帰るって言い出すと、皆帰るって言うから、研雄さん、ちょっと挨拶してくれよ！　ここでいいから！」

「なんて言うんだ」

「まだ雨が強いし、風もあるから、解散はもう少し様子を見るって。そう言ってくれ！」

「わかった、おいマイクくれ！」

説明が終わると皆少し落ち付いてまた話が弾む。テレビで避難勧告、避難指示が発令されている。午後3時前、橋の所に車を止める担当の、哲ちゃんと秀さんを呼ぶ。哲ちゃんは上の橋、秀さんは下の橋の担当だ。

「そろそろ車を持って行くんだが、ちょっと変更する。5台のうち2台は県道を通行止めにするので両車線に止めてくれ。残りの3台は橋からの進入を防ぐように止めてくれ！」

「県道を止めてもいいのか？」

「あぁーいい。研雄さんにも言ってある。研雄さんから市にも言ってある！」嘘なのだが、2人は残りの担当の人を連れて出て行く。3時5分、皆車を止めて帰って来る。秀さんと信ちゃんを呼び、双眼鏡を渡し、

「秀さん、信ちゃん、2人は屋上に上がって周りを見て来てほしい、誰かいないか？」

屋上の階段室の広間はガラス張りで、4方向全て見渡せる。由夏を呼び、

「酒を出し過ぎだ。少し止めろ！」

(酔い潰れたら、次に起こるであろう事に、ショックで対処しきれないかも知れない！)

「研雄さんは結構飲んでますよ。皆に飲め飲めって言われて。あれは酒で痛みを麻痺させてるんだわ！」

「それより君はよく我慢してるなぁー珍しい！」

「あたりまえですよ！　こんな時に、だいいち、お酒は嫌いです！」

「……あぁーそぉう……でも由夏、ちょっと飲んどいた方がいいぞ！」

「なんでよ！」

3時15分、屋上に上がった信ちゃんの叫ぶ声が聞こえるが何を言っているかわからない。階段を駆け下りる音がする。

「堤防の上に誰かいる！　男だ！　車もある！」

私と由夏を含め、数人屋上に駆け上がる。秀さんから双眼鏡を受け取る。

「鈴木さんだ。由夏、電話しろ！」

由夏は慌てて電話をかける。鈴木さんはおそらく早くから来ていたのだろう。ヘリの写真だけではわからない詳細な部分を鈴木さんの目で確かめているのだろう。鈴木さんは、我々の考えていたチェックから全て外れ、ゆうゆうと河川の濁流の写真を撮っている。

「出ないわ！　鈴木さん……出てぇー！」

私がお願いしていた事だ。この調査は増水した今が一番いいのだ。

「何分だ！」

「3時17分！」

「よし、あと9分だ。哲ちゃん、祐治、俺の車で行け！」

2人は車に乗り、走り出そうとしているが、

「ちょっと待て、落ち付け！　あの堤防は車1台しか通れない。鈴木の車はどっち向いてる？」

「前進だ！」

「哲ちゃん、祐治、いいか、前進で入れ、鈴木さんのいる手前約60ｍ～70ｍ前で止めろ。祐治はそこから走れ。有無を言わせず引っ張って来い。鈴木さんの車はほっとけ！　哲ちゃんは、そこはちょっと広くなってる所だから4～5回切り返したらUターン出来る。Uターン出来たら少しでもバックで進んでくれ、いいな！　ダメだと思ったら俺が言う。携帯をよく聞いてくれ、よし行けぇー！」

2人共飛び出し、素早く車に乗り込み、上側の橋の手前を左に堤防に入る。

「由夏、もう一度電話して！」

「何度もやってます！」

堤防は狭い。2本の轍はぬかるんでいる。轍と轍の間も両サイドも雑草が長い。車は雑草を押し倒しながら進む。Uターン場所に着く。祐治は飛び出し走り出す。哲ちゃんは何度か切り返し、方向転換をする。祐治は走りながら「鈴木さぁーん！」と叫ぶ。哲ちゃんはUターン出来るとバックで進むが後ろが見えない。運転席の窓を開け、轍を見ながら走る。鈴木も祐治の叫ぶ声に気付いたのだが、どういう状況か理解出来ていないらしく、祐治の走って来るのを見たまま動かない。近くまで来た祐治が再び、

「鈴木さん、早くッ！」

と大声で叫ぶ。鈴木は危険を感じていないのだが祐治の形相に驚き、（助けに来てくれたんだ）と思ったのだろう。自分の車のドアを開け、荷物を取り出そうとしている。

「鈴木さん、荷物はいいから！　あの車まで走れ！」鈴木も観念したのか、もう1台のカメラを肩に担ぎ走り出す。哲ちゃんの車はもうそこまで来ている。

「走れ！」哲ちゃんの声も大雨の音と濁流の音とで聞き取れないが、（走れ）と叫んでいる哲ちゃんの形相を見ればわかる。車の後部座席に乗り込み、すぐ前進でスピードを上げ走る。

「乗ったぞぉぅー、走り出したぁー！」

15時24分、多くの人がこの様子を見ているが、ほっとして座り込む人もいる。研雄さんも皆に担がれて屋上に上がっている。あと何分っていうのもわからない人ばかりなのに（あぁー間に合った）と喜んでいる。

「おい誰か！　1階を見て来てくれ！　誰かいたらすぐ上がる様に、すぐにだぞ！」

その時、サァーっと一瞬静かになる。皆何も言わないが一瞬時間が止まった様に感じる。と同時に恐怖を覚える。皆、よくわからずに異様さを感じたのだろう。（パチパチパチ）と小さな音が聞こえる。雨の音と濁流の音と風の音に紛れて不気味に聞こえる。（パチパチパチ）だんだん大きな音に変わって行く。時々（バキッ）と響く。

「何だ、あの音は？」誰かが叫ぶ、みんな窓際に集まる。（ザァァーパチパチ）

「木が折れる音だ。山が少しずつ動いている！」（バキバキバキ、サァァー）間隙が速くなっている。続いて、（ゴォーバキバキバキバキッゴォォー）地鳴りのように響く。

「山が……山が……崩れるぞぉー」

3時26分、山が崩れ始める。（ゴォーォー）と恐怖を掻き立てる響きと共に地面が揺れた。（キャアーオォウーキャアー）地震の様に大地が震える。崩れ始めた山の土砂は、勢いよく道路を飛び越え、濁流を吹き飛ばし、河川になだれ込み、堤防を飛び越える。なだれ込んだ土砂は濁流をせき止め、行き場を失った濁流はそこで力を溜め込み、堤防を遥かに越えて流れ込む力に変わる。飛び越えた濁流は大木をなぎ倒し、実った稲穂に覆い被さる。濁流は次々と堤防を越える。ただ見ているしかなかった。両膝で立ち、窓台に両手を乗せ、ただ見ているしかなかった。濁流は勢いを増し続ける。せき止めた土砂とぶつかり、水しぶきを吹き上げながら力を蓄える。土砂を乗り越えようと大きくうねり、跳ね返される。跳ね返された濁流は大きく盛り上がり、行き場を堤防の上流へと移す。堤防に置き去られた鈴木の車は、空を飛び、ぐるぐる回転しながら、小さな水しぶきを上げ音もなく消えた。乗り越えた濁流は、だんだん上方へと走る。ナイアガラの滝の様に天に突き上げ順序よく落ちて行く。その時、堤防の滝が一瞬消えた。同時に流れ出た土砂の際から（ドォッーゴォォー）とすさまじい勢いで濁流が筒状になって押し寄せる。

「切れたぞォー」

誰かが叫ぶ。あっという間に一番堤防寄りの文夫さんの家に押し寄せぶつかる。文夫さんの家は斜めに歪んでから転がりながら流れて行く。濁流は信ちゃんの家を呑み込み、次々と家を襲って行く。

「おぉうー由夏！　大丈夫か？　1階は誰もいなかったか⁉」

私が誰かって言ったのを由夏が「私が行く！」と駆け下りたのだ。1階は駐車場になっているのだが、倉庫と和室の休憩室がある。そこに宴会の騒がしさから逃れた気配の婦人が数人休憩していた。

「皆さぁーん！　早く2階に上がって、早く！」

あまりにも大きな叫びだったので皆飛び上がり、動転していたのだろう。そこらへんにある物を掴むと大事そうに持って行く。帚を持っている者、枕を持っている者、とにかく2階に上がった。濁流は家に沿って流れて行く。電柱が折れ、電線が切れる。（パチパチ）と火花が飛ぶ。集会所は最初の濁流で1階は浸水した。同時に電気が切れた。が、すぐに復旧した。発電機が動き始めたのだ。その後、文夫さんの家が集会所の壁を擦りながら通り過ぎた。信ちゃんの家は1階の駐車場にのめり込んだ。

どれ位の時間が過ぎたのだろう。地区全体に水が回ったためか、濁流の勢いは緩んでいる様に見えるが、忘れる事なく進入し勝手に新たな川の道を造り悠々と流れて行く。集会所の1階の天井まで来た時、増水は止まった。満水になったのだろう。一番下流の堤防を越えて濁流は元の河川に戻って行く。時間は午後4時10分。1時間弱の出来事だった。ヘリコプターが飛んでいる。雨も風も止んでいる。四方を見渡す。上橋の方は、私の家と研雄さんの家がまだ残っている。平屋の様だ。濁流も返り水の勢のため、押し流すまでの力がなかったのだろうが、下流の家は皆、流れた。辺り一面、海になった。神社は残っている。鳥居が頭だけ出している。下流の山際の集団墓地も、下部は浸水しているが上方はそのまま残っている。お墓がこちらを見つめている様に見える。先祖の人々にお詫びをしたい気持ちにもなる。放心状態の人もいる。泣いている人もいる。黙ってじっと見つめている人もいる。私は由夏を呼ぶ。暗くなるまでに確認しておかねばならない。リーダーに集まってもらう様に言う。人数の確認、負傷者の確認、体調の悪い人はいないか？　調べる様に指示する。鈴木さんが来る。

「代表、迷惑かけてすみません！」と頭を下げる。半分泣いている。

「迷惑なんかじゃないよ鈴木さん。俺が写真撮ってって頼んだんだものなぁ。そうだ鈴木さんずぶ濡れだったんだな！　哲ちゃんと祐治と鈴木さん風呂入ってくれ！」

「いいえ、私はいいです！」

「そんなずぶ濡れでうろうろされたら困るんだよ。そこらへんが濡れちゃうから、由夏ちゃん、皆に着替え出してあげて！」各リーダーの報告は、皆大丈夫だという。研雄さん以外は！　研雄さんは座椅子を延ばし薄い毛布をかけて休んでいる。

「研雄さん、大丈夫か？」

「気持ちは大丈夫だ、口も大丈夫だろう！」

「そうか、口と気持ちがあれば大丈夫だ。もう一回挨拶してくれ！」

「わかった、なんて言えばいい？」

「まず全員無事な事。生きてさえいれば家が流されても何とかなる。こんな時はバタバタしてもしょうがないからゆっくりしようって事。そして、電気は発電機が動いているから大丈夫、水は屋上のタンクに溜まっているから、下水は使えないが地下のタンクに溜まるから大丈夫だって事。それと午後6時頃から夕食を食べるって事。そして今から順番に風呂に入る事。洗濯物は各個人のロッカーにビニール袋があるからそれに入れ、各班ごとに用意している籠に入れる事。布団や毛布は廊下の奥の倉庫にあるから皆で出してもらう事。医者と看護師が明日の朝へリで来るから見てもらってくれって事。薬のない人も言ってくれ。まぁーそんなとこかな。あぁーそれとここでの避難生活は、4日〜5日は続く。その後の事はまた説明するって事。明日から一部河川の土砂の撤去が始まる事も……」

「おぉうー、たくさん言ったなぁー！」

「じゃあ最初だけ言って、後は私が言うから。少し付け加える事もあるし！」と、由夏。

「わかった。マイクくれ！」研雄さんは座椅子を上げてもらい、

「皆、無事で良かった。私以外で怪我人もなく本当に良かった。皆で力を合わせてここまで出来た。生きてさえいれば何とかなる。皆、本当に良くやってくれた。頭が下がる思いだ」と涙声になり、やがて下を向いて泣き出した。緊張の糸が切れたのだろう。また大きな責任感から少し解放されたのだろう。他の人も泣いている。拍手が起こる。掛け声も飛ぶ。研雄さんには感謝している。研雄さんにばかり何もかも押し付けて……私も本当に感謝している。

「研雄さん、ありがとう。替わろうか？　マイク！」

由夏がその後説明する。今の状況、今後、ここでの生活、ルールなどわかりやすく説明。皆ひとまず安心したのか、少し笑顔も見られる。女性のリーダー中心に食事の用意を始める。外は暗くなり悲惨な現状は闇の中に隠れたが濁流の音が不気味に聞こえる。食事中に由夏が、

「お酒もたくさんあります、飲んだ方が寝やすい人は飲んで下さい。女性の方にはワインもありますよ！　つまみもたくさんありますので！」

「飲んで寝にくい人も飲んでもいいのかな？」

「寝やすい人も寝にくい人もどうぞたっぷり飲んで下さい。私はお酒飲めないからよくわかんないのですが」

「ハァアー、由夏ちゃん、飲めなかったの？　知らなんだぁ！　じゃあーいつものあの飲みっぷり、絡みっぷりは何だったの？」

「まぁーまぁーそれはともかく。ここは共同生活ですので午後11時までにします。それ以降は

ここでのお酒はダメです。娯楽室と和室の小室がありますので、そちらでお願いします」

研雄さんが笑いながら、

「もう、外にも出られない、家にも帰れない、カラオケでもしようや！」皆、（オォウー）と同調する。（どっちみち研雄さんは動けないいんだ！）また宴会が始まる。由夏も私も飲んで歌った。由夏はひと安心したのだろう、私も同じだ。外ではヘリが飛んでいる。（夜でも飛べるんだ！）由夏が私の所に来る。酒を持っている。

「代表ぉうー！」涙目で見つめる。

「由夏ちゃん、ありがとう。よく今までやってくれた。この日のために頑張って来た甲斐があった。皆、由夏ちゃんのお陰だ！」

「代表ぉうー！」由夏は一段と大きな声で泣き出し、私に抱き付いて来る。研雄さんが、

「由夏ちゃん、俺にも抱き付いてくれよ！」皆の笑いの中、由夏は泣きながら、笑いながら研雄さんに抱き付く。研雄さんは後ろに倒れそうになるのを片方の手で踏ん張ったが、

「あぁー痛い！　痛い！　由夏ちゃん、押したらダメだ！」と二人一緒に後ろに倒れ込む。

「由夏ちゃん、今度ゆっくり抱き付いて！　今日は痛いから！」

「研雄さん、どこらへんが痛いの！　シップ貼ったげる！」

シップを取り出し、研雄さんはズボンを下げ腰の辺りを出す。由夏は手を当てながら、

「この辺？」

「もうちょっと下！」

「この辺？」

「もうちょっと下！」

「もぉうーお尻じゃないの！」

「そこ！」由夏は研雄さんのパンツをずらし、シップを貼る。

「はい！　一丁上がり！」とポンとお尻を叩く。皆笑いながら、

（研雄さん、由夏ちゃんには敵わないなぁー）

「おい見ろ！　あれ！」誰かが言う。テレビで台風通過後の災害情報を流している。この集会所が映っている。あのヘリが撮影したのだろう。「地区民、全員避難、死傷者なし、奇跡です」と放送しているが、テレビの中では、皆揃って酒を飲んで歌っている。アナウンサーも呆気に取られ、（皆さん、宴会をしている様です。これはどういう事でしょう！）

山さんが歌ってる。（歌声は流れないのか）（明さん、旨そうに飲むよなぁー）皆、精神的にも肉体的にも疲れているのだが、興奮がまだ残り気が昂ぶるのだろう、一人二人と飲むのをやめ、カラオケも終わった。少しは気が休まり、気持ちも落ち付いてきたのだろう。布団を50組敷き詰め、真ん中にスクリーンを立て男女に別ける。隅っこでまだ飲んでる人もいる。（おぉーい、もうやめとけ！　お前は酒飲むといびきがうるさいんだぁ！）私と由夏は娯楽室で手分けして、あっちこっちの人に電話する。携帯にたっぷり着信があるのだ。


少しは眠れただろうか、外は明るい。まだ早いが半分位の人は起きて外を見ている。由夏と女性のリーダーと他にも数人、厨房で朝ご飯の用意をしている。ご飯を炊いているし、味噌汁も作っている。魚を焼いているし、卵も焼いている。海苔もあれば、漬物もある。よく準備出来たものだ。水位は少しは下がっている。濁流の勢いは一気に少なくなり、河川の水はかなり減りだんだんと色も薄くなっている。が辺りは水海だ。新しく出来た水の道を静かに流れて行

く。青空が広がり始める。太陽が水面を照らし眩しい。皆、静かに外を見ている。人間って強いものだ。家を失い、財産を失っても微笑んでいる。いや決して強いんじゃない、微笑んでいるしかないんだ。

ヘリの音がする。近寄って来る。ヘリの音もぶつかる対象物がないのでよく聞こえる。集会所の上で音は低くなり、屋上に降りたのがわかる。（医者が来たぞ！）屋上に上がってきた健ちゃんが階段の途中で言う。山地先生、白石涼子、その他若い医者2人、看護師2人、警察官2人、市の職員2人、階段から次々と降りて来る。

「代表！　大丈夫ですか？　心配しました！」

「あぁー先生、大丈夫です！」白石さんも由夏を見付け近寄って来る。

「由夏ちゃん！」と肩を抱く。哲ちゃんが若い先生と看護師に、

「怪我人はこの人です。後ろ向きにひっくり返って腰を打っています。お尻にシップは貼ってあります。この2人は避難の際に薬を失くしています。後は風邪気味の人が2人、あとは大丈夫です！」市の職員が、

「ここの代表の方は誰でしょうか？」

「あの人、木村研雄さん、腰やられてる人！」研雄さんの前に集まる、警察官も一緒だ。

「すみません、今の状況をお願いします。まず、避難出来ていない人と行方不明者の方はわかりますか？」

「区民全員ここにいるよ。犬も猫も、インコもハムスターもいるよ！」

「えッーそうなんですか？　間違いないですか？　全員、インコも……皆さんよくご無事で！」

その後、経過を誰かれとなく聞き、市の職員が、

「水がまだ引いておりません。ここから避難して頂こうと思います。幸いここの屋上はヘリが降りられる様なので、何名かずつ乗って頂きたいのですが、年配の方と、子供さんを先に！」

「いいよ！　水が引くまでここで！　皆集まってる時に今後の事も相談したいし。それより、河川の復旧早く頼むよ。それと堤防の仮復旧。またこちらから提案もあるし」

「そうですか、ここで？　わかりました。まぁーこの建物なら安全だと思いますが、それでは、食料品や衣料など届ける様にします、それと明後日には屋上に仮設のトイレとお風呂を設置する様にします。電気はダメですよね？」

「今、電気点いてるだろ！　トイレも使えるし、昨夜は皆、風呂に入った。今日は美味しい朝食を作って食べたとこだ、食料品もあるよ！」

「えッーなんで？　本当ですか？　なんでそんな事、出来るんですか？」

「出来る様にしてあるから出来るんだよ！　それより今まで市には何回も何回も言って来た。要するにこうなるんだよ！　あの山を見ろ、あぁーなるんだよ！　あぁーなっても区民を守れる様にこの集会所を建てたんだよ！　この集会所がなかってみろ、皆死んでいたさ！　……みんな死んでたんだよ！」「…………！」

この台風は大型で風も強く雨量も多かった、がしかし市内ではどこの地区も災害は発生していない。この地区以外は。ただここの被害が凄まじいので市でも慌てて災害復旧の事務所を立ち上げた。しかし全国のニュースが早かったため対応も遅れ、面目を失った。午後、たくさんの重機が入り河川の土砂を取り除く工事が始まる。ポンプを何台も据え溜まった水を河川に放

流するが、河川に水が流れる様にしないと堤防の仮復旧も出来ない。水は依然とし進入し続けている。空は青空である。雲もない。秋も近いのだろう。心地好い風が吹いている。皆、時間を持て余している。これと言ってする事がない。外に出られない。昼間から酒も飲んでいられない。ご婦人は嫌というほどお喋りしたと思うが、まだ話し足りないのか延々とお喋りを続けている。私は由夏と一緒に研雄さんの所へ行き、

「今日、昼ご飯食べた続きで、今後の説明をしたい。どうだろう？」

「いいよ！　詳しい説明は、由夏ちゃん頼むよ！」

「うん、そうする。研雄さん、どぉう？　少しはいいの？」

「うん、だいぶ良くなった。由夏ちゃんに貼ってもらったのが効いたのかなぁー！」

「効くでしょ！　私、ツボがわかるのよ！　じゃあーもう、2、3枚貼ってあげる。お尻出して！」

「いやいや！　また今度、貼り過ぎたら効かないかも知れないし！」

「研雄さん、そんな事ないよ！　貼り過ぎて効かないって貼ってみなきゃあわからないよ！　貼ってもらったら！　研雄さん、お尻！」と、私。

「祐ちゃん、もう痛くないから……いい！」と立ち上がろうとするが、腰に力が入らない。

「やっぱりだめだ。由夏ちゃん、貼ってあげて！」

「じゃあ、腰に頼むよ！」

「あらー恥ずかしいの研雄さん？　ダメ、お尻じゃなきゃあー、ツボなんだから！」

「ひゃあぁ〜参った。エッチ！」

「えぇー皆さん、食事の途中ですが、食べながらでいいので聞いて下さい。今後の事を相談したいと思います。皆さんもこんな災害に遭ったのは初めての事だと思いますが、思い返してみても凄まじい身の毛もよだつ災害でした。改めて自然の恐ろしさを感じたわけですが、なによりも皆元気で、私以外は怪我人もなくこうして皆でご飯を食べられているのは喜ばしい事です。皆さんももちろん、悲しみ、泣き、苦しんだ事と思いますが、振り返っていても前に進みません、（明日からどうしよう！）と皆さんも考えていると思います。そこで相談なんですが、……まず、今の復旧状況ですが、河川の土砂を少しずつ取り除き、元の河に流れる様にしています。その後は決壊した堤防を応急ではありますが、復旧します。それがあと2日、同時にポンプで溜まっている水を汲み出します。あと3日で今の水はなくなると聞いています。その後、外に出る事が出来ますが、行く所がない。

市も学校を避難所にしたいと今用意していますが、その先が見えない。1年も2年も学校にはいられない。そこでこれは提案なんですが、今ここにいる祐ちゃんが福祉関係の仕事を始めています。近くにマンションを建てて、この前完成したところです。祐ちゃんはそのマンションを皆さんに使ってもらえばいいと言っています。娘や息子の所とか親戚の所とかに行きたい人、行ける人はもちろんそれでもいいのですが、いろんな選択肢があります。そういう事ですので、皆さんよく考えて下さい。今日は提案です」

（そりゃあ、マンションがいいに決まってる、で……費用はどれだけかかるんだ？）（費用はいらないって祐ちゃんは言ってる）（本当かよ！）（どこにあるのそのマンション）（近い方がいいから学校の方がいいわ！）

「マンションの内容は由夏ちゃんから説明します」

「今日結論を出して頂くわけではありませんが、一応マンションの内容を説明します。マンションは和田山にあります。単身者用、2人家族用、3人家族用、4人用、5人用まであります。生活に必要な物は全て揃っています。屋上には畑もあります。もちろん各戸にバス・トイレ・キッチンはありますが、1階に大きな厨房も食堂もあります」続けて研雄さんが言う。

「皆さん、相談したい方もいると思いますので、今晩もう一度、夕食の後、意見を聞きたいと思います。それと、もう一つ、この地区の事、今後、どうしたらいいか考えておいてほしいのです。いい意見があれば出してほしい。また人が住める様になるには早くて1年、長ければ3年かかるかも知れない。長丁場になると思われますので、簡単に結論を出すわけにはいきませんが。避難所の件はそういうわけにはいきません。皆さん、大変な時に心労もあると思いますがよく考えて下さい。お願いします」

工事は急ピッチで進んでいる。河川に水の道が出来たのか、堤防の仮復旧も始まり、進入して来る水は止まった。あちこちで皆が相談している。(またここに住もうと思ったら2年はかかるぞ!)(もうこんな所に住みたくない!)(また崩れるぞ!)(この年になって家を建てる元気も金もない)(ずうっと祐ちゃんのマンションに世話になりたい)(そんな事出来るか!)(墓も田も畑もあるからなぁー)(もう知らない所には行きたくないよ)(ここからは離れられない)

夕食の後、研雄さんが話し始める。今日は酒は控えてもらっている。

「それでは始めたいと思いますが、皆さん、同じ意見だなんて事はあり得ませんし、いろんな意見があって当然なんですが、それはその人の意見であって非難する事のない様お願いします。それでは進行役の由夏ちゃん、お願いします」

「それでは始めたいと思いますが、先程、市の担当者が来ました。避難所は、今廃校になっている小学校に準備が出来たという事です。それから復旧工事は、堤防の仮復旧も今日終りました。3日後にはここから出られると思います。はい！　健ちゃん！」

いつの間にか由夏は皆の事をちゃん付けで呼んでいる。意見は予想していた通りの意見だ。学校派とマンション派、娘、息子、親戚派、マンション派が多い。

「祐ちゃん、本当にいいのか？　売り出すんじゃないのか？」

「売り出したりはしないよ。実はあの建物は、身寄りのない人や生活困難な人のために作ったものだから遠慮はいらない。我々も生活困難者だから、私もそこに入らないと行くところがない。出来たら皆さん入ってもらって今後の事を相談したい。皆、揃ってる方が相談も早い」

学校派も皆マンションとなり、娘・息子派もとり敢えずマンションに入る事に決まる。何せ、3日後の事だ。次は今後の事である。簡単に決まる話ではない事は皆よくわかっている。しかし選択肢は、多いわけではない。①現状復旧しここで家を建て住み続ける、②個人個人で土地を買い分散する、③集団移転、④現状復旧＋安全確保、以上の4通りの意見である。①の現状復旧は一番早く従来の生活に戻る事が出来るが、またこんな事が起こるんじゃないかとの不安が大きい。②の個人個人で土地を買い分散するのは、一番簡単な方法かも知れない。それでいいのかという事もあれば、今の土地の売却問題がある。③集団移転は、場所を決める事が先決である。分譲地をまとめ買いするか、土地を買って造成するか。④ここの復旧＋安全確保は住宅地の盛り土とか河替えとかを含めた復旧となる。誰もここにいたいと思っているのはわかる

のだが、現状復旧だけでは、大きな不安が残る。簡単に決まる話ではない。由夏が再び、

「先程市より連絡があり、明後日の朝より、道路の泥の撤去をする様です。午前中には、集会所まで出来る様です。一応今までの相談の結果を伝えました。せっかく用意して頂いた避難所ですがお断り致しました。明後日の午後、マンションに移動したいと思います。皆さんの荷物も少ないと思いますが、ここでの生活で使用した物は持って行って下さい。他の物は後日、使用出来る物はマンションに持って行きます。市がマイクロバスを用意すると言っています。ここでの生活はあと僅かです。ここの景色をゆっくり眺めて覚えておいて下さい！」


次の日も皆退屈な時間を過ごしている。何かをしたくても何も出来ないのだから仕方がない。水がだんだんと引いて行く。慣れ親しんだ大地が現れて来る。道路の位置が現れ、基礎だけが残った住宅の跡地が物悲しい。だがどこも泥沼だ。折れ曲った街灯。災害にも倒れなかった大木にはたくさんのゴミが食らいついている。あのゴミもどこかの家の物だろう。しみじみと見ているが、見ていられないのか、明日の荷物を纏めている。災害の悲しみも苦しみもゆっくり浸ってもいられない。由夏は倉庫のテーブルの上で書き物をしている。各家族の人数と名前、年齢、勤務先、そして、マンションの図面を見ている。

「何してるんだ？」

「部屋割りをしています！」

私がマンションを作る時、地区の家の家族数を出し部屋の大きさも決めたのだが、まぁーいい。私の思いと同じ部屋割りをするだろう。

「代表！　明日の夜、各金融機関にマンションに来てもらうようにしました。皆さんお金も出

したいだろうと思いまして。それと明後日の夜は各種保険会社の人に来てもらいたいと思います。火災・生命・災害・その他、保険証書も貴重品の中に入っていると思いますので！」

さすがに由夏はよく気が付く。おそらくマンションに移動した後の行動の予定も作っているのだろう。

「代表！　これ見て下さい」

部屋割りだ。各部屋に戸主の名前と家族の名前、年齢、職業が書いてある。

「代表の部屋、ここです！」

「うん、わかった。３階か」

「年配の方や足の悪い方は下がいいか、３階がいいか悩みましたが上にしました。エレベーターもエスカレーターもあるので上の方が見晴らしもいいし！」

「それで俺は３階？　この〈由〉って書いてあるのは？」

「ワ・タ・シ！」

「あぁー本気だったんだ。家も近いのにお父さん反対しない？」

「大丈夫です。私、とっても信用があるんです。代表とちがっ……ここにいた方が皆さんの世話も出来るし、今後の相談の事もあるし、いいでしょ！」

「まぁーそうだな。お父さんの承諾を取ってからだぞ！」

「それと代表！　支援物資が全国から届いているんですって！　どうしましょうっていうから、明日マンションに持って来て頂く様お願いしました」何も言う事はない。

「由夏、皆に、伝えなければならない事がたくさんあるが、今日はもう何も言わないでおこう。そっとしてあげた方がいい様な気がする。この４日間、皆、本当は疲れ切っているはずだ。一人でじっとしていたい人もいるだろう。ただ俺らは別だ。市は復旧工事を近く着工するだろう。市の勝手にやられては、こちらの要望も聞いてくれない。だから担当の人にちょっと釘をさして来てくれないか。応急処置で一旦止めて欲しいって！

「市の方はわかりました。でもじっとしていたい人もいるだろうけど、じっとしていられない人もたくさんいるよ、きっと！　お酒もたくさんあるし！」

飲みたい人は飲んだらいいって事か。飲みたい人の中に由夏はいるのだろう。

「由夏！　相談しておきたい事がある。研雄さんを連れて来てくれ。あの娯楽室の隣の小部屋がいい。もう歩けるんだろ？」研雄さんは、杖をついてゆっくり歩いて来た。

「研雄さん、ちょっと決めておきたい事がある。この前の会議で集団移転の話も出た。一応この案も進めてみる。由夏、高浜先生に探すようにお願いしてくれ。まずこの案になる事はないと思うが、対案としてこの案を作る。それと復旧＋盛り土という案なんだが、これはどうしても河替えが必要になってくる。要するに、河を住宅地側に移す。今の崩れた山の土砂をそのまま使用すれば、山になだらかな土地が出来る。そこに果樹園を作りたい。山崩れ防止にもなるし、地区民が大勢参加して、ここで特産品を作りたい。集荷場も造る」

「おぉうー面白そうだ！　山が利用出来るのもいい。でもそんな大がかりな事が出来るのか？」

「堤防の改修と果樹園の造成は市の方にやってもらう。河替えもだ。後は俺が出す」

「わかった。その方針で行こう！」

「それとマンションの事だが、あのマンションの1階に大きな厨房と食堂がある。そこで、女性のリーダー3人が中心となって食堂を運営してもらいたい。各戸にもキッチンはあるが、この避難期間は、食堂があった方がいいと思うんだがどうだろう？」

「それは、出来たらいいには違いないが、まさかそれも無料じゃないだろうな？　これは少しは出してもらった方がいいぞ！　ただ飯は不味い！」

「そうだな！」

「自分で作りたい人はそれでもいいんですね！」と、由夏。

「もちろん！　由夏ちゃんも自分で作って食べてもいいんだよ！　その方が痩せていいかも知れないし！　アッ……」

「あぁーどうせ、私は太ってますよ！　覚えとけよ！」（しまった）

「……主にはリーダー３人にやってもらうが、出来る人は皆、参加して作ってもらったらいい。支払いもする。由夏ちゃんもどうだ、まぁー今でも料理には自信があるようだけど」

「白々しい、今言った件と、さっき言った件、よーく覚えておきます。……それでその３人を説得しろって事？」

「それと由夏、さっきの④の復旧の件、鈴木さんに言って計画してもらいたいと思っている。もちろん山下さんにも言うが、鈴木さんの方がこの地区の事はよくわかっている」

浸水は止まっている。ポンプは24時間動いているので明日の朝には水はなくなる予定らしい。

皆、疲れ切っているはずだし、ゆっくりしたいだろうと思っていたが、どっこいその夜の夕食は、由夏の言った通り、宴会状態となった。皆、たくましい。女性もワインを取り出し、飲み出しているし、男共はこれでもかと飲む。何せ酒がある。いやぁー皆よく飲む。私も由夏も飲んだ。研雄さんも腰に手を当てながら飲んでいる。由夏は、あっちこっちからお呼びがかかり、ぐいぐい飲んでいる。皆、ひとまず安心したのだろう。大きな苦しみに遭ったものの、今はほっとしているのだろう。ヘリがまた飛んでいる。集会所の周りをグルグル回っている。

宴会は10時になっても11時になっても続いている。誰も止める者がいないのだ。さすがに12時にもなるとだんだん少なくなって来る。

「由夏！　研雄さんを寝かしてやってくれ！」

「研雄さぁーん、もう寝るよぉー私も寝るからぁー！」

「じゃあー由夏ちゃあーん、一緒に寝よぉー！」

「うん、じゃあーそっち行くよぉうー！」（バカか！）

意外と皆、静かに寝付いた。自分でも気が付かない疲れがあるのだ。ゆっくり寝たらいい。


朝、ガァーガァーという音で目が覚める。まだ7時だ。厨房へ目をやると大勢で賑わっている。朝食を作っているのだが、由夏の姿もある。窓際に行くと、ブルドーザーが数台、泥を押している。（何と市の仕事も早いなぁー）水はもう引いている。ブルの音で寝ていた者も次々と起きてくる。避難生活も5日目になる。皆共同生活に慣れてきたのか、わがままを言う者もいない。あの茂樹もちゃんとしている。由夏を呼び、研雄さんの所へ行く。

「研雄さん、朝食の時、今後の事を皆に言ってくれ。内容は今から由夏ちゃんが言う。いや、説明は由夏ちゃんがしますと言ったらいい」

「わかった」研雄さんの挨拶の後、由夏が説明を始める。

「今日の午後、マイクロバスでマンションに行きます。8台の車が無事なので各持主の方はその車で行く事。まずマンションに着いたら、ホールに全国から届いた支援物資を並べていますので各自必要な物を持って行って下さい。まだまだこれからも来ると思いますので、余分に持って行かない様に、今日の夜7時、各金融機関が来ます。一人一人対応しますので順番にお願いします。明日の夜7時には各保険会社が来ます、お金を出したい人は、印鑑と通帳を用意して下さい。それと車の件ですが、マンションの隣がレンタカーになっています。早い方がいい人は決めて下さい。いつでもいいので必要になる前に行って下さい。小中高の学生の制服、教科書、鞄などは各学校に言ってあります。各学校への送迎ですが、親が出来る人はそれでいいですし、その他はこの地の人の中で送迎出来る人を募集します。毎日の食事の件は各室にもキッチンはありますので各自出来る人はそれでいいですが、まだ了解は得ていませんがマンションの1階に大きな厨房と食堂があります。そこで食堂を開いて頂く予定です。それまでは弁当にします」

「由夏ちゃん、今、了解取れました。明後日の昼から食堂を開きます」

「えッー、今、了解が得られた様です。代金の方は無料という事も考えましたが一応朝食200円、昼食300円、夕食500円に決めました。利用したい人は札を用意しますので自分の名前の札をひっくり返して下さい」由夏の説明は続く。

「明日中には集会所に残っている物で使用出来る物は持って行きます。尚、支援物資の残りは1階の倉庫に入れておきます。衣料品、靴、日用品などがありますが整理し表（リスト）にしておきます。必要な物は持っていって下さい。表に記入もお願いします。また自分の必要な物が見当たらない場合やないことがわかったら言って下さい。もう一つ、各自、レンタカーを借りたら支払いはこちらでします。ガソリンカードを渡しますので現金で入れない様に。長期の借入でも構いません。借りたらこのマンションの駐車場に止めて下さい」まだまだ続く……。

ガタガタとブルドーザーとユンボで泥を撤去していく。自然の力を嫌というほど味わったのだが、自然の力が残していった残骸を人間は一つ一つ取り除いている。自然との闘いなんだ。現れたアスファルトの道路にマイクロバスがゆっくりと入って来る。パトカーが先導している。

「警察と役所の人が話があるんだって研雄さん！」皆、次々とバスに乗る。

「おぉうー先に行ってくれ。俺らは、乗用車に乗せてもらうから。祐ちゃん、由夏ちゃん、一緒に聞いてくれ！」

警察曰く、たくさんの家が流されたのに、皆さん、怪我人もなく無事であったのは、いち早く、避難出来た事、それも区民全員、これが成し遂げられたのは何故か？　話によっては、人命救助で表彰したいという。由夏は市の人と話している。

「今後の復旧の事を近々相談したいので、市の考えを纏めておいて下さい。私達はこれまで何回も何回もこういう災害になる事を言ってきました。市の方は聞くだけで無視し続けました。今回もまたのらりくらりとやられてはたまったものではありません、もしそういうやり方ならばこれは犯罪です。ここに警察の方もいらっしゃるので証人です。いいですね！　定期的に復旧の会議を行いたいと思います。まず第1回目、何日後にしますか？」

「10日後位では……」

「よくこんな現状でそんな生ぬるい事が言えますね、4日後の19日にします。詳細はまた連絡します。そちらの（長）の方を決めておいて下さい」

由夏はあっさり主導権を握ってしまった。研雄さんがニヤニヤ笑っている。マイクロバスが動き出す。誰彼となく、誰にというわけでもなく手を振っている。

「おい哲ちゃん、俺らも乗せてくれ！」（おいてけぼりを食うとこだった）と研雄さんがぶつぶつ言っている。哲ちゃんの車の中から外を見る。崩れた山は、黒茶色で黒い岩肌が光り倒れた大木も折り重なって土に埋もれている。家は2軒、神社と橋のたもとのお地蔵様だけ残っている。辺り一面、泥の平地。空は青い。こんな青い空は初めて見た様な気がする。ここはまた復興して賑わいが戻って来るのだろうか……。

「研雄さん、今後は市との交渉が大切になってくる。これまであれだけ言ったのに何もしてくれなかった。市にも負い目がある。今度はこちらの言い分も聞いてくれるとは思うが、そこで、この交渉は研雄さんが中心にならなくちゃいけない！」

「わかった。わかったが、今まで通り由夏ちゃんがいてくれないとだめだ！」

「わかってる。私も言いたい事、たくさんあるから全部言ってやる。こんなんだから、私がいつも気が強いクレーマーで跳ねっ返りみたいに思われるのよ、ちっともそんな事ないのに！」

「…………」「…………」「あれッ？」

「それと……これからの交渉は、研雄さんと由夏ちゃん……それから哲ちゃんにもお願いしたい。地区の若者の代表だ。哲ちゃんには、話が横道に逸れそうな時は、軌道修正してほしい！」

「軌道修正？　……まぁーやってみるよ！」

「あのう～、今の話～横道に逸れるのは、誰が逸らしてるって言ってるの？」

「……そうだ、この帰りにレンタカーに寄って行く？」

「そうだな！　そうしよう！」

「私は車はあるからいいわ！　マンションに行くわ！　皆、戸惑ってるかも知れないし……それで誰が逸らしてるって……」「…………」

マンションに着くと、皆が支援物資を選んでいる。日用品、衣服、下着、靴、毛布……何でもある。鈴木さんが近寄って来る。研雄さんもやって来る。

「代表、由夏さん、研雄さん、御迷惑をかけて、また命を救って頂きまして本当にありがとうございました。またもうひとつお願いがあるんです！」

「あぁー鈴木さん、車がないんだ！　送ってあげるよ、どこだっけ？」

「いやぁーそうじゃないんです。実はこのマンションにも集会所にも関わらせて頂きました。この様な使われ方をするとは思っていませんでしたが、まるでこの日のために作られた様で変な気持ちです。そこでですが、今後、おそらく地区の大規模な復旧工事が行われると思いますが、この地区の事を少しはわかっていると思いますし、今後また私が工事に携わる様な気がしていますし、携わりたいと思っています。あつかましいのですが、私もこのマンションに入れてもらえないでしょうか……もちろん、家賃も何もお支払いします、会社からですが。マンションはまだ3戸空いています。この地区がどの様な復興をしていくか見てみたいと思いますし、私も会議に参加したいです。どうでしょう、代表！　研雄さん、由夏さん！」

「鈴木さんはまだ独身なの？」

「そうです！」

「いつもは大阪？　そっちに彼女は？」

「いません。避難所で食べた食事が美味しくて、マンションでも食堂をされる様なので、それも楽しみなのですが」

「避難所の味噌汁、私が作ったんですよ！」

「……はぁー！」（味噌汁作ったって……大根とにんじん切っただけの様な気もするが……彼女がいるかって、それは関係ないと思うが……まぁーそれはいい）

「研雄さん、由夏ちゃん、問題ないな！　鈴木さん、いいと思うけど！」

「ありがとうございます。それでは、家賃・光熱費また決めて下さい」

「本当は無料なんだが、鈴木さんも払った方が気が楽だろうから、研雄さん決めといて！」

「えッー俺が……由夏ちゃん、決めといて！」

「わかりました私が決めます。月1万円で！　ところで、私も家賃払った方がいいのかしら？」

「知らねえよ！　でも君は、払わない方が気が楽そうだな、ハァハァハァ……」

「じゃあー無しという事で！」

「由夏ちゃんは酒代が大変だからね！」と、研雄さん。

「研雄さん、鈴木さんの前で私が大酒飲みみたいな事言わないで下さい！」

その時、浜野と吉村君が入って来る。

「代表ぉうー、堀江さーん、大丈夫ですか？」

「あぁーありがとう、大変だったけど、大丈夫だ！」

「堀江さん、弁当、食堂に並べときましたよ！」由夏が吉村君に頼んでいたのだ。

「堀江さんも大変だったね、でも良かった無事で！」

「浜野さん、吉村君、心配かけました！」

「まぁー心配は今日に始まった事じゃないんだけど、それより堀江さん、テレビでアップで出てたよ。ちょうど酒をこう、ぐぅぐぅっと飲み干すところ。見事な飲みっぷりだった。それからコップを持った手を突き上げて（オォウー）なんて叫んでたけど！」

「えッーウッソォー、ウソデショ！　キャアーイヤァーどうしよう代表！」

「俺に言われても！」

「代表！　お願い。テレビ局に電話して！　もう流すなって言ってぇー、お願い！」（もう遅

い）

各戸には人数分のベッドや毛布、布団その他生活必需品が全てと言っていいほど用意してある。リビングにはソファーやテレビなども揃っている。共有の物として、ホールと娯楽室と和室には冷蔵庫——中には飲み物（酒を含む、全て無料）も常時入っている。またお菓子類なども置いている。全て、私と由夏の思い通り、予定通りで進んでいる。こうなるのはわかっており、実際にその通りに進んでいくと確信はするが、どこか心配もある。まぁーこれからだ。

Ⅷ

各個人の保険の見通しもついた。ほとんどの人が保険に入っていたため、多少の違いはあるものの皆、ほっとしている。仕事に出勤し始めているし、学校にも通い始めた。マンションの食堂も上手く回っている。また食堂の調理も出来る人は応援に入ってもらう様になった。時給1000円である。それと屋上の畑を作る人を募り、野菜や花は買い取る事にする。野菜は1階の食堂で使い、花はマンションのあっちこっちに飾る事も決まる。皆、生活は一変したが、慣れてきたのか、それなりに楽しんでいる。

「研雄さん、区の1回目の会議を9月17日に行いたい。市との協議が19日だからな。今後の復興の進め方を説明する。皆に知らせてほしい。他には表彰の件と全国からの支援金の件だ」

「わかった」

「由夏ちゃんも疲れただろう。お父さんもお母さんも心配されてるだろうから、今日は家に帰ったらどう？」

「はい！　そう……します。が明日にします。代表も久し振りだし、一緒に！」

「そうだな。波平さんにお願いしたい事もあるし、娘を危険な目に遭わせちゃったんだし！」

「代表、それと例の表彰の件ですが、明日、警察に連絡したいのですが、私が決めました。地区の代表の研雄さんと、集会所の建設に貢献した代表と2人をお願いしようと思いますので！」

「由夏ちゃん、せっかくで悪いんだが、君が決める事に反対する。これは俺と研雄さんとで決める事にする、なぁー研雄さん！」

「あぁー、そうそう！」

「決まった。由夏ちゃんを表彰してもらう事にする。これは、この地区の人皆に聞くまでもない。ついでに研雄さんも地区代表として一緒に！」

「私と研雄さん？　代表は？」

「俺はそんな大した事してないし、2人なら皆、納得するよ！」

　由夏は考えている。両親にどういう風に言うべきか、明日行く事も連絡しなくてはならない。まず、奈緒に電話する。避難中に何度も連絡があったが、一度だけ大丈夫って言ったきりだ。リストは避難の前日にメールで1週間分送っている。

「由夏！　生きてる？　マンションに来てるの？」

「うん生きてる。今日、昼過ぎに来たよ！」

「本当に大丈夫？　何か困った事は？」

「うん、ありがとう、ちょっと疲れたけど大丈夫！」

「元気そうだったよ！　テレビでは！」

「えッー奈緒も見たの？」

「そりゃあー見るわ！　あれだけニュースでやったんだから！　でも由夏、はっきり言ってあれはやばい！　カメラマンも上手いわ。コップになみなみ入ってるお酒を、こうぐぅぐぅぐぅっと飲み干してからコップを持った右手を突き上げて（オォッウォー！）なんて叫んでる。またあの笑顔が……」

「奈緒！　もうやめて！　お願い！　どうしよう！」

「どうしようったって、どうしようもないわ！　ほとぼりが冷めるまでは！　でも由夏、あれを見て、ファンになった人も少なからずいるよ」

「もおぅッー、奈緒ぉぅー、やめてぇー！」

由夏がこっちに歩いて来る。顔がちょっとおかしい、怒っている様な泣いている様な……。

「ちょっと、2人共、あっちに行くわよ！」と私と研雄さんの手を引っ張る。

「由夏ちゃん、どこ行くの？」

「やけ酒じゃあー。2人共ぉぅー一緒に飲めぇー！」「あぁぁぁッー！」

由夏は奈緒の電話のあと、いやいやながら、家に電話したらしい。すると波平さんが、（なんで今まで電話してこないんだ、なんで、今日は帰って来ないんだ。あの、あれは、なんだ。なんだあのざまは？）

「酷く怒られました。あんなに怒られたのは久し振りです……が、何はともあれ、大丈夫かって、可愛い娘の心配をまずするもんじゃないんですかねぇー。いきなりやられました」

「まぁー落ち付けや！　お父さんも心配されてたんだ。ところで由夏、お前連絡してなかったのか？」

「うん、電話はあったけど、出てなかった！」

「それじゃあーお前、このマンションに住むことも了解取ったって言ったの、あれ嘘か？」

「ありゃあぁー！」

参った。波平さんの気持ちもよくわかる、フォローのしようがない。

「代表ぉー私、明日、帰りたくない！」

「そんなわけにいかないぞ！　だいいち由夏ちゃんは悪い事なんかしてないよ！　ただ……返事をしないのと酔っ払ってはしゃぎ過ぎたがちょっとみっともないのと……嘘を吐いたのと……早いとこ謝っちゃった方がいいぞ！」

「だったら代表、この話が長引きそうだったら他の話に持って行ってよ！　得意じゃない話題に変えるの！　それと、一緒に謝って！」

「俺が一緒に謝るのか？」

「代表が言えば、お父さんも控えめに怒るから！」

「なんだ、俺はそういう役目か？」

由夏も可哀想だ。長い間、災害の準備をして来たし、避難も上手くいき表彰までしてもらえる働きをしたのに、あのテレビニュースのために一気に逆転してしまった。波平さんも、あのニュースで怒っているのだ。食事のリーダーの由美さんがやって来る。

「明日、早めに食材を買って、昼食から始めます。明日は土曜だから多いんですよ。アッー、それと由夏ちゃん、今調理出来る人の予定聞いてんだけど、火曜の朝と土曜の夜が空いてんだけど、由夏ちゃん、どぉう？　やってみてよ由夏ちゃん、料理出来るんでしょ！」

「はい！　じゃあ、そうします。あッー由美さん、これ当座のお金です」

「あッーはい！　ありがとう、都合が悪くなったら言ってくれたらいいからね！　私達も週に何回か休みたいからね！」

「火曜の朝と、土曜の夜だな！」と私。

「何よ！　そんな確認してぇ！　さては、その時、食べに来ないつもりだなぁー！」

「いやいや、そんな事は……ない……よ！　這ってでも行くよ！」

「何よ！　その言い方！　代表のだけ塩たっぷり入れてやるぅ！」


1週間振りの事務所だ。皆、心配してくれてたんだろう。浜野も吉村君も江口さんも福山さんも林さんもいる。

「なんで今日は土曜なのに仕事なの？　どうも仕事する気になれないなぁー！　休んじゃおうかな！」

今日は会社は休みなのだが、客が来る予定になっている。浜野達は何故今日、出て来ているのかは知らない。皆、集まって来る。災害の話を約1時間。それが終わると、それぞれの持場に帰って行く。私たちが体験したこの災害も1時間の話で終わるんだ。別に聞く人が悪いというわけではない。しかし終わってしまえばそんなものなのだ。浜野達3人を呼び、1週間の出来事、来客、電話などを聞く。

「病院も骨格が見えて来ました。この前代表が留守の時、会議に参加して来ました。皆さん心配されてましたよ！　病院は内容も詰まって来ています。プランもほとんど出来ている様です。それと、谷原さんが来られました、新聞記者みたいな人と。ニュースを見たんでしょうね。集会所には行けないから、今度マンションに寄らせてもらいますっておっしゃってました。後はこれに！」とメモを渡された。すごい量だ。

「堀江さん、日曜日の地区の1回目の会議の資料を作ってくれないか。私も纏めてみる。後ですり合わせよう！」

「わかりました」

「浜野さん、吉村君、今度の災害は、地区の事で、何も私が全部する事じゃないのだろうが、もう少し関わっていくつもりだ。堀江さんもそうだ。よろしく頼むよ！　それと、今度の事で堀江さんが人命救助で表彰される事になった」

「ひぇっ〜〜！」

「嘘でしょ！　堀江さんが……表彰！」

「おいおい！　あんたら！　その驚きようは何ですか？　どうも私の周りにいる男共は私に対する評価が低過ぎる。私の良さが何もわかっちゃいない！　残念だ！」

「僕はよくわかっていますよ！　由夏さんのすごいところ。あの飲みっぷりは流石だなぁーと思いましたし、飲み干した後のあの笑顔も見事でした」と、吉村君。

「おいおい！　そこはもういいんだ。もっと他にあるだろう〜エッ〜！」

久し振りに由夏の家に行く。その前に薄暗くなり始めたが私の家の現場に寄る事にする。一般道から進入路に入っても現場は見えない。進入路はだんだんと上って行き、頂上に来ると、やっと現場の明りが見える。今日は土曜のため、明かりは少ない。建物はすでに家の形に出来上がっている。辺りは暗いため、神秘的だ。

「代表ぉー、これは私の家より山奥ですね！　これはちょっと私、恐い！」

「いいじゃないか、俺が住むんだから！」

「でも、私の部屋もあるんだし！」

「恐いんなら、別にいいよ、使わなくても。キャンセルしてもいいぞ！」

「あぁー何か、嫌な言い方！　棘がある」

以前はまだ出来てなかったロータリーの所で車を止める。

「代表！　ここに座って！」とロータリーの中のベンチに座れと言う。ははぁー来たな！　私の両足の中に入り、片膝の上にお尻を乗せ、両腕を首に巻く。

「祐一朗、もっと優しくして！　久し振りだから、たっぷりね！」と唇を押し付ける。本当に久し振りだ。続けざまに押し付ける。

「ロータリーと進入路には外灯がたくさんあった方が……」

「そんな事は後で考えて！」と激しく唇を重ねる。

「あのね、由夏ちゃん、もうそろそろ作業の人が帰って来るぞ！」

「まだ、まだよ！」座っているお尻を持ち上げ前にとん、と立たせる。

「由夏ちゃん、堀江さん家にお土産を買ってから行こう。波平さんの好きな物買って行かないと恐いぞ！　今日は！」車に乗り込むと、まだ足りないのか、私に抱き付いて唇を押し付ける。

「さぁー行こうか！」「うん！」とり敢えず収まった。

久し振りの堀江家だ。確かに道路からの距離はこっちの方が近い。車庫に滑り込む。弥生さんが立っている。和服を着て背筋をぴんと伸ばし、一糸乱れない。弥生さんはダラッとして、お菓子をぼりぼり食べる事があるのだろうか……と由夏を見る。

「由夏ちゃん！」と弥生さんは抱き付いた。涙ぐんでいる。

「由夏ちゃん、大丈夫？　怪我してない？」

「うん、大丈夫、怪我もしてないし、元気だよ！」忘れていたわけではないだろうが、

「あッー土山様も大丈夫でしたか？」

「はい！　大丈夫です、何とか！」

　廊下を歩き出すと、由夏が帰って来た事に気付いたのだろう、真由美さんが駆けながら「由夏ぁー」。その後をちょっと前屈みで駆けてくる禿げ頭がまともに見える。目の前に来た時には、その頭に数本の残り少ない毛がしっかり見えた。両親を制して、

「お父さん、お母さん、私は大丈夫だから、あっち行こう！」と先頭で入って行く。

「代表！　ここに座って下さい。お父さんもお母さんも突っ立ってないで座って、弥生さんも！」

　由夏は続けて言おうとしたが私が少し早く、

「堀江さん、真由美さん、弥生さん、由夏さんを危険な事に巻き込んで、申しわけありませんでした。しかしお陰で私の地区の人も、一人の死傷者も出す事なく、世間では〝奇跡〟だと言っています。これも、由夏さんの思いが地区の人の行動を一つに出来たからじゃないかと思っています。由夏さんがいなかったら、もっと悲惨な事になっていたと思います。しかしこんな危険な目に遭わせたのは、私の責任です。どうか……」

「代表！　もうそんな謝る事はないですよ。こうして由夏も帰って来たんだから！」

「そう言って頂けるとありがたいです！」

「代表の所の災害を聞いた時はびっくりしました。テレビのニュースで由夏を見た時は安心しました。が、まぁ～次のニュースで見たことはまた後にして、ちょっと、ビデオ撮ってるから

見るか？　由夏！」

「ちょっと待って！　代表、先にお風呂に入って来たら。ゆっくり後でビデオは見ましょう！」

集中攻撃の気配がするので少しの間逃れる。時間が経てばこみ上げた怒りも少しは和らぐ。

「じゃあーそうさせて頂きます」由夏は脱衣場の窓を開け、

「わぁー、今日も月が綺麗。祐ちゃん、こっち来てぇ！」

と私の腕を引く。唇を何回となく重ねた後、

「祐ちゃん、今までは合格よ！　この後もよろしくね！」

再び唇を重ねる。由夏の頭越しに満月が大きい。

「じゃあー後で！」

手玉に取られている。まぁー心地好い手玉の取られ方だ。風呂から上がると、いつもの様に私の脱いだ物はなく、新しい下着、浴衣がある。リビングに行くと、いつもと変わらずお酒と料理が並んでいる。

「土山さん、もうやってますよ！　どうぞこちらへ！」弥生さんが酒を注いでくれる。

「しかし、土山さん、またこうして酒が飲めてるんだからいいとしましょうか！　それでも凄かったですね、ほとんどの家が流されちゃったんでしょ！」

「2軒だけ残りました。一番上流の私の家も残っていますが、もうだめですね。傾いてます！」

由夏が座ってお酌を始める。波平が親の威厳なのだろう。説教じみた事を言い始める。

「由夏、お前があんなに飲めるとは思わなんだ。しかしだなぁー、失態を晒しちゃあいかん！若い娘があの様は何だ！……がもう言わん……お前もわかってるだろうから……それじゃあビデオ、見るか？」由夏は波平からリモコンを取り上げ、

「私、もう何回も見た様な気がしてるの！　また今度、ゆっくり見るから！　で代表！　何か父に頼みたい事があるんでしょ！」

「ビデオ見てからでもいいけ……」由夏が膝をつねる。

（酔っ払わないうちに話した方がいいですよ！）

「……そうだな。堀江さん、今度由夏ちゃんがいない時に見せて頂きます。堀江さん、お願いというのは、……ちょっと長くなりますが、実は！」と話し出す。

「今度の災害で地区民、全員、被災しました。家も家財も全て失いました。失ったものは仕方ないのですが、今後、復興しなければなりません。もうこんな所に住めないという人もいますが、本当は今の土地で安心して暮らしたいのはわかっています。なので今後は皆安心出来る復興にしたいのですが、崩れた山をまた崩れない様にするのはもちろんですが、万一崩れても大丈夫な様に河川を移動させます。堤防も移動します。そして住宅地は堤防より高くします。それで安全は確保出来ますが、本当の復興は土地や家だけじゃないんです。やっぱり生き甲斐というか、心なんですよね！　そこで地区の人が皆、一緒に出来る事を考えたいのです。そこで、今度の計画では河替えをすると山の裾野に大きな土地が出来ます。そこは丘陵地というか、傾斜地になります。そこに崩れ防止の植栽をします。がこれは県や国の工事になりますが、その植栽を花木にする様にお願いします。それを地区民で維持・管理・収穫・出荷する様にします。地区の特産品にするつもりです。……が何を植えるか？　りんご・みかん・柿・桃・栗・梨……など多くの候補があります。そこで堀江さんにお願いしたいのは、堀江商事で扱っている果実の中で、これはという物を教えて頂きたいのです。果実の指導者がいらっしゃると聞いています。是非一度、話を聞きたいと思っています」

「土山さんの思いはよくわかりました。いい物は高くてあっという間に売れます。需要は多いです。品種もありますし、苗木の良し悪しも大きな問題です。ただ何を作るか、これが問題です。何人の方が常時携われるか？　繁忙期に何人集まるか？　これも大きな問題です」

「ありがとうございます。しかしまだ私の構想の段階ですので改めてお願いすると思います。私の思い付きだけで言っていますが、これは実現させるつもりです」

「土山さん、いい思い付きが出来るって事は、素晴らしい事だと思います。その思い付きがなければ次はありませんからね。それと果実の指導者はいいのがおります。ちょっと当たってみます。……それではビデオでも見ますか？」

「おっとっと！　それはだめです。男共は目を離すと何をするか……ビデオはもういいから2人共もっと食べて飲んで！　弥生さんが折角作ったんだから！」

「いただきましょう！　それより……堀江さん、真由美さん、弥生さん、実は土曜日の夜由夏さんが避難している地区の人のために夕食を作るんです」

「何だとぉッ！」「何ですって！」「ウッソォォー」

「……あのねぇー私も家族からこんなに言われるとは思いませんでした。きっと皆に美味しいって言わせます」

「と言っておりますので、堀江さん達も食べに来ませんか？　招待しますよ！」

弥生さんが席を立ち台所へ。真由美さんも、用もないのに席を立ち台所へ。堀江さんは、「えッーと、土曜の夜は、ちょっと遅くなるんじゃなかったかなぁー、それより！」

と話題を変える。明日は日曜である。

「代表、病院の事ですが、いい物が出来そうですね、基本のコンセプトもそうですが、思いが素晴らしい」由夏は手酌で飲んでいる。

「私のところも医療機器でお世話になる様です。あッー由夏、私は土曜の夜、会議だった。いけないいけどまた今度……」

「皆さん、わざわざ、用事を急に考えてもらわなくても結構ですよ。それより私、あのマンションに住む事になりましたので、よろしくぅー！」

「えッー何でだぁー！」「ウッソォォーォ！」

「代表！　私、家族にすっごく信用されてるって思ってたけど、訂正します」

波平が「由夏、そんな事ないよ。信頼してるよ、もちろん、例外はあるけど！」

「例外？　……たとえば？」

「まぁー料理の腕前……これは料理以前の問題、それに……」

「私も由夏の事、信頼してるよ本当に、例外はあるけど！」と、真由美さん。

「たとえば？」

「私も、もちろん信頼してますよ、由夏ちゃん！」と、弥生さん。

「酒癖の悪さ、お父さんそっくり、何を言い出すか！」

「例外はあるの？」

「うん、ちょっとだけ……由夏ちゃんの部屋、どうしてあんなになるのか？　汚いのか？　もう悲惨なんだから！」

「もういい！　もう寝る！　まったく、どいつもこいつも私の事わかってないんだから！　明日仕事なんだから代表も、もう寝たら！」

「明日は休みです。由夏ちゃん、明日の料理、頑張ってね！」「…………」

どうも怒っている。ちょっと言い過ぎた。家族も家族だ、あそこまで言わなくても……重苦しい雰囲気だが……いい事を思い出す。

「皆さん、もう一つ報告があります。いいですか？　何と由夏ちゃんが今回の災害に貢献したという事で、警察から表彰される事になりました。市の方からも人命救助の表彰をしてくれるそうです」

「へぇーそれは！」「由夏ちゃんすごい！」「おめでとう！」

「由夏は前から人命救助で表彰されるって言ってたからなぁー！」

「えッーそんな事、言ってた？」

「言ってたよ！　19歳の時だったかな！」

「そうだったかなぁー。まぁーこれも代表の代わりみたいなもんだから！」

「由夏ちゃん、そんな事ないよ。地区の人は皆、表彰されるんだったら由夏ちゃんだって思ってるよ！」

「あッーでも、あのニュース、あの大酒飲みの女が表彰されるんだって皆に言われそう……代表、この表彰断わってもいいですか？」

「もうだめだよ！　いいじゃないか、人が何言っても！　大酒飲みの女って言われても由夏ちゃんは大酒飲みの女なんだから！」

「もおうー何よ！　大酒飲み、大酒飲って言うな！　このやろう！」

火に油を注いだだけだった。

昨夜、由夏は来なかった。皆から言われ怒っていたのと、今日の夕食を作る事が何か影響しているのか、また今日の地区の会議の資料作りもあるし、〈株〉のリスト作りもある。起きて茶ノ間に行く。いつも弥生さんがいるのだが、今日は由夏がいる。今日は土曜日だ。

「眠れましたか？　代表、昨夜はよく寝てらしたわよ！」（来ていたのだ）

「うん、よく寝れたよ！」

「今日は私が給仕します」

「それはどうもありがとう！」

「何か不安そうなので言っておきますが、朝食を作ったのは弥生さんですからね！」

「あぁーそれは……いつも悪いねぇー弥生さんには！」

「安心した？」

「えッーそんな事ないよ！」

「安心したのね、顔に書いてあるわ！」

「へぇーそうなの？」と顔を撫でる。

　怒ってはいるが冗談っぽく言っている。波平さんからきつく叱られるだろうと思っていたのだが意外とあっさりしていたので、少しは気が楽になったのだろう。ただし波平さんがあまり怒らなかったのは、波平さんも言いたくはなかったのか？　半分は諦めの心境だったのか？しかし、弥生さんを通じて（当分の間は禁酒するように）とお達しを受けたらしい。

「ところで由夏ちゃん、休みのとこ悪いんだけど今晩の会議の資料、頼むよ！」

「わかっております。私は秘書ですから、休みも何もありません、昨夜、作りました。会議の前に3人で打合せするんですね、その時、説明します」

「はい！　ありがとうございます」

マンションに戻ると、皆のんびりしている。研雄さんがエレベーターから出てくる。

「おぅー祐ちゃん、今、屋上の畑見て来たんだけど、広いなぁー。作りたい人も結構いるだろうよ！　それより祐ちゃん……もう帰ったのかなぁー、谷原さんが来てたよ！　記者連れて！」

「へぇー、でもなんで証券会社の人が記者を？」

研雄さんが言うには、祐ちゃんや由夏ちゃんが映っているのを谷原が友人の記者と飲んでる時にテレビニュースで見たらしい。そしたらその記者が興味を持って、取材したいと言い出した。何で取材したいかというと、家も流され、何とか生き延びた避難生活で何故あれだけ陽気に飲んで歌えるのか？　そのすごさを確かめたいらしい。

「今日も皆にインタビューしてたよ。以前の事からずっと聞いてたよ。また来るって！」

嫌な感じがする。谷原が来るとろくな事がない。

昼前に由夏がやって来る。一緒に食事をした後、小会議室に入る。

「私、2時から買い出しに行きますので、それまでに終わりたいと思います。これが資料です」

さすがにちゃんと纏めている。まず、このマンションでのルール。復興の4つの提案の今現在の内容、全国からの支援金の使い方、等々。

「以上が今日の議題です。研雄さん、今日は大まかな方向性が決まればいい。一つに纏めようと思わなくてもいいと思います」

「自然と纏まってくる。河替えの後の傾斜地の件も言ってほしい！」と、私。

「わかった。でも話は俺がするの？」と、研雄さん。

「私が途中で説明に入ります。研雄さんが終わったら言って！」と、由夏。

「助かるよ由夏ちゃん！」

「それでは私は今晩の件がありますので、これで！」そっちの方が心配らしい。

「由夏ちゃん、腕の見せどころだよ！　こないだのニュースの汚名を返上しなきゃあな！」

「そうね、私が料理してるとこ、取材に来てくれないかしら。それと皆、美味しいって言ってるとこ。そこんとこ映してほしいわ！」「………」

夕食は私の家族と由夏と同じテーブルで食べる。千賀子が、

「由夏ちゃん、よく出来てるよ、美味しいよ。この味はなかなか出ないよ。でも人参や大根の大きさがずいぶん違うなぁー」

「うーん、まぁーいける！」と私。

「もっとちゃんと言いなさいよ！」隣のテーブルの研雄さんも、

「由夏ちゃん、美味しいよ！　これなら嫁に行ける！」

「ところで、由夏ちゃん、今日の料理、何作ったの？」

「えッえーと、まず、たまねぎとネギと人参切って、大根切って、玉子を溶いて、鶏肉を切りました。お米を洗って、豚汁を混ぜました」

「……まぁー、鶏肉が切れたら大したもんだ！」

「由夏ちゃん、今日の会議、男でも料理に参加出来る人募ってみたら？　俺も由夏ちゃんの話聞いてたら、何か出来そうな気がして来た」

「ちょっと研雄さん。それって、私に出来るんだから誰にでも出来るって聞こえるけど！」

「えッー、あれえー！」

第1回会議は、全区民が出席した。全員がマンションに住んでいるのが幸いしている。研雄さんの短い挨拶の後、由夏に代わる。

「復興の4つの提案の内容は後で説明しますが、進む方向性、選択肢は間違っていないと思います。明後日の市との協議にもよりますが、少しずつでも進んで行きたいと思います。

まず、被災証明は全戸に出ます。各戸にいくらかの支援金が支払われます。それと全国からの支援金がたくさん集まっています。まだ増えています。この支援金は基本的には、区で使い方を考えたらいいと思いますが、市の考え方も確認します。これからの交渉次第です。尚、市との交渉は、研雄さんと哲ちゃんと私とで行いたいと思います。それでは4つの提案です。この前の通りなんですが、もう一度、説明します。あくまでも参考です。

①は現状復旧しここで家を建て住み続ける。②は各個人で別の土地を探し分散する又娘さんや息子さん、親戚を頼って出て行く場合③は集団移転、④は現状復旧＋安全確保

①の場合は現状と言っても又簡単に崩れる堤防では困りますし、崩れた山もしっかりと崩れ防止は行います。確かに期間は短いですが、不安が残ります。②③の場合はこの地区から出ると言う事ですので残った土地をどうするかという問題と②の場合は区民が離れるという事です。③は今候補地を探しています。④は③ではどうしても不安が残る事を考え、河川を今の堤防から住宅地側に移動します。住宅地は堤防より約1m高く盛り土をします。又万が一山が崩れる事があっても住宅地には影響がない様にします。大まかですが以上の4つです。④の計画は近日中に出来ると思いますので次回の会議には見てもらえると思います。又①②との組合せ、②④の組合せ又他にもあるかも知れませんが進んで行くしかありません。質問をお聞きします」

「①～④の費用はどうなんだ？」

「これもはっきりとは言えませんが、①の復旧は市や県の工事となり家は自己資金＋被災金となります。②は主に自己資金と被災金、③は市や県の補助金も少しはありますが自己資金です。④は工事部分は市や県にお願いするとして家の方は自己資金＋被災金です。しかしどこまでやってくれるか交渉次第です。又全国からの支援金もありますが、この使い道は未定です」

「ここのマンション代、光熱費、レンタカー代などはどうなんだ？」

「これはまた市との交渉となりますが、不足する分は土山さんがいいと言っているので甘えたいと思います。それと今、3人の方に送迎や病院や買物の送迎をやってもらっていますし、女性3人のリーダー中心に食事を作って頂いております。この方達にも時給ですが支払います。勤務されている方だけに給料が入るんじゃなく、送迎も調理も仕事ですから。また送迎や調理に参加して頂ける方を募集しておりますので、よろしく。尚、男性でも調理をやってみたい方はどんどん参加して下さい。それと皆さん、ご存じだと思いますが、屋上に畑があります。やりたい方は明夫さんに言って下さい。屋上の倉庫に道具や肥料も多少あります。また必要な種・苗は明夫さんに言って下さい。出来た野菜は各家庭で食べてもいいですし、ここの食堂で買取りもします」

「何か他に？」と研雄さん。その後、食事のメニューやマンションの生活のルール、などを決め、次回の会議は来週の土曜、緊急の場合は掲示板に書く事などが決まった。

「それと今回の災害のビデオ、写真は鈴木さんがたくさん撮っていますので、リビングに置いておきます。ご自由にご覧になってください」

「由夏ちゃんが出てる、あのテレビニュースのビデオもあるのか？」

「もうとっくに処分しました。はい！」すると鈴木さんが、

「すみません、一言。ホールから全室に館内放送が出来ますので。えッーそれから、あの例の由夏さんのビデオ、本当はまだありますよ！」「えぇ〜〜！」

「由夏、谷原が今回の事、調べてるって言ったよなぁー」

「そう！　記者とカメラマンもいたわよ！　私も見ました。向こうが気が付いてなかったので、声もかけてません。もう何回も来て、皆に聞いてるらしいです」

「何故、証券会社の彼がこんな事調べているのかわかるだろう？」

「そうね！　記者とカメラマンは本当にこの災害の事だけ調べてます。ただあの人は、まぁー少しの間、ほっときましょう」

「あいつは俺の事を疑っている。勘のいい奴だ。本当の事だから疑われても仕方がないのだが、今回は俺も証拠を残したかも知れない。あいつはいずれ、俺達の能力を確信するだろう。しかし奴が記事にしたところで誰も信じる者はいない。だから奴は墓穴を掘るだけなんだが……」

「祐一朗、谷原に会いましょうよ！　そして、今まで我々の要望を無視し続けた市の事、曖昧な返事でごまかして来た市の対応を記事にしてもらうのよ！　祐一朗の能力の事は、谷原の対応を見て考えたらいいわ。谷原を呼ぶわよ！」由夏はビールを飲みながら電話をかける。

「谷原さんですか！　私、土山の秘書の堀江です。何度も来て頂いているのに、土山が留守をしていまして申しわけありません！　今度、来られる時にお会いしたいと言っておりますので、連絡頂ければと思います」

「由夏さん、嫌われてるのに連絡ありがとうございます。明日はどうですか？　出来たら午前10時では？」

「わかりました。10時ですね、お待ちしています。仮事務所の方にお願いします。谷原さん、明日は日曜ですよ！」

「私は大丈夫です。あッ、由夏さんは大丈夫ですか？　代表も！」

「それはかまいませんよ！」

「代表！　明日の10時です。あっちに来ます！」ビール缶がたくさん空いている。

「由夏ちゃん、そう言えばこの間、お父さんから言われたこと（当分の間は禁酒）覚えてる？」

「はい！　よく覚えてますよ！　禁酒しましたよ！　長い間！　もうずっと前の事なのに！」

「あぁー……そぉう……」

日曜日でも皆、朝は早い。皆、年を取ったのだろう。朝食前に屋上に上がってみる。5、6人いる。明夫さんが指差しながら喋っている。

「おぉう祐ちゃん、道具を2、3買いたいんだがいいかな？」

「必要な物は何でも買って下さい。明夫さんの判断で。それと、軽トラを常時、借りておいたらどうですか？」

「それもそうだな！」屋上の畑は名案だった。する事がない老人達にはもってこいだ。

「千賀子、俺、今日は来客があるから、朝ご飯食べたら事務所に行くから」「あッーそぉう」

千賀子は私の事業にはまったく興味がない。最近は友達と趣味に走っている。食事も作らなくてもいいし、マンション生活もエンジョイしている。由夏が朝食を取っている。ゆっくりと中に何が入っているのか確認しながら食べている。

「おい！　そんな食べ方してたら美味しくないだろ！」

「今度、私、火曜の朝の当番なんです！」

由美さんが（出来たよっ）って呼ぶ。ここは皆、自分で取りに行く。

「おはよう！　祐ちゃん。ところで、今度、火曜の朝、幸ちゃんと敏子さんもだめなのよ。由夏ちゃんに頼んでるんだけどねぇ」由夏では頼りないのだろうか？

「祐ちゃん、朝ご飯作ってみない？」

「えッえぇー、俺?!」遠くのテーブルで聞いていたのか由夏が、

「ワァオォー〜祐ちゃん、一緒に作ろうよ！」

「ムリムリムリ！」

「祐ちゃん、大丈夫、私が教えてあげるから！」

「えッー由夏ちゃんに教えてもらうの？」

「じゃあー頼んだよ、朝5時からでいいよ！」

「へぇ〜〜ゴジ！」

「祐ちゃん、頑張ってね。そうだ、私がエプロンプレゼントしてあげる。今日買いに行こう?」

……朝からどっしり疲れた。

由夏と一緒に事務所に向かう。新事務所近くの大木の枝が静かに揺れている。紅葉も少しずつ進み、秋も深まっている。風が優しい。日曜なので事務所は誰もいない。

「代表！　コーヒー飲む？」

二人の時はいつもため口である。いや仕事以外の時もそうだ。いや仕事の時もそうだった。

コーヒーをテーブルに置くと窓際に走る。

「祐ちゃん、こっち来て、見て！」大木の枝の中から溢れる光が地面に咲く草花を照らす。

「きれいね！」と私の片腕を掴み、体を擦り寄せる。

「こっち向いて、しゃがんで！」唇を押し付ける。2度、3度。

「祐ちゃん、もっと気持ちを込めて！」（どうしたらいいのだ）

「谷原の事は、上手くやるから、私に任せて！」

再び唇を重ねてから体を離した由夏は、とっとと給湯室に行く。谷原に出すお茶と茶菓子を用意している。男が2人来た気配がする。カメラマンを連れて来ているのだ。

「土山さん、由夏さん、ご無沙汰しています。大変な目に遭われましたね、お電話を頂きましてありがとうございます。私には会いたくはないのかと思ってましたが……」

カメラマンはカシャ、カシャとシャッターを押し続ける。

「谷原さん、久し振りです。おっしゃる通り、会いたくないんですが、何回も来て頂いていて申しわけないと思いまして」

「いやぁー、私が勝手に来ているだけで……。ここはマンションにも近いし、地区の皆さんの事も気が配れるし、利便性がいいから地区の皆さんも生活しやすそうですね」

「こういう風に使う事になるとは思っていませんでしたが、ちょうど良かったです」

「由夏さんも大変でしたね。ニュース見ましたよ！　いつも可愛いらしくて」

「よく言われます！」カメラマンが小声で（例の女か？）と訊くと、谷原が小さく頷く。由夏も微かに微笑んで、

「例の女の堀江です。よろしく。どうぞこちらへ！」

「さっそくですが、土山さん、こんどの災害、ニュースで見ました。この男と一緒に飲んでた

時に。この男は○○出版の片山です」

「カメラマンの方かと思いました」

「今日はカメラマン兼務です。何せ、人手不足なもので」

「彼が興味を持ちましてねぇー。これだけの家が流されて、一人の死者も出さず、全員が避難出来たのか？　犬や猫まで！」

「インコもハムスターもです！」

「……私はニュースに出ていた堀江さんと代表を見て、これはこの２人の仕業だなと直感しました」由夏が噛み付く。元々谷原の事は嫌いなのだ。

「何言いたいんですか？　仕業だなんて、人聞きの悪い！」

「すみません、いい意味で言ったつもりなんですが……」

「いい意味には聞こえません！」

「それでは謝ります。それで聞きたいのは、どうして全員避難出来たのか？　前もってどうして災害の日に避難訓練の予定が出来たのか？　他にももっと肝心の事もあるんですが……」

「谷原さん、そんな事はもう皆から取材したんでは？　まだ何か取材しきれていないことがあるんですか？」

「おっしゃる通り取材は出来ています。あとは……これをどう土山さんに結び付けるか……それだけです」

「何か、奥歯に挟まった様な言い方ですが、それは谷原さんの仕業ですね。今日お呼びしたのは、もし片山さんが記事にされるなら、本当の事を書いてもらいたいのです。何故、こんな避難をしなくてはいけなかったのか、その事は聞いておられると思いますが、危険な事はわかっているのに、市の対応があまりにも悪く、山が崩れる前兆があってものらりくらりと話にならない。是非その対応の悪さも記事にして下さい。それをお願いしたいのです」

「そうですか、そんなに悪かったのですね」由夏が吠え出す。

「そうなんです。あの崩れた山は最近、土砂が少しずつ流れて道を塞いだり、山に登った人が大きな割れ目を見付けたりで……市にも数えきれないほど行きましたがなかなか取り合ってくれない。私も何回も行きました。担当者も私が可愛いから話は聞いてくれるんですが！」

「ハァァ～」

「聞いてはくれるんですが、後はのらりくらりと動きません、あれは自然災害もありますが人災です。そこのところを特に強調しておいて下さい！」

「なるほどよーくわかりました。災害と訓練の日が重なったのはラッキーでしたね。市の対応の悪いところは特にしっかり書いておきます。由夏さんが可愛いってとこはどうします？」

「はい！　それはいいです。皆、わかってますので！」「…………」「…………」

「谷原さんも大変ですね。証券マンがこんな災害に首を突っ込むなんて！」

「そうなんですよ。担当のお客さんから恐れられちゃいます。ハァハァハァーそれより、あのマンション、ちょうど地区の避難用に作った様なものですね、本当、ぴったりですよね！」

「そうです、ちょうど良かった！」

「土山さん、株は相変わらず活発にやってられますね、もう土山さんに敵う者はいませんよ！それに、避難中もされてたんですね！」

「いやぁーまだまだですよ！　谷原さんこれからもよろしくお願いしますよ！」

谷原も私を疑っているものの、私の何を疑っているのか、何でこんな株取引が出来るのか、本人もわかっていない。ただ不思議なだけなのだ。だからいろんな情報を集めて、自分なりに納得させたいだけなのだ。

「由夏さん、今度来る時は、お酒プレゼントしますよ！」

「もう来なくていいです。市のところはちゃんと書いて下さいね」

玄関まで送る。すると谷原はドアの前で振り向き、

「土山さん、一つ聞いてもいいですか？」

「……何でしょう？」

「あの時、鈴木さんという方があの決壊した堤防で、写真を撮ってたんですよね！　その時土山さんは、助けに行く様に指示した。その時、なんて言ったか覚えてますか？」

「あの時……確か……俺の車で行けって他にも……」

「その時、土山さんは（後9分だ、急げ！）って言ったんですよ！　あの9分は何の9分だったんですかねぇー……土山さん、また、一緒に飲みたいですね！」「…………」

「また誘って下さいよ！　また来ます！」

「何よ！　あいつ、煮え切らないやつね。ちょっと男前だと思って、私、あんなの大嫌い……まだ、こっちのぼぉうっとした顔の方が大好き！」「……ハァ……！」

外に出る。今日は由夏が私にエプロンを買ってくれるという。

「祐ちゃん、買いに行くよ！　ちょっと遠いけど！」

（何で遠いのだ？……また神戸に行くつもりだな！）

谷原はもうすでに気付いている。私が何かしらの能力を持っているのではないかと。今度の災害の事もそうだし、もちろん〈株〉の取引の事もそうだ。証拠があるわけではないし、確信

までには至っていない。だが彼は近く確信するだろう。その時私はどう対応するべきか？　まぁー出方を見るしかない。由夏は私が少なからず動揺しているのを気付いている。私も由夏が気遣っているのがわかる。少しでも陽気に振舞おうとしているのもわかるが、空回りしている。

　ホテルで遅い昼食を食べる。

「由夏ちゃん、出ようか、エプロン買ってくれるんだろ？」

「そうよ！　でもね、ちょっと、こっち！」

　エレベーターに誘う。最上階の部屋だ。前と同じだ。とっても見晴らしのいい見覚えのある景色だ。由夏は窓際に走り、

「祐ちゃん、見て！」と呼ぶ。由夏の横に立ち、カーテンを全開にする。由夏は私の腕に腕を絡ませ、窓と私の間に入り込む。

「祐ちゃん、ちゃんとしてね！」

　唇を合わせる。由夏の頭越しに海が広がる。西から南向きに半島が延びている。海が太陽の光に照らされ、ぎらぎら光っている。

「祐ちゃん、もっとちゃんとして！」ちゃんと唇を合わせる。

「あっちに行こう！」と私の手を引きベッドに誘う。

「祐ちゃん、もう元気になった？」

「俺はいつも元気だよ！」

「嘘ぉう！　今日は元気じゃなかったよ！　でも大丈夫、私が守ってあげる」と唇を重ねる。

「由夏ちゃんが守ってくれるのか？」

「あら?!　私じゃぁ不満！」

「いえいえ、大船に乗ったつもりで安心してます」

「何か嘘っぽいのよね、その言い方！」

「それより由夏、今思ったんだけど……」

「谷原の事？」

「そう、あいつは俺の事を、俺の能力の事を確信するだろう。あいつは、今度の災害の事なんか関係なく、俺の事だけを調べている。証券マンのくせに、記者紛いの事をして……まぁーそれはいい。俺は、今度またあいつが言ってきたら、本当の事を言ってしまいそうな気がする。俺は何も悪い事をしているわけじゃないし、これからもやりたい事もたくさんある。あいつの言う事に動揺したり、嘘を吐く事がバカバカしくなった。彼に関わっている暇はないんだ……ただ一つ、気になる事がある」

「それは、祐ちゃんが自分の能力の事を第三者に打ち明けた場合……どうなるのか？」

「そうだ。能力がなくなってしまうのか、何も変わらないのか、由夏にもそれはわからないんだろ？」

「私にもわからない。ただ谷原は私にも能力のある事は知らないはずよ！　だから……谷原は明日も来るわよ！　市との協議の取材に！」

「わかってる！」

「祐ちゃん、祐ちゃんは必ず私が守るから！」と私に抱き付き、私の胸に顔を埋めた。

　翌朝、谷原から電話が入る。

「今日はいつでもいいから来る時間を聞いてくれ。それと一人で来る様にって言ってくれ！」

10時に来るという返事である。

「代表！　今日の午後は病院の定例会議ですよ！　前の週も出てないし！」と、浜野。

「代表！　病院の定例会議の後、山下さんから地区の復興のプランの説明があります。午後はいっぱいです。だからいつでもいいというのは大きな間違いです」

「はい！　以後気を付けます。ところで吉村君、新規事業の方は進んでいますか？」

「はい！　児童養護施設その他の認可も取れました。虐待児の施設と貧困児の施設も進んでいます。あとは各施設の職員の募集です。副代表にもお願いしております」

「吉村君、もう一つ仕事を増やしますが、今支援している障害者の中にも、生活困難者が多い。その住居を作りたい。平屋で10世帯が住む建物を6～8棟作りたい。高浜先生に土地をお願いしておくし、建物は今日、山下さんにお願いしておきます」

「わかりました。どういう内容の施設なのかはまた教えて下さい」

「堀江さん、1時間ほど時間があるので、ちょっと見に行きたい所があるんだが、君はどうする？」

「私、秘書ですからご一緒します」

（そうでした、秘書でしたね、主かと思いました）と浜野は小声のつもりが、

（あのやろう～）由夏にはちゃんと聞こえている。

「代表、どこ行くんですか？　私の車で！」

「家！」

「家って、今建ててる家？　2～3日前に行きましたよ！」

「そうなんだが、鈴木さんが言ってただろ。あの家から奥に入った所に池があって、すっごく

見晴らしのいい場所があるって！　だけどそこまでの道がガタガタで泥道らしい。だからこの車で……いやいや、是非見ておき……」

「代表ぉう～、だから私の車で行くんですねぇー……最低ぇー！」

「まぁー由夏ちゃん、聞いて。出来たらその池から家の方に水を引けるらしいんだ。だからちょっと見ておきたいんだ」

「いやだぁー、そんな奥の池、行かない！」

「大丈夫、何も出てこないよ！　いや何か出て来るかな？」

（ギャアー！）

「おい、手を離すな！」

ロータリーを抜けて、家の方に曲がらずに真っすぐ進む。進むにつれ道が狭くなってくる。左右の木や草が道に突き出ている。それを車で押しながら進む。

「代表ぉうーもうダメ！　帰る！」

「もうちょっとだ！」

道はガタガタでぬかるんでいるが、車のタイヤ痕がある。大木の枝が道に垂れ下がっている。

「代表ぉう～もう～ダメぇー」暗くなってくる。ライトを点けないと前が暗い。

「代表ぉうー私、もう限界！　一人で行って！」

「わかった、じゃあ一人で行く！」

「待って！　行くわよ！　行けばいいんでしょ！」

「おい！　あそこ！　明るくなってるぞ！」何とか着いたようだ。

「わぁッーきれい」

意外と大きい。池というより湖だ。空は青く太陽が水面を照らしている。水面には青空も枝一本一本がきれいに映っている。鳥もいる。見事だ。人間の創ったものじゃない。自然はこんな絶景を創る能力を持っている。湖の半周は峯になっている。登ってみる。

「由夏、こっち！」私は一度下り、由夏の手を引いてまた登る。

「わぁーすごい！」

前方に広がる景色は、大きな岩肌が見事な造形を造り上げ、その間から遠くに町並が見える。

「祐ちゃん、ここ……とってもいい！」由夏は繋いだ手を引き寄せ、両腕を首に巻く。

「祐ちゃん、とってもきれいなとこだから、ちゃんとしてね！」唇を押し付ける。

「いい所だな！　でもこのままがいいな。あまり触らずにこのままで……ガタガタの道とあの泥を何とかしたら……」

「あッー思い出した。祐ちゃん。私の車、ちゃんと洗ってよ！　いいね！」

午前10時前に何とか事務所に帰る。谷原はまだ来ていない。靴は泥々、ズボンも泥が付いているし少し破れている。由夏もヒールが擦れて色が落ちているし、ストッキングも破れている。髪も乱れ、蜘蛛の巣が付いている。

「代表、頭の後ろ、ぼさぼさ、あっ、ここ、シャツ破れてる」

お互いを見ながら笑った。そこへ谷原がやって来る。

「2人共、どうしたんですか？　何してたんですか？」浜野もやって来る。

「何ですか、その恰好は？　谷原さん、すみません、こちらへどうぞ。少しお待ち下さい。2人共、こっち来て、早く着替えて！」

「えッー私、着替えは持ってない。代表、あるの？」

「あぁー私はあるよ！　君もあるじゃないか、ジョギング用のやつ。毎日やるって言ってて、1日で終わったやつ！」

「あぁーあるわ、あれは、これからやるのよ！　まあ仕方ない、あれにするか、うーん、でも代表、病院の会議の前にお店に寄って！」

「マンションに寄ったらいいじゃないか？」

「店の方がいいの！　靴も服もだし、スーツにしようかな。……あんな山奥に誘ったの代表だし、こんな事になったのも代表の責任だし……！」

「由夏ちゃん、よく似合ってるよ！　それでいいんじゃないの。そうだ、毎日、マンションからここまでジョギングして来たらどぉう？　一石二鳥だ！」

「………」

「まぁーどっちでもいいので、早く着替えちゃって下さい！」と、浜野。

「谷原さんすみません、お待たせしました。今日は一人で来て頂いて、片山さんも悪い方じゃないと思うんですが、近くで写真を撮られたり、勝手にどんどん奥に入って行ったり、皆の評判も悪いんです。今日は遠慮して頂きました」

「すみません、変なの連れて来まして！　では、本題に入らせて頂いていいですか？」

「手短に。尋問受けてる様ですので！」

「あの日……」と谷原が質問を始める。

「皆さんを避難させたのは、偶然な事でまぁーいいでしょう。またあの集会所が避難用そのものの造りである事も、まあいいでしょう。全員での5日分の食材、衣類、水なども用意していたのも、まぁー準備のいい事だと思います。それとそのマンションも、地区民が入れる様にまた家族数に合った部屋が出来てる事、団体生活を考えて大食堂があったり、娯楽室があったり、会議室、カラオケルームもある。屋上の畑にはびっくりしました。あんなマンションは他にはないでしょう」

「谷原さん、それで？」

「私が一番知りたいのは、代表が鈴木さんを助けに行かせた。時間を聞いて、自分の時計も確認して、人選も方法も適確だった。そして代表は言ったんです。（後、9分だ！）って……あの9分という時間は何だったんでしょうか？」

「……あれはねぇー、あれは谷原さん、山が崩れ始めるまでの時間なんですよ！　正確には9分26秒だったんですがね！　ちょうど鈴木さんのいる所が一番危険な場所だった。9分あれば十分助けられる時間だった。それだけですよ！　谷原さん！」

「……何かあっけなく喋ってしまいましたねぇー。

「谷原さん、私は嘘を吐くのが下手でねぇ！」嘘を吐くとろくな事がない。だから正直に話すのが一番気楽でいい」由夏が横から口を挟む。

「でも、私にはよく嘘を吐きます。すぐにわかりますけどね！」

「代表、その9分後に山が崩れ始めるのが何故わかったのか？　それは本当に……本当に代表の能力なんですか？　株もそうなんですか？」

「あぁーそうですよ！　災害が来る事がわかっていたから避難所を作り、何とか全員を避難させる事が出来た。災害の後も皆が住める様にとマンションを作った。株で大金を稼いだのも、困っている人を少しでも支援したい、助けたいと思って稼いだんです。……これからも地区の復興もありますし、支援ももっと拡げて行くつもりです。ところで谷原さん、実は午後、病院の開設の会議に出席しなくちゃならない。ところがこの堀江さんがこのままの格好じゃいけないと言うもので、会議の前に洋服や靴を買いに行けと言うし……まぁーそれはいいんですが、ただそうすると、昼ご飯を食べる時間がないんです。堀江さんにそう伝えると、（今日は昼抜きにしろ！）って言うんですよ！」

「そんな言い方はしてません。内容は合ってますけど……ただ、こうなったのは代表の責任だと！」

「そこで谷原さん、よければ今から食事をしながら話をしませんか？　この事務所では、林さんという方が昼食を作ってくれています。どうですか？　ちょっとお昼には早いですが」

「遠慮なく頂きます。マンションでも皆さんの分を作られてるんですよね」

「そうです。評判いいですよ。そうそう、この前の土曜の朝食は、なんとこの堀江さんも作ったんですよ！」

「へぇー堀江さんが。堀江さんも飲むだけじゃなくて料理も出来るんだ、それで堀江さんの料理の評判はどうだったんですか？」

「あぁー堀江さん、ちょっと林さんに食事頼んで来てくれないか、3人分、ここに！」

「はい！　わかりました。それで代表、評判はどうかって聞いてらっしゃいますよ！」

「堀江さん、先に頼んで来て！」由夏はいやいや席を立つ。

「谷原さん、内緒ですが……誉めれば図に乗るし、貶そうものなら後が大変で……」

由夏が帰って来た時には話題が変わっている。すぐに食事が運ばれて来る。

「わぁー美味しそうだ、頂きます！」由夏は一口、口に入れてから、

「代表、さっきの話の続きですが、私の朝食作りの話ですか？」

「いいえ、代表の例の話です。代表、さっきの話、記事にしてもいいんですか？」

「あぁーそれは、あなたの自由だ。誰にも止める事は出来ないですよ！　ですが、私に了解を求めるのなら話は違いますよ！」「…………」

「了解を求めるのなら私は、承諾しませんよ！　私の承諾がなければ記事にしないんですか？　そんな考えなら、あなたに記事を発表する資格はない。片山さんだったら別ですよ！　あの人は記者だ。あの人なら事件を求めて、スクープを求めて、いざ掴んだものを発表しないはずがない。それは片山さんの記者としての使命だ。あなたはどうだ。私への疑いがあるのは私も知っていたし、私への疑いを追及したい気持ちはわかる。ただそれは、あなたの欲求を満足させているだけだ。私も忙しい。あなたの欲求に付き合う暇もない。だからあなたに本当の事を言った。あなたはもうそれで満足するんだろう？　あなたには本当にお世話になった。だから私も言いたくはない事も言った。私はこれからも困った人を支援したいし、災害に遭った人も助けたい。発表されればまた次々と記者やテレビのリポーターがやって来る。私はそんな者を相手にする暇もなければ、話をする気もない。だいいち、確証もなければ証明のしようもない。聞く人も心から信用する人もいない。そうすれば、あなたも私も奇異に映る。嘘吐き呼ばわりされる。ましてあなたは証券マンだ。あなたを信用する人はやがていなくなる。私は前にもあなたに言った事がある。突き詰めて真実を探し出さない方がいい事もある。曖昧な方がいい事もある。私の事を暴露して喜ぶ人がいるか？　あなたは証券マンとしていい才能を持っている。もっとそっちに力を注いでほしい。でも谷原さん、出す出さないはあなたの自由だから……」

「……ありがとうございます。少し頭を冷やして来ます。記事が出来たら持って来ます。市の対応の件はちゃんと書いておきます」

「そうして下さい！」

「……以前代表は、私にまた一緒に飲もうっておっしゃってましたね。私にその機会を下さい。お願いします」

「あぁーいいですよ！　ここに飲み会のプロがいます。若いのに熟練の域に達しています。近々この堀江さんが段取りしますよ」

「わかりました。さっそく段取りします。誉められてるのか貶されているのか、よくわかりませんが、私にお任せ下さい」

「あぁーそうだ。谷原さん、今度、由夏ちゃんが、例の件で警察から表彰されるんですよ！　その記事も出してやって下さい。写真付きで。由夏ちゃん、これで大酒飲みの汚名返上だ！」

「わかりました、やってみます。今日はありがとうございました。昼ご飯、とっても美味しかったです。今度は由夏さんの作ったものを、じっくり食べてみたいです」

「谷原さん、それなら、明日の夕食、由夏ちゃん作りますよ！　マンションで、谷原さんも是非どうぞ食べに来て下さい。５００円ですが！」

「谷原さん、是非来て下さい。そうだ谷原さん、表彰の記事と一緒に、この調理の話も記事にして下さい。そうしたら……汚名も……」帰り際、谷原は来ると言ったらしい。

「代表ぉうー明日来るって、どうしよう、何着よう！」

「……どうせエプロンしか映らねえよ！」

「代表ぉうー明日、昼から早退します！」

「ダメ！」

いろいろと難儀な事であるが、由夏の買物が終わった後、病院の会議に出席。災害以来、初の会議だ。人もずいぶん増えている。順調に進んでいる様だ。山地先生からも、医師や看護師の確保、連携する病院との決め事、医療機器導入の決定状況、他説明があり……解散。山下さんと鈴木さんに私の事務所まで来て頂くようお願いする。そこへ由夏が青年を連れて来る。

「代表、堀江です。堀江佳祐です。私の従兄で、堀江商事の社長です」

「堀江です。今回は声をかけて頂きありがとうございます」

「土山です。まだお若いのに！」

「29歳です。まだまだ未熟者です」

「いやいや、しっかりしていらっしゃる。由夏ちゃんの従兄とは思えない！」

「いや、そんな事ありませんよ！　由夏ちゃんこそ、若いのに、やり手ですよ。ちょっと予想外な事も多々ある様ですが！」

「どういう意味？」

「予想外の事ばかりです、今のところは」

「2人共、もうその辺にしておいた方が身のためですよ！」

「堀江さん、また私の事務所にも寄って下さい。由夏ちゃんの仕事っぷりも見てやって下さい。ねえ由夏ちゃん！」（そうね）

「あッーそうそう、由夏ちゃん、ニュース見たよ！　あれは見事な飲みっぷりだった。うちの会社でも絶賛だったよ。由夏ちゃんのお父さんは逃げてたけど……あぁー代表、すみません、大変だったんですね！」

「まぁー大変でした。でも由夏ちゃんもよくやってくれました」

「いやぁー参ったなぁー。伯父さんも伯母さんも見た？」

「しっかり見てたよ！　最初はびっくりして、笑って、そして笑顔が消えてた。そして、（あぁー～あ）って！」

「佳ちゃん、もういい。せっかく忘れかけてたのに！」

　事務所に帰ると、山下さんも鈴木さんも先に来て待っている。研雄さんも呼んでいたので、3人で雑談をしている。

「皆さん、お待ちですよ！　それと高浜先生が、住宅地の移転先の候補地を何件か持って来ておられます。説明は私が受けましたので、後で！」

「皆さん、すみません。堀江商事の社長を紹介して頂いておりました」

「あぁーあの会議にも出ておられた、あの方。由夏さんの従兄なんですね！」と、山下さん。

「はいそうです。父の弟の長男です」

「由夏ちゃんの従兄で社長……どんな人なんだろうね！」と、研雄さん。

「うん、そうだな、似ていると言えば似ている様な。でも、精悍で、キリッとしたイケメンでしっかりしているし、やり手なんだろうね！」咳をひとつしてから由夏が、

「代表！　今の言い方！　特に（でも）の使い方、少し棘があります」

「えッーそんなつもりは……」

「（でも）っていうのは、（でも）の前の部分を後の部分が否定した言葉になります。要するに、私は精悍でなくキリッとしていなくてイケメンみたいじゃないと言っています。まして、そん

なつもりじゃないのにそんな言葉が発せられるという事は、普段から代表は、私の事をそう思ってるという事です」

「なるほど！　明晰なご意見で痛み入ります。まあ、それはともかく！」すると研雄さんが、

「キリッとしてやり手だよ由夏ちゃんは！」

「ありがとう研雄さん、研雄さんだけよそんな事言ってくれるの私の周りで！」

「それでは説明に入りますがいいですか？　鈴木君！」

山下さんの説明（というより鈴木さんの計画）は要望通りだと言っていい。今の状況をちゃんと理解している。河替えの位置、住宅地の高さ、公園、グラウンド、田、畑、新たに出来る傾斜地、と新たに橋、要望は全て入っている。

「ここの傾斜地の上に崩れ防止の工事を行います。この傾斜地も勾配が緩いので問題はないと思いますが、植える果樹によって造成の方法が変わる可能性もありますが、それにも対応する事が出来る様にしてあります。集会所は今の集会所を使います。1階部分を地下に、そして上に2階を増築。これがですね、建てる前からこうなる様に出来ていまして、比較的安価で出来ます」

「集会所の横はグラウンドだと思うが、その横の空き地は？」と、研雄さん。

「ここの空き地は、果樹園の協同集荷場の建設予定地です。あくまでも案ですが、実際は果樹の種類、規模により集荷場の内容も大きさも大きく変わります。その辺のところを詰めて頂いたらと思います」

「期間、費用はどうですか？」

「すんなり行って1年半。ただ公共工事になる所と区での部分との絡みで何とも言えません」

「山下さん、今の計画をもう少し具体的に進めて下さい、果樹の種別は後日言います」

話も終わり、山下さんが立上がろうとした時、

「代表、あれ、お願いするんじゃないですか？」

「あッーそうそう！」

障害者の訓練、教育施設（支援学校）、障害者の宿泊、レクリエーション、スポーツ施設と児童養護施設はもうすでに着工している。新たにお願いする虐待児、貧困児の収容施設と障害者住居の説明をする。

「鈴木さん、また土地を見てもらいたいのです。それと、鈴木さん、あそこ、見て来ました。すごい、いい所ですね！」

「見てこられましたか？」

「まず、あの場所に行く道を何とかして下さい。今のままでは、いい車でもどろどろ……後はまた今度！」

「わかりました。私もあんな素晴らしい所は見た事がありません、是非やってみたいです」

4時過ぎ、由夏が、

「副代表！　今から早退したいのですが！」

「えッー何にぃー。堀江さん、どうしたの？　頭でもおかしいの？　それとも二日酔い？」

「言うんじゃなかった！　バカみたい！　代表には内緒でお願いします」

「俺に内緒で何だって？」

「堀江さんが、今日、早退したいんですって！」

「……おーい！　夕食の当番は仕事が終わってからでいいって言ってたぞ！　ははぁ～さては？　今日、撮影があるからか？」

「いえ！　そんな事は……いろいろと準備が！」

「堀江さん、またテレビニュースに出るんですか？　あんまり変な服着ちゃあだめですよ！

堀江さんはいざという時はいつも変な服なんだから！」と、浜野。

「もおぅ～う、私、情けない。こんな人達と一緒に仕事してたなんて、なんて良さがわからない人達なんでしょうね……あんたら、今度、落とし穴に落としてやるぅ……」

それで帰るのかと思いきや、

「代表、ちょっと話が！」と先に代表室に入って行く。

「代表、時間がないから手短に言うけど聞いて！　今日、谷原と片山が夕食に来るんだけど、私小料理屋、予約しました。片山は用があって来れないって言うんだけど、代表、谷原を誘って！　今日しかないの！　詳しい事はまた後で言うわ！　私、谷原に仕込みます！」

「えッー何だって?!　仕込む？」

「そう仕込むの！　今後もまだ谷原との付き合いは続くわ！　あいつに弱みを握られてるのって嫌でしょ！　もう今日しかないのよ！　谷原はまだ迷ってる。片山にも言ってないわ、いいわね！　とにかく谷原を誘って！」「…………」

「じゃあー私、帰るから！」

マンションに帰ると由夏と研雄さんがインタビューを受けている。ビデオカメラも回っている。由夏の服装を見て（プゥー）と吹き出しそうで、後ろを向いて我慢する。インタビューも終わって、私に気付いたのか、やって来る。

「代表！　インタビュー終わりました。疲れました。これから私達も夕食を頂きます。代表も一緒に！」私と由夏と谷原と片山、4人のテーブルになる。

「谷原さん、由夏ちゃんが変な事言ってたらカットして下さい。それと、ビデオと写真は出来るだけ遠目でお願いします」

「谷原さん、代表の言う事は、無視して下さい」

由美さんの声に皆、取りに行く。セルフだ。由夏が由美さんに呼び止められて厨房に入る。

「谷原さん、片山さん、食べましょう。由夏ちゃんが作ったからお勧めしていいものか不安なんですが。でもね、由夏ちゃんが作ったって言ってますが、あんまり大した事してません。野菜切ったり、皮むいたり、混ぜたり、よそったり、だから安心して食べて下さい」

「代表、ここの人達は皆、生き生きしてますね、あぁー美味しい！」

「そう見えますか？　でも悲しいんですよ皆！　悲しい素振りを見せると皆に悪いと思って、明るく振舞ってるんです。お互いにそれがわかってるんですよ！」

「そうなんですか？　そうでしょうね、皆、家も流され、何も残ってないんですものねぇー！」

「谷原さん、もし今日これからの予定がなければ、先日、また飲む機会をって言ってらしたのですが、急なんですが、今からどうですか？　片山さんも一緒に！」

「ありがとうございます。いいんですかねぇー、お言葉に甘えても！　片山君はどうかな！」

「ありがとうございます。ちょっと電話して来ます！」

「代表、由夏さんってどうなんでしょう。お転婆なところが目立ちますが、何かすごい人なんじゃないかと思えて来るんです。誰も気付かないと思いますが、どこか得体の知れないとこがあるんですよね、私にはわかるんです」と、谷原。

「えッーそれはどうなんでしょう。由夏ちゃんに言ってもいいのかなぁー、でも彼女はあぁー見えて、結果は残してますよ！　人気は抜群ですし！」不意に後ろから、

「あぁー見えてって、どう見えてなんですか代表ぉう！」

「わぁーびっくりした。それはそれ！　若くて可愛いくって……」そこへ片山が、

「すいません、私は今日は帰ります。せっかくの事なんですが、代表、すみません！」

予定通りだ。由夏はいったい何をどうする気だ？　仕込むとはいったい何なんだ？

今日は小料理屋の客も多い。一番奥の小部屋に案内される。2人共たわいのない話ばかりでお互い例の話は避けている。しかし、とうとう谷原は我慢しきれなくなったのか、

「代表、最後に一つだけ聞いてもいいですか？　本当はもう聞くまいと思ってたんですが！」

「なんでしょう？　答えたくない事は答えないですよ」

「はい！　それでは、由夏さんは代表の事よーく知っておられると思いますが、いつ知ったのですか？　その時、由夏さんはどう思いましたか？」

「えッー私ですか？　実は先日の話まで、私もよくわかってませんでした。今でも、まだ嘘じゃないかと思ってます。代表もですね、よく嘘を吐くので私もよく騙されました。今もう嘘はすぐわかりますがね、だから代表の言う事って嘘か本当か、真面目なのか冗談なのか、よくわかりません。だから谷原さん、この間の話はきっと嘘ですよ！　まさかねぇー、あんな事がわかってたなんて、考えられないですよ！　でもね代表って、咄嗟の判断ってすごいんですよ。それと話題を変える能力、こっちの能力の事なら右に出る者はいませんよ！」

「ハァハァハァ……なるほど！　よくわかりました。由夏さん、また飲み会段取りして下さい。

今度の記事は由夏さんの特集になりそうですね」

「へぇー特集ですか？　それじゃあーあの集会所の飲みっぷりは外せないですね！」

（何とかご勘弁を……）

「それより谷原さん、実は明日13時から市との協議です。協議の内容を見ておいて下さい。出来たら片山さんも呼んで！」仲居さんが谷原を泊まりの部屋に案内する。

「代表、先に行ってて下さい。これ部屋の鍵。中からかけちゃダメよ！　私、ここ片付けてから！」

　部屋でウイスキーを飲む。酔ってはいるのだが頭も体もしゃんとしている。由夏がそぉっとドアを開けそおっと閉める。

「私にもちょうだい！」

「まだ飲むの？……それでどうだったんだ？　よく飲んでたから仕込むの忘れちゃったんじゃないかと！」

「祐一朗！　まず、こっちから！」と私に擦り寄り首を腕で巻く。唇を重ねる。再び長く合わせてから、テーブルの上のグラスを持ち顔を歪めながら一口飲んだ。

「祐一朗！　ちゃんと話してなかったから、最初から言うね！」

　谷原は片山には祐一朗の事を何も話していない。今日の夕食を食べてから（また質問をしてから）片山に話すか話さないか判断するつもりでいた。ここまで谷原が祐一朗への疑いを確信した以上、話してしまったのはまぁー仕方がない。しかし今後も谷原との縁が切れない以上、ずっと弱みを握られた事になる。

「だから今日しかなかったのよ！　どうにかしなくてはと思ったら、ふっと頭に浮かんだの。そんな事が出来るのかと思ったけど、出来るようになるまでそんなに時間はかからなかった」

「それで、どうしたんだ谷原に？」

「記憶を消したのよ！　谷原の……祐一朗の能力のところだけ！　消したのよ！」

「そんな事が出来るのか、それで出来たのか？」

「出来た。……と思う。5時間後には消えてるはずよ。だから朝には！　でもそこのところだけ、後はちゃんと残ってるの……じゃないと困るでしょ！　それとね、祐一朗言ってたでしょ、能力の事、同類以外の人に話したら能力がなくなったり、体の変化が起こらないかって。それも私の中では確信出来てるの。変化はないって！」

「由夏……君はすごいな！」

「私の事、恐くなった？　でも私も知らなかったのよ！　ただ必要に駆られて！」

私は強く抱きしめ、唇を強く重ねた。

「だから祐一朗は、私が守るって言ったでしょ！」

……この娘はいったい何なんだろう。私の横で、スウスウと鼻息をたてている。よく眠っている。神経をすり減らしたのかも知れない。どうやって仕込んだのか？　まぁーそれは由夏が話したくなってからでいい。


朝食を取っていると、谷原がやって来る。もう着替えている。

「おはようございます。いやぁー久し振りによく飲みました。しかしお2人共強いですねぇー」

「谷原さんの方が強いですよ！　二日酔いはしないんですか？　気分はどうですか？」

「大丈夫です。まだ少しボオッとしてますが、何か頭から抜けた様な変な気分ですがすっきりしています」

「あぁーそれは良かった。谷原さんの頭の中の悪の塊が抜け出たんだわきっと。それと谷原さん、私、両親から親戚から、もうさんざん酒飲むなって言われてますので、記事にお酒の事、書いちゃだめですよ、もしも書いたら、谷原さんと言えども……落とし穴に落としますよ！」

「ヒャアッ～落とし穴ですか？」

「落とし穴に落とす予定の人は、これで3人目ですよ谷原さん！　3つも穴掘るの大変だよ由夏ちゃん！」

「大丈夫です。怨念が籠ってるから、すぐ掘れますよ！　ご心配なく！」

もうすでに消えているはずだ。間違いない。


打合せは、研雄さんと哲ちゃんも加わる。谷原は、横のテーブルで聞いている。片山もまた来るはずだ。由夏の会議資料によると、1回目の会議はまず主導権を取る事に重点を置く。まず向こうの計画を喋らせる事。それに対して、こちらの要望を聞き入れる様に纏める事。

13時、市の職員6人、県3人、こういう時は多勢で来る。市の係長クラスの進行で会議が始まる。課長の挨拶も、当たり障りもなく、決定打もなく進む。そこで由夏が喋り出す。

「私、堀江と申します。こちらに〇〇出版の記者とカメラマンがいます。今回の災害の事を記事にしたいという事で今回の会議にも立ち会いたいという事ですのでお願いします。今後も復興の過程を取材して行きたいという事です。明後日、今までの災害の状況報告の記事が出ます。

それでは、今後の復興の進め方や市の考え方を説明して下さい。ただ我々も、もうすでに3

回の全体会議を行なっており、かなりの意見も出ておりますし、要望もありますが、まだ方針は決定しておりません。今日は市の考え方を聞いて、地区でも検討したいと思います」

　課長が不味いと思ったのか、再びマイクを持つ。

「説明の前に一言。今回の災害では、多くの方が被災されましたが、不幸中の幸いと申しますか、一人の犠牲者も出さずに済んだ事は、良かったと思っております。特に今回の件では皆さんからの幾度もの陳情があったと聞いておりますが、予防に対して工事を行う事は非常に時間がかかり予算化する事も難しいです。皆さんお腹立ちの事と思いますが、今後は皆さんの要望を出来るだけ取り入れたいと思っております」

　これで今日の目的はほぼ達成した。後は被災証明の件とか、今住んでいるマンションでの経費を市で支払う件とか、全国からの支援金を地区での管理にするとか、細かい取決めを行う。それと今、決壊した堤防の復旧と地区内の道路整備を早急に行うとの事だが市の言い分は、

「また、台風が来たら今回と同じ様な事に成りかねない事となりますので！」すると由夏が、

「陳情には何十回も行かせて頂いております。先程の話ですが、また台風が来たらまた同じ様になるとおっしゃいましたが、今回の仮復旧が決壊しても、もう流される物がありません。その復旧工事はしないで頂きたい。そんな事にお金を使うのは無駄です。それと地区内の道路整備も、今、車は通行出来ています。これも復興計画が決まれば、この道路も変わる可能性もありますので、工事も止めて下さい。とにかく復旧計画を進めて下さい」とあっさり申し出を断わった。その後、次回の会議の日程、区の要望を早急に纏める事などを決め、1回目の会議を終わった。

「課長、明後日に出る記事の原稿が今ある様ですのでご覧になりますか？」

「はい！　見れるのであれば！……皆はもう帰りなさい！」

課長は原稿を受け取り読み始めるが、顔が少しずつ歪んでくる。

「あのう、この原稿、もう少し柔らかく表現出来ませんか？　これでは人災と考えられてしまいかねません」

「そうです。人災です。市の対応が少しでもこの危険を感じていたら、もう少し区の陳情に耳を傾けていたらここまでの災害にはなっていないと思います」と、谷原。

「そうですか？」

「大袈裟にも書いておりません！」

「そうですか！」

「ただこの取材は区の方の取材です。市の方の反論もあると思いますのでお聞きしますが！」

「いいえ、特に！」


地区の会議も市との会議も何回も行なわれ、だんだんと纏まりつつある。区の要望は、④の河替え、住宅地の盛土、傾斜地の利用の案に纏まって来ている。すでに山下さんからの提案もあり、この区から出たいと言っていた人も、この案ならここにいたいと賛成に回っている。市や県の負担も、少し無茶なところもあったが市側もこれまでの対応で引け目を感じていたのか、片山の記事が効いたのか、全国から市への批判が多く寄せられ、市も要望を呑まざるを得なくなっている。今日もまた地区の会議に谷原と片山が来ている。由夏は機嫌がいい。災害の2回目の記事が、由夏が料理をしたり表彰されたり、会議の進行をしたり、纏めたりと活躍の様子がふんだんに出ているし、写真もよく撮れている。見る人が見ればちょっと異質だが、まぁー我慢出来る範囲内だ。

「谷原さん、片山さん、ありがとうございました。読ませて頂きました」

「由夏さん、大丈夫だったでしょ！　変なとこはみんなカットしました」

「ちょっとその言い方には不満がありますが、まぁ出来映えは良かったです。汚名返上です」

「変なとこ入れずによく原稿が出来ましたねぇ！」私が言うと片山が、

「いやぁー私も苦労しました。そっちの方を纏めれば面白い物が出来るんですがねぇ！」

「皆さん、もうその辺にしといた方が身のためですよ！　それより谷原さん、体調に変化はないですか？　頭が痛いとか、忘れっぽくなったとか？」

「ちょっと疲れ気味で体がだるいですが、由夏さん、私の事、心配してくれてるんですか？」

「そうですよ！　私の記事、いい事書いて頂いてますし！」

「しかし、もったいないなぁー。由夏さんの抜いた記事、あれ特集にしようかな！」

「あぁーそれがいいですね、いっぱいあるんでしょ！」

（こいつら落とし穴に落としてから土を被せて埋めてやる）


朝、早く目が覚める。窓を開ける。いい天気だ。屋上の畑を見たくなった。もうすでに収穫もしているのは知っている。一面、青々と野菜が大きくなっている。明夫さんがちゃんと割り振りしてるんだ。手摺を両手で掴み見る空は、青く広がっている。しゃがんで土をひと握り掴む。この土は私の畑だった土だ。地区の畑や田の土は全て泥に埋まっている。ここに来た土はどう思っているのだろう。とメルヘンチックな気持ちになる。1階の食堂に下りると由夏が朝食を取っている。

「おはよう！ いいか？」

「どうぞ、祐ちゃん、あれ……見て！」何と研雄さんがエプロン姿で包丁を持っている。

「研雄さん、やってるねぇー！」

「おう祐ちゃん、今は黙っててくれ！ 人参の代わりに、俺の指を食わせるわけにいかないからねぇー！」

「アハァハァハァ……俺も研雄さんの指なんか食べたくねぇーよハッハッハッ……」

「そうだ由美さん、祐ちゃんは日曜の朝が暇みたいだよ！ 来週の日曜の朝、当番に入れといてなッ、祐ちゃん！」

「えッーおい、もういいよ！ もうこの前で懲りた！」

「あいよ！ 祐ちゃん、入れとくよ！ 大丈夫、指でも何でも美味しく味付け出来るから！」

「ヒィヤァ〜〜！」その後、自然と3人、食堂の横のホールでくつろぐ。

「由夏ちゃん、支援金って、どういう意味合いのお金なんだ？」と研雄さん。

「阪神や東北の震災の時も多くの支援金が集まったけど、元々この支援金は、支援してもらった方で管理するのが基本なんだけど、何せ人数が多い。そのために管理組合を作るのが本来の姿なんだけど、しかし市や県を通じての場合が多いんです。が今回は被災したのはこの地区の24戸ではっきりしています。だからこの支援金は、この地区で管理したいと思っています。市の出方にもよりますが！」

「そういう事か、それはありがたい。それと復興も④番で決まりかけている。市との交渉もこれに向かって行きたい。何回も陳情してるのに、無視されて逃げ出すのだけは嫌なんだ。でも……出たい人はそれでもいいと思ってる、その人の一番いいと思う道を進めばいい」

「市や県には負担させるべき事は負担してもらう。曖昧な事は許さない。不足するのなら私が負担する」と、私。

由美さんが、（由夏ちゃぁーん）と呼ぶ。

「じゃあー由夏ちゃん、買物に行こうか？」

「由夏ちゃん、今日お昼の当番？ さあ俺は、屋上の畑で汗かいて来るかな！」

「研雄さん、俺も手伝うよ！ ちょっと動いて、腹空かして、何食べても旨い様にしとかないと！ ねぇー研雄さん！」

「そうだな！ ペンペンにしてかなきゃあな！」

「あなた達は、まだ私の恐さを知らない様ね！ 二人には特別食を作っておくわ！」

「いやぁー皆と一緒でいいよ！ なぁ祐ちゃん！」

「わざわざそんな特別食なんて！」

「大丈夫、簡単よ！ 最後にちょっと一服盛るだけだから！」

「ヒィヤァ～～恐えぇ～～！」

山下さんと鈴木さんが来る。午後、新規施設用の、候補地を見に行く事にしている。高浜先生は来ない。代わりに佐々木さんが来ている。実質、仕事をしているのはこの人だ。

「由夏ちゃん、今日は6人だから、あの8人乗りで行こう。運転大丈夫？」

「大丈夫です。任せて下さい。やった事ないけど！」「………」「………」「………」

すると鈴木さんが、

「私が運転しましょう。由夏さん、助手席で案内して下さい」

今日は6ヶ所の土地を見る事になっている。すでに障害者の施設やスポーツレクリエーション施設、教育関連施設は進行しているが、次の計画では障害者の宿泊施設、その他の支援施設の計画をしている。なかなかいい土地だ。高浜先生もいい所を見付けてくれている。

「あの先生、ちょっと欠陥人間だけど、土地選びのセンスはまぁまぁーね！」

と由夏が言うと、佐々木さんが「そう言っときます！」

「各施設のコンセプトとか規模がわかれば聞かせて下さい」と、鈴木さん。

「わかりました、またマンションで！」

「ここにありますよ！　これまでの会議で決まっていたり、代表が言ったのを纏めた物、概要がよくわかると思います」由夏から山下さんが受取り、

「あぁーよく纏まっている。よくわかりますよ！　鈴木君！」

「そうですか？」と言いながら鈴木さんは由夏を見ている。見る目がうっとりしている。由夏も薄々気付いている。いや、はっきりわかっている。

「由夏さん、次はどこに行ったらいいでしょうか？」

「そうね、ちょっと早いけど、行きますか？」

車は静閑な道を抜け山の方に入って行く。

「佐々木さん、もう一つ探してほしい土地があるんですが、山下さんの会社の、但馬支店用地です。お願いします、高浜先生にもお願いしておいて下さい」

落ち付いた佇まいの隠れ家の様な所である。

「由夏ちゃん、ここ常連？」

「そんなでも！」

「誰と来るの？」

「ううん、いい人と！　皆さん、先にお風呂に入って下さい。階段を下りて右に行った所に露天風呂があります。混浴です、はい！」すると研雄さんが、

「おぉうー由夏ちゃん、一緒に入ろうよ！」

「そうね！　入っちゃおうかな！」

「……勝手にしろ、谷原さんに言って記事にしてもらうぞ！」

「いやぁ〜やめてぇー！」

「代表、前にも言いましたが、今度私のところが出す支店は、鈴木君が希望しましたので支店長をさせるつもりです。5〜6人社員を置きます。土地はお願いしましたが、また鈴木の雑談にも乗ってやって下さい」

「わかりました。鈴木さんも但馬が気に入りましたかな！」

今日は特に込み入った話もなく、皆ゆっくりとくつろいでいる。大きな災害には遭ったが、一段落しているし、復興の計画も順調に行っている。そろそろ、Dハートの計画に集中したいところであるが、そうも言っていられない。


地区の会議では、④の河替え計画で決定する。農地の要望も纏まった。

「由夏ちゃん、農地の要望が纏まったら、鈴木さんに渡してくれ、計画を完成してもらう」

後は果樹園に植える木が決まれば、総工事の計画は完了する。木が決まれば出荷場の規模も収容も決まる。計画では出荷場から近い部分に新橋がかかる。果樹園は段々とし、土地はレベルとする。果樹園の作業道は上まで延びている。貯水装置を作りそこから左右に水が流れる。

各区画には、電動の上降装置を作り荷の上げ下げをする。木の案はたくさんあるが、絞られている。何に決まるのかもわかっている。

「後はこれを市や県が承認するか、どれだけの負担をしてくれるかだなぁー！」

翌日、市に赴き、定例の会議に出席する。谷原も片山も来ている。市側も世間の評判を気にしているのか、取材を断れない。当たり障りのない対応をするがどうも煮え切らない。結論が出せないのだ。市は県に、県は国に、相談しますと言う。

「これまでの様にだらだらと引延ばすのは通用しませんよ！　全国の人が見ています。そのつもりで！　記事は毎週出す事になっています。安井課長の写真付で出ますので！　では次回の会議は来週の金曜日、いい返事を待ってます。明日、明後日はお休みですのでごゆっくり休んで下さい。安井課長も！」由夏は容赦ない。

谷原の記憶の消去は、どうやら上手くいった様だ。

IX

先日、由夏は区の要望書を渡した。その時、鈴木さんから告白された。鈴木も思い切って行動に移した事は由夏もわかっている。傷付けない様に断ったつもりだが、少なからず傷付けた事に違いはない。気が重いのだろうか……元気がない。上の空の様な時もある。

「由夏ちゃん、鈴木さんに言われたんだろ！　断ったのか？」

代表室で２人になった時、聞いてみる。

「祐ちゃん、気になる？　教えてあげない！」

「由夏ちゃんにしては、元気がなかったし……」

「あらそう！　そんな事より、祐ちゃん覚えてる。あの日の次の日、祐ちゃん言ったでしょ？」

「何を！」

「あの時、祐ちゃんが私の事ありがとうって言った時、私の誕生日のプレゼントするって。覚えてるでしょ！」

「えッーそんな事言ったかなぁー！」

「もおぅ～この惚け親父！」

「まぁーそんなら、言ったんだろう！」

「じゃあー今日、買いに行こう。浜野さんに上手く言ってね、代表が！」

そうだ由夏の誕生日は例の9月10日だったのだ。その時は誕生日どころの話じゃなかったのだが、何故か今日、思い出させてしまった。仕方がない。由夏に元気がないと、俺が何かしたのではないかとゆっくりしていられない。何とか上手く言ったつもりだが浜野は、疑っている。

「あッーそうだ、最近久しく奈緒さんに会ってないけど元気にしてるのかなぁー。ちょっと寄って見る？　そうだ、奈緒さんも一緒に誘ったら、買物」

「そうね、奈緒もたまには連れ出さないとね！　私と2人じゃあー恐くなったのね！」

「いやぁーそんな事ないよ！……」

由夏はいつでも忙しい中、ちゃんと奈緒さんにリストを持って行っている。行けない時は、メールで送り、一度も欠かした事がない。そのお陰で順調に〈株〉の利益も出ている。

屋外階段を上り、奈緒と決めている合図のチャイムを鳴らす。

「由夏、どうしたの？」

「奈緒、お昼食べた？」

「うん、食べたよ！　あッ代表。今日はまた何ですか？　お揃いで！」

「ちゃんと食べてるかなって、たまには外に連れ出そうかと思って来たの？　代表が言ったんだけど！」

「そんな、私に気を使ってくれなくてもいいのに！」

「じゃあ行くよ、もう取引は終わったんでしょ！」

さっそく店に入る。由夏の買いっぷりは凄まじい。

「奈緒！　何でも買っていいよ！　めったに来ないんだから！」

「代表、いいの？　ほんとに！」

「あぁ～どうぞ、どうぞ！　由夏ちゃんに負けない位にね！」

たっぷり買って満足したのか、

「お腹が空いたわね！」

海の見えるレストランで夕日を見ながら食事をする。

「こんな時、ワインでも飲みたいな、祐ちゃん！」

「君は運転するんだろ！　じゃあ俺は飲もうかな！　奈緒さんもどうですか？」

「いやぁー最低、私、誕生日なのに！」

「2人共、飲んでいいよ！　私、運転するから。えッーと、由夏の誕生日って、もうずっと前じゃなかった？」

「ほんのちょっと前よ！　それより奈緒の運転？」

「何よ！　由夏に言われるとは思わなんだわぁー。由夏より私の方が遥かに安全よ！　それより由夏、あんたお酒止められてるんじゃないの！」

「止められてるよ！　だから私は飲んでないよ、親の前では！」

「こりゃあーだめだわ！　代表どうぞ。いいですよ、運転は！」

由夏が酔わないうちに引き上げる。帰りの車の中、

「奈緒さん、運転上手いなぁー。安心していられるよ。それより奈緒さん、何か足りないものとか困っている事ないですか？」

「私の運転はいつも安心していられないって事ね！」「…………」

「……そうですね！　足りない物はまったくないんですが、一つ困ってる事が。実は毎日じゃないんですけど、午後3時頃、いつもチャイムが鳴るの。由夏にも言われてるから出ないんだけど、宅急便が来るわけないし、恐いからドアの小窓からも覗いてないから誰だかわかんないのよ！」

「誰だろう？　私だったらドアを開けて変な奴だったら怒鳴ってやるんだけど！」

「あんただったらやりかねないわ！」

「でも恐いなぁー。じゃあ明日から私と祐ちゃんとで用心棒しようかしら、チャイムが鳴ったらドア開けて捕まえてやる」

「やめてよ、そんな事！　鍵さえかけてたら大丈夫よきっと！」

「まぁー少し、用心して！　ちょっと考えるから、ねえ、祐ちゃん！」

「でも、奈緒さんもお昼には出かけたり、買物に行ったりするんだから、そいつが見張ってて……」

「えッーやめてぇー。もぉうー鍵かけて、外にも出ない！」

　病院の会議はただ聞いているだけだし、細かい内容になるとよくわからないが、次回の提案で問題がなければ、着工の準備に入る様だ。設立準備室の委員もすでに50人を超えている。山地先生も白石女史も忙しそうだから声をかけずに帰る。

　障害者支援の話は但馬の人々に広がっている。新事業の一部の施設はすでに着工しており、次の事業の計画も山下さん（鈴木さん）のところで進んでいる。

「浜野さん、新規の事業も次々と決まって行きますので、担当する社員や介護職員、事務員その他の人の募集もお願いします」

「わかっています。随時やっています。児童養護施設と障害者スポーツセンターのインストラクターは決まっていますし教育施設の面談は明日行います。あぁ〜それと、山下さんとこの支店の土地高浜先生とこの佐々木さんが持って来られましたよ」

「あぁーそうですか」

「へぇーあの人、口は悪いし、顔は惚けてるが、やる事はきっちりやってるねぇー」と由夏。

（あの人の恐いのは由夏だけだ！）

　金曜日の昼過ぎ、谷原と片山が来る。市との協議の取材だ。

「由夏さん、これ！」と週刊誌を手渡す。

「警察に表彰してもらった時のと、マンションで食事を作ってる時のです。変なとこは少ししか書いてません！」

「えっー意味わかんない。変なとこが私のどこにあるの？　まったく！」

「少しは入っています。辻褄が合わないので！」

「辻褄なんて合ってなくてもいいんです。ただ汚名返上です。内容によっては、ただではおきませんよ！」

「いやぁー参った。変なとこと言っても、本当に変なとこは抜いています。大丈夫です由夏さん！」

「何だか、腹が立って来た！」

「おい谷原さん、あんまり堀江さんを怒らせちゃあだめだぞ！　こっちにとばっちりが回ってくるんだから！」

「2人共、覚えとけ！　落とし穴の深いやつに落としてやる！」

谷原の言動に特に変化はない。きれいにあの部分だけ記憶を消されているのだろう。由夏も見事なものだ。市との協議は予想通り結論が出ない。もう少し待って頂きたいという。まぁー結局はそうなるんだから待ってみる。しかし災害復旧の実施計画を我々の提案に沿って作る事は決まった。来週の金曜日には返事が出る。これは大きな進展と言っていい。きっちりと区が纏まった要望を出したのと、市の弱みを記事にしたのと、全国からの応援があったためだろう。

鈴木さんがやって来る。由夏との距離が近いと、どこかぎこちない。

「代表、もう後、10日で家が完成します。近々一緒に点検をお願いしたいと思いまして。それと例の所の調査が終わりました。私なりに計画しております。それも見て頂きたいです」

「あぁーありがとう。待ってたんだ。今からでも見たいしなぁー！」

「資料は事務所にありますので、今日の夜でもいいですか？」

「いいよ、いいよ、マンションでゆっくり聞こう！」

「代表、家を建ててらっしゃるんですか？」と谷原。

「はい！　小さな家ですが！」すると由夏が、

「変な家ですよ！　変な場所だし、まぁ、変な人が住むんだから、ちょうどいいのか」

「谷原さん、言わんこっちゃない。とばっちりがこっちに回ってきたじゃないか！」

「代表、もう私、あっちで仕事して来ます。ここにいると腹が立って来るから！」

「それはそれは、仕事熱心だねぇー。浜野さんがびっくりするぞ！」

「何んとでも言えぇー！」

谷原らが帰った後、もう一度由夏を呼ぶため事務室に出る。言っておきたい事があったのだが忘れていた。由夏は神妙な顔をして、仕事の様な？　ものをしている。

「堀江さん、ちょっと代表室に！」

「はい！　まだ腹は横になっておりませんが！」

「まぁーまぁー。ところで明日の午後、私の予定はどうなってる？」

「午後は高浜先生が来ます。おそらく遺言書の件で！」

「それキャンセルしてくれないか？」

「何かあるんですか？　さては私に謝りたくて、何か買物に行くんですか？」

「……まったくそんな気はありません、君に謝る事もありません、はい！」

「可愛いくないなぁー！」実は明日、浅尾さんが訪ねて来る。

「ちょっと変な人だが、私の、まぁー先生だ。面白い人だ。君とは相性がいいかも知れない」

（か、まったく合わないか？）

「わかりました。高浜先生はキャンセルします。この先生も変な人なんですがねぇー。どうしてこんな変な人ばかり……変な人には変な人が、寄って来るんですかねぇー！」

新しい事業計画の設計は申し分なく。さっそく準備してもらう事にする。そして家の奥の話であるが、あの湖はいつも満水である。湖に流れ込む谷川を登って行くと、大きな滝に出合う。そこがまたいいらしい。鈴木さんの計画では、湖から流れ出る谷川は2本あり、1本は、北方向（集落）に向かっている。もう1本は私の家の方に向かっているのだが、私の家の近くでは低い位置を流れている。計画では途中で谷川からの流れを変えて家の高さに合わせ、家の前を通り、また元の谷川に戻すという事だ。道路は両サイドの雑木や大木は出来るだけ残すため屈曲した道になっている。鈴木さんも、子供心が残っているのか冒険心が大なのか生き生きと話す。全て任せる事にする。

翌日、朝から落ち付かない。浅尾さんに会うのが嬉しいのか、待ち遠しいのだ。由夏も私が落ち付かないのを見ているが、何故か由夏もソワソワしてきている。そして玄関戸が開いた。ちょうど由夏が近くにいる。

「こんちはぁー、じゃまするで。土山はんはおるかなぁー」

口髭と顎髭、顔は黒ずみ、頭に青い帽子を被っている。服はツルツル淡い黄色の布地に、青と赤の原色で幾何学的で説明しにくい模様が施してある。ズボンと靴は真っ白で、小さな茶色のバッグを持っている。由夏は魔物でも見る様な目付きで、

「何もいりませんよ！　買う物はありません！」

「あぁーそうでっか！　ほいじゃあーまた、今度……おい！　ねぇーちゃん、わしは浅尾っちゅうもんや！　押売りちゃうで！　ねぇーちゃん、可愛い顔しとるのぉう！　土山はんの好みのタイプや！」何がねぇちゃんやとぶつぶつ言いながら代表室に、

「代表ぉぅ〜大変です、来ましたよ！　変なのが、何というか……」

「おぉうー来たか！　通して、通して！」と言いながら玄関に出る。浅尾さんの顔を見るなり、

「浅尾さぁ〜ん！」と顔を見合わせ、肩を叩き合う。

「よく来てくれました。元気でしたか？」

「おぅーわしは元気や、土山はんも変わっとらんなぁー。元気みたいやなぁー。良かった、良かった」

「浅尾さんは変わってますねぇー。何ですかその格好は！」

「おぅーええやろ！　俺の一張羅や。まぁーこんな所で何やから上がるで！」

と先にどんどん入って行く。事務所のカウンターの前で、

「皆さ〜ん！　こんにちは！　浅尾でーす。よろしくな！」

皆ぽかんと口を開けて、立ち上がっている。

「浅尾さん……こっち！」代表室に押し込む。

「ええ事務所やな！」

「これはまだ仮設の事務所です。今、そこの山の上で新しい事務所を建ててるんです」

「これでええやないか！　まぁーええけど！」

「浅尾さん、いつもそんな格好してるんですか？」

病院にいた時の病衣しか知らないので、浅尾さんの私服が珍しい。

「そうや！　うっー今日は一張羅言うたやろ！　なぁーねぇーちゃん！」

「一張羅って何ですか？　どう見ても変です」

「このねぇーちゃん、はっきり言うやっちゃな！　こんなねえちゃん、わし好きやで！　さっきこのねぇーちゃんに、押売りって言われたんや！」

「ねえちゃん、ねえちゃんて、言わんといて下さい。代表ぉー、この人がほんとに例の代表のなになんですか？」

「このねえちゃん、はっきり物を言うとるとこがええと思っとったが、何言っとんのかさっぱりわからん！　あのなぁー物事ははっきり言わなぁーあかん！」

「代表の人間性を疑います」

「……浅尾さん、よくここがわかりましたねぇ！」

「そうなんや！　こないだテレビで見たんや、ニュースを。あぁーあぁあーねえちゃん、あの時のねえちゃんや！　あの飲みっぷりのええ、あのねえちゃんや、惚れ惚れしたでぇー。で何やったかなぁーそうそう、その時、土山はんが映ったんや！　それがどこやわからなんだけど、テレビ局に電話して聞いたんや、それでネットで調べたら……というわけや！　土山はん、ええ事しとるわ！　それで急に会いたくなって、来ちゃった！」

「1人で？」

「嫁はんに言うたら煩わしいから黙って来た。土山はん、暫く、泊めてくれへんか？」

「はぁーそれはええんやけど、奥さんにちゃんと言っといて下さいね！」

　由夏はだんだん嫌さが顔全体に滲み出ている。

「堀江さん、浅尾さん連れてマンションに帰ってくる。君も一緒に来てくれ」

「マンションに泊めるんですか？　皆、びっくりしますよ！　避難する人もいるかも知れませんよ！」

「まぁー堀江さん、とり敢えず浅尾さんの世話係頼むよ！」

「嫌だ。絶対いやぁー！」

「じゃあ頼んだよ！」浅尾さんをマンションに案内する。身軽ないでたちだ。

「浅尾さん、荷物はそれだけ？」

「そや！　これだけや！」着替えはない。むろん下着もない。

「金は？」バッグから高級な黄色の財布を取り出す。

「おぉうー、3000円ちょっとある。もっとあったんやけどなぁー、さっきタクシー代払ったし、昼めし食ったし！　あとはこれが運転免許証、身体障害者手帳、携帯電話、それとこれが嫁はんの写真。昔はべっぴんやったんやけどなぁ……今はぶくぶくやぁー」

「由夏ちゃん、今から浅尾さんの着替えとか買物に行こうと思ってたんだけど、さっき浜野さんから電話があって、高浜先生が来てるんだって！　キャンセルしたんだよなぁー？　ちょっと事務所に行って来るから、由夏ちゃん、浅尾さんと一緒に買物に行ってくれる？」

「えッえ～～！　えぇ～～ウッッソォォー…私……無理！　助けてお願い。代表ぉぅ～！」

「どうしたんや、ねえちゃん！　わしが助けてやる！　由夏ちゃんと言ったかなぁー。もう大丈夫や。さあー買物に行こう、ねえちゃん！」

「代表ぉぅ～、嫌やぁ～、薄情者ぉぅ～、覚えてろぉ～。皆まとめて落とし穴に埋めてやるぅッ～！」事務所に戻ると高浜先生がいる。

「キャンセルだったけど、来ちゃった！」

この先生、どうもおかしい。どういう頭の中なのか割ってみたい。話によると、先生の事務所がちょっと暇で、以前、話していた遺言書の話を進めたいらしい。今日、キャンセルしていたのはわかっているが、まぁ来てみたということらしい。（何で？）よっぽど暇なのか、事務所に居づらいのか、結局、先生の目論見通り遺言書の下書を作る事となる。様するに先生は、キャンセルを受けたにもかかわらず、きっちりと仕事をした事になる。今日は変な人に振り回される日だ。由夏と浅尾さんが心配だ。あの2人はどうも合いそうにない。早めにマンションに帰る。由夏達はまだ帰っていない。とそこへ顔色が恐い由夏が帰って来る。後に遅れて、たくさんの荷物を持った浅尾さんがいる。

「お帰り！」返事もしない。

「浅尾さん、どうでした？　買物、出来ましたか？」

「あぁー、本当に由夏ちゃんはええ娘や！　ちょっと恐いけど、運転も恐いでぇー。死ぬかと思った」

「代表ぉ、私、もう知りません。こんな人種の人と付き合い切れません、もう関わりたくありませんのでよろしく！　何ですか、あれは？　代表もよくあんな人を先生だとか、感化されたとか、ちょっとおかしいんじゃないですか？」

「病院の時はあそこまで酷くなかったんだけどなぁー。でもいい事も言うんだ。半年に一回か……一年に1回は！」

「あぁーそうですか、私も早く聞いてみたいものです」

「まぁー由夏ちゃん、本当に才能のある人は、その才能以外のとこはまったくずれてるんだよなぁー。まぁー浅尾さんも身障者なんで、そこのところを支援だと思って、何とぞよろしくお願い致します。はい！」「嫌です。はい！」

浅尾さんが何故ここに来たのか？　ニュースで見たのは違いないが、短く言うと要するに、浮気だ。奥さんにこっぴどくやられ、当分は帰らないつもりだ。一応奥さんに電話してみる。3日でも4日でも泊めてやってほしい。その後は放り出してくれたらいいと言う。若い女に入れ上げて、金を貢ぎ、そのあげく逃げられた。

「よくあの年であの……あれで……浮気が出来たもんだ」と由夏は感心している。本当はそうでもないのだ。本当のところは浅尾さんはいい男なのだが、もう少しいいところを見せてくれたらいいのに……。

今日は会議もなければ決まっている来客も少ない。要するに、少ない来客さえ断れば自由な時間があるという事だ。一人で行きたい気もするが後が恐いので由夏を呼ぶ。

「堀江さん、今日は来客も少ないので、ちょっとあっちこっち回ってみたいんだが、君はどうする？　来客には断りの電話を入れて……」

「どうしてほしいの？　私が行かない方がいいの？　って言い方だったけど、ご一緒します。秘書ですから、それでどちらへ？」完全に読まれている。

「だから、あっちやこっちへ！」

「代表ぉぅ〜、もおぅ〜子供じゃないんだから、浜野さんに何て言うの？（あっちやこっちに行って来ます）って言うんですか？」まぁー確かに由夏の言う通りだ。

「じゃあーこうしよう。障害者施設の視察って事に！」

「えッ～私が言うんですか？」

「君は秘書だろ？」ブツブツ言いながら、

「何か浜野さんに言いながら笑っちゃいそう。私、代表と違って嘘吐くの下手なんです。いやぁー、代表よりは上手いかな！　だって代表嘘吐く前に嘘だってわかっちゃうんだもの！」

「俺は嘘は吐かない！」

　何だかんだと言いながら車に乗り込む。

「代表ぉー私、浅尾さんっていう人、私の知らない人種です。キレるかも知れませんので、その時はよろしく」

「まぁーまぁーそんな事言わないで。いいところも少しはあるんだから、大きな心で見てくれよ！」

「あら！　心が狭くて悪かったですね。それよりバレてますよ浜野さんに！　あいつら何やってるんだって！」

「いやぁー気持ちは本当なんだけどなぁー。前に誰かから聞いたんだ、忘れたけど、大阪の何とか市の何とか園が面白い施設だって、今日は行けないけど！」

「代表ぉぅー、こっち向いて！　私の目を見て！　何とか市の何とか園で、誰かから聞いたけど……まったくわかりません、いいかげんにして下さい」由夏の目を見る。

「綺麗な目をしてるよ。鼻は少し曲がってるけど！」

「何だと！　祐一朗がこの前、つまんで捻ったからじゃ！　どうしてくれるんじゃ！」

「ごめん、ごめん！　また今度、反対に捻ったら直るよ！　今は前を見ててくれ！」

「何じゃとぉぅー、えぇ〜い！　飛ばすぞぉぅー！」

病院の現場に寄る。数日前に地鎮祭も終わり工事を始める準備をしている。念願の病院ではあるが、ほとんど任せっきりで自分の出る幕がないのは少し寂しい。広い土地だ。高浜先生も大したものだ。これだけの土地が纏まったのも先生のおかげだ。現場事務所も建ち、仮囲いも出来、またもう一棟建っている。

「あぁー代表！　由夏さーん！」

呼ぶのは鈴木さんだ。ちょうど事務所の外にいたのだ。

「鈴木さん、いよいよ始まりましたねぇー！」

「先は長いですが、あっという間です。実は代表、ここにも私の宿舎もあるんですが、マンションの会議にも出たいし、様子がよくわかるのでマンションに入らせて下さい」

「あぁーいいですとも。私も進行状況がよく分かっていいですし、また他の事も頼みたいし、あれが宿泊施設ですか？……それと私の家の鍵、貸してもらえませんか？」

「そうです、50人程度泊まれます、はい鍵！」

「えッ〜行くんですか？　今からですかぁ〜。まぁー行きますけど！　秘書だから！」

乗り気ではない由夏に鈴木さんが、

「由夏さん、前に行った時とずいぶん違ってますよ！　家に行くまでの道も明るくなってますし、家の周りも動物や虫が入って来ない様に出来てます。もちろん蛇も……奥の工事もやってますよ！」

「へぇー鈴木さん、私の希望、叶えてくれたんですね！　嬉しい！　じゃあ代表！　行きましょう！」

一般道から進入路に入ると確かに明るい。家の周囲も整備されてはいるが自然は残されている。中に入ってみる。

「代表、ここなら住んでもいいわ！　静かだし」(私がお願いして住んでもらうわけではない)

「ここ由夏ちゃんの部屋、一応！」

「わぁー広い、思い通りの部屋になったわ。ベッドもカーテンもよく合ってる。一応ってのが気に入らないけど！」

窓際に走り、カーテンを開け、外の景色を見る。大木が並び、うっそうとしているが、大木と大木の間から一直線に遠くの青空へと続く。山の稜線が遠くにくっきりと浮かぶ。枝と枝の間から日が入り込み、地面を揺らしている。

「きれいだろ！　ここが一番見晴らしのいい場所なんだよ！」

後ろから両手を腰に回し引き寄せる。由夏は体を捻って振り向き、

「祐一朗！　私の機嫌とってるの？」

両腕を首に巻き付けて、唇を押し付ける。

「由夏、話があるんだがいいか？」

「何か魂胆があると思ったの！　でもいいわ、そのままで！」

「魂胆なんかないよ！　今Dハートも但馬では支援も浸透して来た。由夏の企画より早いがもっと範囲を広げたいと思っている。広げる準備もするが、資金の確保もしたい。そこでだが今の〈株〉取引も続けるが、外国の市場を始めたい。日本の市場はよく目立つ。日本でこれ以上広げられないし、谷原が煩わしい。そこでだが、奈緒さんの様な人を探したい。由夏も協力し

てほしい。それと奈緒さんをあの部屋に一人で置いておくわけにはいかないと思っている。私の家に来てもらいたいと思う。それなら安心だし、由夏も安心だろ？」

「わかった。奈緒に言ってみる。私も心配だったの！　それともう一人、私も考えてみる。もう一人も祐一朗の家に入るの？」

「別にそうとは限らない。入ってもいいのなら私はいいと思ってる」

「ちょっと今から行ってみましょう、奈緒のとこ！」


「奈緒、最近どうなの？　例のやつ！」

「ううん、1回来たかな。ここんとこ来ないから安心してるの？」

「でも心配だから……奈緒、ちょっとこの部屋変えた方がいいって祐ちゃんが！」

「えッーごめんね、心配させちゃって。私が変な事言うから、すいません代表！」

「それでね、実は祐ちゃんが家を建てたの。大きな家。そこに部屋を作ってもらおうと思って……それとね、奈緒もそこに住むの？」

「まぁー代表の家って言っても、私も住むし……あそこなら何の心配もないし、移動しなくてもいいし、私も安心なの！」

「代表の家なのに、本当にそうさせてもらっていいんですか？」

「あぁーいいよ、もちろん！　僕もその方が安心だし！」

「それとね、奈緒、Dハートももっと外に広げて行く事にしたのよ、だから〈株〉の取引ももっと増やしたいの！」

「いいよ！　私、まだまだ大丈夫よ、もっと増やしても！」

「うん！　それもそうしてほしいんだけど、今度、外国の市場をやりたいの。だから奈緒の様な仕事の出来る人、探してるの。誰か心当りない？　私も探してみるんだけどね！」

「ううん、そうね。いない事もないよ！　ちょっと確かめてみなくちゃわからないけど、一人でいいのね？」

「えッー、私の知ってる人？」

「知らないと思う。まぁー当たってみてからまた言うわ」


「それより祐一朗、びっくりしたでしょ？　あの奈緒が変わったでしょ！」

「そうだな！　何事にも積極的になったのかな」

「そうよ、私が変えたの！　それと祐一朗、私、奈緒と鈴木さんくっつけようと思ってるの！」

「えッ〜〜、鈴木さんと……奈緒さん……」

「そぉう〜、だから鈴木さんも祐一朗の家に住まわせようと思ってるの！」

(私の家なのに、自分の家の様に言う)

「由夏ちゃん、ついでに、浅尾さんも住んでもらおうかな！」

「えッ、あいつもか！　まぁー仕方ないわね。マンションに住むのも本当は変なんだから！」

浅尾さんの朝は早い、由夏と一緒に買ってきたスポーツウェアーで額に汗を浮べながら、朝食の鯵の塩焼の骨を1本ずつ取っている。例の服さえ着ていなければ、普通のおじいさんだ
(ちょっと厳ついが)。
「浅尾さん、早いですねぇー」

「あぁーおはよう、土山はん！」と骨から目を離さずに言う。

「えぇところやなぁー。空気は旨いし、光が優しいわぁー。今ずうっと歩いて来た。土山はんの事務所、あの上まで歩いて来た。ごっついのが、出来よるなぁー。あれいつ出来るんや？」

「来年の3月！」

「ようなるなぁーあそこは。楽しみやなぁー。やっぱり土山はんは、ええ事すると思ってたんや、わしの目に狂いはない！」

ちょっとトイレに立つ。帰って来ると婦人方の塊が出来ている。その中心に浅尾さんがいる。身振り手振りが激しく、立ったり座ったり、また面白い話をしているのだろう。昨日も食堂で男性陣を相手に奮闘していた。病院の時もそうだったが、浅尾さんの周りには人が集まって来る。そんなに大した話ではない。つまらない話なのだが聞いていると面白い。軽いストレッチをしている様な気分になるのだろう。心が軽く、笑顔になるのはいい事だ。僅か数日でここまでになるのは大したものだ、この調子で由夏も洗脳してほしいものだ。


市との協議も大詰めを迎えている。谷原も片山も来ている。市の対応も思っていたよりかなり頑張ってくれている。やはり記事に出されるという事と世間の目が見ている事もあるが、市の良心と考えたい。地区の要望している計画も予算も出て、県に出しているところまで来ている。県は国と交渉している様だ。見通しが明るいのか安井課長も得意げに話す。ひとまず一段落の後、由夏が、

「支援金の件ですが、委員会を発足したいので、市の方から一名選任して下さい。金融機関の方には連絡しております。赤十字にも言いましたが、今回の分担は少人数なので、報告だけで

いいという事でした。基本は全て被災された人で管理して下さいという事なので、そこで委員会を設置する事とします。ここで使い道、分担その他全てを決めます」

「由夏、君は浅尾さんの事、どこまでわかってるんだ？」

由夏が何回も浅尾さんの奥さんと連絡を取っているのは知っている。由夏が言うには、浅尾さんはある若い女性と知り合い、浅尾さんが惚れた。でもどうこうしようとは思っていないし（それは？）女性も考えていない。女性は風俗で働いていた。ある男のために働いたがその男に騙され借金が膨らんだ。死のうと思い最後の金をその男に渡してくれと浅尾さんに頼んだのだ。浅尾さんはその女の話を全て聞き、全ての借金を返してやった。

「まぁー簡単に言えばそんなとこ！　奥さんもよくわかってるんだけど、でも浅尾さんは奥さんが知ってるとは思っていない……言い訳もしないし……浅尾さんは、若い女に金を使い込んだと奥さんが思っていると思ってるから一緒にいられないの……当分！」

「詳しいところまでよくわかってるんだ。でもどうしたらいいんだ？」

「まぁー時間が解決してくれるまでは……1年か2年！　本当はそんなに悪い人でもないのよ。ちょっと下心はあったと思うけど！　いやかなりあったねきっと！」

浅尾さんが事務所にやって来た。靴はどろどろ、服も肩の部分が破れている。私の家の奥に行って来たのだろう。

「土山はん、ええとこやなぁーあそこは！」裸足で上の服は脱ぎ丸めている。

「土山はん、わしあんなとこ生まれて初めてやわぁ！」浅尾さんはマンションから私の家に行き、奥で工事をしているのを見て、そのまま湖まで行ったらしい。

「土山はん、あそこ道出来たらええわぁー最高！」

「浅尾さん、ちょっとええかなぁー」と代表室に誘う。浅尾さんと話すとついつい大阪弁になる。由夏も一緒について来る。パンパンとズボンに付いた蜘蛛の巣を手で払いながら、

「ここ座ってもええかな！」由夏は嫌そうに落ちた蜘蛛の巣を見ている。

「浅尾さん、話があるんですが」

「何や？　あらたまって！」

「浅尾さん、ここの事務所で非常勤で働いてもらいたいんです」

「えッー、わしがか！　何すんのや？」

市や県の協議に出たり、区の集会に出てもらったり、病院の会議や新事業にも入ってほしい。肩苦しい事ばっかりじゃなく、料理手伝ったり屋上で野菜作ったり、何でもです。浅尾さんには第三者的な目で意見を言ってほしい。由夏が小声で（そうや、例のあの服着て、市との協議に出てもらおう！　安井課長びっくりするでぇ、用心棒雇ったかって！）。

「土山はん、ようわかった。今、土山はんが言った事皆やるわ！　ほんでも、ここの社員になるのは勘弁や。土山はんは俺の金の事心配してくれてるんやと思うけど、何せこの前は、3000円しか入っとらなんだからのうー。土山はん、実はわし、大金持ちなんや。本当やで！　心配あれへんで！」

「悪いのは見かけと口だけかと思ってたら、大法螺吹きだったのね！」と由夏。

「おいねえちゃん！　あんた可愛い顔して、言いたい事、言うやっちゃなぁー。そういうとこ好きやで！　おい土山はん！　あんたもこれでやられてるんかいな、このねえちゃんに！」

「そうなんですよ！　こないだも……あッいやいや……」

「人聞きの悪い。浅尾さん、それとそのねえちゃんっていうのやめて下さい。代表も調子に乗るな！」「はい！　わかりました、ねえちゃん！」

高浜先生が来る。アポを取るといつも断られるので今日は突然来たという。まぁーそれもひとつのやり方ではあるが、まともな人がやる事ではない。

「代表ぉぅ～！」由夏と同じで（おぅ～）を伸ばす。

「今日はいてはんのちゃうかと思って来ました」この人もどうも大阪系の人の様な気がする。

「いつも留守してすみません、あぁーあの……あれー出来たんですか？」

「代表もいよいよですなぁー。あれとかこれとか、それとかあの人とか多くなったら代表、きてますよ！」由夏が笑いながら、

「やっぱりねぇ！　最近代表の言う事、さっぱりわかれへんのですわぁー。こないだなんか、何とか市の何とか園を誰からかわかれへんけどって言う人ですわ！」

由夏も大阪弁が移っている。例の遺言書を取り出し、

「代表ぉーこの遺言書、誰かと相談しましたか？」「いいえ！」

「これで、ええんですね！　代表ぉぅー！」「ええですよ！」

「それでは代表ぉぅー、これで遺言書は完成です。説明しておくとですね、もし代表がコロッっと逝ったら、後は私にお任せ下さい。ちゃんとやりますから！」（説明になっていない）

「私より先に先生がコロッっと逝ったらどうするんですか？」

「あッーそれはまだ考えとらんですなぁー。今度来る時までには考えときます。それより、今度はどんな土地がお入り用ですかねぇー？」

「いやぁーそれなんですが、また纏めときます。ある時に（パァッ）と思い付くんです！」

「わしもそうなんや！　いつも（パァッ）と出てくるんや！　まぁー閃きがええんやろなぁー。でもその閃きも次の日には思い出せんのや～」と、浅尾さん。由夏が小声で（2人共バカか？）。

「浅尾さんもきてますよ！」

「そうやなぁー、ねえちゃんの名前、何んやったかなぁー！」

「堀江です。ホ・リ・エ・ユ・カ！」

「ホリエユカか、ええ名前や。もう忘れへんでねえちゃん！」

高浜先生と浅尾さん、2人が揃うと頭が変になる。

「ねえちゃんはやめてって言ったでしょ！」

「わかった。ほんならユカちゃん、ちょっと行ってくれるか！」

「どこに？」

「金下ろしに。わしが法螺吹きか、見せたるさかい」

「いやぁー別に見たくもないけど、代表ぉー行くんですか？」

「あぁーいいよ。ゆっくりしてきて！　お菓子でも買ってもらったら。俺もその方がゆっくり出来るしその……あッ……！」慌てて口を押さえる。

「あぁーあ、言っちゃった。高くつくわよ！　はい浅尾さん行きましょう！　代表、ゆっくりしたいんだって！」「あぁーあぁ～～あッ」

「若いねえちゃんと2人で車に乗るのって久し振りやなぁー！」

「あら、そんな事もないんじゃないですか！　聞いてますよ……それでどこの銀行？」

「えぇッーと……」と言いながらカードを取り出す。

「これや！　大阪信用……」「そんなもんはありませんよ、ここには！」

「そうか、ほんなら、これや、大阪商工……」「そんなもんがあるかぁー。駅まで乗せてって
やるから大阪行って下ろして来い！　まったく！」

「ひゃあー恐わ！　郵便局、これやぁー。これは全国共通や、ありがたい！」

「よかったですね、全国共通があって！　まさかとは思いますが……浅尾さん、暗証番号はわ
かってるんでしょうね？」

「あぁー知ってたよ！」

「……知ってた？　今は？」

「知らん！　そりゃあ、忘れるわな！　そんなもん、次から次へと頭に入って来るもんがある
んやから抜けて行くもんもあるんや！」

「あぁーもう世話のやけるオッサンやねぇー、奥さんに電話して聞いて！」

「嫌や！」

「もおぅッー、面倒くさいオッサンやなぁー。じゃあ携帯貸して。奥さんの番号入ってんでし
ょ！」

「はい！　でも俺の携帯で電話するのは、お願いやめて！」

「何だよ、気持ち悪い。女みたいな声出して。わかったから、番号はどれ！」

由夏は車を降りて電話を始める。

「はい！　わかりましたよ！　さぁー行きましょう！」

「えらい長い電話やったなぁー。日が暮れるかと思ったわ。何喋っとったんや！」

「ナイショ！　もう少しの間、そっちで飼ってやってくれって！」

「飼う？」

「心配してましたよ！　本当は奥さん！」

それを聞いて安心したのか微笑んでいる、由夏もあれだけ毛嫌いしていたのに少しは親しみを感じている自分に気が付いている。

「由夏はん！　ちょっと聞きたい事あるんやけど！」

「はい、何んでしょうか？」（〈はん〉でも〈ちゃん〉でも、ねえちゃんよりはまあいい）

「土山はんの仕事の件はまぁーええんやけど……」

「何や！　ええんかい！」

「あのマンションの冷蔵庫の酒、あれ！　タダなんか？　まぁ俺はええけど！」

「そうですよ！　代表がそうしろって言うから！　ただ皆、飲み過ぎるから最近私、お酒の補充、少なめにしてるのよ！」

「由夏ちゃんが酒の管理までしとるんか？　それであん中で誰が一番強いと思ってる？　俺は哲ちゃんやと思うんやけど」

「哲ちゃんも強いけど、一番やないねぇ」

「健ちゃんも明さんも、相当なもんやけど」

「まぁー関脇、小結ってとこかな」

「土山はんも飲むけど、大した事あれへんし、研雄さんはすぐ酔っ払うし、それで誰や？」

「そんなもん聞いてどないするんや！」

「うん、まぁー聞いてからの話や！」由夏は自分を指差し、

「ワ・タ・シ！」

「えッ〜〜ほんまかいな！　まさか！　やっぱり！」

「この間もそういう話になった時、皆、私だって言うのよ。私、そんなに飲めないのに！」

「へぇ〜〜参りました。お見逸れしました。由夏様……こりゃあ参った。由夏様、今決めたんやが、どうか、あっしを由夏様の子分にしてもらいやす！」

「何言っての？　私の子分？　私が親分？　バカじゃないの！　浅尾さん、私、飲んでるところテレビニュースで流されてから、親、兄弟、親戚から、もう非難囂囂。やっとほとぼりが冷めたとこなのに、こんな変人が私の子分だなんて知られたら、もう私、お嫁にも行けないし、親子の縁も切られてしまうわ。お願いだからやめて！　浅尾さんの事、ちゃんとするから！」

「わかりやした由夏様。由夏様には一切迷惑はおかけ致しまへん。私の勝手子分という事で！」

「勝手子分？　子分は子分やろ、嫌や！　由夏様というのもやめて！」

「はい、それじゃあ、ねえちゃん復活という事で！」

（たちの悪いのに関わってしまった。何とかしないと……）

「ねえちゃん、わしの事はちゃんとしてくれるんやな！」（よう聞いとるなぁーこのオッサン！）


最近、雑用が多くて本業が疎かになっている。浜野の機嫌も良いとは言えない。新規事業も順調に進んでいるのだが、社員がまだ集まっていない。障害者の宿泊施設、教育施設、レクリエーション施設は完成に近づいている。虐待施設と貧困児施設は来年の4月、児童養護施設は

年末の完成予定だ。

「代表、新規事業の募集していますが、何せ人数が多いので時間がかかります。それと、事務所も４人では大変です。増員してはどうかと思いますが」

「えッー、ここは６人いるじゃないか！」

「代表と堀江さんは人数に入れておりません！」

「えッー俺、入ってないの？」

「私も、入って、ない?! 代表と同じレベルだって事？」と、由夏。

「代表、私はお２人の事、悪く言ってるわけじゃないですよ。２人共自由人だから……まぁー誉めてもいませんが」

「ハァーそういう事だって、由夏ちゃんも！」

「一緒にしないで下さい」（変なのが子分になるっていうし、社員の人数にも入ってないし、最近ろくな事がない。お祓いに行かないと！）


市との協議に浅尾さんが、「俺も行ってもいいですかねぇー」などと標準語で聞いて来るものだから、「……いいですよ！」とつい返事をしてしまった。以前にそういう事もお願いした事を思い出した。まぁーいいだろうが、市の方が、（とうとう地区も用心棒を雇ったか）と思われないか心配である。今日は谷原も片山も行く。総勢７名の大所帯だ。今日はどうも返事をくれるらしい。安井課長の説明では、地区の要望が全て通って許可が出るらしい。こんなにも大きな復興工事がこんなにも早く決まるのは稀である。いろんな要素はあるが復興の内容が道理を得ていたのだろう。傾斜地の利用も出来るようになったし、植樹もこちらの判断で出来る。

ただし、植樹費用、集荷場の建設費用は地区の方の負担となる。支援金の使用方法も全て地区の方でという事になる。さっそく入札を行ないたいという。浅尾さんが、「ええ役所や！」

翌日、地区の臨時集会で、大喝采が起こる。由夏が市との協議内容を報告した後、

「しかし、まだまだその後の問題点がたくさんあります。まず傾斜地の果樹園の件ですが、果樹園を作るのは、集荷場を含めて支援金で賄えますが、経営の方法、どんな果樹を植えるかによって集荷場の形も規模も変わってきます。どういう果樹がいいのか、皆さん、考えてみてください。次回の集会は復興工事の説明会になりますが、その後、果樹の相談をしたいと思います。それと果樹や果物のプロがおります。一度、話を聞きたいと思います」

（おぉうーそれがいい！）

リビングで飲みながら、浅尾さんが、

「上手い事、決まりやしたねぇー。それにしても由夏はんは、顔が広いなぁー。果樹のプロと知り合いなんて」

「えッー私、知りませんよ！」

「えッー知らんの？　知っとるゆうたやんか」

「私はおりますって言ったのよ！　代表、前に父と飲んでる時、父の会社が果物の輸出入してるって言ってて、その時、確かその担当者をよく知ってるって！　だからその人がプロかなぁーと思って！」

「流石、親分！　一発咬ましましたなぁー！」

由夏は浅尾さんの小腹を肘で突き小声で（親分っていうな！）

「代表、今日、私の家に来て下さい。父に連絡します」

「えッー今から？　そりゃあ、だめだ！　そんな急に！」もう電話している。

「さぁー代表！　行きましょう、私、まだ飲む前だったから！」

「はいはい！　お父さんもこんな娘を持って大変だ、気の毒に！」

「じゃあ私も、お父さんに挨拶しとかなあかん、何せ、今度……」と浅尾さんが言うと、

「浅尾さんはダメ！　こんなの連れて行ったら警察呼ばれるわ！　何言い出すか心配だし！」

「わしは何にも言えへんで！　口堅いんやから！」

「もうええ！　老人はもう寝ろ！」「へぇッへぇ〜〜！」


急な事ではあるが、いつもの様に弥生さんが出迎えてくれる。

「まぁー土山様、お久し振りです。うちの事なんかすっかり忘れてるのかと思いましたわ！」

嫌味っぽいが嬉しそうだ。久し振りに見る波平の頭は一段と光沢が増し、遠くで見ると光が反射して眩しい。真由美さんに促されて、風呂に行く。いつもの事だ。由夏が遅れてやって来る。手にタオルと着替えを持っている。棚に置くといきなり両腕を首に回す。唇を重ねる。今日は激しい。

「祐一朗、最近、意地悪で優しくないから、私機嫌が悪いのよ！」

「えッー?!　意地悪した覚えはないけどねぇー」

「まぁーいいわ！　あとでゆっくり懲らしめてやるから！」

「お父さん、ちょっと頼みたい事があるんだけど！」波平は由夏の方に目を向け、

「私は、地震と雷とお前の頼みが一番恐い！」手を叩きながら私が、

「いやぁー、堀江さん、上手い事おっしゃる！」

「いいかげんにして下さい、2人共。代表も一緒に頼むんですよ！」

波平も以前に私からその話をしていた事は覚えていて、

「おそらく大丈夫だと思うが。ちょっと由夏、佳祐に電話してみろ、今！」

思い立つと早いのは親譲りだ。由夏は立ち上がりブラブラしながら電話をする。動いている方が頭の回転がいいのだろう。

「土山さん、地区の方も順調に行ってる様ですし、病院も始まりましたねぇ。また新しい事業も始められるとか？」よく知っている。由夏が話しているのではないだろうが、いろんなところから情報が入って来るのだろう。

「はい！　何とか出来る事をしようと思っていますが、たくさんの人手が必要なので社員募集していいます。しかし、なかなか集まらなくて！」

「お父さん、いい人がいるって！　青山さんっていう人よ！　果樹園の指導から経営、また買取り、輸出入もやってる人。知ってる？」

「あぁー、名前と顔は知ってる」

「それで来週にお願いしました。今連絡してくれてます。佳ちゃんが」

「すみませんねぇー。こんなに遅くに……突然に」

「まぁー土山さん、飲みましょう！」

「はい！　いただきます。それより、今、由夏ちゃんはマンションで炊事係もして、料理作ってるんですよ！」

「ひゃあ～、嘘でしょ？　まさか！　由夏の作ったもの、皆さん、食べてんの？」

「おいおい！　お父さん、少しは娘を信じろよ！　まったく！」

「土山さん、ありがとう！　由夏も少しは、女らしくなったのかなぁー」

「いやぁーそれは、その、まぁー特には……」

「あぁーやっぱりねぇー。期待した私がバカだった！」

「おいおい！　私をあてにして酒を飲むな！」

「まぁー由夏も飲め！　……えッーお前、禁酒しろって言ったよなぁー！」

「禁酒しましたよ！　2日は！」

「……土山さん、これからも頼みます！　この娘を！」

「私の手に負えるかどうか……」

今日の話も上手く行った。この家は私に合っていて心地好い。


寝静まった頃、由夏が戸を開ける。そぉっと布団を捲り、さっと入って来る。膝を曲げて私の胸に顔を埋める。由夏の顎を持ち上げ、唇を合わせる。途中2回（ギャオ～～）と叫んだのを覚えている。由夏の鼻を捻った時、もう一回は、まぁーいい。


翌朝、顔を洗って、着替えた後、出たところに、弥生さんがいる。

「土山様、おはようございます。よくお休みになれましたか？」

由夏との事を知っているかのような、そんな気もする。朝食を頂きながら様子を窺うが、気付いていないだろうと自分を納得させる。

「由夏ちゃんが料理してるって本当ですか？」

「ちゃんとやってますよ！　内容と味はともかく！」

「まぁー言ってやろう由夏ちゃんに！」

　マンションに帰ったが、由夏はまだ帰っていない様だ。えッーと今日は日曜日だな！　ちょっと待て！　昨夜は確か由夏と一緒に行ったはずだ。（一人で帰って来たという事は!?）……由夏に電話する。話す前から機嫌が悪いのがわかる。

「バカァー！　今度、蹴ってやる、もういい！」

　慌てて堀江家に電話を入れる。迎えに行くと言うと、

「いらないって言ってます。ですので私が連れて行きます」と弥生さん。

「でも怒ってますので、それは知りません、高浜先生の所に転職すると言ってます！」

　暫くすると白い外車が玄関横の駐車場に止まる。由夏が降りて来る。遠目からでも機嫌の良くないのが、玄関脇の物陰に隠れて見ている私にもよくわかる。（俺はこんな所に隠れていったい何をしてるんだ？）と嫌悪感に襲われるが、やっぱり隠れていよう。由夏は早足で勢いよく入って来て奥に消えた。遅れる事数秒、青いワンピースを着た弥生さんが入って来る。何と清楚な、着物以外の姿を見るのも久し振りだ。私はつい飛び出し、小さな声で、

「弥生さん！」と手でおいでおいでをし、物陰に呼ぶ。

「カンカンです。生かしておかないって言ってます」

「ひゃあー、困った。弥生さん、何とかして下さい。ワンピース、よくお似合いで！」

「まぁーありがとう、私に言っても仕方がありません。土山様、自業自得です。それで、どの

様な解決策をお望みですか？」

「そんなぁー。お望みなんて事は、平穏で穏やかに、心静かに、何もなかった事のように……」

「それは虫が良過ぎます。それじゃあ、こうしましょう。ダイヤの指輪とネックレスという事で交渉してみますが、どうですか？」

「ダイヤですか?!　一人で帰って来ただけなのに！」

「それでは、私帰ります」

「いえいえ、それではそのように！」

「それでは交渉に行って来ます。ちなみに交渉の報酬も同じもので！」

「へぇ～～何んで?!　わ・か・り・ま・し・た」

「由夏ちゃあーん！　……聞いてた？」

「まぁーそれでいいわ！　バッグも付けてもらおうかしら！　ねぇー弥生さん！」

私の後ろにいたのだ。嵌められた。

「弥生さん、じゃあ今度一緒に買いに行きましょう！」

「連絡してね。楽しみにしてるわ！　土山様、こんな事で解決して良かったですねぇ！」

「……ありがとうございました。……それより弥生さん、折角ここに来たんだから由夏ちゃんの部屋、見てきたらどうですか？　きれいに片付いてるって本人は言ってますよ！」

「いやぁー弥生さん、今はちょっと、あれが……余計な事を言いやがって！」

「一番上だって言ってたよね、由夏ちゃん！」歩き出す弥生さんに、

「一番上の右側の奥から2番目ですよ！」と、私。

「土山様、それではちょっと行って来ます。土山様、まぁー気を付けて下さいね。いろいろと

……由夏ちゃん、早く！」

その後の事は知らないし、想像もしたくないが、僅か数分でエレベーターから降りて来る。

「弥生さんはどう見ても、正常な動きとは思えない。

「弥生さん、弥生さん、早かったですね！　もういいんですか？」

「……はいもういいです。いい部屋でしたが……無惨でした。あれではお嫁に行けません。土山様、……由夏の指輪とネックレスはガラスで結構です」

「えッーガラスで?!……それより、今度の土曜の夜、由夏ちゃんが料理作りますので、食べにいらっしゃいませんか？　堀江さんも誘って！」

「今はそういう気分じゃありません。遠慮しておきます。これ以上のショックはもういりません。私、帰ります。……土山様に由夏の事、お願いしたのが間違いだったのでしょうか？」

「いいえ、そんなぁー。お任せ下さい。ちゃんと嫁に行ける様指導します。それより、指輪とネックレス、弥生さんには、由夏ちゃんと同じ物を！」

「いいえ、土山様、そうは問屋が卸しませんよ！　ガラスでもタイヤでもありません。私のはダイヤです！」

弥生さんは静かに音も立てずに出て行った。２人は本当に叔母と姪なのか？

土曜の地区集会――。今日は土曜の夜なのに、市の工事説明が行われる。その後、青山氏による果樹および果樹園の経営の講義の予定だ。市の説明も満足のいくもので、皆ホッとしている。後は入札待ちだ。地区負担の集会所、集荷場、果樹の植樹や昇降装置は支援金で賄えるという事だし、その支援金もまだ残る。その残金の使い道も委員会で検討する事になる。青山氏の講義が始まる。青山氏は何十年と果樹の仕事に携わり、経営、輸出入など指導にも力を入れている。青山さんによれば、この地域は中温地域で、ブドウ、桃、さくらんぼなど合う果樹が多いという。それぞれの特長、手入れの仕方、収穫時期、価格などの説明を受ける。

「果樹が決まれば、集荷場の内容も決まるだろうが、その後の指導も青山さんお願い出来ますか？」と、哲ちゃん。

「要望があれば参加させて頂きます」

「青山さんの会社で、買取り輸出、販売はお願い出来るんですか？」

「そういう場合もありますが、私の会社だけでなく他の販路の開拓も考えなければなりません。ただひとつ、（いいもの）を作らねば売れませんし、作る意味もありません。（いい物）を作るには愛情を注がねばなりません、それと（いい物）はその地区の特産にしなければなりませんから、いいかげんな気持ちではすぐ潰れてしまいます。今回は堀江さんの娘さんからの依頼ですので私も力が入っております。是非私も参加させて頂きたいと思っております」「青山さん、ええ事言うなぁー。愛情を注ぐ、名言や、参った！」と、浅尾さん。すると由夏が、

「浅尾さんもそろそろ名言を吐いて下さいね！　まだ聞いてないですよ！」

「ありゃあー、もうそろそろや！　まかしといて！」

　果樹については、委員会に一任と決まる。鈴木さんが近寄って来る。

「代表、いろいろと配慮して頂きありがとうございます。さっそく山下と相談します」

「鈴木さん、本当は特命にしたかったんだけど、市や県の工事となるとそうはいかないから。でも集会所と集荷場はお願いしますよ。さっそく設計に入ってほしい」

　市の工事にも山下さんの会社も入札に参加出来る様にお願いした。

「ところで、来週、新しい家に引越ししたいと思います。このマンションも、復興が終われば出て行きます。鈴木さんは但馬出張所の所長なんだから、まだまだこっちの生活も長くなるんでしょ？　どうですかねぇーもし良ければ、鈴木さんも住みませんか？　あの家に！」

「えッーいいんですか？　本当ですか？　いやぁーでもそんなぁー……代表、あつかましいですが、ぜひ私も住まわせて下さい。あの家は私の理想です！」

「はい決まり！　来週、私と浅尾さんと、由夏ちゃんと、奈緒さんという方と4人引っ越しします。鈴木さんも、いつでも来て下さい！」

「ありがとうございます。代表には何から何まで！」

「お互い様ですよ！　鈴木さんに近くにいてもらえればこちらも心強い。それより今から時間ありますか？　集会所と集荷場の要望を聞いてもらえれば助かりますが」

「いいですよ、もちろん！」

「由夏ちゃん、研雄さん呼んで来て。あの小会議室で！」

集会所は1階部分が埋まってしまうので、屋上部分を2階として増築する。

「代表、この地下になる部分、地下室にも出来ますよ！」

「そうだなぁー、いいねぇー。研雄さんどう思う？」

「地下室か！　大事な物を隠しておくのにちょうどいいなぁー。俺も隠したい物がいっぱいあるんだよ！　ちょうどいい……」すると由夏が、

「鈴木さん、地下室はいりません！　次、進めて下さい！」「…………」「…………」

「集荷場の設計は果実が決まってからにします。次の集会では決まるんでしょう？」

「鈴木さん、桃とさくらんぼで計画を進めて下さい。それと青山さんと相談して、果樹園から

荷を移動させる昇降レールを作ってほしい」

「わかります。果樹や肥料などの運搬ですね。でも代表、不思議ですね、あの集会所、本当に1階が埋まってしまうんですね。そういう設計にしていたのも不思議です」

鈴木さんが少し疑いかけている。まぁー大丈夫だろう。話が一段落した時には、いつの間にか皆飲んでいる。浅尾さんが、

「親分は、社長令嬢でセレブなお嬢さんやったんやなぁー。言葉遣いは、貧乏臭いけど！」

「何だと、こらぁー……エヘン……社長令嬢ではありません。親族です」

「由夏ちゃん、ついに浅尾さんを、子分にしたのか？」と研雄さん。

「違うんですよ！　耕平の野郎が勝手に言ってるんです。親分って言ったら生かしておかないって言うんだけど……聞かないのよ、このジジイ」

「おぉう、だんだん親分らしくなって来たなぁー。俺も子分にしてくれよ！　由夏親分！」

「やめてよ！　研雄さん。何で私が親分なの？　お嬢様なのに！」

今日4人、マンションから引っ越しをする。研雄さんが、

「寂しくなるなぁー、ここにいたらいいのに！」

「こっちには毎日来るよ、ご飯食べに。でも仕事の関係で私の家の仕事場を使ってもらう事になったから……まぁーついでに付いて来る人もいるけど！」

浅尾さんも、私も荷物は少ない。（私も一緒に）と鈴木さんも今日引っ越しをする。引っ越し業者のお兄さんたちがさっさと運んでくれる。由夏の荷物がなかなか下りて来ない。下りて来たかと思えばビニール袋ばかりである。お兄さんに聞いてみると、（ゴミです）とのこと。

次から次へとゴミ袋ばかりが下りて来る。

「お兄さん、荷物は？」

「まだまだゴミばかりです。荷物があったかなぁー！」

ははぁ～～由夏のやつ、ゴミ部屋だったのだろう、ガラスの指輪で十分だ。ゴミ袋が山になったあと、荷物が少し出てきた。それを積んだあと奈緒さんのアパートに行く予定だ。由夏が、

「私、部屋の掃除をしてから行きます」

「あのゴミ袋、どうするんだ？」

「車に乗せて処分してきます」

「どの車に？」

「私の！」

「3日はかかるぞ！　畑用の軽トラがあるからそれを使え。5回も運んだら終わるだろう。せめて今日中には来てくれ！」すると鈴木さんが、

「由夏さん、私が手伝います。代表は先に行って下さい」

「由夏ちゃん、そうしてもらいなさい。君一人では……」

「ゴミなんて僅かなんだけどなぁー。じゃあ鈴木さん、お願い！」

我々は、奈緒さんのアパートで荷物を積込み、奈緒さんの使っていた事務所でも荷物を積み、新しい家に向かう。どうにか荷物を各部屋に運び入れた頃、由夏と鈴木さんがやって来る。皆も手伝って、運び入れる。私が鈴木さんに小声で、

「すごいゴミだったでしょう！」

「すごかったですねぇー。よくあれだけのゴミがあの部屋から出て来たのもすごいですよ！」

まぁー人それぞれ。いいところもあればダメなところもある。それを言うとまた拗ねるので言わない事にする事を鈴木さんと口裏を合わせる。部屋の割当ては由夏の決めたものだ。〈株〉の取引専用の部屋も2つある。皆、一段落してリビングに集まる。奈緒さんだけ皆とは初対面だ。

「こちら、私の友達の小泉奈緒さんです。なかなかの美人です。今、Dハートの〈株〉の取引をやってもらってます。こちらが鈴木さん、この変なおじいさんが浅尾耕平さん。この人には奈緒も気を付けて下さい」

「由夏はん、なんて事を！　あのう、子分の事は内緒でっか？」

「あたりまえだ、喋るな！　それでは皆さん、引っ越しそばが来ましたので食べながら聞いて下さい。ここをまっすぐ行くと、食堂と厨房、その向こうが娯楽室、小畳部屋、男風呂。こっち向きが各個室と仕事部屋と女風呂。他にもたくさんありますのでまた探険して下さい。大事な事は、ここでは食事が出ません。もちろん作れる人は作ったらいいのですが、作れる人が……まぁーマンションに行って食べてもよし、外食でもよし、奈緒もマンションで食べてもいいよ！　それとここのリビングに大型の冷蔵庫が2台あります。この中に飲み物がたくさんありますので自由に飲んで下さい。またいろんな決め事があるかと思いますが、まぁーおいおいに！　男風呂と男子トイレの掃除は男がやる事。いいですね！」

「はぁーい！」

「わからない事や使い方がわからない事は、主に鈴木さんに聞いて下さい！」

さてどうなる事やら。変な共同生活が始まった。

地区の集会で、果樹園で育てる果木が桃とさくらんぼに決定する。私が勧めたわけではない。皆がそれなりに研究して出た結果だ。青山さんも実のところホッとしたらしい。変な物に決まればどうしようと、ひやひやしていた様だ。

「これで代表、次のステップに進みます。桃とさくらんぼの区分わけ、苗木の数量、昇降レールのルートの設計、集荷場の商品選別の設計や土質改良、また組合の設立準備や区民への講習など、やることはまだたくさんあります」

「鈴木さん、青山さんと相談して設計よろしくお願いします。傾斜地の資料は市から取り寄せます。ところで入札はどうですか？」

「大丈夫です。詳しい事は言えませんが、全て私共でやるつもりですし、手も打っています」

建設業の世界もいろいろとあるのだろうが、鈴木さんの会社が落札するのもわかっている。


事務所に行くと、皆仕事をしている。由夏も神妙な顔をして仕事のようなものを始めている。

「堀江さん、ちょっと代表室に」と由夏を呼ぶ。

「相談したい事があるんだ！」

「研雄さんの事？」やっぱり由夏も気付いているのだ。研雄さんは癌を患っている。胃癌だ。まだ腫瘍が出来たばかりで症状は出ていない。早期に取り除けば問題はない。ただ病院に行って検査しなくては発見出来ない。

「わかりました。私が病院に連れて行きます。代表は明日、山地先生にお願いして下さい」

「わかった。山地先生は心臓専門だから、内科の先生を紹介してもらおう。それで、どう言って連れて行くの？」

「それ、私に任せて下さい。今日は帰ります」

「えッー早引き?」(浜野がびっくりするぞ!)

由夏がマンションに帰ると、研雄さんがリビングで新聞を読んでいる。

「おぉうー由夏ちゃん。どうしたの? 調子悪いのか?」

「うん、ちょっとしんどいかなぁー。少し熱があるみたい!」

「由夏ちゃん、医者に見てもらおう。見てもらった方がいいよ!」

「ありがとう、明日病院に行きます。研雄さんも少し顔が赤いよ。熱があるんじゃないの? えッー飲んでるの?」

「飲んでねぇーよ! これからだよ!」

「それにしては顔が赤いなぁー。熱計ってみて!」

計り終えた体温計を研雄さんが見る前に、脇の下から取り出し、

「ありゃあーやっぱあるわ! 37・7度も!」

「へぇーそんなに? 熱っぽくないけどなぁーー!」

「研雄さんも一緒に明日病院に行きましょう!」

「何ともないよ、これぐらい!」

「研雄さん、私が連れてってあげるから、病院でデートよ!」

「そうだな! じゃあ、行くか!」翌日、美紀子さんが、

「由夏ちゃん、悪いねぇー。私と一緒に行くより、由夏ちゃんと行きたいみたいだから」

山地先生の紹介で内科の斎藤先生にお願いする事になっている。まだ40歳過ぎで背の高い凛とした顔立ちの好青年である。

「もう少し検査してみましょう。2日入院して下さい」

「えっー、入院ですか？」

「レントゲンに影があります。検査してみないとわかりません」

「研雄さん、検査入院だよ。この際、徹底して調べてもらった方がいいよ！」

入院2日目の午後、由夏と一緒に病室に入る。美紀子さんがいる。若い娘さんもいる。看護師が来て（先生の説明があります）。小部屋に案内される。美紀子さんが、（一緒に入って！）と言うものだから、由夏も。（聞きたいし）

先生はあっさりしている。

「癌の可能性が高いです！」「…………」「…………」顔を見合わせる。

「しかし、これ以上早い発見はないでしょう。癌も出来たばかりです。このまま入院して頂き近日、手術します。出来たばかりなので転移もしていません。手術後、3日で退院出来ます。手術も切るわけじゃありません。何と言っても早かった事がなによりです」

「研雄さん、良かったね、出来たてのほやほやで！」

「饅頭みたいに言うなよ！　由夏ちゃんが誘ってくれたおかげだ！」

「そうよ研雄さん、私が命の恩人。お礼に何かしてもらわなきゃあー！」

「わかった由夏ちゃん、何でもするよ！　彼氏でも紹介するかな！」

「わあー本当！　期待しとくわよ！　今、私の周りはまともな男がいないんだよねぇー」

（俺もその周りの中の男のひとりか）

「祐ちゃん、これ、俺の孫の沙智。春に福祉関係の大学を卒業するんだけど、まだ就職決まってないんだ。祐ちゃんとこで雇ってくれないかなぁー」

「おじいちゃん、待ってよ。勝手に決めないで！」

「沙智さん、良かったらうちの会社案内、マンションにことずけるから見て下さい。今は大阪に住んでるの？　お父さんとお母さんと？」

「はい！　私は本当は田舎の方がいいんだけど……会社案内見させて頂きます！」


由夏は気になっている。奈緒さんが〈株〉の取引をする人を探すのに、心当りがない事はないと言ってからもうかなりの日数が過ぎている。奈緒さんのその知り合いの男性が今後、〈株〉の取引をしてくれる事はわかっているのだが、奈緒さんがちゃんと話をして、私達に引き合わせ、その人と合意してこそ進むのである。しかし、進んでいない。夕食後、帰って来た奈緒さんを由夏がホールに呼ぶ。

「あぁー由夏、言いたい事わかってるから。もう、2、3日待って。と思ってたんだけど、その顔付きじゃあ、今、聞きたそうだから言うわ。あの日、さっそく大ちゃんに電話したのよ！乗り気なのは乗り気なんだけど、はっきりしないの、彼も仕事、おそらくお父さんの会社の仕事（家の中でパソコン使ってるだけ）やってるんだけど、何だかよく分かんないんだけどかなり重要な仕事の様なの。ただ彼にもまだ時間の余裕はあるの。だから彼はやりたそうな感じなんだけど、何かがひっかかってるのよね。実は彼も、私と同じで自分を変えたいのよ。わかる由夏？　本当はね、最初、断わって来たの。でも、もうすぐ電話がかかって来ると思ってる。私の勘、当たるのよ！」

「わかった。大ちゃんって、どこに住んでるの？」

「私、電話した次の日、行って見たの、大ちゃん家。ここから1時間位かかるかな。すっごい家。あれはどこかの社長の家だなと思って調べたの。馬場大次郎、馬場商事の社長。大きな会社よ。大次郎夫婦は今、アメリカに住んでる。それで大ちゃん、馬場大輔は、その大きな家に家政婦か親族かよくわからないけど、2人で住んでるの」

「何してる会社？」

「商事会社だから何でもやってるわよ。主に貿易。アメリカ、ロンドン、パリ、ハワイにもあったかな。他にも支店があって、何せ大きな会社よ！」

「堀江商事と似てるわね。お父さんに訊いたら知ってるかもね。でもそんな社長の息子が他の会社の〈株〉の取引をするかなぁ？」

「だからそれがわかんないところよ。でも彼はやる！」

「奈緒とはどういう知り合い？」

「昔の引きこもり仲間！」

「アァッー……そおう！」

翌朝、出社早々、由夏が追いかけて代表室に入って来る。

「代表ぉぅー。私、昨夜、一晩考えたの！」

「ああ、それはいい事だ。今晩も考えたらいい」

由夏は何か自分の心の中で決心すると、すぐに行動を起こしたい節がある。まずその事が最初に来て、身の回りに目が向かなくなる。今がそれだ。事務室に入って来るなり挨拶もしないでまっしぐらに代表室に走る。皆、ポカンとしている。浜野も立上がるが由夏が代表室に消え去ると、立上がった目的を探すため机の上の書類を手に掴むが、そのまま座る。

「代表ぉぅー、今から私と一緒に行って！」

「どこに？」

「えッーと、どこだっけかな？」

「由夏ちゃん、まぁ座って。大きく息を吸って、吐いて、お茶でも飲む！」

「いいえ、もう落ち付きました。いいですか？　話しますよ！」

「……はい、どうぞ！」

「まず、昨夜、奈緒に聞くところによりますと！」

「…………！」

「あの男は引き受けてくれて、代表の家に一緒に住む事になると思う、2人！」

「あの男とは？　2人とは？」

「奈緒の知り合いで〈株〉の取引をやってくれる人。馬場大輔。2人とは、大輔の家政婦。だから早く、外国の〈株〉取引の準備がしたいの！」

「あぁーやっと分かった。まぁーお茶でもどうぞ！」

江口さんが気を利かして持って来てくれたお茶を飲む。熱い。情緒不安定なところがある。時間が経てばすぐ直る。自分では気付いていない。

「まず、外国市場を決めたいの！　私の思いでは、アメリカとロンドン、シンガポール。そして証券会社を決めて、金融機関を決めて、お金を振り込みたいの！」

「わかった。もう飲めるぞ！」まだ熱そうだ。

「一つ目、外国市場。私も同感だが、困った事にアメリカ市場の取引は夜中だ。ロンドンとシンガポールはいいと思う」前の時に調べていたのだ。

「その大ちゃんていう人、夜行性で、いつも夜中に起きてるのよ。だから大丈夫！」

「あぁーそぉう。証券会社は、谷原のとこじゃない方がいい！」

「わかってるわよ！　あんなとこ！　候補を選んでおいた。ここよ！」

「まぁーそれはそれでいい。金融機関は？」

「これ候補よ！　大手、今のとは別！」

「これもいいだろう。資金は私名義のを使おう！」

「それはダメなのよ！　祐一朗、知ってる？」（仕事もプライベートも一緒になってきている）

「今、Ｄハートの資金も祐一朗の資金もみんな、浜野さんが管理してるわ。代表、言ってくれる？」

「俺は嫌だよ！　秘書が言って！」

「私、絶対、嫌。何んて言うのよ！　ちょっと〈株〉をするから50億ほどお願いって言うの？　浜野さん、Ｄハートは大丈夫かって疑うわよ！」

「じゃあ、どうする？　へそくりはないぞ」

「そこで私、考えたの。祐一朗、この事業始める時、軍資金を稼いだって言ったでしょ！　その手を使うの！」

「えッーまさか！」

「そう、それ、それも短期間で。出来たら、来週の土日」

「えッー本気か？　またやるのか？　うーん、そうか、面白くなって来たぞ！」

「で、来週の土・日、京都と阪神、でも2人でっていうのが問題だから、研雄さんと浅尾さん、連れて行く」

「そりゃあーマズイよ！　あんなの連れてったら……」

「大丈夫、２人には歌舞伎と大相撲を見せとくのよ！　研雄さんの退院祝いという事で！」

「なるほど、その間に我々がやるって事か。込み入った仕掛けだなぁー！」

由夏はさっそく予約を入れる。そして案内してくれる世話役も頼み、ホテルも予約。

「大掛りになって来たな！　金融機関と証券会社への名義はひとつは俺、そして由夏と浅尾さん。もうひとつ、高浜先生に神戸と姫路と大阪に土地を探してもらってくれ！」

「わかった。金曜日には持って来てって言っとく！」

「由夏、大型のスーツケースが10個ほど入るレンタカー頼んでくれ。しかし、何か懐かしいなぁー」

「私もやった事ないけど楽しみなの。ドキドキしてる！」

「そうだ、美紀子さんも誘ってみよう。研雄さんも病み上がりだし」

準備は整った。土曜日早朝、マンションの隣のレンタカーまで歩いて行く。

「由夏はん達は歌舞伎も相撲も見いへんのかいな！　もったいない！」

「ちょうど俺達が土地を見に行くのに、せっかくやから２人を誘ったんだから、俺達も相撲見てたら何やってるかわかんないよ！」

「まぁー悪いねぇー！」

「皆さんにはちゃんとガイド付けてあるからね！　私はどうも男のデブの人が裸でお尻見せて、戦うってのは見てられないのよ。夕方にはホテルに帰るから一緒に飲みましょう！」

京都の駅でガイドと待ち合せ、３人と別れる。

「悪いねぇーお2人さん。じゃあまた夜、ホテルで！」

京都の競馬場に走る。手前の雑貨店でスーツケースを買う。由夏はここにも予約を入れていた。横5列、縦6列、高さ20段で6億。こっちが縦8列の8億。5ケずつ、10個。車の後ろに放り込む。乗車位置からは見えない。

すでに3レース終わっている。第4レース、30分前。まず資金作りだ。配当3万8千720円。とりあえず3万円分を買う。予定通り4レースが終わる。払戻し、1千160万となる。

「由夏、俺はこの払戻しに行ってくる。ここで待っててて！」払戻しの後、

「じゃあ、第5レースと第6レースを買って来る。第5レースは2万6千580円だから226万、第6レースは3万2千530円だから246万！」

「私の馬券は買わないの？」

「えッー、だって、2度も大金の払戻し行くの嫌だろ！」

「第5レースと第6レース、一緒に払戻ししたらいいじゃないの？」

「あぁーなるほど！　じゃあ、由夏の分は第5レースは300万、第6レースは185万、買ってくるよ！」

「走るの見る？」

「うん、ちょっと見たい！」

ものすごい人混みだ。意外と近い。迫力はある。デブの尻を見ているよりはいい。

「本当に当たっちゃったの？」2人して2レース分の配当を払戻しに行く。

「この馬券を持ってあそこのドアから入るんだ。俺も少ししてから入る」

私が出てくると、由夏はスーツケースに腰かけて待っている。2つずつスーツケースを転が

し、駐車場に行き出発する。２人合わせて28億。上々である。阪神競馬場に走る。途中食事をするが食欲がない。金の大きさには慣れてはいるが、競馬というものに慣れていない由夏は、顔色が悪い。

「祐一朗、本当に私、悪の道に手を染めた気持ち。でも面白い！」

「何言ってんだ、悪い事なんかしてないよ！」

第９レース、配当５万２千５３０円、１５３万。由夏も１１５万。第10レース、配当４万５千３８０円、１７７万と１３３万。係員が台車を持って来てくれる。２人して何とか車のトランクに放り込む。計28億。全部で56億。まだ午後３時を回ったところだ。神戸に走り、高浜先生の紹介してくれた土地を３ヶ所見た後、大阪のホテルに向かう。ホテルに着くと３人は浴衣に着替え、もう風呂にも入った様だ。３人に促され風呂に行く。由夏とエレベーターの中、

「由夏、今日は由夏の部屋取ってるのか？」

「うん。女はね、男と違って勘がいいの！」

私らは勘が鈍いらしい。と由夏が荷物を床に置き、両腕を首に巻き、唇を寄せる。

「今日は久し振りに楽しかったわ！　明日、もっと増やせないかしら！」

「おい！　ドアが開くぞ、こら！」

ゆっくり風呂に入り、浴衣に着替える。和室の宴会場に案内される。今年は皆、いろいろとあった。あり過ぎたかも知れない。私はもちろん、由夏も、研雄さん夫婦もそしておそらく浅尾さんも。今日は皆、何もかも忘れてゆっくりしたらいい。由夏は時計を気にしている。そこへ、仲居さんが（お見えになりました）と言う。

「えッー誰か来たのか？」

「そうよ！　明日のガイドさん！」入って来た年配の女性に、

「かおりぃ〜〜、どうしたんや！」

「あんた、久し振り、どおうー元気やった？」

「俺りゃあー元気や……親ぶ……由夏はんが呼んだのか？」

「そうよ！　浅尾さん、いつも会いたそうだったから！」

「何言うてんのや！　そんな事あるかいな！」と言いながら満更でもない。はっきりと嬉しそうだ。その後も話をするわけでもないが、ずっとニヤニヤしている。老人は眠くなるのが早い。そこで由夏が、

「皆さん、眠そうなので、明日の予定を言っときます。いいですか、ちゃんと聞いててね！明日7時から朝食、8時30分にはここを出て相撲を見に行きます。私が送って行きます。夜6時頃に迎えに行きますので、ごゆっくり。浅尾さん、かおりさん、案内お願いします」

「おっしゃ、わかった。この辺はわしの庭みたいなもんや！　土山はんも一緒に見たらええのに！」

「私は男の人の大きなお尻は見たくないの！　デブも嫌いだし！」と、由夏。

「祐ちゃんも気が利かないねぇー。明日もどこか施設見に行くの？」

「美紀子さん、私が行きたいって言ってるの！　代表には付き合ってもらってるだけ！」

皆、眠気が覚めたのかまた飲み始めた。浅尾さんは本当に嬉しかったのか、完全に酔った。

「あぁー浅尾さんどうぞ。昔はこのへんで悪い事してたんでしょ！　私、最初浅尾さん見た時、この人きっと頭おかしいって思った。そうしたらやっぱりそうだった！」

「いやぁーそりゃあ親ブ……由夏はん、参った」それから小声で、

「これは例の杯という事でよろしいんですね！」

「そりゃぁー違うわい！」

「まぁーとにかくご返杯をどうぞ！」と由夏はそれを飲んでしまった。研雄さんも見掛けは元気だ。今のところ癌は全て摘出しているので、本人も心配していない。

「由夏ちゃん。この人は私の言う事より由夏ちゃんの言う事をよく聞くから、また頼むよ！この前も、（ちょっと由夏ちゃんと行ってくる）なんてデレッっとして……バカみたい！」

「バカとは何だ、バカとは！」

「由夏ちゃん、またお願いね。この人も長くはないんだから！」

「そう簡単にくたばるかよ！　お前の方が先だぞ！」

「いいえ、私はあなたみたいに不摂生じゃありませんからあなたよりは長生きします。浅尾さんも土山さんも、もうちょっとで死にかけてたんだから少しはまともな生き方するんじゃないかと思ってたけど、やっぱりだめやねぇー男は！　ねえ由夏さん！」

「だめの塊みたいなもんです！」

「浅尾さん、研雄さん、今日は男はおとなしくするしかないしなぁー」

寝静まった頃、由夏が来る。寒そうにしている。

「寒いのか？　早く入れ！　今日は女の勘は大丈夫か？」由夏は布団に入り、抱き付いて暖を取る。たまに背を伸ばし、唇を突出して来る。私は背中を摩り、お尻を撫でる。

「祐一朗、お尻は大丈夫！　それでね、明日だけど、もっと多くやりたい」

（どうもお尻はダメらしい）

「えッーレースをか？」

「そう、せめて3レース！」

「運ぶのも、払戻しも大変だぞ！」

「払戻しは3レース、一緒にしたらいい！　運ぶのも台車があるから大丈夫！　私も馬券買ってみたいし！」

「じゃあースーツケース……あと10個……全部で20個か。車に乗るかなぁ？」

由夏は疲れたのか、私の腕の中で眠った。

翌朝、由夏は早く抜け出して自分の部屋に戻り、部屋から出た時、美紀子さん夫婦と出くわす様にする。

「由夏ちゃん、おはよう！　眠そうね」と美紀子さん、

「素っぴんでも可愛いね！」と研雄さん。朝食を取り、皆に今日の予定をもう一度言う。

「由夏ちゃん、祐ちゃん、今日また何か別人みたいね！」

払戻しの時のため別人みたいに変装したのだ。さっそくレンタカーで大阪体育館に向かう。

「由夏はん、そこ真っ直ぐ行って右や、そしたら駐車場の人口がある」

「浅尾さん、駐車場には行かないわよ！　正面玄関でいいわね！」

「あッーそやった。今日もまた行くんか？　ごくろうなこっちゃ！」

「じゃあ行きますよ！　浅尾さん、ここも庭みたいなもんなんでしょ。ちゃんと案内してね！」

すると、かおりさんが、

「あぁー由夏さん、これ、浅尾の住民票の退出届。忘れないうちに渡しとくよ！」

4人を置いて宝塚に走る。途中、スーツケースを10個買う。第2レースまで終わっている。

「由夏、第3、第4、第5レース、2人分買って来るぞ」

「私も行く、買い方教えて！」スーツケース6つを台車に乗せて行くのはちょっと恥ずかしい。

「祐一朗、もう一度、馬見てみたい」スーツケースを隅に置いて階段を上る。

「わぁーここも広い。いるいる、大きいね、馬って！」

「あそこから来るんだ。1周回って、あそこがゴール！」

「あッー走り出した。ねぇー、どの馬が勝つの？」

「1着8番、2着7番、3着1番！」

第3レース分の払戻しも無事終わる。スーツケース6個を車に放り込む。今日は、昨日も大金を払戻した同じ人物だとはバレないだろう。これも由夏のアイデアだ。が、3レース分だけあって時間がかかる。すぐ京都に向かう。食事の時間もない。コンビニでおにぎりとお茶を買う。京都競馬場でも何なく3レース分の払戻しをして、大阪に向かう。途中、高浜先生の紹介の土地を3ヶ所見る。土地を見ておかねば辻褄が合わない。忙しい事だ。競馬をしてたなんてバレたら大変だ。

「祐一朗！　また来たい。今度はゆっくりと！」

「俺はもういいよ！」

由夏は緊張感に飢えているのだろうか。車を大阪体育館の駐車場に入れ、ホールに行くと皆が待っている。かおりさんと浅尾さんがソファーで話し込んでいる。後ろから由夏が、

「浅尾さん、このまま大阪に残ってもいいのよ！」

「由夏はん、おおきに。せやけどもうちょっとあっちで由夏はんの用心棒を致しやす」

「あら私は大丈夫だよ。私の方が浅尾さんより強いんだから！」

「そんな事はあれへん。やっぱり親分は女やさかい！」

「わかった、まぁーいい。親分って言うな！」かおりさんには聞こえていない。かおりさんを家まで送る。浅尾さんは名残り惜しそうだが、その気配は見せないようにしている。

「あんた。じゃあまたね！」

「わしは大丈夫やから、お前も気い付けや！」

「浅尾さん、大阪帰りたくなったんでしょ！」

「へぇーちょっとだけ！　せやけどあっしもあっちで忙しいし、由夏はんの子分やから一人で大阪にのこのこ残るわけにはいきやせん！」

「浅尾さん、そう由夏はんでいいの。ただ、子分とあっしはやめて！」「へい親分！」

帰路、姫路の土地を見るが暗くてよくわからない。研雄さんが、

「こりゃあ、わからんわ！　こんな時間に来るのが間違っとる！」

「おっしゃる通り、また来ます、明るいうちに！」

皆で夕食を取り、マンションに帰る。レンタカーを返しに行くと言って、例のレンタルルームに行き、スーツケースを降ろす。ケース20個を運び込むのは重労働だ。

「祐一朗、私もうダメ！　あと頼むわ！」

「何だよ！　由夏がこんなに増やしたんじゃないか！」

「まぁーそうだけど！　今度はまたゆっくりとね。祐一朗！」（またやる気か！）

本日はこれでおしまい。

家に帰ると奈緒さんが迎えてくれる。

「由夏、代表、ちょっといい？」

「いいわよ！」とホールに行く。

「例の大ちゃんの事なんだけど、その馬場大輔から電話があったの。向こうでも話が出来たみたいで、だから2人をここに呼んで話してもらいたいの」

「いいわよ、いつでも！　ねぇー代表！」

「俺はいいよいつでも。夜でも昼でも馬場さんのいい時に。奈緒さんが決めてくれたらいいよ」

「そう、わかりました。それでね、感じとして、2人共ここに住んでもいいみたいなの。2人っていうのは、大ちゃんと綾さんっていうんだけど、大ちゃんの身の回りの世話してる人。うん、60歳位かなぁー……だから2部屋欲しいのよ！」

「いいよ、それで」

「じゃあ、また来てもらう日、相談する」

「いろいろとありがとう奈緒さん！」奈緒が去った後、

「祐一朗、ちょっと相談！」と言いながら由夏がビールとコップを持って来る。

「祐一朗！　今日は乾杯したい気分！」と私に注いだ後、さっさと自分のコップに注ぐ。

「はあーい、乾杯！」の後、A4の紙を手渡す。証券会社の名簿だ。

「わたし的には決めてたんだけど、もちろん谷原の所とは違うよ！」

「小さい規模の所は目立つからな！　谷原も遠くないうちに気付くだろうが、まぁーそれは構わない！」

「ここと、ここと、ここ！」

「全部変えるのか？　いいよこれで。バンクは？」

「バンクはそんなに多くないから、今のとこ以外でこの3行！」

「さっそく証券会社に登録して、口座を開設してくれ。名義は、浅尾さんと由夏と俺。金は3行別々に時間を決めて取りに来てもらおう」

「わかった。そこまでは私一人で出来そうよ。明日午前中にやる！　明日遅れるけど浜野さんにちゃんと言っといて。変な理由にしないでね。でもあの人、まともな理由だと信用しないけど、変な理由だと信用しちゃうんだよなぁ〜」（……日頃の行いが悪いのだ……）


風呂から上がると、ちょうど鈴木さんが帰って来る。相変わらずよく働く。

「代表、ちょっといいですか？　出来たら由夏さんも」

「わかった。でも鈴木さん、夕食、まだだろ？　先に食べて。由夏ちゃん呼んどくから」

由夏を呼びに行く。由夏も風呂に入っていたらしい。

「私、素っぴんなんだけど！」

「素っぴんでも可愛いからいいんじゃないの？」

「やっぱり祐一朗もそう思う？」

「思ってるよ！　特に目を瞑ってたらな！」

「あぁーあ、また言っちゃったぁー。今度は何にしようかしら！」「………」

「代表、由夏ちゃん、今日、入札がありまして、うちが落札しました。よろしくお願いします。工期は11月末までです」

「そうかぁ〜そりゃ良かった。以外と早いんだねぇ。ありがたいけど」

「そうですね、工事の範囲は広いんですが、何せ土を動かす事が多いだけで結構早いんです」

鈴木さんにやってもらえて安心だ。これで次の準備が出来る。また忙しくなりそうですね」

鈴木さんと言い山下さんと言い、本当に期待を裏切らない人達だ。

「あッ、それと鈴木さん、実は、奈緒さんにやってもらってる仕事をもっと広げたいと思ってまして、人を探してたんですが決まりました。それで、その人もここに住んでもらう事になりました。近日、引っ越しされると思いますのでよろしくお願いします」

「わかりました。奈緒さんって〈株〉の取引されてるんですよね。大変だなぁー。今度の方もそうなんですか？」

「馬場大輔さんと綾さんの2人です。綾さんは馬場さんの世話をされてる方です。鈴木さん、それと、実は、昨日と一昨日、大阪と神戸と姫路の土地を見て来ました。姫路と神戸はDハートの支社として大阪は支社兼Dハートの事業本部として動かそうと思っています。近日、鈴木さんに土地を見てもらいたいんです。どうでしょう？」

「わかりました。私の方はいつでもいいです。私も早く見たいです。神戸は地元ですので、大体わかります」

「じゃあ、予定を組みます」

奈緒さんがやって来る。鈴木さんがいるので遠慮しているのか近くまで来ない。

「奈緒どうしたの？　来て！　今、鈴木さんにも大ちゃんや綾さんの事話してたの」

「そうなの。それでなんだけど、明日でもいい？」

「いいよ」

「明日の夜7時って、私が言ったんだけど」

「わかった。ありがとう。奈緒も一緒に話してくれるんでしょ？」

「それが良ければそうする」

翌日、馬場大輔君と綾さんが来る。大輔君はどんどん先に歩く。その後から小袋を持って、綾さんが続く。

「代表、こちらが馬場大輔さんと綾さんです。大ちゃん、こちらが土山祐一朗さんです。こちらが私の友達で、代表の秘書の堀江由夏さんです」

「秘書兼企画室長です」と、由夏。

身なりはしっかりしている。細身で顔も細長、頭の両サイドを刈り上げているので一段と細長く見えるがどこかしら気品がある。引きこもりには見えない。綾さんも派手ではないが上品に着こなしていて、やはり気品がある。

「馬場大輔です」隣の綾さんが、

「こんにちは、お世話になります。私、大輔様のお世話をしております綾でございます。これ、つまらない物ですが！」と手土産を差し出す。由夏と奈緒さんが仕事の内容を説明する。

「わかりました。やらせて頂こうかと思います。……が、私は父の会社の仕事も少しやっていますが、それはいいんでしょうか？」と、大輔君。

「あぁーそれは大丈夫です。こちらの仕事にさえ支障がなければ。それと奈緒さんから聞いたのですが馬場さん、夜の遅い仕事でも大丈夫ですか？」

「はい、遅いのは大丈夫です」

「大ちゃん、実は、もし良ければだけど、大ちゃんの仕事も夜中だし、出来ればここに住んでもらえたらいいんだけど、ここ部屋たくさんあるし。何かと相談も出来るし、どうかなぁー綾さんも一緒に。良かったらだよ！」と、奈緒さん。

「その方が良ければそうさせて頂きます」思いがけなく簡単に返事が帰って来る。こんなにも早く決められるものなのか。反論はせず静かに聞いていた綾さんが、

「私、大輔様の食事を作りたいのですが、台所を使わせて頂けますでしょうか？」

「はい、もちろんです。このホールの向こうが台所と食堂になっていますし、各部屋にも、ミニキッチンがあります」話が早い。引っ越しも来週の土曜となる。大輔君達が帰ると由夏が、

「大ちゃん、簡単に決めたわねぇー。ありがたいけど、どういう性格なんだろう？　取っ付きにくそうかなと思ったけどそうでもなさそうだし、はっきりしているし、決断は速いし、いい性格だと思うわ！」由夏の性格に似ているのだろうか？　いい性格らしい。

「昔の引き籠もり仲間だけど、どうも今はそうじゃなさそうね。でも昼間どんな仕事してるんだろう。謎の深い男ね！」奈緒さんが言うと由夏が反応した。

「ちょっと興味があるわ謎の男って！　私の周りには謎の欠片もない男達ばかりだからねぇー」

「………………！」


次の土曜日、さっそく大輔君と綾さんが引っ越して来る。7人の奇妙な共同生活が始まる。

引っ越し当日、綾さんが、

「皆さんの食事はどうされているんですか？」

「はぁー各自、適当にやってます。そこのマンションで私の地区の人達が避難生活をしている

んですが、そこに食べに行ったりしますし」

「私、大輔様の食事の用意をしますので、もし良ければ皆様の分も作る事は出来ますよ」

「えッーそれはありがたいです。是非そうして頂けたら嬉しいです」

「ただし、私、週に一度、あちらの家に戻っていろいろとしたい事がありますので、そうですね、日曜日に決めようかしら。その日だけ食事の用意は出来ませんが……」

「あぁーそれは大丈夫です。何とかします」

「こちらのお嬢様お2人もいいんですか？　あまり人の仕事を取りたくないものですので」

「私も料理が好きで、今勉強中です」と由夏。すると奈緒さんが手を横に振りながら、

「綾さん、料理のイロハから教えてやって下さい。このままだとお嫁にも行けません！」

「あぁーそれがいい。モノになるかは別としてね！」と私。

「奈緒はどうなのよ！　ちゃんと出来るの？」

「私はまぁーまぁーよ。お嫁に行っても大丈夫よ！」

「奈緒さん、この人が嫁に行けないのは、それだけじゃないんですがね！」

「何だと！　このやろう、変な事言うなよ！」

「あのう、来させて頂いて早々なんですが、家の中を整理というか、片付けをさせてもらってもいいかしら。私、片付けないと落ち付かないものですから」と、綾さん。

「あぁーそれはありがたい。ついでにこちらのお嬢様のお部屋もお願いしたい位です」

「おい！　余計な事を！」前途多難だが、綾さんがいれば大丈夫な様な気がする。

〈株〉の海外取引も始まっている。海外といっても日本の証券会社を通すだけだから、これま

でと変わらない。奈緒さんが東京とシンガポール、大輔君がアメリカとロンドンをやっている。アメリカは取引時間が22：30～5：00、ロンドンは16：30～0：30のため、午前中は自分の仕事が出来る。リスト作りも一挙に増えたが、

「由夏、リスト作り大変だろ？　俺も少し作ろうか？」

「祐一朗、私が（いいわ！）っていうと思ってるんでしょ？」

「うん、まぁーね。でも本当に手伝うよ！　俺も作り方忘れちゃうから」

「ありがとう、また頼むわ！　でもそんなに時間はかからないのよ。私って手際がいいから！」

「あぁーそうだったの？　知らなかった！」

X

但馬の冬は寒い。でも今年の冬は雪も少なく動きやすい冬だ。何もかも順調に進んでいる。少し気持ちの余裕が出来たのだろう。

「おい吉村君、この冬の間に慰安旅行はどうだ？　今なら行けるんじゃないか？」

「代表、今は代表と堀江さん以外は無理です。新規事業の準備も追込みですし、新入社員がかなり決まって来ています。研修もしたいですし、まだまだ人員も不足で、募集もしたいですし！」と、浜野。

「あぁーそう！　私と堀江さん以外は！」

代表室に入り窓を開け、自然の景色を味わう。ゆっくりと外の空気を吸込み、そうか私と由

夏以外は忙しいのか……。

いつの間にか風が暖かい。雪も山の頂上に少し残っているだけだ。〈株〉の取引も順調過ぎるほど上手く行っている。大輔君も奈緒さんも取引に慣れてきて、まだまだ増やせると言っているし、由夏もリスト作りに何も文句を言わない。新事務所も完成間近である。鈴木さんと相談の結果、3月20日に施主検査を行い、25日には引渡しが出来るという事である。その後、事務所の説明および器具他の使用説明をしたいので、時間を取ってほしいと鈴木さん。

「我々も出来たら25日には引っ越しをしたいと思います。浜野さん、予定を組んで下さい。まぁー引っ越しといっても持って行く物はそんなに多くはないと思います。ほとんどの物は鈴木さんの方で揃えて頂いておりますので。身の回りの物だけでいいと思います。大丈夫ですか堀江さん！……」「何で私にだけ言うの？……」

20日の検査も特に問題はなく、25日の引渡しは、私と浜野、由夏、吉村君とで行い、説明も受けた。説明は主に鈴木さんが行い、山下さんが補足する。

「一般の方は駐車場からエレベーター棟に入り、エレベーターかエスカレーターで上り、動く歩道を通って本館に進みますが、皆さんや関係者は、その横の通路から車で上まで行けます。この通路は冬に雪が積もったり、凍て付かない様な施工がしてありますので冬でも安心です」

「新事務所のオープンの披露には誰を呼ぶか考えておいて下さい」と浜野。

「それなんだけど、身内だけでやりたいと思ってるんだけど、今度の厨房は最新の設備だし、社員の食事もそうだけど、幼児や介護の食事だけじゃなく、大きなパーティのようなものも出来る。一度使ってみたいんだ。」

「代表、実は（いつオープンするんだ）って、金融機関、商工会、各市の関係者、各種団体から問い合わせが来ています」

「そうなのか？　それで呼ぶのか？」

「だって仕方ないですよ！　もうすぐ完成だなんて見ればわかるし、またよく目立つ所に建ってるんだし、この辺の金融機関なんて、筆頭の預金者は全部代表ですよ。そりゃあーオープンするとなったら皆お祝持ってやって来ますよ！」

「わぁ～大変だ。こっそりやろうと思ってたのに。お客がどんどん来る店じゃないのにねぇ」

「わかりました。少し様子を見ましょう。まず先に新入社員の歓迎会をやりましょう！」

「あのうー～歓迎会、私が幹事しましょうか？」「…………」（また大酒飲むのか？）


新事務所――。どうも落ち付かない。どうも広過ぎる。

「代表も副代表もいいですね、自分の部屋があって。自分の部屋に引っ込んでたら、寝てても分からないし！」

「そんな、引っ込んだりしないよ！　誰かが、うるさい時は分からないけど！」

「誰かがって、それ、私の事じゃないでしょうね！　副代表ぉ！」

「そんな事ないよ！　他にもいるだろう、うるさいのが……えっーいないか？」

（覚えてろ、このやろう。落とし穴に最初に落としてやる）

代表室も大きな部屋だ。備品も整然と備え付けられている。大きな窓のカーテンを開けてみる。山の頂上だけあって見晴らしはいい。横で浅尾さんも外を眺めている。浅尾さんの顔を見る。この人の思いが私の思いとなり、今こうして思いを叶える準備が出来たと思っている。物欲を捨て、自分のためではなく、誰かのために何かをしたい。そのために、いろんな思いを巡らし、どう動けばいいか……と思ったが、今、目の前にいるこの人から発せられた思いとは思えない……が……まぁーいい。

「代表ぉーどうしたんですか？　何か物思いに耽ってる様でしたが……」と、由夏。

「堀江さんもどうだ。いい眺めだ。君が物思いに耽ってる姿も見てみたいもんだ」

「あら私、いつも物思いに耽ってますよ！」

「へぇー堀江さん、それは知らなかった。物思いに耽る前に、喋ってる様に思いますがねぇー！」と、浜野。

「どうもここの男の人は、私の事、誤解してる様ですね。自分の口から言うのも何ですが、私はナイーヴでロマンチストなんです！」「………」「………」

「親分、あっしは知ってやすよ！　親分がナイーヴで、ロマンチストなんだって事……実はあっしもそうなんです」


社員も増えている。各施設の人員はもちろんだが、この新事務所にも渡辺さんという造園や建物の周りの木や庭の管理してもらう人と、主に雑用だが向井さんという人の入社も決まる。それと研雄さんの孫の沙智ちゃんも、4月から入社する。会社案内を見て気に入ってくれたのか研雄さんにしつこく言われたのかは知らない。

オープンの行事は結局、特に行なわない事にした。お客が物を買いに来るわけでもなく、単なる事務所開きだ。だがオープン披露をしなかったため、連日、客がオープン祝いにやって来る。祝いを頂くと礼儀としてお返しをしなくてはいけない。こんな事ならオープンイベントをやっておくんだったと思ったがもう遅い。

「浜野さん、何軒かお礼に回って来る。その後、そうだ、堀江さん、一緒に行ってくれるか？警察にも行って来よう。君は警察は大丈夫か？」

「大丈夫か？　という質問の意味はよくわかりませんが、警察と医者は嫌いです。私を連れて行くんですか？」

「そうだが、何か警察には行けない事情でもあれば別だが」

「おそらく大丈夫です。悪の道に手を染める夢を見ましたが！」

「本当に大丈夫か、もう一度、胸に手を当てて……」と、浜野。

「やめて下さい。知らない人が聞いたら本気にします。そうだ、この男達のセクハラの事も相談してこよっと！」


警察の用件は、以前に説明を受けたのだがオープンしてから具体的な打合せをする事になっていたのだ。定期巡回や、金融機関と同じような通報システムや訓練などの話である。近日、事務所の防犯カメラの設置場所やセキュリティのチェックをお願いしている。

「オープンしているので早い方がいいと思います。ここ2、3日のうちに、どうですか？」

「はい！　それでは、その当日は我々も防犯訓練をしたいと思っています。明後日の11時にお願いしたいと思いますが」すると由夏が、

「代表、もうちょっと早い方が、せめて30分前には来て頂かないと！」

「そうだな。その時、セキュリティの方も来て頂きます。警察の方も3名は来て頂けますか？」

「3名ですか、わかりました。それでは、全体図面と防犯カメラの設置場所を教えて下さい」

病院の工事も急ピッチで進んでいる。外からは仮囲いで見えないが、現場事務所の2階から見ると、全体の大きさが見えてくる。数え切れない位の作業員が動いている。地区の工事も本格的に動いている。たくさんの重機が動いているし、山の傾斜地も整備され、果樹園らしくなってきた。児童養護施設はすでに動いている。入園者はまだ少ないが職員も確保出来ている。

障害者住居、附属体育館や多目的ホールや事務所棟もすでに完成し軌道に乗り出した。虐待施設と貧困児の施設もこの4月に完成する。浜野は頭を痛めているが、社員も少しずつとはいえ入社が決まっている。

「えッー本日、予定通り10時30分に警察の方3名とセキュリティの方3名こられます。防犯についての説明もありますので、皆さん外出しない様に。前もって言ってありますので、問題ないですね。いいですか堀江さん！」（……何だよ……私にだけ……）

10時30分ちょうどにセキュリティ3名と警察3名来る。あらかじめ私服で来るように言ってあるし、車も事務所の裏の駐車場に停めている。

「皆さん、そのままで！」と事務所のカウンター前で説明を始める。

「たとえば不審者が来た場合……」不審者が強盗だと気付いても抵抗せずに、言うがままにし、机の下にあるボタンを押す。それはセキュリティ会社と警察に通報出来る様になっている。引き続きモニターを見ながら説明を受ける。

「これは来客の車が駐車場に停まった時点で作動します。顔認証システムです。性別、名前、年齢、犯罪歴が一瞬に出て来ます。チエック項目に該当するとボタンの色が変わります。この時もセキュリティボタンを押して下さい！」

「へぇー007みたいやなぁー！」

「浜野さん、どなたか、下の駐車場から上がって来てもらえませんか？」

「はい！　おい吉村君、君行って来い！」

「私がですか？」

「何だ、君は何か悪い事をしてるのか？」

「なんて事言うんですか浜野さん。まぁー行って来ますよ！」

「何なら私が行きやしょうか？」と、浅尾さんが手を挙げる。

「そうね、何かリアルになって来たね、犯罪歴があるほうがいいわね！　あっ、ちょっと待って、今車が止まったわ！」

「もうすぐ顔が出ます。この人でやってみましょう。システムが作動します。岡本、45歳、男、……」ボタンが赤色に変わる。

「この男、挙動がおかしいわね！」と、由夏。

「本部長、この男、岡本です。指名手配中の！」

「何！　よし、応援を頼め……」

「セキュリティーの方は、社員の皆さんを警護して下さい。我々はホールに入ったところを押さえます。皆さんは普段通りにお願いします」

江口や浜野や福山は机に座り、普段通りに仕事をしている様にするが、私と由夏と浅尾さんは普段通りと言われても何をしていいかわからない。私は事務所をうろうろし、由夏は箒とチリ取りを抱いている。浅尾さんは奥の部屋に逃げて覗いている。ちょうど11時だ。黒い鞄を持ったヒゲ面の男が近付いて来る。自動ドアが開き、岡本はゆっくり入って来る。本部長が前に進み、残りの2名が後に回る。

「岡本だな！」　本部長がそう言うと、岡本ははっと気付き後ろを向きながら逃げ出す。と同時に鞄から拳銃を取り出し、鞄を本部長に投げ捨てる。そこへ後ろにいた警察が飛びかかる。もう一人の警察が拳銃を持っている手に飛び付き拳銃をもぎ取り押さえ付ける。大捕り物だ。そこへ応援の警察が来て手錠をかける……。警察が来ている時で良かったと皆がそう思ったが、これも訓練だと思っていた人もあり、後で震えていた。浜野が、

「あぁーびっくりした。それにしても堀江さん、よく挙動不審なのがわかりましたねぇ！」

「はい！　すぐピンと来ました。私の周りには挙動不審な人がたくさんいますので！」

その後、テレビ局の取材、新聞社の取材、また谷原と片山も来ていた。一番先に気が付いた由夏を写真付きの記事にするということで、写真をパチパチと撮られていたが、

「あのう、すみません、写真はこれにして下さい！」と引出しから出した写真を渡す。

「へぇーそれ修整済み？」と、浜野。

（……このやろう、余計な事を、早くスコップを買っとかないと……）


「浅尾さん、浅尾さんに折入って頼みたい事があるんだけど。ちょっと由夏ちゃんが説明します」と夕食が終わり、娯楽室で飲み始めた時に由夏が切り出す。

「へぇー俺に頼みって？　何かこそばゆいなぁー」

「この前、浅尾耕平の名前で口座開設したでしょ」

「あぁーそうでしたかねぇー」

「実は神戸にDハートの支店を出したいの。その資金を作ってるんだけどその資金の口座を浅

尾さんの名義にしてるの。この前そこに建てる予定の土地を見て来て契約したのよ。今、鈴木さんが事務所の計画してる。そこで浅尾さん、浅尾さんにそこの代表になってもらいたいの」

浅尾さんの酒を持った手が止まる。

「そこで一度、浅尾さんに見てもらいたいの。そしてそこに浅尾さんの住む家も建てるつもりなのよ。浅尾さん、どうかな？　やってほしいんだけど！」

「あっしなんかが、代表なんて出来るんでしょうかね？」

「私も代表に言ったのよ、浅尾さんで大丈夫？　って。やめといた方がいいって！」

「えっーそう言われればちょっと腹が立ちやすが、しかし何だかよくわかりやせんが、由夏はんの言う事なら従いやす。たとえ悪の道に手を染めても……刑務所の中に入っても、親分の事は一言も言いやせん！」

「おうそうか、でも法に触れる事をするわけじゃない。悪の道に手を染めるわけじゃない。いい事をするのに決まってるじゃないか！」

「親分……もうそれ以上言わなくても親分、あっしの口が裂けても……！」

「耕平ぃ……！」「親分……！」

「……2人共、盛り上がったとこ申しわけないが、俺はもう寝るよ。まぁーごゆっくり！」

木村沙智が4月から入社している。研雄さんの孫である。両親は仕事の関係で大阪にいる。研雄さんの薦めもあるが沙智本人の意志でもあるらしい。この春、卒業したての21歳で由夏より2つ下である。今時の女の子で、容姿端麗である。

「沙智ちゃん、何でもわからない事は由夏ちゃんに聞いたらいいからね！」と私。

2人は年も近い事もあるし、性格も似ている様な気もするし、気が合う様な気がする。だから沙智も浜野の事を煙たがっている。

「沙智ちゃん、浜野さんって煩わしいから気を付けてね。イケズな時は、無視したらいいからね！」と、由夏。

「わかりました。そうします」

「おい！　2人共、いいかげんにしろ！　堀江さん、新人に変な事言わないでくれ！　沙智ちゃん、頼むから堀江さんみたいにならないでくれよ！」

「ほら始まった。私のいびり。沙智ちゃん、無視よ！」

「はい！　先輩！」

「だめだこりゃあー！　先が思いやられる……」


Dハートの昼食は、林さんが毎日作ってくれている。取引先や金融機関の担当の人も一緒に食べる事もある。今後の計画では、調理センター施設を建設し、児童養護施設、障害者住居など関連施設に配送する計画である。すでに調理センターは建設に入っている。仕事も多種に於て、どんどん増えているし、忙しくなっている。施設も増え、今後の事業計画も進んでいる。病院も順調だし、地区の復興工事も目に見えている。由夏も忙しいのはよくわかっている。が、忙しく見えないのが良いのか悪いのか、よく飲むのは目立つ。

夕食後、リビングに誘う。奈緒さんも引っ張って来ている。〈株〉の取引はすっかり慣れて来た様で、僅かな時間で終わっているという。

「大ちゃんも、（そんなに時間かかってないよ）って言ってるよ！」

「へぇーそうなんだ、きっとリストの作り方がいいのね！」

鈴木さんが帰って来て、

「代表、ちょっと見て頂きたいのですが！」と言う。神戸、姫路、大阪の支社の設計だ。

「あぁ〜もう出来てるの？　見せて！」

「鈴木さん、先に食事して来て下さい。不規則になると良くないわよ！　こっちはいつもゆっくりしてるんだから大丈夫！」由夏の言う通りだ。鈴木さんの仕事好きも桁違いだ。鈴木さんの設計はいつもながら見事だ、文句の付けようがない。よく考えてある。

「鈴木さん、気に入りましたよ！　これで進めて下さい。工事の準備にかかってください！」

鈴木さんも奈緒さんも、ダラダラと飲むのは性に合わないのか、さっさと引き上げる。ダラダラと飲むのは残された2人だ、ダラダラと飲むのが合うらしい。

「由夏、ちょっと考えたんだが、今この家に7人住んでもらっているが、まだ一度も歓迎会とか懇親会とかやってないだろ。一度それをやりたいと、今、ふと思ったんだがどうだろう？　そうだ、鈴木さんの料理と綾さんの料理のコラボで食事会をしたらいいと思わないか？」

「祐一朗、私も賛成。これは一石二鳥かも知れないわ！　いい案がある。この準備、鈴木さんと奈緒にしてもらうのよ！　はぁはぁはぁッーこれはいい。それと、研雄さんと沙智ちゃんも呼びましょう！　研雄さんも元気付けたいんでしょ。まだ当分は大丈夫だけどね。組合の初代理事長もしてもらわないといけないし、鈴木さんの料理も楽しみだわ！　祐一朗もたまにはいい事言うのね！」

「俺はいつもいい事を言ってるつもりなんだけどね！」

今日は地区の会議がある。その前に工事の進捗状況を見て来る事にする。

「途中、マンションに寄って、研雄さんを連れて行きましょう、組合の下話もしておきたいし、ついでに浅尾さんも連れて行こうかな！」

車の移動中に区の組合の事を相談する様だ。それと、研雄さんと浅尾さんは、由夏の時間潰しの対象に使うようだ。地区の工事を見る前に、病院の工事現場に寄る。ちょうど地区に行く途中にあるのだ。すでに建物の形が見え始めている。大きなものだ。順調だと聞いている。病院の会議にも出席はしているが、専門的な事が多く、よくわからないが細部に入っている事だけがわかる。山地先生は経営能力も優れている様に思える。が、由夏に言わせれば、（白石涼子がしっかりしてるからよ！）ということらしい。そして、

「Dハートも同じですよ！」

「何言ってるのか、意味がわからない！」

「ハァハァハァッー、土山はんもさっぱりやな！　いっその事子分にしてもらいやすか？　土山はんは2番目やで！　わしが一番やさかい！」と、浅尾さん。すると研雄さんが、

「俺も3番目の子分にしてもらおうかな。ねっ、由夏ちゃん！」

「皆、バカか！　私は老人ホームの勧誘しとんちゃうで！」「ひゃあーそりゃないわ！」

広い工事現場にたくさんの重機、ダンプが動いている。盛り土も進んでいて、以前の景色とはまったく違っている。堤防も片側はほぼ盛り上がっているし、山は崩れ止めの工事も終わり果樹園部分の段々にする造成の仕上げにかかっている。

「よくこんな事が出来たなぁー！」としみじみと研雄さんが言う。新しくなるのはいいが、どこか昔の面影が消えて行くのが寂しいのだろうか。じっと見つめながら、

「これでどんな災害が来ても大丈夫だ。なぁー祐ちゃん！」

「そうだね。これからは、あの果樹園を皆で盛り立てていこう。研雄さん、やっぱり、初代の組合長は研雄さんにしてもらわなきゃなぁー」

「いやぁー俺ももう年だし、いろんな役から引きたいって言ったじゃないか。祐ちゃんがやった方がいい」

「でも今度の事は研雄さんじゃないと納まらないよ」

「そんな事はないよ。会議の時また言うけどな。由夏ちゃん、その他の役名は？」

「副組合長、理事、会計、とかですが、それとこの組合で支援金の管理もやります」

「由夏ちゃんも何か役職に付いてくれるんだろ？」

「私は部外者ですので役職には付けませんが、事務局として入ります」

地区の会議は、工事の進捗状況、組合設立の意義、業務内容、役職の説明、また支援金の管理、果木の植えてから収穫までの説明、果樹園の携わり方、また集荷場と集会所の説明の後、次回に組合の役員を決める事として、閉会した。


由夏が代表室に入って来る。と言ってもだいたい事務所にいる場合はここにいる。

「代表、遅くなりました。組合の組織図です。トップは組合長じゃなく、理事長にしました。理事長の下に副理事長、常務理事、専務理事とあるんですが、常務と専務はなしにします。それから理事5名、一人は支援金担当とします。監事2名と事務局に組合員となります。全て非常勤です」

「候補は決めてるんだろ？」

「はい！　これが決定する人事です」

「それより……」

「研雄さんの事？　当分は大丈夫なんだけど、治療は早めに受けさせたいの。だから近々、連れて行く、病院に！」

「そうか。その前に一杯飲ませてやるか？」

「だめよ！　あんまり飲ませちゃあー！」

土曜の夜、夕食の後、皆集まり、明日の食事会の相談をする。鈴木さんのメイン料理に、綾さんの手料理が加わる。鈴木さんは休みだが綾さんは日曜の午後帰って来る。買出しは、鈴木さんと奈緒さんと由夏。綾さんの料理の材料の買出しは、今晩リストを受け取る事になっている。鈴木さんと綾さんの話も出来ていて、メニューも決まっている。

日曜日、私と浅尾さんとは仕事の割当てがなく、大輔君は前夜遅いので免除。

「浅尾さん、暇ですね」

「そやなぁー、皆、なんかしとんのにわしらだけ何もする事あらへんのは、わしらが用無しか、期待されとらんちゅうこっちゃな」と、そこへ由夏、

「その通り。暇だったら、そこらへんの掃除でもやっといて。食器とか触っちゃだめよ。ややこしくなるから、いいね！　2人共！」

「へぇへぇー……あの言われ方……」

由夏と鈴木さんと奈緒さんが出かける前に玄関で話している。何かもめている。

「私、ちょっと事務所に寄って来たいの。だから2人で行って来てくれない？　私、お酒だけ

買って来るから。これが綾さんのリストと……鈴木さんワインだけはそっちで買って来てね。ソムリエなんだから！」

「由夏、一緒に行こうよ！」

「ごめん、急に思い出しちゃったから、鈴木さんお願いします！」


奈緒さんと鈴木さんの車の中――。

「ねえ鈴木さん、由夏、あれって変じゃない？」

「そうですね。あれだけ昨夜決めたのに、変ですね！」

「鈴木さん、あれはね、由夏が企んでるのよ。私と鈴木さんをくっつけようと思ってるの！」

「何かそんな気もしてたんですよ。やっぱりね！　由夏さんも仕事忙しいし、地区の事もあるのに、こんな事までやってくれるんですね！」

「そうなの。思い付いたら、やらなきゃ、じっとしてられないのよ。悪気があるわけじゃないので気を悪くしないでね」

「奈緒さん、実は私、以前、由夏さんに告白したんですよ。やんわりと断られましたけどね。どうも今思うと由夏さんは……いやぁ別に……」

「鈴木さん、それでね、私、由夏の企みに乗ってみようと思ってるの。だから少しの間、鈴木さんもそういう由夏の企みに乗ってほしいの」

「そうですね、由夏さんの企みに乗るのもいいかな。奈緒さん、本気になってもいいですか？」

「えッ～～！」

午後から仕込みが始まる。鈴木さんには奈緒さんが、綾さんには由夏が手伝いに付いている。奈緒さんはまだしも、由夏は付いていた方がいいのか悪いのか？　まぁーそれはともかく、鈴木さんも綾さんも基本が出来ている上に手早く、手際がいい。

「奈緒さん、もうこっちは大丈夫ですから、テーブルの方お願いします」

「由夏さんももういいわよ！」由夏も奈緒さんのところに行き、テーブルの飾り付けに回る。

「奈緒、私達はもう邪魔な様ね。あの2人はすごいわ！」

「あら、私はちゃんと手伝いが終わったからこっちに回ってるのよ。由夏は邪魔だった様ね」

「あら、そんな事ないよ、ちゃんと……」

「2人共、あの鈴木さんと綾さん見てみろよ。遠目に見ても（シェフ）って感じだろ？　動きが、美しい！」

「私達はどうだっていうのよ？　えぇー、代表！」

「うん……どう見ても、インスタントラーメン作ってるって感じ！」

「まぁー酷い！　代表、由夏と一緒なの？」

「奈緒、まぁーどっちもどっちよ。だけど、祐ちゃんの今言った事、ちゃんと覚えとくのよ！手帳に書いといて！」（……しまった！）

まぁーともかく、皆で美味しく食べて飲んだ。話も盛り上がった。研雄さんも少し飲んだ。いつもは止められているのだが、今日は、沙智が睨んではいるのだが、沙智が酔ってからは研雄さんもたっぷり飲んだ。奈緒さんと鈴木さんはお互い意識し始めていると由夏は踏んでいる。2人が示し合わせているのを由夏はわかっているのだろうか？　お開きの後、娯楽室で雑談する。鈴木さんが抜け、奈緒さんが抜け、浅尾さんはとっくに抜けているし、研雄さんも今日はこの家に泊まっているし、沙智も由夏の部屋に寝るらしい。結局、由夏と私が残る。

「由夏、研雄さんの病院はどうなんだ？」

「うん、明後日、……祐一朗には見えてないと思うけど……研雄さんに……死相が出てるの」

「シソウ……！」

「そう、死の相が出てるの！」

「死相？　顔に出てるのか？」

「そう！　私には見えるの！　今日、来た時からよ！」

「死相が出てると……どうなんだ？」

「もちろん死ぬのよ！　でも研雄さんはまだ先の年末よ逝くのは。それは〈予見〉出来てるの！　だけど何故今頃死相が表れるのか、ひょっとすると死相を消す事が出来れば〈予見〉も変わって来ると思うんだ。だから私、消す方法を探してみようと思ってる！」

「そうか！　俺にはよくわからないが、何かする事があったら言ってくれ！」（何にもないよ！）


地区の会議、今日は組合の役員を決め、活動方針を決める。由夏の司会で始まり、理事長の選任になる。予想通り、（研雄さんにやってもらおう！）（研雄さんが長にならなくちゃ納まらないぞ）との声が上がり、そして皆、賛同する。

「いやぁー俺も年だし、病気持ちだし、もう引退させてくれよ！」

「研雄さん、引退しちゃったら、いっぺんに年取るぞ。まぁーここは初代だから研雄さんにお願いしよう！」拍手が起こる。大きくなる。

「わかったよ、じゃあやるよ！　皆が応援してくれるんだし、出来るだけやってみるよ！」とあっさり受けた。しかしこの後、（研雄の乱）があるのを私と由夏は知っている。その後、副理事長に私と哲ちゃん、会計、監事、理事6名が決まる。そして活動方針も由夏の説明通りに決まる。由夏は事務局として入る事となる。次の議題は支援金だ。

「組合が発足したら、支援金が組合に振り込まれます。今のところ、11億5千万円です。その内、集会所の増築工事、果木の集荷場および選別機、昇降レールや果木代金などを合わせると、約1億8千万。差引しますと約10億円弱の資金が組合に残ります。この資金の一部を各戸に分配しますが、その方法は今後の課題とします。なお現在、集会所および集荷場および昇降レールの設計、積算は出来ておりまして、造成工事の完成引渡し後に着工します。もう一つ、災害前の土地の所有面積は各戸ごとにわかっておりますので、今回の工事で面積が少なくなります。その不足面積についての金額も出すつもりです」

　そして由夏が会議の終わりの挨拶を終えようとした時、研雄さんが手を挙げる。

「初代理事長として、お願いがあります。初代理事長に就任しましたが、これまでもほとんど私の力ではなく皆に祭り上げられて来ましたがもうその必要もないと思っております。私は今日、初代理事長を引かせて頂きたいと思います。突然の事で申しわけありませんが、若い世代の方がたくさんいます。その人達に託したいと思います！……」拍手が起こる。

「哲ちゃん、理事長を頼むよ！　後は繰り上げてくれないか？」

「わかったよ、研雄さんの気持ちは！　やらせてもらいます。祐ちゃんいいのかなぁー？」

「もちろんだよ！　研雄さんも組合に参加しないわけじゃないんだし、研雄さんの意見も聞きたいから。どうだろう皆さん、名誉理事長に就任してもらうという事で！」

（それがいい！）（研雄さんも気楽になってしぶとくなるよ！）

研雄さんも笑っている。研雄の乱は終わる。

事務所の職員の数が増えた。皆浜野のおかげだ。出社しても各施設に出て行くので、普段ここにいるのは10人程だ。神戸と姫路のDハート事業の事務所も大阪の本部事務所もすでに着工しているし、調理センターも工事が進んでいる。が、浅尾さんの家の設計はまだ進んでいない。浅尾さんが（ちょっと待ってくれ！）と言っているのだ。悩んでいるらしい。

「浅尾さん、どうしたの？　らしくないね。ねぇーはっきりしなさいよ！」

「へぃ……わかりやした、せやけど……」

「まぁーね。浅尾さんまだ現地見てないからね。今度見に行こうよ。見たら、決まるかも知れないよ！」

「それじゃあー、由夏はんのおっしゃる通りに！」

「じゃあー明日の日曜日にいいね！　祐ちゃんに言っとくわ！」

「今、聞いてたよ！　いいよ俺は。それより今日研雄さんと病院行くんだろ？」

「斎藤先生が土曜がいいって言うのよ！」

「じゃあ、俺が乗せてってあげるよ。昼ご飯でも食べるか？」

「いいわよ。じゃあ綾さんに言って！」

「俺が言うのか？」

「祐ちゃんが誘うんだもの！」昼食は由夏の知っている料亭に入る。

「こういう所に来ると一杯やりたくなるなぁ。祐ちゃん、ちょっとだけやる？」と、研雄さん。

「そうだな、ちょっとならいいだろう」すると由夏が、

「……2人共！　バカじゃないの！　これから検査だっていうのに、酒飲んで行くバカがいるもんですか！　なんでこんな常識的な、子供でもわかる様な事が、まったく……第一、祐ちゃん、ずっと病院にいるわけじゃないんでしょ！　車に乗って帰るんでしょ！　まったく信じられない。お酒のどこが旨いのか？　私にはわからない！」

「……じゃあ研雄さん何食べる？」

「そうだな、うーん、何がいいかな？」

「もう頼んであります。何が出てくるか私も知りません！」

「はぁはぁ～～そうなの」２人共由夏に叱られて、しゅんとしている。

「それより研雄さん、今日は何の検査？」

「知らないよ。由夏ちゃんが頼んでくれてるから」

「私も何の検査だか知らないのよ！　ただ最近、飲み過ぎで、顔色が悪いって言っただけよ。でも先生、（わかりました）って言ってたよ。そうだ、お昼ご飯食べてもいいのかな？」

「今さら、ここまで来てダメだって言われても、俺は食べるよ！」

「まぁー聞いてみるか？」と立ち上がり歩きながら電話している。

「私って何んて優しいんだろ。もう食べちゃったって言ったのよ。そしたら（仕方がないなぁ）って、だから食べましょう！」

「それで酒は？」

「研雄さん、いくら私でも恥ずかしくてそんな事聞けません。どうもあなた達は、今日の検査は今後飲めるかどうかの検査だと思ってるのね。わかった。先生に言ってやる！」

「まぁーまぁー食べよう。帰りは俺が迎えに行くから」

「研雄さん、この人……わかりませんよ！　よく忘れるんだから、この前なんか私を置いて、一人で帰っちゃったんだから、この私を置いてよ！」「………」

「まぁーいいけど、たっぷり償いさせ……あぁーまだだ、忘れてた。弥生さんと相談しなくちゃ！」（君のは、ガラスのだぞ！）

翌日、日曜日の朝食時、今日は珍しく大勢いる。鈴木さんも奈緒さんもいる、今日は浅尾さん、神戸の支社の現場を見に行く事になっている。鈴木さんが、

「じゃあー私も連れてってもらえますか？　現場の状況も見たいし、浅尾さんの要望も聞けたらいいですし」

「あぁーそうして頂けたらありがたいです」

「じゃあー奈緒も連れて行こうかな！　奈緒、どう？」

「（じゃあー）の使い方が気になるけど、今日の予定もないし、行こうかな。いいですか代表？」

「ついでに研雄さんも連れて行くかな。昨日の検査の事も聞きたいし。由夏ちゃん、あの8人乗りの車で行こう！」

何が目的なのかがおぼろげになって来たが、まぁーいい。酒になる匂いもプンプンする。

（浅尾さん何を悩んでるの？）とは聞かない。わかっているからだ。浅尾さんは大阪の家で奥さんと一緒に暮らしたいのだ。神戸に家を建ててしまうと、かおりさんが神戸に来てくれたらいいのだが、そこが心配なのである。しかし、由夏はもうすでにかおりさんとは相談済みであ

る。直接関係のない奈緒さんと、行き先も知らない研雄さんとを連れて出発した。

「研雄さん、昨日の検査どうだった？」

「うーん、よくわかんないけど、いろいろやったぞ。目が回ったよ。疲れたなぁー」

「結果はいつ出るの？」

「さぁー知らない。何も言ってくれないよ先生は。また由夏ちゃんに言うんじゃないのか？」

「研雄さん、自分の体なんだから、もっと心配しようよ。大丈夫かなぁーとか。検査の結果はいつなんだろうかとか、せめて何の検査してるんだろうとか」

「わかった、心配する。ところで今日は神戸に何しに行くの？」

「そうね！　主には、私と奈緒の買物！」

「えッ～～！」

「ついでに神戸の事務所の状況を見てから、食事をしてから夜景でも見て帰る！」

「由夏はん、あっしの家を建てるとこ見に行くのがメインじゃなかったのですかい？」

「メインはいくらあってもいいの！」

「ありゃあー由夏はん、……夜景はいいから早めに一杯行きやしょう！」

「情緒がないのよねぇー。お酒なんかどこでも飲めるでしょ！　まして研雄さん検査したばっかりなんだから飲めないんでしょ！」

「いやぁー先生何も言ってないよ。検査結果が悪ければ飲めないけど、結果が出るまでは飲んでもいいんじゃないの？」

「はぁ～、そういう理屈？　わかったわ、皆、大酒飲んで早死にしたらいいのよ！　心配して損しちゃった！」

「由夏ちゃん、心配してくれてありがとう。今日は一杯だけ飲んで、あとはウーロン茶にしとくよ！」

「じゃあ俺もウーロン茶でいいよ！」

「あっしは水で結構です」由夏は３人の顔を見ながら、

「あんたら３人がウーロン茶で済むはずがないわよ！」

「いや、決して、そんな事はありゃせんぜ由夏はん！」

「もういいわ、あんたら３人がウーロン茶で済んだら……ウーロン茶で済んだら……あの家の奥の湖に飛び込んで、あそこの主の大魚を素手で捕えて見せたげるわ！」

「由夏、あんた、泳げないいんじゃないの！」

「……それは……由夏ちゃんにそんな危険な目に遭わせるわけには行かない……から……ちょっと飲むか！」由夏は大きな口を開けて（あぁ〜あぁ〜）と言いながら、

「私とした事が……嵌められたぁ〜〜」


神戸の事務所の工事も順調に進んでいる。静かな所で敷地も広い。浅尾さんも気に入っている様だが……。由夏と奈緒さんもたっぷり買物も出来た様で、気分もいいらしく、食事の時もたっぷりお酒も飲んだ。鈴木さんには悪かったが、今度何か埋め合せをしよう。

「代表、これってまた由夏に弱みを握られてたの？　……まぁー私は良かったけど！」

「由夏はんの湖に飛び込むとこ見たかったでやす！」

「耕平……今度見せてやるよ！　私のビキニ！」

「ウヒャア〜〜！」結局、浅尾さんの神戸事務所を見る遠出は、あっという間に終わった。メインが由夏と奈緒の買物に変わり、また夕食の宴会に変わった。まぁーいい事だ。人生なんて所詮こんなものだ。周りの人に左に右に振り回され、自然の意思とは無関係な事に同調し、動いている。それが一番気楽なのかも知れないし、楽しいのだろう。

少し冷たくなった風が枯れ葉をヒラヒラと舞わせている。窓を開けると木々の葉が擦れ合う小さな音が集まって大音響になるかと思えばシーンと静まりかえる。小鳥の鳴き声が木々の間を走り抜ける。窓から手を出し風を感じる。私はこの夏の終りが一番好きだ。

「代表ぉー、そんな乗り出してたら外に落ちますよ！」情緒のない由夏がぶっきらぼうに言う。

（落ちるもんか！）

「代表、さっきから私、ここで見てたんですよ！　ずっとぼ～っとしてましたね！」

最近、私に対する態度がぞんざいである。

「ぼ～っとなんかしてないよ！　夏の終わりを満喫してるんだ。君もこっち来て見てごらんよ。気持ちが少し優しくなる様な気がするよ！」由夏が近寄り窓から顔を出す。

「あの木々の葉はもうすぐ一年の役目を終えて枝から離れて行くんだ。そして地に落ちて、肥やしとなってまた種を育てるんだ。誰に言わなくてもちゃんと自分の役目を果たす。何も言わずに。文句も言わずに」

「代表、その続き、なんでお前は文句ばっかりって言いたいんでしょ！」

「当たり！」

「まぁーそれはさておき」

「さておくのか？」

「谷原がもうすぐ来ますよ！」

「その様だな！　海外の〈株〉の事、気付いた様だな」

「逃げますか？　……うーん、もう遅いか！」（トントン）

「代表、谷原さんがお見えになりました」

「こちらにお通しして」谷原が一人の男を連れてくる。顔の長い男である。顎が曲がっている。実はさっき、この男の顔を見た途端、叫びそうになった。急いで下を向き、息を呑み込んだ。顎が要するにしゃくれている。目が細く長い。鼻が細く高い。そして唇が細くて赤い。今までに見た顔の中で一番だ。（フーッ）

「代表、お久し振りです。由夏さんも……地区の方も工事が始まってますねぇ」

「ありがとうございます。谷原さんにはずいぶんと助けて頂きました。こちらの要望が叶ったのも谷原さんのお陰ですよ」

「いやぁーとんでもないです、そんな事言われるとこそばゆいですよ。ところで、この男は大川佳祐と言います。〇〇証券の証券マンです」

「大川です。よろしくおね……」と細長く赤い唇を上下に動かしながら、その奥から言葉が湧き出てくる。いい声だ。つい私は目を瞑る。目を瞑れば心地好い響きである。瞑りっぱなしのままではいられないので目を開けると、やっぱりその顔がある。ふと横を見ると由夏も目を瞑っている。

「……がいします」何を言っているのか頭に入って来ないが、いい事だ。おそらく頭もいいのだろう、ただ顔が……。

「代表も由夏さんも、また別の所で大暴れしてますね、私もうっかりしてました。この前まで気が付きませんでした。ところがもう一人凄い人がいるんです。今大川君が担当しているんですが、ちょうどあの時の代表とよく似てるんです。浅尾耕平っていうんですが、大阪の富豪で魚介類の市場を経営していたんですが、一年ほど前に息子に市場を譲ってから行方をくらましてたんですが、今は証券業界に乗り込んで大暴れしています。この男、厳つい風貌で見た目も悪いんですが、なかなかいい事もやってまして、身寄りのない子の世話をしたりしてます。それでちょっと調べたんですが、そうしたらどうも但馬にいるらしい。そこで、ピーンと来たんです代表！」私は由夏に目配をし、浅尾さんを連れて来る様に指示した。今日は渡辺さんと一緒に木の剪定をしているはずだ。暫くすると、由夏と一緒に浅尾さんがタオルで顔を拭きながら入って来る。ソファーにドンと座り、見知らぬ2人を見ている。由夏が、

「こちらが浅尾耕平さんです！」

「えッーア・サ・オ・さん?!」

「わしが厳つい風貌で見た目も悪い浅尾耕平や！　何か用か？　見た目はええ方やと思っとったのに！」

「へぇーやっぱりそうだったんですね！　やっぱり代表が黒幕だったんですね」

「何を言うんや。人を悪の結社みたいに言うなよ！」

「いやぁー驚きました。やっぱりね！」

「そしたら由夏はんは悪の結社の女の黒幕ってとこやなぁー。もしそやってもあっしは由夏はんの言う事なら悪にも手を染めますぜ！」

「何が女の黒幕だよ、人聞きの悪い！　お嬢様って言ってるだろが！」

「谷原さん、浅尾さんには今度、神戸のDハートの支社をやってもらう事にしています。今、

勉強したり、資金を作っています」

「そうですか。しかし代表、もうすでに〈株〉の世界で浅尾耕平という名を知らない人はいません。気を付けて下さい。まあ、代表も由夏さんも有名ですよもちろん！」

「ありがとうございます。谷原さんにバレるのはもう少し先かなって思ってたんですが」

「ところで浅尾さんは〈株〉をいつからやっておられたんですか？」

「えッー蕪か？　もう長い事なるなぁー。千枚漬けやかぶら漬が旨いんや！」

「……この大川という男はご存知ですか？」

「知らんなぁーそんなけったいな男！」

「へぇーそうなんですか、担当者なのに！」谷原は気付いている。浅尾は名前だけだ。

「浅尾さんのベールが少し剥がれて来たわね。大富豪なんだ。いい事もしてるんだ。でもやっぱり悪い事もしてたんでしょ？　ねえ浅尾さん！」

「由夏はん、そんな悪い事なんかこれっぽっちもやってまへん！」

「本当かよ！　信じられへんわ！　正直に言って見ろ！」

「えッーそこまで言えというんなら……実は昨日の夜、いやぁー何でもあれへん、何でもあれへん！」

「あぁーさては！　昨日お風呂入ってた時、覗かれてる様な気がしてたのよ。まさか耕平、お前！　覗いたな！」

「いやぁーそんな覗いてまへん、ちょっとだけ！」

「何がちょっとや、ちょっともそっともあるかぁ〜！　それで、えッー見たんか？」

「いえいえ、何も見えまへん……目の前が大きなお尻で……」

「そう、こうプリンとしたお尻、なにせお尻が巨大で目の前はお尻でいっぱい。他には何にも見てまへん！」

「えぇー何だとぉぅ〜〜」

「もう言うなぁー。あッーお前、その時、私の下着触ったやろ！」

「すんまへん、つい出来心で……パンティとブラジャー触っちゃった！」

「この助平親父が。谷原さん、こいつ捕えて下さい！」

「いやぁー私、警察じゃないので……」どうも話が変な方に行ってしまった。

「まぁーまぁー由夏ちゃん、由夏ちゃんが魅力的だったんだよ。出来心で魔が差したんだよ、許してやってくれ！」

「何が魔が差したじゃ！　何回魔が差したら気が済むんじゃ、耕平！　覚悟は出来てんだろうなぁ？」

「へぇー……もう二度と……お助けぉぉぉ〜〜！」谷原との話はその由夏のお尻事件で途切れてしまい、谷原と大川はそそくさと帰って行った。谷原にすれば浅尾という人が〈株〉を極めた人だと思っていたのに、あほらしくなって来たのだろう。帰り際由夏に、

「浅尾さんを許してあげて下さい。私も覗いて見たかったです。はい！」

「はぁ〜？　男は何んでこうバカなんだろうね！　もう来なくていいです。よく考えたら谷原さんが来るとろくな事がない。疫病神だ！」

「いやぁー危ない、危ない。でもまた来ます。由夏さんの機嫌のいい時に！」

その夜、さっそく、由夏の独断で緊急会議を召集する。いわゆる公開裁判である。被告・浅

尾耕平、原告・堀江由夏――。由夏が〈お尻覗き事件〉の概要を説明する。

「浅尾耕平、間違いありませんか？」由夏は裁判官も兼任している。

「へい。おっしゃる通りでございます」

「事実確認をします。どんなお尻でしたか？」と、私。

「へい。何せ巨大で、まんまるでお尻以外は見えまへん。そう、バレーボールが2つ、くっついてる様な……」

「もうええ！　それで耕平は悪いと思っとんのかい！」

「へい、思っておりやす」

「本当に反省してんだな！　ほんで本心は？」

「今度はバレない様にと思っておりやす。あっしは、嘘が吐けないもんで！」

「という事で皆さん、この男は重罪です。今後、私と奈緒がお風呂入ってる時は、この柱に縛り付けます。いいですね！」

「へい！」

「あら、由夏さん、私が入ってる時は？」と綾さん。

「えッーあぁーそうですね、もちろんですよ！」そこで鈴木さんが、

「あのう、一言申し上げたいのですが、浅尾さんを柱に縛り付けるのも一つの手だと思いますが、脱衣場のドアの錠をかけるのが手っ取り早いと思います。それに浴室にも錠が付いておりますので。大体、お風呂、脱衣場にはどこの家でも錠が付いていると思うのですが……！」

「あら！　私は家のお風呂、錠なんかかけた事ないわ。奈緒は？」

「私もかけた事ない！」

「という事で、脱衣場とお風呂に錠をかけるという事で、柱に縛り付けるのはなしで、一件落着。浅尾さんは出来心という事で執行猶予。また繰り返す様なら、市中引き回しの上打ち首獄門、引っ立てい！」名奉行であった。

「代表、由夏さん、じゃあ、あっちで！」

「えッー鈴木さん、何？」

「今日、浅尾さんの家の説明と姫路の支社と大阪本部の設計の説明するって決めてましたよね」

「あッ、そうだった。代表、忘れてたでしょう！」（えッー何だ。由夏も忘れてたくせに！）

「でも浅尾さんは、今、引っ立てられて行っちゃったし……まぁー本人抜きの方がいい物が出来そうだし！」

「鈴木さん、浅尾さんの家だけど、こんな立派な物は似合いません。もっと小さく、手を抜いて下さい。その抜いたお金で、この家に牢屋を増築して下さい！　そうです。留置するとこ。耕平を入れとくの！」

「…………」

「鈴木さん、由夏ちゃんの言う事は気にしないで。これで進めて下さい。私は気に入りました。由夏ちゃんは何とかします。今日はちょっとおかしいので」

「……牢屋か？　まだやった事ないなぁー、やってみたいなぁー！」

「鈴木さん……鈴木さんも変な事考えないで下さいよ。あなたまで変になったらこの家は……」


朝、出社してすぐに沙智を呼ぶ。昨日、検査結果を聞いているはずだ。由夏も一緒に入って来る。斎藤先生は癌を告知しているはずだ。以前の癌はすでになくなっているのだが別のところに癌が出来ているのだ。

「転移してました。わかりにくい場所だそうです」

（斎藤先生は転移と言ったのだな。その方がいいのか？）

「そうか、転移してたか。研雄さんも知っているのか？」

「知っています。ただまだ軽く感じている様で……しかし、かなり重いようです。余命、1ヶ月半って！」沙智は顔を覆い泣き出す。

「1ヶ月半⁈　沙智ちゃん、気持ちはわかるが、研雄さんの前で泣いたり悲しい顔したりしない事……出来るか？」

「出来ない……でも、してみます。……そうします」

「仕事の方はいつ抜けてもいいよ。お母さんも元気付けてあげて！」

「わかりました。ありがとうございます」続いて浜野を呼び、

「浜野さん、今、沙智ちゃんに聞いたんだが、研雄さんが良くない様だ。沙智ちゃんは、事務所を抜ける事が多くなると思うがよろしく頼みます。我々も時々抜けると思うが……」

「沙智ちゃんには私からも言ってみます。お2人はいつもの事ですので……どうぞ！」

「あぁ〜〜そぉう〜〜」

研雄さんは今検査入院している、今日で2日目だ。明日、帰るらしい。病室に入ると、研雄さんのベッドの横に、美紀子さんがいる。

「あぁ〜祐ちゃん、由夏ちゃん、ありがとう。さっきから眠ってるの。薬が効いて来たのね」

「ちょっと外で！」と美紀子さんを外に誘う、由夏はじっと研雄さんを見つめている、と研雄

さんの目がパッと開く。

「おッ～～由夏ちゃん、わざわざ来てくれたんだ、検査入院なのに。でもまた出来ちゃったみたい！」

「研雄さん、起こしちゃった？　聞いたわ、やっぱり飲み過ぎが悪かったのかしら？」

「いやぁー参った。早く取っちゃって飲める様にしてもらわなきゃあー」

「もう、飲む事は私に任せて、研雄さんはもうちょっと体を大事にして！」

「わかってるって！　明日帰れるんだ。手術が決まるまでは家にいるんだよ」

「ははぁー家に帰って飲もうと思ってるの？　それはダメよ！　美紀子さんと沙智ちゃんの監視が厳しいよ！」

「そうか！　だめか！」

(じゃあまたね) と言って外に出る。美紀子さんも一緒に出てくる。

「祐ちゃん、先生がね、今だったらまだ出かけてもいいって言ってるの。だから旅行でも行こうかなって、沙智も連れて！」

「あぁーそれはいい。沙智ちゃんの仕事の方は何とかなりますから。それとね、今、Ｄハートは皆揃って慰安旅行に行けないから、各個人で家族とか友人とかで行ける様にしてるんです。それを使って下さい。沙智ちゃんに言っときます」

「ありがとう、祐ちゃん。そんなのがあるんなら、さっそく使わせてもらおうかしら。沙智からあの人に言ってもらおうかな！」

夕食の後、由夏も研雄さんが旅行にも行けそうだというのを聞いて、気が楽になったのか、

「奈緒！　ちょっと飲もうか？　今日は飲みたいの！」とお気に入りのワインを持って来る。

「どうしたの？　まぁー珍しい事でもないけど」

「何よそれ？　いつも飲んでるみたいじゃないの！」

「いつも飲んでないみたいじゃないか？」と、私。

「うるさいなぁー。今日は飲みたいの！」

「浅尾さん、じゃあ俺達もちょっとやろうか？」

「そやなぁー」

「祐ちゃん……この人にあまり飲ませないでよ。酔ったらまた変な事するから！」

「由夏はん大丈夫でっせ。あん時は飲んでおりまへん！」

「えッー！　飲んでなくてあんな事やったの！　こりゃあー魔が差したんじゃないな。計画的だな。もう一回裁判のやり直しだ！　奈緒も気を付けなさいよ！　お風呂と下着と部屋、鈴木さんに今、この家に牢屋の増築を頼んでるんだけどやってくれてるのかなぁー？」

「姉さん、もう勘弁して下さい！」

「私は別に覗かれてもどうって事ないんだけど、隠れて覗いたっていうのが許せないのよ！」

「そりゃあー姉さん、覗きは隠れてやらんと、(じゃあ今から覗きますよ) なんて言ってから覗くのってそらあかん。せやけど由夏はんがそう言うのなら、正々堂々と覗かせて頂きやす！」

「ちょっと待て！」由夏も少しは気が紛れたのかも知れない。酔いが回ったのか、

「じゃあ耕平、今から風呂入るから覗きに来い。わかったか？」

「いやぁーあっしも覗きに来いと言われて覗いたんじゃ男が廃りやす。また今度！」

　まだまだ風呂覗きの話が続いている。

「由夏ちゃんにも困ったもんだ。浅尾さんもだけど。奈緒さん、頼みますよ、由夏の事！」

「わかりました。私も由夏に改造されたんですが、私も由夏を改造してみます」

浅尾さんとの風呂覗きの話が終わると、女2人と男2人のグループに分かれて飲んでいる。

「ねえ奈緒、ちょっと聞きたいんだけど……鈴木さんとどうなってるの？」

「……えッーまぁ～～！」

「まぁー何よ！　付き合ってるんでしょ！」

「そうよ！　実はこの間、プロポーズされて！」

「えぇぇぇ～～！」の大声でまた皆集まる。

「それでどうしたの？　ＯＫしたんでしょ？」

「うん！」

「ひゃあ～～そうか、とうとう奈緒も人妻になるか？　奈緒おめでとう、よかったね！」

「奈緒さん、おめでとう。これは目出度い。これは、そうだな、何かしないと！」

「何かって何？　それにしても鈴木さんもやるねえ。仕事は速いし、こっちの方も速い。きちっと決めてるって感じ。それでいつ結婚するの？」

「まだわかんない。そんな話はまだ先よ！　もう私、部屋に帰る。鈴木さんが帰って来そうだから、恥ずかしい！」

「まぁー憎たらしい。鈴木さん帰って来たら、とっちめてやる」

「由夏、由夏も同級だろ？　もうそんな年なんだぞ！　わかってるか？　浅尾さんと風呂覗いたのどうのって言ってる場合じゃないぞ！」

「あッー思い出した。ねえ祐ちゃん、今日美紀子さんに言ってたＤハートの慰安旅行の件、あれいいわね。いつ決まったの？　私知らなかった！」

「まだ決まってないよ。前々から何かいい方法はないか考えてたんだけど、あの時、咄嗟に思いついて言っちゃったんだ。明日、浜野さんに了解取らなきゃあー」

「祐ちゃんの咄嗟に出た案としたらいい案ね。とってもいい案よ！　もう二度と出ない様な名案よ！」

「そこまで言わなくても……旅行の日程を皆、ずらしたらいいんだよ。抜けたとこカバーしたらいいし、名案だろ！」

「そうだ。私、今思い付いたんだけど、これ、奈緒と鈴木さんの新婚旅行に使ってもらったらどおう？」

「あぁーそれもいい案だ。由夏にしてはいい案だ！」

「よし、決めた、そうしよう……後は、浅尾さんだけね。まだ名言聞いてないし」

「姉さん、わかりやした。今晩寝て考えやす！」

また2人残った。いつもズルズルとダラダラと飲んでいる。

「祐一朗、ちょっとじっとしてて！」

「何だよ！　何か付いてるのか？」

「うん、変な鼻に、変な目。でもこう目を閉じて見ると男前よ、祐一朗！」

「目をしっかり開けて見ろよ！」私も由夏の顔をじっと見つめる。

「何よ！」「曲がってる！」

「何が！」「鼻が！」

「もぉうッーお前がこの前、ぎゅっと摘んで捻ったからじゃ！」

「口が！」「お前が、尖らせとんじゃ！」

「尖ってる！」「どこが！」

そこへ鈴木さんが帰って来る。近くで2人の様子を見ている。

「あのう、睨めっこしてるんですか？」2人同時に鈴木さんの方に顔を向ける。

「あぁぁ～鈴木さぁぁーん！」と2人同時に、鈴木一歩下がる。

「おめでとおう～～！」

「奈緒さん、言っちゃったんだ！」

「言っちゃったじゃないわよ！　このプレイボーイ、色男！」

「鈴木さんおめでとう。気が付かなかったよ！」

「ありがとうございます。あのう、それで2人して睨めっこを？」

「何が睨めっこだよ！　こんなところでいい大人が睨めっこしてたら病院行きだよ！　鈴木さんを待ってたのよ。そうしたらこの男が、鼻が曲がってるだとか口が尖ってるだとか、難癖付けて来て！」

「あぁー鈴木さん……女は怖いよ！　気を付けた方がいいよ！　奈緒さんもわかんないよ！」

「わかってます代表。私もここで鍛えられましたから！」

「あぁー、奈緒に言ってやる！　こりゃあさっそく夫婦喧嘩だ。面白くなって来たぞ！」

慰安旅行の件について浜野に説明する。いや了解を取る、いや説得、まぁーどれでもいい。

「これこれで、こうして、こうすれば、皆行きやすくなると思う。費用は旅費、準備金、おこづかいを出します。一緒に行かれる方の費用もです。どうですか？　浜野さん」

「……うぅん……代表、いいですね！　これは名案です。今年一番の代表の大仕事です」

「そうですか！（おいおい！　もっと他にあるだろ！　私の大仕事は）。それで浜野さん、皆さんに発表して、重ならない様に希望を纏めて下さい」

　これで私が希望していた慰安旅行がやっと決まった。これで一応会社としての体をなす。

「ところで代表、最近堀江さんちょっと変だと思いませんか？」

「うん、気になっていたんだが（本当は気付いていない）、あの人はいつもが変なのでわかりにくいんだよねぇ」

「おっしゃる通りなんですが、いつもの変よりちょっと違った変なんですよ。またそれとなく聞いてみて下さい」

　浜野も良いところがある男だ。いつもは由夏の事を煩わしく言っているのだが、仕事が出来る事はわかっているし、信頼もしているのだ。

「わかりました。さっそく今日一緒に出かけますので、それとなく聞いてみます。ちょっと堀江さん呼んで」

「あら、代表ぉー、何か用？」

　とても代表に対する秘書の言葉遣いとは思えない。これも私の態度がいけないのか？

「堀江さん、今何してたの？」

「えッー、もちろん仕事ですよ。真面目にコツコツと。何せ秘書してる相手が相手ですから！」

　今日はやけに絡んで来る。

「堀江さん、今から出かけたいんだが、何か予定入ってる？」

「いいえ、今日は特に。あっ、さっき浜野さんが言ってました高浜先生が来るって。ははぁーさては私がいない時に来るつもりなんだ。さっきまで私出かけてたから……あのくそ親父……お望み通り出かけてやるか。さっそく出かけましょう！」

口が悪いのは今に始まった事でもないし、自分の好まない人にはとことん立ち向かうので、いつもと変わりがある様には思えないが、浜野が気付くほどの（変さ）があるのだろうか。おそらく研雄さんの死相を消す事で頭がいっぱいなのだろう。上手くいっていないのだ。

「由夏、さっき浜野さんが心配してたぞ、由夏の事！」

「えッー浜野さんが、私の事？　なんて？」

「最近、いつもより変だって！　何か心配事があるんじゃないかって！」

「へぇー、それで祐一朗はなんて言ったの？」

「えッー俺、そう、なんて言ったかなぁ～」

「なんて言ったの？」

「そんなに、いつもと変わらないって」

「本当はどう言ったの？　えッ～、ははぁー、堀江さんはいつも変だから違った変でもわからないって言ったんでしょ！」

「えッーいやぁーすごい！」

「それで浜野さんはなんて言ったの？」

「おっしゃる通りですって！」

「おっしゃる通りって？　祐一朗は何をおっしゃったのか、またゆっくりお話ししましょう！」

車の中――。

「由夏、やっぱり浜野さんはよく見てるよ由夏の事、今日は特に変だよ。イライラしてる。研雄さんの事だろ？　上手くいっていないんだろ？」

「うん……上手くいきそうなんだけどダメなの！　谷原の記憶を消す時はやり方がスーッと出てきたんだけど、今度は……それに……」

「それにどうしたんだ？」

「祐一朗、今だから言うけどね。実は、祐一朗にも出てたの……死相。でもね、今は消えてるの。昨日の夜、そう奈緒と鈴木さんの結婚の話聞いた時にはもう消えてた。それまでは出てたの、薄くなったり濃くなったり。私は何もしてないの。でも消えてるの！」

「そうか……俺にも出てたのか。それであんなジロジロ見てたのか。それで死相が出てると、どうなんだ？」

「間違いなく死期が近いって事よ！　でも研雄さんの場合はおそらく病気だからだんだん濃くなって来たのよ。死期も自然と見えて来るんだけど、祐一朗の場合は、濃くなったり薄くなったり……だからおそらく病気じゃなく、事故死って事だと思うの。今は消えてるから大丈夫なんだけど、祐一朗、気を付けてね。運転の時とか、道路をふらふら歩いたり、落ちそうなとこ行ったり……」

「でも自分では見えないからな死相は。気を付けろって言われても、落とし穴を早く見付ける事と由夏の運転する車に乗らないって事かな」

「あらー、私の運転は大丈夫よ！　落とし穴も死ぬとこまでやらないから、とにかく出来るだけ、私から離れない事よ。私が守るから祐一朗の事！」

「…………」

「何よ！……私が一番危険だって言いたいんでしょ！」

今日は車で出かけたものの、大した目的はない。神戸方面に走り、Aハートの現場を見る。神戸支店はDではなくAハートにした。浅尾のAである。

「本当に大丈夫かしら？　耕平が仕事するとは思えない！」由夏はまだ信用していない。事務所は完成に近いし、浅尾さんの家の工事もようやく始まっている。

「祐一朗、もう行こうよ！」あまり興味がないらしい。帰りには、姫路の支店を見に行く予定だが、いつものホテルに寄り食事をする。由夏はいつもより変でも食欲は旺盛だ。最近また太りだしているのはわかっているがそれは言わない。由夏のお尻がバレーボール2つってのがおかしい。浅尾さんのたとえが素晴らしい。

「祐一朗、何ニヤニヤしてるの？　何か変な事、考えてたでしょ？」

「ニヤニヤなんかしてないよ！」おちおちニヤニヤも出来ない。そろそろ行こうと言うと、ちょっと一緒に来てと言う。エレベーターに進み、最上階で降りる。いつもの部屋だ。窓際に進んだ由夏が、

「祐一朗、私、ここからの景色ずっと見ていたい！」

「そうだな！　これを見てると人間なんてちっぽけなものだなぁーってつくづく思う。由夏のイライラもこれを見てると直るだろ？」

「うん、直ると思うけど、今の祐一朗の言い方、腹立って来た。だから……」

窓と私の間に由夏の体を押し込み、目を閉じる。唇を合わせる。

「由夏、今、口が尖ってたぞ！　刺さるかと思った。これは危険だ。逃げないと！」

「何だと！　イライラの原因はお前じゃあー。祐一朗ぉぅ～もっと危険な目に遭わせてやる。エィッ～」ベッドに押し倒されたが、最後にはきちんと、バレーボール2つを拝んだ。

仕事が少し疎かになっている。そう浜野が思っているだろうと考える。しかし、私自身はそうは思わない。確かに研雄さんの事といい、鈴木さんと奈緒さんの事といい、浅尾さんの風呂覗き事件といい、私の死相の件もそうだが、一番多くの問題を作っているのは、どう考えても由夏だ。本人に言ってもまた仕事が増えるだけだから言わないが……てな事を考えていると、その問題を作っている人がやって来る。

「祐ちゃん、何してるの？」

何してるの？　の後にまたぼ～っとしてるの？　って言おうとしていたのだろうが、どうも止めた様だ。由夏にしては賢明な事だ。

「うん、ちょっと考え事」

「そぉう！　考え事？」話を長びかせないのも賢明な事だ。

「ねえ祐ちゃん、地区の工事も順調に進んでるし、そろそろ支援金の分配を決めなきゃあ。皆、家を建てる計画始めるよ！」

「そうだな。本当だ！　最近会議やってないし、研雄さんと相談したいけど、いつ旅行に行くのかな？」

「まぁとにかく、マンションに行ってみましょう、今日は日曜だし、あっちで夕食食べようよ。浅尾さんもついでに呼ぶか！」

久し振りのマンションだ。由美さんが厨房の中から、

「祐ちゃん、久し振り。由夏ちゃんも。研雄さん、あっちにいるよ！」

研雄さんが一人、晩ご飯を食べている。

「おぉう、祐ちゃん由夏ちゃん、浅尾さんも。何だよお揃いで？」

「うん、研雄さんに相談があるのと、由美さんのご飯を食べたくなったのと、由夏ちゃんが研雄さんに会いたいって言うから」

「由夏ちゃん、俺も会いたかった。さぁ、座って座って！」

由夏がお茶を取って来ると立ち上がり、お茶を持ってテーブルに置きながら、

「この3人見てると、老人ホームに来てるみたいだな！」

「そりゃあーないだろ！」話は次々と進む。どうもこの3人の話はとりとめがない。3人共別々の話をしているが、それに気付いていないがところどころ一致する所があるらしく、最後にはアハハハハァーで終わる。というまったく幸せな話である。

「はぁーい、3人共少し黙って下さい。3人共何を言っているのかさっぱりわかりません！まず喋らないでご飯を食べて下さい。研雄さん、こぼさないで。祐ちゃん、それ私のお茶。浅尾さん、どさくさに紛れて私のお尻触らないでね！　皆さ〜ん、わかりましたか？」

（はぁーい！）。しかし人は何故こうもくだらない話が好きなのか？　そういう話ならば延々と喋るが、肝心な話は、まぁ今ここにいる者達ならば約1分で終わる。

「研雄さん、今度、分配金の話をしたいから、会議をしたいんだ。そろそろ皆、家を建てる準備しないといけないし！」

「そうだな！　どういう風に分配するの？」

「そこを相談したいんだよ、研雄さんと！」

「わかったよ！　わかるけど、そこはやっぱり由夏ちゃんと相談してくれよ。哲ちゃんには言っとく！」由夏が横から、

「まぁーそれが賢明ね！　さっきの話してるの聞いてたら、こりゃあダメだと思ったわ！　しゃあない私に任せて！」また由夏の安請合いが出たが、まぁこれが一番間違いない。それからまたとりとめのない話が始まり、４人で別々の話をしていた様だ。そう言えば内容は後で考えると何も残っていない。研雄さんは近日沖縄に行く計画らしい。

家に帰ってから由夏が私を呼ぶ。もちろん酒を飲みながら、

「よし、それじゃあ、分配方法を言うから祐一朗、纏めてね！」

「何か、由夏の秘書みたいだなぁー」

「そうよ！　これで秘書の苦労がよくわかるわよ！　いい言うわよ！　まず集会所などの費用を差し引くと10億円。このうち２億を組合に残し、８億円を分配する。戸数は24戸、人口は66人、戸別割だと、３千３００万円だから簡単なんだけど、ちょっと問題あり。個人別も問題があるから、そこで、祐一朗、聞いてる？　戸別割で各戸に２５００万、個人別に１人３００万……なんだけど１人住まいと、６人家族では差が大きいから縮めたいの！　聞いてる？　ね、よく聞いてよ！　６人家族を１倍、５人家族を１・１倍、４人を１・25倍、３人を１・５倍、２人を２倍、１人は３・５倍……要するに１人住まいは、２千５００万＋１千50万、計３千５５０万。２人は３千７００万、３人は３千８５０万、４人は４千万、５人は４千１５０万、６人は４千３００万、上下の差が７５０万。どう思う？　聞いてる？　今、１人住いの世帯が４、２人が６、３人が７、４人が４、５人が２、６人が１、計、世帯割が６億、個人割が２千４００万、合計８億４００万、どうこれで？　聞いてる？　でもまだいいのよこの地区は。どの家も保険に入ってたから……だから私、各戸のシミュレーションやってみたの！　たとえば

哲ちゃんとこ、4人家族で分配金が4千万、保険が4千300万、計8千300万なんだけど家はそこそこでいいと思ってるんだけど、哲ちゃん、車に凝ってるでしょ！　車4台で1千万、家に3千500万、家具・家電生活品に800万、農機具と倉庫に2千万、雑費200万、合計7千500万、まぁーこんなもんよ！　だいたいいけてると思わない！」

「よく調べたな！　それを全家庭でやったのか？」

「そうよ！　避難の時、だいたい皆の性格もわかったし、これで皆貯蓄を崩さなくてもいいと思うの！　どう思う？」

「あぁーよく出来てる。感心するよ！　ところで俺のとこのシミュレーションやってみたのはどうなってるの？」

「言うの？　千賀子さんには内緒よ！　いい、絶対よ！　祐一朗も祐治君も拘りがないけど、千賀子さんがねぇ！」

「千賀子がどうなんだ？」

「ちょっと見栄っ張りだから、家はそうとうかかるわよ！　趣味にお金をかけるからそっちにもかかるし、まぁいいじゃないの！　祐一朗も変な大きな家建てたし似た者同士じゃないの！」

「あれは大きいけど変な家じゃないよ！　まぁーそれより今の案、哲ちゃんに説明して会議で発表してもらおうよ。由夏、哲ちゃんに説明してくれよ！」

「えー今、私の言ってた事、纏めてたんでしょ！」

「おぅー纏めたよ！　ちゃんと書いてるけど……哲ちゃんが車に凝ってる、千賀子が見栄っ張り…なんてとても……」

「ハァ～～バカじゃないの？　……もおう～～もう秘書失格！　もおう～情けない！」

「ところで由夏、今、俺の死相は出てないんだよな？」

「出てないよ！　祐一朗！　ちょっと、そこのマジック取って……さぁーお前の顔に死相を書いてやろう〜〜！」

「おぉうーちょっと待て！　おい！　やめろ！」


夕食後、久し振りに皆が揃っている。鈴木さんがこんなに早く帰って来る事は珍しい。さては何かあるなと皆感じているところ、鈴木さんが奈緒さんと目で合図してから言う。

「皆さん、すみません。あのう、食事が終わった後少し話を聞いて頂きたいのですが」

「わぁー何？　何？　日取決めたの？　いっ！　ねぇー奈緒！」

「おい由夏ちゃん、ちょっと静かにしろ！　食事が終わった後って言ってるじゃないか。黙って食べろ！」

「だって！　いいじゃないの！　食べながらでも！」

ぶつぶつ言いながら口を尖らせている。そしてさっさと食べ終わり席を立つと、周りをウロウロし始める。見ていると、ワイン、シャンパン、ビールやおつまみをせっせと運んでいる。

「皆さん、すみません。貴重な時間、取ってもらって！」

「鈴木さん、いいよそんな事は。祐ちゃんも、浅尾さんもそんな貴重な時間でもないし、それで、それで！」（俺も結構貴重な時間なんだけどねぇー。浅尾さんだって、残り少ない人生の時間の一部なんだから貴重なんだけどねぇー）

「えッー土山はん、何か言いやしたか？」（別に！）

「あのう、私と奈緒さんの結婚の件なんですが、２人だけで式を挙げようと思っています。新婚旅行を兼ねてハワイで。予約はまだですが12月の初めにしようかと思っています。帰ってから披露宴をしたいと思っています。私も奈緒さんも片親ですし、親戚も少ないので簡単にしようと思います。披露宴には皆様出席して頂きたいと思っております」

「それはいい。ハワイで挙式か！　俺も新婚旅行はハワイだったんだ。もう一回行ってみたいよ。それより鈴木さん、その新婚旅行と挙式、私の会社の例の旅行のやつ使って下さい！」

「いいんですかね？　私達が使わせて頂いて」

「いいわよ！　奈緒はうちの会社の社員だもの。でも何か寂しくない？　２人でするのもいいんだけど……私も出席するつもりだったからね。私も行こうかしら！」

「……何バカな事言っとんだ。由夏ちゃんがついて行ってどうするんだよ。２人に迷惑だし、邪魔！」

「いいわよ私、式に出たら後は１人で楽しむから！」

「それじゃあ、あっしが由夏はんの用心棒として、一緒に行きやしょう！」

「……耕平！　ちょっと黙っててくれる！」

「へい！」すると綾さんが、「私も行こうかしら！」皆で、「ハァッア～～！」

「あら。私と大輔様、昨年も行ったのよ、あっちに大輔様のお父さんの会社が経営してるホテルがあるし、レストランが５つ。別荘もあるし、年に一回は行ってるわよ。ねぇ大輔さん！」

「……まぁ……！」皆、唖然としている。大輔の父親が商社を経営しているのは知っていたが、ハワイにまでホテルやレストランを経営しているとは。綾さんが続ける。

「鈴木さん、奈緒さん、もし良かったらだけど、別荘使ってくださってもいいですよ。今は空いてるし。スタッフがいるから管理は出来てるし、ねぇー大輔様！」

「あぁーいいですよ！　もちろん！」すると由夏が、

「そうだ。ここの住人皆一緒にハワイに行って式に出席しようよ！　ねえ奈緒、いいでしょ！」

　奈緒さんは鈴木さんを見ながら、「まぁーいいけど！」

「奈緒さん、やめといた方がいいよ。2人だけの方がいいよ。こんなの（由夏と浅尾を指差して）が2人行ってみろ。煩わしいし、邪魔だし、一生に一度の事なんだから！」

「でも皆さん一緒に行ってもらえるなら嬉しいです。ねぇ奈緒さん！」

　そう鈴木さんが言ったので決まってしまった。こうなると由夏の段取りは早い。

「さっそくだけど、パスポートのない人は？　浅尾さん持ってるの？」

「持っておりやせん、そんな物！」

「あぁーそうだ。浅尾さん、あなたもうすぐ神戸に行くのよね。ここの家の住人じゃゃなくなるんだ！」

「姉さん、ひょっとして、あっしを除け者にしようなんて思ってるんちゃうやろなぁ〜」

「だって、ここの住人じゃなくなるんだし！」

「あっしはハワイに行くまでは、ここに住みやす。さっそく、パスポートとやらを買いに行ってまいりやす。どこに行ったら売ってるんでっか？」

「警察だよ！」

「もぉうー由夏ぁーいいかげんにして！　浅尾さんも一緒に行こうよ！」

　一件落着。後は由夏と奈緒が準備する事となる。（鈴木さん、奈緒さん、まだ考え直す時間はあるよ！）

地区の会議――。主な議題は支援金の分担方法である。哲ちゃんが挨拶をする。板に付いて来た。哲ちゃんには予め由夏から説明しているし、また哲ちゃんも納得している。すんなりと決まる。まぁ言えば文句の付け様がなく、対案がなくとも異議がない。その他の要望として、住宅のメーカー・建設会社を呼んで説明会を開く事と、住宅を建てるに当たり、設計依頼から契約・完成引渡しまでの順序や、法律・税金関係の勉強会も行う事となる。会議終了後、談話室で研雄さんと飲む。飲むといっても研雄さんはウーロン茶だ。

「研雄さん、どぉう調子は？　病院行ってるの？　あぁー悪いわね私達だけ飲んでて！」

「あぁー調子いいよ！　でも、これ（酒）がねえ、が飲ませてもらえないんだ！」

「何言ってんのよ。お酒なんてちっとも美味しくないよ！」（へぇ～そうなんだ！）

「それで祐ちゃん、例の旅行のやつ、使わせてもらうよ。沖縄に行こうって言ってるんだ。来週行ってくるよ！」

「そぉうー、楽しんで来てね。沖縄だったらこっちより暖かいし。それより研雄さん、嬉しい報告があるの！　何だと思う？」

「えッーわかんないなぁー。由夏ちゃん、彼氏でも出来たのか？」

「それは、研雄さんが紹介してくれるんでしょ！　あのね、鈴木さんと奈緒が結婚するのよ！」

「えッ～へェ～そうか！　鈴木さんはてっきり由夏ちゃんの事を……そうか、由夏ちゃんとお似合いだと思ってたのに！」

「やっぱり女らしい方がいいんじゃないの。私みたいに男勝りじゃない方が！」

「そうだよ。鈴木さんは由夏の事を男勝りだし大酒飲みだし、部屋汚いし、嘘吐きだし……だんだんわかって来たんだろうな。（こりゃあだめだっ）て。それで研雄さん、2人が今度ハワイで挙式するんだけど俺の家の住人も皆一緒に行く事になったんだ。帰ってから披露宴には研雄さん出てもらうから！」

「いいなぁー若いって！　早いとこ彼氏紹介しないと、由夏ちゃん、おばあちゃんになっちゃうな！」

「嫌な事言わないでよ！　まだ若いんだから。沙智ちゃんの2つ上よ私！」

「えッー沙智ももうそんな年か！　沙智も何とかしないと由夏ちゃんみたいに……」

「研雄さん、由夏ちゃんみたいに……何なのよ！　もぉうあんたら2人、大酒飲みだとか部屋汚いとかおばあちゃんだとか、よく言ってくれたわね！　この私の小さな乙女の心を傷付けて！」「………」「………」

　2人共言い過ぎた反省は少ししているが、反省というより、仕返しを恐れている。

「祐ちゃん……後は上手く宥めておいてくれよ頼む！」

「研雄さんの分まで宥めるのか？　でも研雄さんあれは酷いな！（由夏ちゃんみたいになっちゃう）ってのは。そりゃあ由夏ちゃんだって怒るよ！」

「祐ちゃんだって酷い事言ってたぞ！　大酒飲みに、部屋汚い。嘘吐きまで言っちゃって！」

「あんたら！　私、後ろにいるんだけど！　もうそれ位にしとかないと知らないよ……明日が来るかどうか。祐一朗、もう帰るぞ！　車まで連れて行け！」

「あッ～しまった～～俺も飲んじゃった！」

「あぁ～どうするのよ！　そうだ、さっきの仕返しその①祐一朗！　私をおんぶしろ！」

「……えッ～！」

「何をジロジロ見てるのよ！　今、私のお尻見たでしょ！」

「……いいえ、見てませんよ！　……ただ……バレーボールを……」

「バレーボール？　もうエエ！　早くおんぶしろ！　家まで遠いぞ！」

「祐ちゃん、頑張ってね！　由夏ちゃんお休み！」

由夏は後ろに回り私の背中に飛び乗る。後ろから両腕を私の首に巻く。私は由夏の両足をよいしょと上に持ち上げるが重い。たまに前屈みになり、両手で由夏のお尻を支える。

「ねぇ～祐一朗、あんまりお尻、ぎゅっとしないでね！」

「ぎゅっとなんかしてないよ！　ぎゅっとって……こんな風にか？」

「あぁぁぁ～ユウイチロオ～やめてぇ～！」

マンションから家まで遠くはなく、街灯も点いているので暗くもないのだが、ただ重い。

「由夏ちゃん、もうそろそろ歩いた方がいいんじゃない？　ダイエッ……星もきれいだし、月もきれいだよ！　歩きながらこれ見るって最高だよ！」

「私ここで見てるよずっと。星もきれいだし、祐一朗の背中温かいし！」

「あぁーそぉう～見てたの？」

「仕方がないなぁー。じゃあ、あそこのベンチまでで許してあげる」もうすでに家の進入路に入っている。途中のロータリーの中のベンチだ。よいしょと由夏を下ろし、ベンチに座らせる。

由夏は立ち上がり、私を座らせ、私の膝に股がり両腕を首に巻き付け、唇を寄せる。

「ちょっと待った。息苦しい！」

「どうしたの？　また心臓が悪いの？」（お前をおぶってたからじゃ！）

「祐一朗、大丈夫？　落ち付いた？　もう大丈夫そうね。じゃあ、つ・づ・き！」と唇を押し付ける。何回か繰り返し、急に唇を離し、空を見る。

「ねぇ祐一朗！　ちょっと話しておきたい事があるの！」

「……今か？　ここでか？」

「そう、今、ここで！」

「こんな状態でか？」

「そぉう、だって祐一朗の顔近いから話しやすいし！」

「そうか。まぁーいいけど……」（ちょっと重いが）

「あのね、私達ハワイに行く事が決まったでしょ。あの時から私、見えてるの。ハワイに死相を消す人がいるの！　もうかなり年配のおばあさんでふっくらした人。どこに住んでるか今はわかんないけど、ハワイに近づいたらわかると思う。祐一朗、あれからまた出てたのよ、今は消えてるけど、出たり消えたりっていうのがよくわかんないんだけど、でもまた出ると思うの！」

「そうか、また出てたのか！　さっきおんぶしたから出てたんじゃないのか？　死ぬかと思った。それで会ってどうにかなるのか？」

「死相を消せる様になったらいいんだけど、教えてもらって出来るものじゃないのよ！　一緒にいて体で感じるの……」

「それじゃ研雄さんのも消せるかも知れないんだな！」

「うん……それがね、研雄さんはもう消せない。何となくそう思う。いや消えないの、消えないのよもう！」

「そうなのか、わかった。よし今日はもう帰ろう。今度は俺をおんぶしてもらおうか？」

「えッッッッエッー、何言ってるの？　このか細い私に！」

「大丈夫だよ、由夏なら！　まぁーやってみよう！」と由夏の後ろに回り背中に飛び乗る。

「おぉう～祐一朗ぉぅ～、やめてぇ～、ムリィ～、人でなしぃ～、このデブぅ～～！」

「ハァハァハァ～さあ歩けぇ～」（ちゃんちゃん！）


地区の復旧工事が完成した。予定通りだ。さすが鈴木さんだ。相変わらず帰りは遅い。結婚や新婚旅行の話は進んでいるのだろうか？　心配であるが、まぁー由夏も準備に参加しているので大丈夫だろう。というより由夏が決めてしまいそうだ。地区では住宅メーカーや業者の説明会も、住宅の契約や税金の勉強会も終わり、今は各戸、各業者との打合せが進んでいるし、集荷場や昇降レール、集会所の増築の準備も進んでいる。

「研雄さん、どおぅー調子は？」

「うんいいよ、快調！」

「研雄さん、復旧工事も終わったなぁー。これで良かったのかなぁー？　俺は良かったと思ってる。研雄さんは？」

「祐ちゃん、もちろん俺も良かったと思ってる。皆、物は失ったけど、どうなのかなぁー、皆、強いんだなぁって思う。一人残らず生命はあるんだし、それに今後の事が安心だもの。それに祐ちゃんとお金も分配されるし深刻な顔した奴が一人もいない。祐ちゃん、ありがとうよ。祐ちゃんのお陰だよ。由夏ちゃんにも感謝だけど、由夏ちゃんは祐ちゃんが連れて来たんだし。でもな、こんな酷い災害だったのに、こんな事言っちゃいけないんだろうけど、祐ちゃん、楽しかったよ。こんな俺を一緒にここまで引っ張って来てくれてありがとうな！（人生の）最後に何かやったなって感じさせてくれて。またゆっくりと思い出そうと思ってるんだ。でも祐ちゃんも由夏ちゃんも不思議だなぁー。こうなるんだってわかってるみたいだもの！　祐ちゃん本当にありがとう！」

「もういいよ！　そんなに言わなくても。俺も感謝してるよ。やっぱり研雄さんじゃなきゃあ出来なかったと思ってる。それより明日から行くんだろ沖縄！」

「うん、行って来るよ！　沙智も楽しみにしてる。それより祐ちゃん達や鈴木さんらはもうハワイ決まったの？」

「まだみたい。12月の初めって聞いてるんだけど、何せ、由夏が準備に絡んでるから！」

遠くに由夏がいる。こちらに近付いて来る。

「私が準備に絡んでるから、何だって言ってたの？」（地獄耳だ）

次の日、研雄さん家族は沖縄旅行に出かけた。由夏が空港まで送って行く。

「沙智ちゃん、頼むよ、研雄さんと美紀子さん！」

「わかってますよ！　準備万端です」

「それにしても、よく由夏ちゃんに乗せて行ってもらう気になったねぇー。そうか知らないいんだ。由夏ちゃんの運転！」

「えッーどういう事ですか？」

「まぁー乗ったらわかるよ！　知らないって事は強いねぇ！」

「えぇ～由夏さんの運転、恐いんですか？」

「俺なんか、いつも目を瞑ってる！」

「きゃあー、どうしよう！　今更断れないし、代表、断って来て！」

「沙智ちゃん大丈夫！　最初に恐い目に遭っとくと、あとどんな事があっても恐いなんて感じないから！」

「もぉうー代表ぉー。聞かなきゃ良かったわ！　意地悪ね代表！」

「じゃあ気を付けてね！　いってらっしゃい！」

昼過ぎに由夏は帰って来た。帰って来たという事は、おそらく無事に送り届けられたのだろう。そして「代表ぉぅー！　今から浅尾さんのパスポートの申請に行って来ます」と出て行く。どうも由夏は公私の区別が出来ないらしい。今日、私の予定はどうなっているのだろうか？聞いていない。由夏にしてみれば公私混同のつもりはないらしい。こういう行動が出来るのも由夏ならではなのだろう。しかし、浜野の機嫌が悪い。

「代表！　堀江さん、自由奔放ですね。あそこまで行くとあっぱれです。私の完敗です」

由夏の完勝である。浜野もやっとわかったのなら、ちょっと鈍い。

夕食の後、奈緒さんと由夏との相談がこんこんと続いている。綾さんも加わり、大輔君もたまに加わり、大詰めを迎えている様だ。と由夏が私の方にやって来る。後ろに奈緒さんもいる。

「祐ちゃん、ハワイ旅行について発表したいと思いますので男性陣を召集して下さい。鈴木さんはもうすぐ帰って来ます」

「はいわかりました。さっそくその様に！」

「12月1日に出発します。7泊9日です。宿泊先は大ちゃんのお父さんの別荘にさせて頂きます。結婚式は4日の朝9時から教会で行います。全員出席します。普段着で結構です。団体のツアーが2つありますが、後は自由行動です。簡単に言えば以上です。質問は？」

「別荘ってどんな？」

「大変大きいそうです。部屋も数え切れないほどあります。元々社員用です。常時スタッフが10人程度いるそうです」

「費用は払うんだろうね！」

「いらないとおっしゃっています。あまり払う払うと言うのもあれなので、ありがたく甘えさせて頂きます。ここに必ず持って行く物のリストを作っております。忘れ物のない様にお願いします。特に浅尾さんと祐ちゃん、いいですね！」「…………」「…………」

「それと注意事項として浅尾さんと祐ちゃん、腹巻きとステテコはハワイではやめて下さい。それと浅尾さん、向こうで可愛いビキニの女性に（おいねえちゃん！　とか、ええケツしとるの～）とか絶対言わない事。わかりましたか？　日本の恥ですので、いいですね！」

「…………」「……つい……言ってまいそうや！」

冗談の様な話だが、新婚旅行にノコノコと5人もついて行くのが本当になってしまった。大輔君のお父さんの会社も凄いんだ。また何かお礼を考えないと。そして由夏はハワイであの人に会いに行くのだろう。俺もついて行くのか……な？　ハワイにもついて行き、由夏にもついて行く。流されてばかりだが、これも悪くない。

「代表！　最近、会議をやってないんですが、たまにはどうですか？　現状の報告と次の展開など説明して頂ければありがたいのですが」

最近やってないからしようなんて、もうちょっと言い方があるだろうと思ったが、確かにそう言われればそうである。社員の皆もわかっているのかいないのか？　知りたいとは思う。

「わかったそうしよう。今からやろう。どうですか？」

「現状報告を致します。もうすぐ神戸と姫路の支店が完成します。神戸支店は、浅尾耕平さんに管理をお願いしております。社員として浅尾さんの奥さんと娘さん、堀江商事から紹介して頂きました3人と合わせて6人で始めます。姫路支店ですが、堀江商事からの紹介が3人、ハローワークから2人ですが代表がまだ決まっておりません。今募集中です。大阪本部ですが今建設中で来年の4月完成予定です。浜野さん、早めの募集お願いします。大阪・神戸・姫路共まず基本の支援を行い、順次多方面の支援を増やして行きます。資金は、各事業所名義で蓄えております。大阪本部は支店を纏めますが、Dハートが総本部となります。今後の展開として、各支店の状況を見てどんな支援が必要か、またその地域に合った施設や事業を展開するか検討します。また新しい支店の開発も行います。まず近畿圏から行いたいと思っておりますがまだ未定です。質問があれば言って下さい。それと皆さん、旅行の件は決まっていますか？　今、沙智ちゃんの家族が沖縄に行っていますし、私も来週ハワイに行って来ます。皆さんも楽しい計画をして下さい」

外は雪が降って来た、まだ11月である。

「祐一朗！　寒いの！」と由夏が夜中、私の部屋に来る。私の家にいる時は来ない様にしているのだが、今日はどうしたのだろう。

「祐一朗！　寒いよう！」と肩をすぼめて、布団に潜り込む。この家は鈴木さんの設計で冬でも暖かく、寒いという事はないはずだ。

「風邪でも引いたんじゃないのか？」と額に手を当ててみる。

「おッーちょっとはあるな！　……30度はある！」

「……何よ！　人が苦しんでるのに30度位あるわよ！　雪女じゃないんだし！」

「雪女だったら、もっと……ちょっと……！」

「ちょっと何よ、雪女の割には太いって言いたいんでしょ？　もおう、最低！　よけいに熱が出て来た。50度あるわ！」

「ところで由夏、ちょっと頼んでおいてほしいんだが」

「何よ！　話変えの天才！」

「今日言った様に、近畿圏に支店を作りたい。まだ何もかも未定だがまず土地が欲しい。京都を始め、奈良、滋賀、和歌山、大阪にもう1ヶ所、京都も2ヶ所。高浜先生に頼んでおいてくれ」

「わかったわ。一応頼むけど、今顔は合わせない方がいいわね。あの親父の頭見たら、引っ叩きたくなるのよね。叩いてもいいかしら？　祐一朗、ねぇーこっち向いて！」

「バカか！　いい大人が人の頭叩いてどうするんだ……でもどんな顔するだろうな。由夏、今度やってみるか？」

「バカね、冗談よ。えッー本気にしてたの！　若い美貌の秘書が取引先の社長の禿頭叩いてどうするの？」（由夏ならやりかねない！）

ついでに波平さんの頭叩いたらどんな顔するか想像すると……面白い。

研雄さん家族が沖縄から帰って来た。マンションに帰る前に私の家に寄ってくれたのだ。

「研雄さん、お帰り。どうだった沖縄は？」

「良かったよ！　寒くなかったし、こっち帰ったら雪がうっすらしてるじゃないか」見た目は元気そうだが疲れは隠せない。奈緒さんも鈴木さんも出て来て輪の中に入り、土産話で盛り上がるが、やがて一段落。研雄さんが、

「鈴木さん、奈緒さん、おめでとう、良かったねぇー。それよりうちの沙智にもいい彼氏紹介してくれよ。沙智も奈緒さんの2つ下だしね！　それよりあそこにもう一人お局がね～いるんだよ。私も彼氏の紹介頼まれてるんだけど、なかなかねぇー。あのお局に見合う男はそういないからねえ～。何せ強いんだから！」

「研雄さん、私も由夏との付き合い長いけど、以外に弱いとこ結構あるのよ。今度教えてあげてもいいですよ、由夏の弱点！」と奈緒さん。

「へぇーそうなのか？　あるのか？　それは聞いといた方がいいな！」

「へぇー由夏さんの弱点、僕も教えてほしいなぁー！」と、鈴木さん。

「あなたが聞いてどうするのよ？」

「えッ、そりゃあー知らないより知ってた方が……それより今度、奈緒さんの弱点聞いとかなきゃあ～」

「あぁ～それは、私の前で言わない方が良かったのに！　由夏に言っとかなきゃあ～。それより沙智ちゃん、よく空港までの往復、由夏の運転で恐くなかったね」

「いやぁ恐かったですよ。飛行機乗る前に死ぬかと思った。目を瞑ってました。お祖父ちゃん達も瞑ってました」鈴木さんが研雄さんの横に行き、

「研雄さん、代表から聞きました。家の事、喜んでさせて頂きます」

「それはありがたい。前からお願いしようと思ってたんですがなかなか言い出せなくて！」

「さっそくですが、ある程度希望が纏まっていれば話を聞きたいのですが、私は1日から10日ほどいませんので、帰ってから旅行まであと3日ありますのでどちらでも！」

「あぁー早い方がいい。だいたい纏まってるよ。だいたい女の意見聞いてると纏まるものも纏まらない。明日でもこっちはいいよ鈴木さん！」

「そうですか！　じゃあ明日の夜でもマンションに行きますがいいですか？」

「私はいいけど、仕事終わった後？　結婚の事もあるし、旅行の事もあるし忙しいだろ？」

「大丈夫です。結婚の事は奈緒さんが決めてますし、旅行は奈緒さんと由夏さんとで決めていますから！」

「あらそう！　鈴木さん仲間外れ？」

「そうなんです。しかし研雄さん、家の事は、勝手に決めてると、後が大変ですよ。女性の意見も聞く振りをしとかなきゃあ〜」そこへ地獄耳の由夏がやって来る。

「鈴木さん、聞こうと思ってたわけじゃないけど聞こえちゃったんだよね。鈴木さんって、聞く振りが出来るのね。ショック！　奈緒に言っとかなくちゃあ！」

「ありゃあー、それは由夏さん、内緒で！　代表もいつもこうやってやられてるんですか？」

「そう！　やられてた。でも私も学習してね。すぐ返事をしない。ひと呼吸してからにするんだよ、引っかからない様に。でもね、最近は誘導して来るんだよ、それがまた上手いんだ！」

「2人共、何をごちゃごちゃ言ってるのかしら。でも私がっかり。鈴木さんが祐ちゃんと同程度だったんだなんて。まぁいいわ。まあ2人共ごゆっくり作戦でも立てて下さい」

高浜先生はいつもいいかげんだ。昨日電話で土地探しを依頼したはずなのに、今日、ふらっとやって来る。アポなしだし、これで頼んだ事もいいかげんならとっくに相手にしないのだが、頼んだ事はきっちりやっている。

「代表ぉうー！（由夏の言い方と一緒だ！）勢いのあるのは代表のとこだけですよ！　もう不景気で、土地も動きゃしない！」おだてるのも旨い。

「でもね、うちの売上は伸びてるんです。何故かというとここのお陰なんです。ここの売上げが私のところの大半を占めてるんです。これもちょっと問題なんですがね、しかし残念な事に、利益が出てないんです。何故かというと……」由夏の方を見て、「厳しいからねえ！」

「あら、先生！　企業努力が足りないんじゃないですか？」

「いやぁー参った、参った。でも嫌いじゃないんだなあー、由夏さん」

先生のくだらない話が延々と続くので、一緒に来ている佐々木さんを誘う。

「佐々木さん、詳しい事を説明しますので、ちょっとあちらで！」

すると高浜先生は由夏を引き留め、

「由夏さんどうです。ここを辞めて、うちに来ませんか？　給料ここの倍出しますよ！」

「代表、あんな事言ってますよ！」

「そりゃあー君の問題だ。しかし社長の前で社員を引き抜くなんて先生位のもんですよ！」

「あらー私、先生のとこに行ってもいいのかしら？　代表、ちょっと考えさせて頂きます！」

「えッー堀江さん、考えてくれるの？　由夏さん！」

「嘘です。先生は私がいなくなったら、ここからがっぽり稼ごうと思ってるんでしょ！」

「いやぁーバレたか！」

「佐々木さん、この人達に付き合ってられないからちょっとあっちで！　そうだ佐々木さん、良かったら高浜事務所辞めてうちに来ませんか？」

「えッー本当ですか?!」

「おい佐々木、早まるなよ！　ここに来たら、この人、由夏さんの手下だぞずっと！」

「さあー佐々木さん、あっちで待遇の話でも！」私と2人になると高浜先生が、

「代表、由夏さんはいい社員ですね。引き抜きたいのは本当ですよ！　ところでどこから引っ張って来たんですか？」

「ふら～っとあっちから来たんですよ。まだここがオープンもしてないのに、4月から入社なのに3月の初めから来てましたよ！」

「そうですか？　やっぱりちょっと変わってるんですね！」


ハワイ旅行の準備も着々と進んでいる。共通の買物リストを作り、もうすでに先週に買物も済んだ。特別な人には個人用の準備物リストも渡している。

「後は、皆の準備物のチェックね。頼りない人が多いから！」

「浅尾さんのパスポートは間に合うんでしょうね？」

「大丈夫だと思う！　まぁーダメだったら一人残ってもらおうかな！」

「まぁー可哀想！　由夏の子分なんでしょ！　せっかく私達を祝ってくれてるのに、私も一緒に行きたいわ！」

「わかってる、何とかする！」

「鈴木さん、研雄さんの家は上手く行きそうですか？」

「そうですね。意外と早く決まりそうですよ」

「研雄さんの意見は通ってますからねぇー！」

「最初の意気込みは強かったんですがねぇー」

「ですがねぇー……という事は……大体わかりました」

「そりゃあー美紀子さんや沙智ちゃんが簡単に（はいはい）って言うわけないでしょ！」

「まぁーそれはそうだな。まぁーそれでいいんだけど。でもね、こっそり研雄さんの希望も入れといてやって下さいね。お願いしますよ！　鈴木さん、研雄さん家の次は私の家ですよ。いつでも鈴木さんのいい時に言って下さい」

「祐ちゃんの家はどうなのよ？　祐ちゃんの意見は通るの？」遠くで聞いていた由夏が言う。

「そりゃあそうだよ。俺の意見通りで進めるよ！　でもなぁー、息子達は無関心だし、嫁は見栄っ張りだし……それより由夏ちゃん、今度の旅行、堀江さんや弥生さんにも言ってるんだろうなぁ」

「言ってないわよ！　煩わしいし、たぶん連れて行けって言うし！」

「そんな子供みたいな事言ってないで、ちゃんと言っとけよ。もう明後日なんだから！」

「そうね、もう言ってもいいわね。もう連れてけって言っても間に合わないし！」（意地が悪い）

出発当日、奈緒さんと鈴木さんが朝食を取っている。

「おはよう！　準備出来た？」

「はい！　もうすっかり出来てます」

「僕はちょっと職場に行って来ます。昼過ぎには帰って来ます。代表は？」と、鈴木さん。

「私も今からちょっと行って来ます。早めに帰ります。由夏ちゃんはまだの様だなぁー」

「昨家、夜遅くまで何かバタバタとやってましたよ！」

今日の出発は夕方の17時と決めている。22時の飛行機に乗る予定だ。私も特に用があるわけではないのだが、時間があるので事務所に行く。私も由夏も今日は休みになっている。

「代表、今日行くんでしょ！　大丈夫ですか？　時間は？」

「あぁー夕方出発になってるんだ。ちょっと雑用を片付けとこうと思って」

特にこれといった仕事を思い付いたわけではないのだが、10日間も留守をするので何となく何かを確認しておきたくなったのだ。……机の上を一通り見て引出しを開けてみる。特に取り急ぎのものはない。由夏が作った今年度の事業計画書を見る。今年ももう終わりだ。結果はどうか？　ほぼ出来ている、というか計画以上に進んでいる。近畿圏に支店を開いた後は全国展開だ。事務所内はバタバタと忙しそうだ。皆よく働く。それに引き替え、私は今、これといった用事はないし、休んでいてもどうという事はなく、まぁーいてもいなくてもどっちでもいい存在の様だ。そこへもう一人のいてもいなくてもいい存在の人が現れる。

「どうした？　出て来たのか。夕べは遅かったらしいな！　何してたんだ？」

由夏はムッとして何か言いたそうだ。仕方なく代表室に入る。

「何言ってんのよ！　私、10日分のリスト作ってたのよ、4つの取引のリスト。まぁー正味、6日分だけど！」

「旅行中も〈株〉やるのか？」

「そうよ！　何日か抜けるとちょっとおかしくなっちゃうのよ！　まぁ旅行中は奈緒も大ちゃんもさせたくないから私がやるんだけど！」

「へぇーそうなんだ。そりゃあ大変だ。いいじゃないか少し位抜けても。旅行中位、楽しんだらいいのに」

「祐一朗はそう言うと思ったわ！　私はどうも嫌なの、そういうの！　それより夕方までどうするの？　予定何も入れてないよ！」

「10日も会わないんだから、研雄さんの顔でも見てくるか？」

「うーん、今はちょっと会いたくないな。旅行から帰った時には入院してるし……今日はやめとこ！　それより、あのくそ親父のとこ行こうよ！　びっくりさせてやる。それからギャフンと言わせて景気付けしてから旅行に行くかな！」

　とても若い女の子の言葉とは思えないし、悪意に満ちている。

「まぁーいいよ。まだだよな、土地探しの事は？」

「勿体ぶってるのよ！　私との交渉のやり方を研究してるのよ！　だからこっちから行ってやるのよ！」由夏は本当は研雄さんに会いたくてしょうがないのだが、会えば泣きそうで恐いのだ。その反動であのくそ親父を痛め付けて、懲らしめて、そのうっぷんを晴らしたいのだ。本人はそう思ってはいないかも知れないが自然とそういう動きになる。たまったものではないのが高浜先生である。可哀想な事だ。さすがにびっくりした様で椅子に座っていたのだろうが、その場で直立不動で背を伸ばし立っている。

「まぁーまぁー代表、由夏さん、こんな所にまで来て頂いて。ちょうど連絡しようと思っていたんですよ、土地の件で……由夏さんも相変わらずお綺麗で！　どうぞどうぞ！」

　よく喋る。お世辞も忘れない。

「まぁーありがとうございます。よく言われるんです。先生はいつも突然いらっしゃいますので、今日はこちらが突然来ました。先生もたまには机の前にいる事もあるんですね！」

「いやぁー参った、参った。由夏さん、少しは考えて頂きましたか？　うちに来てもらえたら、そこに大きな机と椅子を用意しますよ！」

「あら、こちらですか？　そこがいいわ！　今先生が座ってらっしゃる所！」

「いやぁーここは私の机でして、あっーさては、由夏さんはここの社長になって乗っ取るつもりなんですね！」

「そうね、そうしたら、まず先生をクビにしようかしら！」

「いやぁー参った、参った！」

延々と続く。この2人はどうも波長が合っている。会えば言い合いばかりだが、どうも嫌いではない。気付いてはいないが好きなのだ。お互い、いいストレスの発散になっている。が時間が長い。私は佐々木さんの所に行き、

「佐々木さん、土地はどうですか？」

「はい！　今纏めています。大阪1件、京都2件、滋賀1件、奈良1件、三重1件、和歌山1件、それと福井1件。計8件ですが、候補地は25件あります。これが明細と各土地の概要です」

「ありがとうございます。12月12日以降に現地を見たいのですが、予定して頂けませんか？」

「わかりました。3日かかります。予定を組んでみます。明日でもお持ちします」

「いやぁーそれが今日の夕方から会社の慰安旅行で11日に帰って来ます、それまでに届けて頂けたら大丈夫です」

「えぇーそれは長いですね、どちらに行かれるんですか？」

「ハワイに……そこで知人の結婚式に出席したりするもので」

くそ親父の耳に話が入ったのか、こちらを見てから由夏の方に向かって、

「由夏さん、今日ハワイに行くんですか？　10日間も！」

「そうですよ！　会社の慰安旅行ですよ！　お金は全部会社持ち。こづかいも頂きます。家族でも友達でも一緒に行っていいんですよ！」

「へぇーさすがですね……うちの社員には言わないで下さいね、由夏さん！」

「もう聞きましたよ！　うちはどうなんですかねぇ！」と、佐々木さん。

「佐々木さん、来年はうちの慰安旅行に一緒に行きましょうよ！」

「はい、そうですね！」

「おい佐々木！　加奈ちゃんに言って、うちも慰安旅行計画させろ！」

「ハァ～さっそく！……で、どこらへんに、何泊位で？」

「城崎温泉に1泊でいいだろう！」由夏がにやっと笑う。

「由夏さん笑う事ないでしょ。佐々木、城崎温泉の方がハワイよりゆっくり出来るぞ！」

「ハァ～」

「まぁー良かったですね佐々木さん。城崎温泉に1泊だなんて、ゆっくり出来ますよ。近くだし、飛行機に乗らなくてもいいし、パスポートもいらないし！」

また始まった。私は佐々木さんに目配せして、外に出た。由夏が慌てて追って来る。

「代表ぉう～、待ってぇ～、ちょっと待ってぇ～！」

「祐一朗！　私、今日ちょっと変なの！」

由夏の顔を見る。確かに鼻は曲がっている。変なのはわかっているとは言えない。

「何が変なんだ？　どこか苦しいのか？」

「よくわからないの。でもちょっとおかしいの。昨日からなんだけど！」

もっとずっと前からだと思うけど……とも言えない。

「あぁッ～ッ！」

「何だ、どうした！　ハンドルは離すな！」

「わかった。わかったわ！」何だかよくわからないが、由夏はちょうどそこにあった山の方に向かう脇道に入り車を止める。

「由夏ぁ～大きく息を吸って……少し落ち付け！」

由夏は大きく息を吸ってから、私の顔を両手で引っ張り寄せ唇を押し付ける。

「ありがとう、もうわかったの。前にもこんな事があったの。祐一朗に会う3日前よ。あの時はもっと軽かったけど、大学の求人欄に（Dハート 土山祐一朗）とあるのを見た時、これだァ！　と咄嗟に思い申し込んだ。後はご存知の通りよ。どうも同類の能力を持った人に反応し、ちょっと変になるらしい……」

「俺の時もそうだったのか？」

「そうなの！　でも今度はもっとすごいの！」

もっとすごいというのは、俺が大した事のない同類だったのか？　……まぁーいい。

「今度、ハワイで出会うからなんだろ？　おばあさんと。でも住んでる場所も名前もわからないんだろ？」

「うん、でもそれは近づけばわかるんだ。おばあさんもきっと待っててくれる！」

「そうか！　とにかく体が悪いんじゃなくて良かった！」

（俺はあの時、待ってなかったけどなぁ～）

玄関前の広場に大型乗用車のタクシーが来る。ちょうど5時に出発。夕方の出発というのは、どうも落ち付かない。やはり旅行は朝早く起きて、忙しく出発するのがいい。神戸空港に到着。ここから大型の高速船に乗って関空に行く。なるほど海からだと神戸と関空は近い。そこからは全て由夏について行くだけだ。心配していたが今は由夏も変ではなく、嘘のようにてきぱきと動く。航空会社のカウンターでチェックイン。荷物検査、セキュリティチェック、税関手続、出国審査を済ませ、簡単な食事を取る。そして搭乗口へ。前列に4人、後ろに3人。由夏と私と大輔君。22時10分、関空を飛び立つ。

「少し眠ったらどうだ？　昨日も遅かったんだろ」

「うん。そうする！」

「ねえ祐ちゃん、前見てよ！」浅尾さんと綾さんが頭を寄せ合って何かしら話している。時々顔を見合わせ、仲良さそうに笑っている。

「ねえ、祐ちゃん、浅尾さんと綾さんって相性がいいのかしら？」

「とてもいいとは思えないけどなぁー。でもこんなのが合うんだよ！」

「何か間違いが起きないでしょうね！」

「間違って、何？」

「そりゃあー変な間違いよ！」（私達はどうなんだ？）

自分でもおかしくなったのか、由夏はだんだんおとなしくなり、やがて眠った。気持ち良さそうに寝息を立てている。寝顔にはいつもの勝気さは見られない。まだけなげさが残った乙女のようだ。おばはんと呼ぶのは可哀想だ。この娘にはいつも助けられている。いつも忙しく動いている。自分で自分を忙しくしているところもあるが、忙しく動いているしか出来ないのだろう。同じ能力を持っているから引き寄せられたのも不思議な出会いだ。これからも由夏は忙しく動くだろう。さっそくハワイでも……。

由夏の手が動く。私の手を探している。私が手を添えるとギュッと握りしめる。少し汗ばんでいる。何か言いたそうに私の方を向く、耳を寄せる。

「名前も年も場所も見えて来たの！　犬もいるわ。一人で住んでるみたい。小さな家よ。裏山もある。広い庭があるわ。庭から裏山に登り道があるわ。そこに登ると海が見えるの……今日会いに行きたい！」

「向こうに着くのは午前11時だ。空港を出ると昼の12時を過ぎるだろう。皆で大ちゃんのお父さんの別荘に行って昼食を食べる……それから……今日は忙しいぞ、明日にしたら？」

「そうね！　明日にするわ。明後日は結婚式だし！」

「俺は？」

「私一人で行く。後日一緒に行ってもらう事になると思う」

「今、死相は出てるのか？」

「ううん。今は消えてる」

「そのおばあさんに連絡しておかなくていいのか？」

「ナタリーって言うの。ナタリー・ドレイン。ナタリーは私が行く事も、私の名前も、なんで行くのかもわかってる」

「へぇーそうなんだ……由夏が俺の所に来た時、俺はちっとも知らなかったぞ！」

「…………！」

能力のレベルが違うと言いたいのだろう。

ホノルル空港には、大輔君のお父さんの別荘から迎えのバスが来ている。太って日焼けした青年がニコニコ笑いながら駆け寄って来てカタコトの日本語で、

「オォウッーダイスケ。アヤさん、待ってたよ！　元気だった？」

陽気な青年だ。別荘はダイヤモンドヘッドを通り過ぎた所にある。山の中だが海にも近い。大きなホテルの様な建物だ。周りの植物も花もきれいに手入れしてある。使用人も多い。管理が行き届いているのは、馬場商事がしっかりしている証拠だろう。

歓迎のトロピカルジュースを飲みながら説明を聞く。皆、日本語を話す。ここでは朝食だけ。パーティー時と今日の昼食は出るが、外での食事を楽しんで下さいという事だ。運転手が5人いる。いつでも案内してくれる。今日のディナーはレストランを予約しているので、5時に出発。それまでは昼食をしてから自由にくつろいで下さいとのこと。ランチを食べてから部屋に案内される、皆、一息ついた。

ワイキキビーチの前の交差点を右に曲がる。外はまだ明るい。太陽は西方の海の上で輝いて地平線を紅く焦がしている。ビーチにはまだたくさんの人が動いている、町並は日が陰り、暑さを少し和らげている。馬場商事の経営するレストランで、ポリネシアンのショーを見ながら楽しく過ごした。お開きとなったが、由夏と奈緒さんと大輔君が近くを散策するという。残りの4人は別荘に帰る事になったが、

「鈴木さんも一緒に行って来たら！」と私。

「結婚式前に喧嘩しちゃあだめよ！」と綾さん。結局、年配組の3人となる。ゆっくりシャワ

ーを浴び下に下りると、綾さんがホールにいる。

「綾さん、ちょっと飲みましょうか！」

「そうね！　こんな時だもの、浅尾さんも呼びましょう！」

電話をしている。やっぱり2人はどうも相性がいいのかな。

「ここにいる子達は、もう長いんですよ。身寄りのない子達でね、ここで生活してるんです。生活費は無料なんですが、いつもどこもきれいにしていなさいって、ご主人が言ってるんです」

あぁー、馬場さんはこういう事もやってらっしゃるんだ。


疲れたのか、眠気に襲われるのだが慣れない音が頭の中をぐるぐる回っている。夕食時のショーの音楽だ。コンコンとドアを叩く音、立ち上がりドアを開ける。由夏はさっと体を回しドアの鍵をかける。

「由夏、大丈夫か？　気付かれてないな？」

ベッドに入り体を寄せる。唇を合わせる。（やっぱり、明日の事が気になっているんだ）

「明日、俺も行こうか？……外で待ってるよ」

「そうね、そうする？」

ナタリーは、由夏より高い能力を持っているという。由夏が行く事もわかっている。由夏はナタリーの能力は死相を消せるのではないかと考えている。

「明日、奈緒達は結婚式の相談と写真を撮りに行くし、浅尾さんと綾さんはここの下の森の散歩に行く。大ちゃんには〈株〉の取引をする様にリストを渡してある。祐一朗、私達は午前11時にここを出て、食事をしてからナタリーのところに午後1時に行く！」

翌朝、皆ゆっくりしているが、9時には集まって来る。せっかくのハワイで寝てばかりいられない。バイキングを食べ終わると、奈緒さん達は教会に、浅尾さんと綾さんも森のウォーキングに出かける。大輔君は部屋に戻る。

ボブの知ってるレストランで昼食を取り、ボブに行き先を説明しながら数十分、車は静かな山間に入って行く。登り切った頂上から脇道に入る。その先に赤い屋根の小さな家がある。庭が広い。白い塀が家と庭を囲んでいる。白い塀に赤と白の花が絡みつき、緑の葉が花を浮き立たせている。由夏は鞄と土産の紙袋を持っている。今日は落ち付いた服を着ている。昔の事を思うと考えられない服装だ。それを思うと笑えた。

「祐一朗！　今笑ったでしょ？　私もこういうの着るのよ！」簡単に笑えない。

私も車を降り、辺りを歩き始める。ボブはひとまず返した。由夏は白い門を開け、花の咲き誇る庭の石畳を抜け、玄関前の大木の枝葉の中に消えた。私は西向きの小道を塀沿いに回りながら少し下りて行く。じっとしていられない。あそこまで行こう。あそこまで行けばきっと見晴らしのいい海が見えるだろう。（由夏はナタリーとどれ位の時間を過すのか？）眼前は全て緑だ。緑一色の上は青空が広がる、地平線だ。青空と海の青さの間に一直線に白く光る、ふと横を見ると、ナタリーの白い塀の終わりから裏山に登る小道がある。（そうか、ここからも登れるんだ！）段々になったり石積みになったり、登ればきっといい景色が見られるだろう。とにかく登ってみよう。山登りだ。息が切れる。あそこまで行こう。あそこまで行けば小さな広場がある。あそこまで登ってみよう、息が苦しい、とにかく座りたい。赤いベンチがある、きれいにペンキが塗られており広場の周りは小さな花のプランターがいっぱいだ。よいしょと座り、振り向くとナタリーの家を上から見下ろしている。芝生を張りめぐらした庭にはデッキがあり、たくさんの花を飾っている。庭に面した大きなテラス窓の中で人影が動く。あれはナタリーと由夏だろう。時々笑いながらお茶を飲んでいる。荒い息は収まった。ここまで来たら、もう一段上の広場まで登ってみよう。もう二度と来ないであろうこの場所を何故かどうしても見ておきたい気がした。上まで登り、海を見る。碧く広い。いい景色だ。あの向こうの地平線に日が沈むのだろう。それは見られないな！

ゆっくりと下りた。迎えの車まで来た時、由夏が出てくるのがわかる。ナタリーも見送りに出ている。由夏は笑っている。いい結果だったのだろう。ナタリーに手を振り、後ろの席に乗り込む。私の耳元で、「今日は帰るよ！」（今日は帰る？）という事は、また来るという事か？今度は私をナタリーに出会わせるのだろうか？　ボブがいるので由夏も多くは語らないが、明るいのが何よりだ。ふと振り返ると、何とあの登った裏山の頂上に東屋のような建物がある。（そうか俺は一段下の広場まで登っただけだったんだ。もう一段上にあったんだ。あそこまで登ってみたかった。あの東家で夕陽を見たかった。夕陽が沈むのを見たかった。でもまた来るかも知れない。その時登ってみよう）

ナイトクルーズはきれいで賑やかで、食事は美味しく酒も旨かった。しかし、疲れた。耳にまだあの激しい声や音が聞こえて来る。あのディナーショーの動物的な踊り、あの動きが蘇って来る。いつもならもっと楽しめたのだろうが今日は違った。ゆっくり落ち付きたい。静かにしていたい……クルーズ船は港に着く。迎えの車の中、（やっと帰れる）と思った。こんなに疲れるものなのだろうか？　ふと頭の中を過ぎった。ナタリーと由夏が能力を使って私の死相を消すために私に何か……。

　別荘に着きソファーに腰を下ろし、大きく息を吸い目を閉じる。私の様子を気にしている由夏が手を額に当てる。

「祐ちゃん、大丈夫？　疲れた様ね」

「祐ちゃん、騒がしかったものねぇー、あれじゃあ、誰でも頭が痛くなるわ！」と、綾さん。

「祐ちゃん、もうベッドで休む？　明日は結婚式だし、元気になってもらわないと！」

「そうだな、でも変な汗が出てるからシャワー浴びてから寝るよ。ありがとう、もう大丈夫！」

「由夏ちゃん、ちょっと一緒にいてあげて」

「そうします。ありがとう綾さん！」

　部屋に帰ると由夏が追いかけて来る。私は全部脱ぎ捨て、頭からシャワーを浴びる。途中息が苦しくて壁にもたれ、大きく息を吸う。シャワー室を出ると、由夏がバスタオルを持って待っている。頭から肩から全身を拭きながら、

「祐一朗！　大丈夫？」ガウンをかける。私はソファーに腰を下ろし、水を飲む。

「由夏、ありがとう、落ち付いたよ。もう大丈夫！」

「本当？」「本当だよ！」

「じゃあこっち向いて！」と由夏の方を向いたとたん、唇を軽く合わせてくる。

「後でまた来るけど、ちょっと休んで……本当は今日話がしたいんだけど、どうしようかな」

「大丈夫だよ。俺も聞きたい事がある」

「そうだねぇー、後で来た時考えるわ。祐一朗も、気になってるだろうし簡単に言うと、まぁ

上手く行ったと思ってる。ちょっと問題もあるけどね。だから安心してゆっくり休んで！」

「わかった。上手く行ったんだな。問題があるってのが問題だけど……ところで俺はまたナタリーに会うのか？」

「ううん、もういいの。祐一朗が裏山に登ってる時も帰りの時も、ナタリーは祐一朗に会ってるし、もういいのよ」

「そうなのか！　でも由夏は帰る時、（今日は帰るよ）って言ったから、てっきりまた行くのかと思ってたよ」

「そのへんの事はまた明日。今は休んで。明日は結婚式なんだからね！　元気になってもらわなきゃ！」と静かに出て行く。


目が覚める。外は明るい。熟睡した様だ。体が軽い。疲労感や頭痛はない。何だったのだろう。おそらくナタリーが俺の死相を消すために私に何かをしたとしか思えない。心配する様な事ではないのは由夏の様子を見ればわかる。ナタリーが発する何かによって俺の死相が消え、その影響が私に表れて来たのだろう。ドアを叩く音。ゆっくりとドアを開け、由夏が入る。

「祐一朗、眠れた、気分は？」

「うん、大丈夫。もうすっかり！」

「良かった！　じゃあ早く起きて。1時間後に行くよ！」食堂に行き朝食を取る。浅尾さんが来る。

「土山はん、どうや？　疲れが出たらしいな。わいもいっつもと違ってるんで何か変や！」

浅尾さんはいつも変なのにまた違った変とはどうなるのだろう。まぁーそれは言わない。

着替えてホールに出ると皆揃っている。浅尾さんがちょっと派手だが、まぁーいい。由夏も結婚式らしい（ちょっとフリフリが付いた）服を着ている。

「由夏はん、奈緒さんの結婚式ですやろ。もっちょっと大人しいのにせなあかん！」

「何だと！　お前に言われたくねぇな。何だよその格好は！　チンドン屋かと思った。近くに来るなよ！　今日は他人だ！」（まぁー、2人でセットだな！）

奈緒さんと鈴木さんはもう教会に行っている。綾さんも付き添いで行っている。ボブに送ってもらい教会へ……。小学校低学年の子供達30人位が正装して讃美歌を歌ってくれたり、見物人も多かったりして賑やかな式だった。由夏も感激したのか、うっとりしている。セットの浅尾さんが、

「由夏はんにこんな日が来るのはいつの日になるんやろうな？　はて、こんな日が来やすのかねえー！」

「言わないで！　私も心配なんだから！」

夜は別荘で2人のお祝いのパーティーが開かれた。奈緒さんも鈴木さんも幸せ感でいっぱいだ。2人きりにさせようと早めに切り上げる。由夏がワインを飲みたいと言う。2人の幸せ感に酔ったのだろう、浅尾さんも綾さんも大輔君も加わる。

「見てみろ。浅尾さんと綾さんは相性がいいのか話がよく合う！」

「いいわね、みんな幸せそうで！」

由夏が部屋に入って来たのは、午前1時を回った頃だった。ベッドに潜り込み、

「待ってた？」

「うん。〈株〉の取引やってたのか？」

「知ってたの？　ちょうど日本の取引の時間だったの」

「そりゃあわかるよ！」と体をすり寄せ唇を重ねる。

「それで、どうだったの？　ナタリーは？」

「うーん、まだダメ！　ウゥ～ン～、祐一朗、そのまま！……」

そのままって言っても、由夏が私にしがみ付いて唇を押し付けてるだけだが、

「祐一朗が思ってるのとほぼ違わないんだけど……」

ナタリー・ドレインは能力を持っている者同士の事は全てわかっていた。ナタリーの能力は私よりもずっと高く、死相を消す能力も持っている。（祐一朗！　手が止まってるよ！）死相は自然死の場合は誰も消せないが、私の場合は突然死の死相である。要するに、交通事故とか上から岩が落ちて来るとか、穴に落ちて死ぬとか、また殺されるとか。そういうのはナタリーの能力で避ける事が出来る。

「上手くいったのはいったんだけど、普通はすぐ消える場合が多いんだって。早ければ3日で消えるんだけど、祐一朗の場合は遅いだろうって言うの。祐一朗は生きる事に対して淡泊だからなんだって。だからはっきりわからないのよ！　だけど消える事には違いないのよ。それに、祐一朗の能力は退化してるんだって！」

「へぇーそうなんだ。退化してるのか！　元々俺の能力は大した事なかったんだろうな」

「そうじゃないの。私がいるからなの！　私がいるから祐一朗は能力を使わずにいられるから退化して行くの！　だから使う様にしないとダメなの！……それと祐一朗、問題は、昨日ナタリーが死相を消す事をやった後……それから死相が消えるまでの間が一番危険なの……そう消

えるまでの間、そうだから今も！……」

「でも俺には死相見えないし！」

「だから私が見るわ、いつも！　そして私が守る！」

　別荘の人達が開いてくれた最後の夜のパーティーも楽しかった。ここの人達の温かみは嬉しかったし、馬場商事の行き届いたおもてなしが自然に出来ているのがよく分かったし、馬場商事の凄みを感じた。

　無事日本に帰って来た。長いはずだったが、やっぱり短かった。ハワイ気分は、この日本の師走の寒さでとっくに吹き飛んでいる。

「由夏、明日会社に行ってから研雄さんの所に行こう！」

「うん、私もそう思ってたの！　ちょっとやつれてると思う」

「由夏、研雄さんの前で悲しそうな顔してちゃあだめだぞ。ハワイの楽しい土産話をしてやってくれ！」

「うん、わかってる。祐一朗、後で……話したい事がある！」と見つめていた目を微かに逸らす。話したい事があるから今夜私の部屋に来ると言っている。私にもう一度、念を押したいのだろう。

　午前1時を回っている。ベッドに入るなり唇を押し付けてくる。

「由夏、〈株〉のリスト作ってたんだろ？　疲れてるだろうに」

「うん、もう出来たから……私は祐一朗と違ってまだ若いから！」

「まだ若いつもりなんだけどなぁー」

「祐一朗はいつも呑気だから年よりは若く見えるかもね。でも祐一朗、今度は呑気にしてられないのよ、わかってる？」

「わかってるけど、俺には何も出来ないから！」

「またそう言って逃げる。祐一朗にもちゃんと出来る事見付けて来たの！」

要するに、私は突然死である。いつどこで何があってもおかしくない。だからもっと自分で常に気を付ける事。死相を自分で消したいと思う事。そして能力が退化しない様にする事、

「だから退化しない様に〈株〉のリストあなたが作ってよ！」

「えッー俺が……毎日？」

「どうも祐一朗は関心が薄いのよね。人事みたいでさぁー気楽なんだよ。私がこんなに心配してるのに！　ねぇー聞いてんの？　手が止まってるよ！」

「えッー聞いてるけど。何だったかなぁー？　こっちの方が忙しくて！」

「もうちゃんと聞いててよ！　ちゃんと手も動かして！　ねえ祐一朗、私、一日中あなたを監視しようと思ってる。離れない様にしようと思ってる」

「……一日中？　車に乗る時も？……」

「何よ！　ははぁー私といる方が危険だって言いたいのね。そうよあなたを鍛えてるの！　いつも危険を感じる様に。だから上をよく見て歩きなさい。岩を落としてやるから！」

「ハハァ〜〜上を……上ばっかり見てたら、落とし穴に……」

久し振りの出社だ、簡単な挨拶の後、少しはハワイの事を聞いてくれるが皆忙しそうだ。浜野さんに研雄さんの所に行く事を言うと、（どうぞ！）とそっけない。

「留守中の伝言、電話、来客、纏めてありますので！」ありますので……何だ⁉　まぁーいい。がもう少しっ……私にも仕事の期待をしてほしいものだ。

研雄さんは、今検査中だという。沙智ちゃんのお父さん達が病室にいる。大阪から帰って来ている。

「あッー祐さん、いつもありがとうございます。あッこちらが由夏さんですか？　由夏さんの事は、父からよく聞いています」（どうよく聞いているのだ？　またゆっくり聞いてみたい）

「すみません、数日、慰安旅行に行ってたもので」

「4日前です、入院したのは。かなり弱ってきてまして。もう手の施し様がないと言われます。今年いっぱい持つかどうかって先生が！」

「えッー今年……いっぱい⁈」

その時、研雄さんの車椅子を押しながら美紀子さんが帰って来る。

「あぁー祐ちゃん、由夏ちゃん、来てくれたのか！　今検査してたんだ。何の検査だか知らないが、もういいよ検査は！　疲れるだけ。それよりどうだったハワイは？」と努めて元気そうに話すが、やつれているし、顔色が悪いし、声に生気がない。

「うん、良かったよ！　結婚式も良かったし、久し振りにのんびり出来た」

「研雄さん、元気出してね。病気になんか負けちゃだめよ！　お土産買って来たよ！　それから奈緒も結婚しちゃったし、研雄さん、私の彼氏はどうなってるの？」

「あッーごめん、ごめん。今探してるんだけどねぇー。由夏ちゃんに見合う男はそういないなぁー。見つかるまでは俺にしといてよ！」

「あら、しょうがないなぁー。じゃあ研雄さんで我慢するか。退院したらデートしてあげる！」

「そうか！　楽しみにしてる」

「じゃあー疲れてるみたいだから……また来るね！」と由夏は来たばかりなのにもう帰ると言う……見ていられないんだ。帰りの車の中、由夏は真っ直ぐ前を向き、安全運転だ。横顔を見ると涙が一滴膝に落ちる。

「祐一朗、私……研雄さんの事、どうにも出来ないの。消せないの！　どうして?!」

「仕方がないよ。由夏が悪いんじゃない。由夏は何も悪くないんだ！」


朝、代表室に入ると沙智が入って来る。由夏もいる。

「代表、先日はありがとうございました。お祖父ちゃんも喜んでました。それで父から聞いていると思いますが……お祖父ちゃん、もう一度マンションに帰って皆に会いたいって言うんです。それで先生に聞いたんです、外泊出来ますかって。そしたら、何とか1泊位ならって！」

「わかったわ、沙智ちゃん。皆と相談する。それで、いつがいいの？」

「そうですね。先生と相談したり、準備とかで、1週間後位ですかね」

「そうね。じゃあーちょうどクリスマスだ。土曜だし、この日がいいわ。先生に言ってみて」

沙智の言葉の中に、研雄さんはもうダメなんだという事が何となく察せられる。

「お祖父ちゃんも自分でも何となくわかるんでしょうか……でもとっても明るいんです」

明るいという言葉を聞くと、よけいに悲しくなる。由夏の目にまた涙が滲む。悲しいのはもちろんだが、自分の力ではどうにも出来ない事に苛立っているのだろう。その夜マンションに行き、哲ちゃんを呼んだ。皆いる人に集まってもらう事にする。大勢の人が集まった。由夏が研雄さんの病状や1泊だけする事、その時皆で迎えてあげたい事など、お願いする。由美さんも特別料理を作ってくれると言うし、飾り付もするという。

「せっかく美味しい料理作っても、研雄さん、そんなに食べられないんでしょうねぇ」

「研雄さんは、皆が食べてるの見てたら嬉しいんだと思うよ」

24日午後、Dハートでもちょっとしたクリスマスパーティーをやった。プレゼント交換もやった。皆3個ずつ持ち寄り、順番に1つずつ引いて行く。面白い物ばかりで笑いが沸き起こる。

一番盛り上がったのは、由夏が引いた時、

「誰よこんなエッチなショーツ入れたの？　浅尾さんでしょ！」

「いいえ、あっしじゃありませんぜ！　なんであっしがそんな小さなパンツ入れるんでっか？　あっしが入れるんなら由夏はん用にもっとビッグサイズを入れやす。何せあっしは実物を見てる……」

「何言ってんの？　このサイズでぴったりよ！」

「由夏はん、やめといた方が……恥かくだけでっせ！」

「もぉう〜穿いてやるう〜〜」

クリスマスケーキを皆に配り、今日は早めに仕事を終わる。マンションに行くと、飾り付の最中だ。皆手伝うのだが、由夏の動きがどうもおかしい。

「由夏ちゃん、どうしたの？　体調悪いの？」

「いいえ大丈夫です、ちょっとお腹が痛くて！」すると浅尾さんが皆の前で、

「今日由夏はんは、見栄張って小っちゃいパンツ穿いてるもんで、お尻がきつくてお腹が痛いんでやんすよ、ハァハァハァ……」

「耕平！　おぼえてろよ！　この仕返しはきっと……」

「由夏ちゃん、今日そのエッチな小っちゃなパンツ、研雄さんに見せてやれよ！　いっぺんに治るぞ病気なんて！」と、哲ちゃん。由夏は静かに、

「本当に治るんだったら見せてあげるんだけどねぇー」

「そりゃあ由夏はん、見せてみなきゃあーわかれへん、ひょっとしたら……」

「バカヤロウ〜、ここで見せてみろ！　4、5人は死ぬぞ、鼻血出して！」

夕方になると皆集まって来る。雑談をしているが、研雄さんの病状を皆知っているので何となく雰囲気が暗い。帰って来たという知らせが入る。車椅子に乗った研雄さんが入って来る。車椅子を押しているのは、息子の雄志と沙智だ。拍手がだんだん大きくなる。（お帰り）（お帰り研雄さん！）鼻にチューブが入っている。車椅子の後ろに機械が付いていて痛々しい。研雄さんは力いっぱい笑顔を作って、小さく手を振り（ありがとう）と言っているが聞こえない。正面に行き、皆の方を向いて、小さな声で「みんな、ありがとう！」一瞬（シーン）と静寂が走る。研雄さんの声は聞こえないが、口の動きで皆理解出来ている。また大拍手となった。

哲ちゃんが「シャンパンで乾杯しよう！」と明るさを取り戻す。研雄さんもほんの少しシャンパンを口にする。そして皆が飲んだり食べたりしている姿を楽しそうに見つめている。そして皆が持って来たプレゼントが研雄さんの周りにいっぱい。皆泣きながら笑っている。そこで息子の雄志さんが、

「皆さん、今日はありがとうございました。医者から安静にと言われています。部屋に帰りたいと思います。親父も今日は皆さんに会えて喜んでいると思います。ありがとうございました」

研雄さんが雄志さんに耳打ちをする。雄志さんは手を耳に当て、聞き取った研雄さんの言葉を皆に伝えた。

「皆さんと闘った、あの時の事が忘れられない、みんなありがとう！」

そして車椅子を押されてエレベーターに向かう。研雄さんがひょいと手を上げて振って見せたその時、

「由夏はん、ほれ、パンツ！」

「あッーそうだ！　えッーバカァ〜！」

それから1週間後の大晦日の夕方、研雄さんは逝った。ちょうど神戸の病院で見た〝終日没〟と同じ時刻だった。研雄さんは聞き取れない声で（外が見たい）と言った。美紀子さんはそれを察してカーテンを開けた。

「今日は12月にしては珍しく晴天ですよ、お父さん！」

研雄さんは顔を捻りながら視線を窓に向け晴れ渡った青空を見た。

「もうすぐ日が沈みますよ、お父さん！」

空はだんだんと紅くなっていく。病室の窓ガラスを紅く染め、光は壁に、布団に、床に、そして研雄さんの顔を射す。

「お父さん、沈みますよ！　見えますか？　綺麗ですよ！」

笑っている。笑っている顔を光は射すのを止めた。研雄さんは沈む太陽を追うように逝った。

XI

仕事も順調に進んでいる。〈株〉の取引も順調だ。地区の皆も家を建て、果樹園も軌道に乗

せている。今マンションはDハートの寮になっている。あれから3年半が過ぎた。病院はオープンして3年になる。医師の技術も高く、看護体制も充実しているため患者も多い。この地域になくてはならない存在になっている。月に1回の会議には今も出席している。会議の名は変わったが、問題を検討したり、システムの調整をしたり、特に我々が口を挟むような話ではない。ただ病院の持主であり、発起人として外すわけにはいかないのだ。

ハワイから帰った翌1月、浅尾さんは私の家を引き払い、Aハートに移った。職員は堀江商事にお願いしたり、浅尾さんの昔の仲間らの応援もあり、人数は揃った。その後、支援事業も順調に伸びて、今新たな支援施設を建設中である。浅尾さんも意外に経営能力がある……が浅尾さんも……由夏欠乏症を発症して、何かとDハートにやって来る。

Aハートに遅れる事約半年、姫路にYハートをオープンした。Yハートは由夏の担当になっているが、ここも堀江商事の応援を受けたり地元からも求人を募り、事業を進めている。大阪の本部も動き出している。ここは支部の業務の他に、各支部の統括業務も行っている。代表候補を募り、前川俊介氏にお願いし、各支部を纏めている。

Dハートは全国的に認知されて来たのか、求人募集も多くの人材が集まって来る様になった。それから……近畿圏の支店、ハワイから帰った翌1月、各県の候補地を見て回った。大阪は本部の他に1件、京都2件、滋賀1件、奈良1件、三重1件、和歌山1件、それに福井1件、計8件で、その候補地は24ヶ所。この調査を私と由夏と鈴木さんと、佐々木さんの4人で行ったのだが、いつもの様に全てを買い、また由夏が高浜先生をいじめて、安く叩いた。支店以外の土地は、その地域に似合った福祉事業用地として使うつもりである。そして最後に寄ったのがDハート近くの土地である。静かな住宅地だ。

「ここは何のための土地ですか？」と鈴木さん。すると由夏が、

「ここはね、鈴木さんと奈緒の土地。代表がね、プレゼントしたいんだって！　家もよ！」

「鈴木さん、気に入らなければ他を探すけど、どうですか？　考えといて下さい！」

「えッー、私達にプレゼントして下さるんですか？」

「そうよ！　祐ちゃんはずっと探してたんだけどね、結婚祝いよ！」

「鈴木さん、気に入ったらここで2人の家を建てて下さい！」

「代表……ありがとうございます。こんな大きな物頂いてもいいものか……とにかくありがとうございます。奈緒にも見せます」

「ところで鈴木さん。鈴木さんも結婚したんだから今までの様に出っぱなしでいつになったら帰って来るのかとか、何日も家を空けるって事はダメよ！　いい？　今度の近畿の土地も全部鈴木さんがしちゃダメよ！　誰かに指示して、鈴木さんはあんまり行かないでちょうだい　ね。わかった？」

「はい！　わかりました。出来るだけそうします。……奈緒より恐い！」

「そうよ！　じゃないと、鈴木さんも落とし穴に埋めるわよ！」

「いやぁー恐い！」

鈴木は奈緒の意見を十二分に含んだ家を設計し着工した。

「鈴木さん、奈緒の言う事、聞く振りしてたんじゃないでしょうね！」

「えッ〜〜よく覚えてる。由夏さん（代表も大変だ）」

しかし鈴木さんは、自分の事を二の次にするので家の工事は一向に進まない。

「いいかげんにしなさいよ！　鈴木さん、もおうー他の仕事はほっといて！」と由夏がしつこ

く言うので仕方なく、1年前に完成した。小ぢんまりとした簡素な作りであるが、機能的には優れている。遠慮したのか低価格で出来上がっている。ところが、もう引っ越し出来る様になって、奈緒さんが妊娠している事がわかる。

「奈緒、引っ越しは延期よ！　鈴木さんもあれだけ言ったのに何ひとつ変わらずに家に帰って来ないんだから、まぁーやる事はちゃんとやってるんだけど！　私、奈緒一人であの家に住むのって心配！　だから赤ちゃんが生まれるまでここにいて！　綾さんがいるもの。綾さん、子育て上手なのよ！」

「ありがとう、私もここにいる方が安心よ」鈴木さんは由夏の言う事を聞かず、飛び回っている。近畿圏の24ヶ所の土地を調査し、支店に適切な土地を選び、設計し、もうすでに、京都と大阪と和歌山はオープンしているし、他の5件も完成間近である。

さて私はといえば、ハワイで死相を消す処置をしてもらったのだが、いつ完全に消えるのかわからないまま3年半が経過した。おそらく消えたのだろう。最近では由夏も忘れたのか、死相の事は何も言わない。地区にも私の家が出来ている。千賀子と子供達はそこに住んでいて、こっちの家には寄り付かない。由夏は？　相変わらずである。

Dハートの現在は、本社の他に兵庫県に2支店、大阪に本部と支店、その他近畿3件、合計8ヶ所を運営、近々には13ヶ所の運営となる。関連施設も増えている。由夏の作った事業計画を改めて見直すと、ほぼ当たっている。今年度より全国展開に乗り出す事になっている。（まだ近畿圏が全部動いていないのに？）まあいい、準備はしておこう。資金面については、日本を含めて4ヶ国の株取引を行っており余裕はある。全国展開してもまだ余裕はあるのだが、あ

る晩、ベッドの中で由夏が、

「ねえ祐一朗！　今のところはこのままのやり方で十分なんだけど、もし、もしもよ、祐一朗や私がコロッと逝っちゃったら、どうなるのかしらDハートは？」

「由夏！　もしもコロッと逝くのは、俺の事しか考えてないだろう！」

「あら、バレた？　そりゃあそうよ。どう考えても先にコロッと逝くのは祐一朗よ！」

「俺がコロッと逝く前に、由夏が死相を消してくれるんじゃなかったのか？」

「あぁーそうだったわね！……まぁーそれはいいとして……」（それはいいのか？）

「2人共いなくなれば〈株〉は出来なくなるわ。だから今の内に、もっともっと外国の株取引も増やして行きたいと思うの。そして、金融機関ともタイアップして特別利子アップもお願いして、〈株〉の取引が出来なくなっても安定した資金調達が出来る様にしたいの。そうじゃないと、Dハート事業はいつかは終わってしまう。金融機関に支援の主催になってもらうの」

「という事は？」

「まず、〈株〉の取引をやってくれる人探しね。奈緒と大ちゃんの他に5人は欲しいな。奈緒だって2人目の赤ちゃん欲しいだろうし、それから、証券取引の軍資金！」

「えッーまたやるのか？」

「もちろんよ！　祐一朗、あなた浜野さんに言える？〈株〉の取引するのに200億円お願いしますって。私は嫌よ！　だいたい私達で自由に動かせるお金を持ってないのが悪いのよ。そう、祐一朗、あなたが悪いのよ！」

「わかった。俺も浜野さんに言うのは嫌だ」

「それと会いたくないけど、あのくそ親父にまた頼むしかないわね。今度は全国だけど、私の思いでは各都道府県に開設したいけど、それはちょっと大変だから、北海道・東北・東京・中部・広島・四国・九州、そして沖縄。北海道と東京と九州は2ヶ所、いや東北も中部も2ヶ所の方がいいわね、いや東京は3ヶ所にしよう。計14ヶ所。いや待ってね、神奈川と千葉と埼玉も入れときましょう、計17ヶ所ね！」

「高浜先生って北海道や沖縄なんて無理だろ！」

「あのくそ親父の事だから嫌とは言わないのよ。（日本全国任せて下さい）なんて確か前に言ってたわよ！」高浜先生はアポを取らずに突然に行くのに限る。準備をさせずに話すとあの先生はボロを出す。これは先生の得意戦法でもある。

「まぁー代表、由夏さん、こんな所に来て頂いて！　ちょっと電話を頂ければ私の方から伺いましたのに！」

「いえいえ、お願いがありますので、こちらから寄せて頂きました」

「由夏さんからのお願い？　……火事も地震も恐いけど、由夏さんのお願いが一番恐い！」

（どこかで聞いた様な……）

「まぁー先生、そんな事。あのね、実は、紹介して頂きたい事がありまして、今年度はDハートも全国展開に向かいます。それでまず全国北海道から沖縄までの土地を探して頂きたいのですが、先生にお願いしたいというのが、全国の不動産業者の紹介でして……」

「はぁー全国の？　……実は私共の会社も不動産の売買をしておりまして、全国どこでもやっております、はい！」

「あら……全国……大丈夫なんですか？　各地の不動産屋さんの頭を撥ねるだけなんじゃないですか？　先生！」

「いやいや、その手は由夏さんには通用しないのはよーくわかっております……はい！」

まぁーそれからいろいろと2人のバトルは続いたが、2人共楽しんでいる。先生も由夏から弄られるのが好きらしい。

「10日ください！　出来るだけ山の中を探します」

「いやいや！　山の中じゃない方が……」

また始まってしまった。2人共楽しそうだ。〈株〉の取引の仕事を出来る人は奈緒さんと大輔君に相談する。全国展開の話もし、取引を全部で12ヶ国にしたい事、2人以外に4～5人探したい事を言うと、大輔君が、

「4、5人ですか？　いますよ！　私ももうちょっと増やしてもいいんですが、ここに住んだ方がいいんですかね？」

「いいえ、そんな事ないですよ。住んでもいいのなら部屋はありますが」

「ちょっと相談してみます」とあっさり言う。昔、引き籠もりだった大輔君も知り合いが多いらしい。ひとまず連絡待ち。さて資金調達。やり方は変わらないが、4～5の証券会社に開設すれば資金もいる。時間もかかる。そのたびに言い訳を作り、第3者を引きずり込むのも面倒なので、とり敢えず土・日の日帰りで始める事にする。

さっそく次の土曜日に行動に出る。鈴木さんと奈緒さんは病院だ。鈴木さんもたまには奈緒さんの機嫌を取っている。綾さんに言って出かける。由夏は浮き浮きしている。このギャンブルをしたいがために、早めの全国展開を計画しているのではなかろうかとも思う。横顔を見る。仕事の時とは違って生き生きとしている。例のトランクルームに行って、スーツケースを8個積み込む。高速で京都へと走る。

「あぁー面白かった！」

2レース、2人合わせて28億。スーツケースを積み込み神戸に走る。同じく2レースで32億。合計60億だ。

「ねぇー祐一朗、少し家に置いときましょうよ。10億位！」

「まぁーいいけど、まだ3時を回ったところだ。浅尾さんのところでも行くか？」

「そうね。その前にあのホテルで食事しましょう！」

神戸のホテルに入り、食事の後、最上階の部屋に入る。いつもの様に窓際で唇を合わせる。

「あぁーやっと落ち付いたわ！」

「ご苦労さん。ここで見る景色はいつ見てもいいな！　スゥッーっと心が洗われるよ！」

再び唇を押し付け、私をベッドに押す。

「祐一朗！　せっかく心が洗われたのに、今から浅尾さんの顔見たら何か心が汚れるみたい！」

「そりゃあ酷いなぁー、くしゃみしてるぞ！」

「じゃあーもう行くのはやめて……祐一朗……もっと……！」


高浜先生から電話があり、西日本の土地が出揃ったという事で、佐々木さんを打合せに行かせるとの事。一件一件の土地の情報を確認する。広島、四国、九州、沖縄で候補地として、28ヶ所。よく揃えている。

「佐々木さん、日程を調整して明日の朝連絡します。今週の半ばになると思います」

夜、食事の後、由夏が日程表を持って来る。3日間だ。強行日程だ。すでにホテルや飛行機は予約しているはずだ。その時、鈴木さんが帰って来る。

「僕も一緒に行かせて下さい！」

「まぁーそれが一番いいんだけどねー。新婚だし、行ってほしいけど、行ってほしくないような……鈴木さん、私の言う事聞かないでちっとも帰って来ないし」

「すみません。しかし私が一度は見なきゃならないので、後で見る方が時間がかかります」

もっともな事だ。鈴木さんに日程表を見せる。

「今週の水・木・金ですね。代表、もう1人連れて行っていいですか？」

「あぁーいいよ！　鈴木さんの部下だね」

「そうです。任せられる者です。林と言います」

「あら鈴木さん、全部その人に任せてもいいんですよ。鈴木さんは指示だけ出しとけば！」

「いえいえ、そんな事は出来ません。まず九州で8件、沖縄に飛んで6件、四国で8件、広島で6件、合計28ヶ所ですね！」

翌日佐々木さんに連絡を入れる、佐々木さんは現地案内の手配をするはずだ。由夏は、ホテルや飛行機はもちろん、タクシーやレンタカー、昼食の予約もすでに出来ている。もちろん4人分だ。そして出発。まず九州に飛び大型のタクシーで現地調査し、夜沖縄に飛ぶ。四国、広島と調査し、金曜日の夜帰って来る。

「疲れたなぁー」

「もう、へとへとよ！　今度はもうちょっとゆとりのある行程にするわ！」

風呂から上がってホールでワインを飲んでいると、大ちゃんが来る。

「代表！　この間の株取引の件ですが！」

「おぉうー、当たってくれたんですね、大ちゃんもどう？」

大輔君がかなり飲めるのはハワイで確認済みだ。

「代表、〈株〉取引の出来る者を当たってみたんですが、間違いのない者が4人います。その者達に各国の取引を固定せずに任せてみたいと思うんですが、どうでしょうか？　ローテーションを組むんです。そうすれば彼らも有効に時間が使えます」

「はぁーなるほど、そういう手もありますね。良かったらその仕事場を、ここでもいいですし、Dハートの事務所でもいいですし……それで住まいの件はどうですか？」

「それは4人共今の住んでるとこがいいと言うもので」

「あぁ～それは、それで、もちろんいいですよ。今度会わせて頂けますか？」

「お願いします。ただし、彼らは、いつからいつまでの間は働くという人間じゃないので、このところよろしくお願いします。皆、いい奴ですよ。見かけはともかく……」見かけが、になのはもう慣れている。

次の日の土曜、再び車を走らせる。取引出来る人が出来そうなので早く軍資金を作り、証券会社に登録出来る様にしたい。

「おい由夏、変装したのか？　よく似合ってるぞ！」

「祐一朗もよく似合ってるよ！」

由夏は黒のロングコートに大きなサングラス、マスクを着けている。

「何か、押込みに入るみたいね！」（バカヤロー！）

先週末のイメージとはすっかり変えたいのだ。気持ちはわかる。私もロングコートとサングラスだった。

土日で計56億、翌週の土日も合わせて、合計162億はレンタルルームへ。10億は家に持って帰る。大手のメガバンク3社に口座を開き、4つの証券会社と新たな取引が始まった。大輔君からの要望で4人の仕事場はDハートの事務所内に置く事になる。奈緒さんや鈴木さん、また個人の家というのに遠慮したのだろう。さっそくDハートの一室に机やパソコン類を整備し、取引準備は出来た。4人に会ったのは、3日後。大輔君が段取りをして私の家で会った。普通の若者だが話をすると確かに個性は強い。〈株〉をした事がある人が2人、他の2人は素人だ。結局、大輔君にこの4人も取り仕切ってもらう事となり、リストも全て彼に預ける事となる。結局、4人で4つの証券会社で……8ヶ国の取引をする事となる。1つのバンクは大輔君の名義とし、残りは私と由夏にする。リスト作りも大変だ、合計12の取引だ。

「俺も半分は作るよ！」

「そうね、ありがとう。全部私が作るわって言ってほしかった？」

「いやいや、俺も退化しない様にしないとね！」

「前にもそう言ってたのに、知らない内に私になっちゃってたね。今度は頼むよ、祐一朗！」

「本当に俺が作るの？」

「えぇー何よ！　それはないわ。絶対やって！」

「それより由夏、あの人達、どうしてこのリストが出来るのか研究しているらしいよ。気を付けた方がいいぞ！」

「私は大丈夫！　心配なのは祐一朗！」

「……あれぇ～そうなの！」

「代表、あの人達、いつ来るのか？　いつ帰るのか？　さっぱりわかりません。どうにかなりませんかねぇ！」と浜野。結局Dハートの敷地内の別棟に株取引の事務所を建設する事となる。

それまでは何とかと浜野を宥める。

　東方面の土地は、2回に分けて現地調査をした。北海道から東北、関東、東京、中部、11拠点、36ヶ所の土地を見て回った。全国で、64ヶ所。よくこれだけの数を見てこれたのもあるがよくこれだけの数を集めた。くそ親父も大したものだ。あとは交渉である。由夏はさっそく計算を始める。（こことここことここは断ってやろう）とか、（ここの隣の土地は墓地だ）とか、（日当たりが悪い）とか、難癖を付けて値切る材料を探している。楽しそうだ。64ヶ所の総額、高浜事務所の言い値は46億4千万円だ。東京と関東圏で全体の約7割を超える。由夏は交渉の方針を決め、受話器を取る。

（高浜先生はいらっしゃいますか？）（はい！　少々お待ち下さい）なかなか出てこない。（もしもし高浜です、由夏さん、今日はいい天気で！）（先生こないだの土地の件ですが、検討致しまして相談したいと思っておりますが、いつお伺いさせて頂いたら……）（いえいえ、とんでもないことでございます。こちらの方から、佐々木を行かせますので……それと……由夏さん、検討はこちらの方で十分させて頂きましたので、由夏さんにはそんなに検討して頂かなくても……）（先生にも会いたいと思っておりますのでこちらから……えッー、いつでも……頭が痛い……熱がある？　……じゃあ今からでもお見舞がてら寄せて頂きます！）

「代表、今から行きますよ！　先生ちょっと熱があって頭が痛いんですって。薬持ってってあげよ！」これは完全にやっつけるつもりだ。山ん中の獣でも獲りに行く勢いだ。

「由夏、ほどほどにしとけよ！　先生を泣かすなよ！」

「あら、私、いつもほどほどよ。泣かすなよって、何！」

「佐々木さん、ここところはもう一つですね。それとここは墓地の隣だし、ここは日当たりが悪いし、お断わりしてもいいかしら？　それからここところ……ちょっとだけ値引いて頂いて、まぁそれでもせっかくだから全64ヶ所、全部で38億でお願いしたいと思いますが……」

机に座っていたくそ親父が走って来る。佐々木さんの横に座り、

「由夏さん、それはとても無理です。だいたい土地の値段はそんなに値引き出来るものじゃないです。佐々木、お前からも言え！」

「由夏さん、これ……」

「佐々木さん、いいですか。今私が言った金額は、今現在の原価です。ここから5％は交渉で下がります。経費を差し引いても十分な利益です。我々も支援事業をやっています。先生も是非協力頂いてお願いしたいと思います」

「わかりました。それで結構です！」

「おい佐々木、ダメだろ！　打合せと違うだろうーえッ！」

「もおぅ、由夏さんには勝てませんよ！」

「という事で先生、よろしくお願いします。売買契約と登記費用も込みでね。1ヶ所ずつの詳しい資料も早急にお願いします」

「あぁーいやあー熱が出て来た。血圧も上がってる、病院行ってこなくちゃぁー。動悸も激しい。あぁー佐々木、俺はもうだめだ！」

「あッー先生、これ先生に持って来ました。熱と血圧のお薬。体には気を付けて下さいね！」

意気揚々と引き上げる由夏は楽しそうだ。

鈴木さんは林君と手分けして全箇所のチェックを終わり問題点を上げる。林君を東方面、自分を両方面の担当とし各地の実地調査を各支店に指示する。2人で各地の拠点となる建設地を選定する。そこに事務所および障害者支援の建物を建設し、残った敷地はその地域に合った施設用地として管理する。

新しく入った4人の〈株〉取引の若者の勤務状況はよくわからないが、大輔君の指示で動いているのは間違いない。数週間で実績も増えているらしい。まだまだ数倍の実績となるだろう。私もリスト作りに励んでいる。ある夜由夏が、

「祐一朗、リスト私が全部作るわ！　祐一朗のが出来てるか確認、チェックするの面倒だし、またお願いする事もあるから、その時はお願いよ。8も12もひどく変わらないのよ！」

（ラッキー）と思うが、あまり喜んでいる姿は見せられない。ひょっとすると私の作ったリストを最初から見直ししているのかも知れない。（私も信用のないものだ！）

鈴木さんは相変わらず帰りが遅い。由夏があれだけ言ったにも拘らず変わる様子がない。食事をさっさと済ませ、私達を見付けては何かと聞いてくる。ありがたい事ではある。

「構想はよくわかりました。後は順序なんですが、やはり、北海道と沖縄から進めたらと思いますが、どうですか？」

「あぁーそれでいいですよ。あッ、一つ言うのを忘れてたんですが、東京のどちらか一つを東の本部としたいので、そこを一番初めにやってほしいんです」

「あぁーそれは聞いて良かったです。本部機能も持たせるわけですね？」

「それはもっと早く言っとかなくちゃだめじゃないの！　それと鈴木さん煩わしいかも知れないけど、私の言った事覚えてるわね。鈴木さんももう立場も上の方なんだから部下に任せて、

ね！　誰かさんなんか、もうすっかり人に任せっきり。でもちゃんと回ってるのよ。ちゃんと進むべき道に進んでるの。奈緒も今が一番大切な時なんだからね！」と、由夏。

「はい、わかっています。気を付けます、代表、由夏さんの言ってる誰かさんって誰の事なんでしょう？」

「さぁー知らないねぇー」

「鈴木さんもわかんないからねぇ、何せ、聞くふり出来るんだから。男は皆、一緒か？」

二人顔を見合わせ、顔を捻る。


Ｄハートの株式投資部門の別棟が完成し、皆そこに引っ越した。

「あぁーやれやれこれで安心して寝られる！」と浜野。代表室に戻ると由夏がいる。

「代表ぉー、明日、谷原が来ますがどうします？　逃げますか？」とそこへ沙智が、

「代表、谷原さんからお電話です」

「はい！　おい由夏、出てくれよ！　やんわり断ってくれ、頼む！」

「なんで私が出るのよ！　断るのね？　あッーもしもし秘書の堀江です。谷原様、今代表は手が離せないもので！」

「由夏さん、お久し振りです。明日なんですが時間を取って頂けないでしょうか？　ちょっとお聞かせ頂きたい事がありまして！」

「明日ですか？　明日は私、機嫌が悪くなる予定でございまして、谷原様、おっしゃいましたね、今度来る時は私の機嫌のいい時にって！」

「あッしゃあ～参ったなぁ～。久し振りに由夏さんに会いたくなりましてねぇー。いつも由夏

さんのあの可愛らしい顔を思い浮かべてるんです。お土産たっぷり持って行きますから！」

「……何時頃いらっしゃいますか？　わかりました」

（裏切者ぉ〜）（仕方がないじゃないの、谷原さんって正直なんだもの！）


「代表、由夏さん、お久し振りです。たまには来ないと忘れられちゃいますんでね」

忘れたい男だ。この男はただ1人、私の能力に気が付いた男だ。あの時は由夏が思いもよらぬ能力で記憶を消したのだが、今でも本当に覚えていないのか気になるところである。

「代表ぉー、また派手にやってますねぇー！」

「そんな事はないよ。細々と相変わらずだよ」

「いやいや何をおっしゃる。代表、とうとうスバッと広げましたね。海外からの問合せも増えてましてねぇー、土山祐一朗、堀江由夏、馬場大輔……代表ぉー、私はずっとDハートを追っかけてますのでね。私にバレない様に手を替え品を替えてもだめですよ！　私は勘がいいのですぐわかります」

「どうもあなたの話を聞いてると、私達が悪い事をしているみたいに聞こえますが？」

「そうですね。悪い事なんかしてないですよ。もちろん代表、あそこに建物が増えてますね。あれがひょっとして例の何してる所ですか？　何人位いるんですか？」

「あぁー、あれは倉庫ですよ」

「あぁーそうですか？　あくまでも惚けるつもりなんですね。そうなると私もついつい追及したくなるんですよね。由夏さんが私の事睨んでらっしゃるんで今日は帰りますが、今度、Dハートの特集を出そうと思っていますので、また来ます」

「谷原さん、嘘吐きの人は来てもらっては困ります！」

「ハァッ～？」

「谷原さん、たっぷりのお土産、まだ頂いておりませんが……。谷原さんって口だけの人だったんですね。もうそんな人は来なくていいです。出入禁止です！」

「あぁーごめんなさい。今度こそ間違いなく持って来ます。由夏さんみたいな綺麗な人がそんな残酷な事を……」

「綺麗だなんて事は、いつも言われてます。もうその手には乗りません！」

「代表ぉー何とかなりませんか？　何とか！」

「おぉう～を伸ばすな！　何ともならないですねぇー。この人の機嫌を直す方法にいつも頭を痛めてるのに、何とかなるのなら私にも教えてほしい位です！」

「今、何て言いました？　代表ぉう～！」

「何にも言ってないですよ私は！」

「おぉう～代表ぉう～、お前も出入禁止じゃあ～！」


1週間に2回のペースで鈴木さんは提案を持って来る。林君も一緒だ。東京の本部から始まり、沖縄、北海道、東北、九州とそれぞれよく考えられた設計で、Dハートの建物の共通のイメージも作っている。私も順次OKを出し、契約をして工事も進める様に言っている。浜野は各地の社員募集を始める。西方面は大阪本部の所長に任せ、浜野は東方面を担当する。Dハートも全国的に知れ渡り、業務の内容も認知され、応募も多い。各地域で入社が決まり、社員研修が始まる。支所長候補の研修、各業務研修など、主に吉村君が担当する。沙智はNPO法人の申請を急ぐ。近畿圏は全てオープンした。本店や大阪本部を合わせると12拠点となる。全国の拠点も次々と建設が進み、来年には全てオープン出来るだろう、合わせると全国で32の本部・支店となる。大所帯になったものだ。計画通りに進んでいるとはいえ、いざここまで来ると、よく出来たものだと思う。まだまだ進めたい事業もある。ソファーで一人飲んでいると由夏が来る。

「祐一朗、また、ボ〜ッとしてたの？　何も考えないでボォッと出来るのって、いいわね！」

「ちゃんと考え事してるんだよ！　まぁー半分はボ〜ッとしてるんだけど。由夏もたまにはボ〜ッとしてみろよ！」

「私には出来ないわ。祐一朗のボ〜ッとしてる姿見ると、この人おかしいんじゃないかと思えるから！」

「それより、ボ〜ッとして考えたんだけど、虐待されてる乳児とか児童が近年急激に増えてるらしい。各地の児童相談所が担当するんだけど、とても対応出来ていない。要するに少ないんだ。Dハートにもあるけど、それを全国的に作りたいと思っている。まず都市部から始める。東京3ヶ所、関東圏3ヶ所、名古屋、大阪2ヶ所、神戸、京都、福岡、沖縄、計13ヶ所、どう思う？　各支店の管理している土地を使う。何か問題は？」

「いいと思うわ！　さっそく鈴木さんに言ってみましょう。鈴木さんもやっとまともに家に帰って来る様になったと思ったのに、奈緒に恨まれるわよ、祐一朗！」とそこへ鈴木さんが仕事から帰って来る。奈緒さんも迎えに出て来ている。

「お帰りなさい。今ご飯温めるから」

「寝てるのか？」

「うん、よく寝てる！」奈緒さんは女の子を産んでもう半年になる。

「鈴木さん、お帰りなさい。今日も遅いのね！　まぁーこれ位なら早いうちね！」

「いやぁーまた由夏さんに叱られそうだ！」

「鈴木さん、ちょっと言いにくいんだけど、食事が終わったら相談したい事があるの」

「はい、わかりました」

「お風呂、入ってからでいいわよ……子供の顔も見て来てね！」

「虐待児の一時預りですね。もうそろそろ各支店の関連事業が出てくると思ってたんですよ！」

「そうなんだ。準備してほしいんだけど、一時預りだけじゃなく他にも対応出来る方がいいのか、各地域によって違うので少し検討したいんだ。たとえば、虐待児の預りの中に子供シェルターも含まれるんだけど、他に児童養護施設とか貧困児の預りとか、子供食堂を併設するとか、ちょっと纏めたいので明後日には……！」

「わかりました。敷地の選定と設計の準備を進めます」

「鈴木さん、向こうに引っ越すって、前に赤ちゃんが出来るまでって言ってたけど、まだまだ無理よ、今のままじゃぁ！」

「わかっています。私も奈緒がここにいる方が安心です。せっかく代表に祝ってもらった家なのに申しわけないですが」

「そんな事はいいんだよ。私もここにいてもらう方が安心だよ！」


各地の支店から業務内容が東京と大阪の本部に入り、本部から本社に報告が入る。それと合わせて各地の虐待件数や貧困児などの情報はもちろん、各地の児童相談所とも連携しているので、施設の不足地域もわかって来る。

「鈴木さん、じゃあ昨日言った13ヶ所から始めて下さい。併設する施設と規模はここに説明書きを入れています。土地が足りなかったり場所が悪かったら言って下さい。鈴木さん、今虐待が急激に増えています。この件は急いでお願いしたいと思っています」

「でも鈴木さん、みんな自分でしちゃあダメよ！　林さんもいるんだし」

「はい！　わかっています。夜の10時を過ぎると、由夏さんの顔が目に浮かびます！」

「ダメよ。そんな時は、赤ちゃんを思い浮かべるのよ！」


由夏は、人には悟られない様にいつも私の側にいる。側にいる様に心掛けているのが私にはわかる。最近は夜も私の部屋に来る。私の部屋で〈株〉のリストを作ったり、私のベッドに潜り込む……という事は、また私の顔に死相が出始めているのだろうか？　そして死相を消す手立てを施しているのだろうか？　どうもそれしか考えられない。ハワイに行ったのはもう何年前だろう？　4年前か？　そうか研雄さんが死んでからもう4年か……。

「ねえ祐一朗、何考えてたの？　こっち向いて！」

「どうだ、男前だろう？」

「うん、男前よ！　目を半分瞑ってぼんやり見るともっと男前！」

「ちゃんとしっかり見てほしいもんだ」

「今も男前よ！」と言いながら唇を押し付ける。

「近過ぎて見えないから！」

「由夏、Dハートも全国展開が見えて来ている。よくここまで出来たなと思っている。由夏がいてくれたからだと思うけど、もう一つ、冗談じゃなく、波平さんの禿頭を拝んで来たからだと思ってる」

「えッ～ッ、禿頭のお陰?! 私より禿頭？」

「最近ご無沙汰だから、近々拝みに行きたいと思ってる。本当にお世話になってる。お礼を言っとかないとバチが当たる」

「わかったわ！ 禿頭に言っとく。代表が拝みに行くって！ 今日でもいいんだけど明日にするよ。今日はおそらく鈴木さんが来るよ！」

その夜、鈴木さんは早めに帰って来て、例の施設の要望を聞き直したり、提案をしてくれたり、夜遅くまで話した。鈴木さんも由夏と同様で、公私の使い方がわからない人なのだろう。

XII

朝起きた時、少し気だるさを感じた。違和感というか、気にする事はないが、いつもと言えばいつもの様な気もする。前にもこんな気だるさを感じた様な気がするが、いつの事だったか？ 由夏はいない。いつも私が寝入ってから部屋に帰るのだろう。ダイニングに行くと、由夏が1人でいる。

「祐一朗、いつもより遅いよ！」

遅れる事は別にいいのだが浜野が煩わしいのだ。浜野は直接には言わないが、言いたい気持ちを抑えている、そう思うと由夏も嫌なのだ。靴を履く時もやはり気だるさを感じる。車に乗り込む時も降りる時もそうだ。言えばまた、由夏が煩わしいので言わないが、死相が何かに影響を及ぼしているのは間違いない。仕事に紛れて思わない様に心掛けるが、どうもおかしい。自分でも落ち付きのないのがわかる。由夏を呼ぶ。

「由夏、ちょっと出ないか？」

「うん、そうする？　たっぷり償ってもらうものも溜まってるし、明日は来客多いからダメだし……今から？」（なんでそんなものが溜まっているのだ？　まぁいい）

「浜野さん、ちょっと出かけます。今日は堀江真造さんと会食の予定だから、帰りませんのでよろしく」

「わかりました。明日は朝帰りですね！」（嫌な言い方……）


「神戸まで行こうか？」

「うん！」途中、浅尾さんの所に寄ろうと思えば寄れたのだが……やめた。今日はどうも浅尾さんの顔を見たい日ではない。見たい日があるのかといえば……まぁいい。今日は由夏との時間を大切にしたいと何故かそう思った。いつも由夏との時間はたっぷりあるのに、変だなとも思ったが、違和感があるせいなのかも知れない。いつも行く店で償いの品を買う。何を償っているのか私は知らないが、由夏もわからないのだろう。由夏にとって買物はストレス発散だ。いつものホテルで食事を取る。由夏はよく食べる。

「祐一朗、どうしたの？　食欲ないの？」と言いながら大きな肉を切って口に運ぶ。

「うん、もうお腹いっぱいだ！」由夏はきれいに平らげた後、満足したのか、

「うぅう〜食べたぁ〜。さあ祐一朗、行こうか？」エレベーターの中で私の手を握る。いつも

の部屋に入り、窓際に走りカーテンを開ける。景色を見る。見慣れた景色だがいつも違った装いを見せてくれる。船が港に帰って来る。白い雲が地平線から湧き出ている。由夏は私の横に来て、窓カウンターに置いた私の腕に手を絡ませる。

「由夏、あの雲、何かに似てないか？」

「えッーどの雲？」

「あそこだよ。ちょっと切れた雲のすぐ右！」

「あぁーあのモコモコとなったとこ？」

「そおう！」

「何に？　わかんない！　何に似てるの？」

「……由夏の……お尻！」

「いやぁ～何言ってんの！　もぉう～バカ！　祐一朗、あっち行こう！」と手を引く。唇を合わせる。また合わせる。由夏の顔を見つめまた唇を合わせる。そしてシャツのボタンを外す。

「祐一朗、どうしたの？」返事もせずに、シャツを広げ胸に手を当てる。

「祐一朗、どうしたの？」いつもと違って今日は止まらない。止めようと思いながら止めないだろうとも思っている。段々とエスカレートして行く。

「ユウイチロォー！」自制心が利かなくなってしまったのだろうか？　いやそんな事はないと思いながら行為は続く。由夏もこの異常さには気付いてはいるが、私につられているのか止めようともしない。

（ユウイチロォウ～！）

帰りの車の中、何も言わない。私も言わない。由夏は左折していつも寄る店に車を入れる。

「お土産、買うんでしょ？」

「そうだな」堀江家の人には面白い土産を買うのが楽しみだったのだが、今日はその余裕がない。ありきたりな物で済ませた。違和感は消えていない。由夏を抱いている時も違和感はあった。この違和感は自分の行動が制御出来ないまでのものなのだろうか？　いやそんな事はない。そんな事はない筈だ……。

堀江家では明るく振舞うようにと思うが、不自然に見えないだろうかと心配である。県道から堀江家の進入路に入る。いつも来る道だが対向車が見えにくい。由夏はサッとハンドルを切る。運転は決して上手とはいえないが、咄嗟の判断は出来ている。いつもの車庫のスペースに滑り込む。車庫には今3台の車が止まっている。真由美さんの白い大きなセダン、大型のジープ、それと弥生さんの車だろう白い中型車。あまり見た事のない車だ。そして堀江さんのスペースにはまだ車は入っていない。弥生さんがいる。いつも清楚だ。いつものたわいのない挨拶の後、家に入る。その時、

「あら、由夏ちゃん。あなた、ちょっと太ったんじゃないの？」

「そんな事ないわよ！　太ってなんかないわよ！」

太る、太ってないの話に巻き込まれるとあとが恐いから、さっさと風呂に行く。脱衣室に入ると由夏が着替えと浴衣を持って入って来る。そして抱き付いて来る。まだあの余韻が残っているのか。由夏は目を合わせず下を向いている。照れているのか？

風呂から上がると真由美さんと由夏はもう食べている。飲んでいる。この方が客に気を使わせない様な心遣いなのだろう……か？　由夏が、

「代表ぉー先にやってますよ。さあこちらへどうぞ！」口に物を入れてから言う。今日は肉を

あれだけたっぷり食べてお腹も空いていないだろうに。

「土山様、今日は久し振りですのでゆっくりしていって下さい。堀江ももうすぐ帰って来ます！」台所でモニターが鳴る。弥生さんが玄関に走る。あぁーなるほど、あの門が開くと台所のモニターが鳴って映るんだ。由夏も立ち上がり玄関に行く。

「土山様、堀江は先にお風呂に入ります。先にやりましょう！」

戻って来た由夏に真由美さんが、

「あら、由夏、あんた太ったんじゃないの？ も〜う、そのお尻、パンパンじゃないの！」

「やめてよ！ そんな事ないわよ！ 太ってないわよ！」確かに由夏は太ったと私も思っている。今日それは良くわかっている。まぁー私は何も言うまい。堀江さんの禿頭は実に美しい。特に風呂上りの禿頭は格別だ。額から頭までの境が見当らない。頭の照り具合も見事だ。

「堀江さん、先に頂いてます。すみません！」

「いやいや、どうぞどうぞ！ 土山さん、全国展開すごいですね！」

「堀江さんにはお世話になりっぱなしで、ありがとうございます」

あとはこれと言った大事な話はない。たわいもない雑談でバカ笑いをする。真由美さんと由夏は顔を合わせ、（バカじゃないの！）。由夏の方へと話題が進みそうになると上手くかわすが、

「おい由夏！ ちょっと立ってみろ！」

「何よ！ 何んで立つのよ！」と言いながら仕方なく立ち上る。

「やっぱり、由夏、お前、太ったな！」

「もおぅ〜何よ！ はいはい太りました。お尻もパンパンです。皆にも言われてます。デブになりました！」

「何だ、開き直ってるのか？　お前……酒太りか？」

「はいはい、何とでも言って下さい！」ふと違和感がないのに気が付いた。笑い過ぎて意識がそっちに行ってしまったのだろうか？　なんだ、こんな事でなくなってしまうのか？　堀江さんはわかりやすい人だ。酒が進むと眠気が来る人は多いが、これほどはっきりと表れる人も珍しい。そのお陰でとことん飲み明かす事もなく、良く言えば深酒をする事がない。よく出来た人だと禿頭を見る。いい照り具合だ。その時だ。私の頭の中を一瞬よぎる。（俺は死ぬんじゃないだろうか？）禿頭を見て、お寺の坊主を思い出したのかなと思う事にしようと自分に言い聞かせる。

「お父さん、もう休ませてもらったら！」と真由美さんの言葉に波平が小さく頷く。

「代表も明日は朝から来客がありますよ！　休んで下さい！」

洗面所で歯を磨きながら自分の顔をまじまじと眺める。死相は見えない。伸ばしたり、引っ張ったりしても死相は出てこない。いい顔だ。（パン）と顔を両手で叩き部屋に入る。布団を被り目を瞑る。気にしない様にとは思うが一瞬よぎった思いはすぐに現れる。以前の楽しい事を思い出して打ち消そうとする。少しうつらうつらしているのだろう、次から次へと現れる。これは……俺が病院に運ばれている時だ……集中治療室にいる。意識が戻った時だ。あの世かなと思った時だ……浅尾さんと暗い病室に忍び込んでいる。あの〝終日没〟がビルとビルの間に沈んでいく。競馬場にいる。大金を入れたスーツケースを車に積み込む。由夏がいる。まだ若いなぁ～と、また病院にいる。菜摘ちゃんが後ろ向きになって3回目の採血をしている。お尻が可愛い。腕をまくり上げ針を（プチっ）っと刺した時、痛みで目が覚める。また失敗したのだな……。

「ごめん！　起こしちゃった？」由夏が目の前にいる。

「ううん、起きてたよ！」

「そおう？　でもさっき気持ち良さそうに寝息立ててたよ。何か、ニヤニヤしてたり、急に痛そうに顔捻ったり、変な事、考えてたんじゃないの？」

由夏はベッドの端にお尻を乗せ、体を倒し唇を合わせてくる。

「今日はこれで許してあげる。祐一朗、疲れてる様だから、ゆっくり休んでね。明日は朝から忙しいからちゃんと起きてね！」ともう一度唇を合わせ、立ち上がろうとした時、由夏の手を取り引き止める。

「由夏、いつもありがとう。由夏がいてくれたから、今があると思ってる。ありがとう、いつも思ってたけど、一度も言ってなかったからなぁ」

「あら、どうしたの？　こんな時に。いつもそう思ってくれてるんだと思ってたよ。私も祐一朗じゃないとだめなの。大好きよ！　祐一朗も私の事好きよね？　一度も言ってくれないから」

「大好きだよ！」

「本当？　それで私のどこが一番好き？」

「そうだな！　たくさんあるけど……一番好きなのは！　このパンパンなお尻！……あッ！

……ギャアオォゥ〜！」（……痛みが消えるまで目を瞑ろう……）石垣に並んで座っている。私の首に両腕を巻き付ける。唇が近付いて来る。酒臭い。山が崩れる。白い車が吹き飛んだ。濁流が押し寄せる。家が流れて行く。大きな太陽が沈んで行く、その太陽の中心に由夏がいる。手を振っている。さようならと言っている。（ユウイチロー）という声を聞く。部屋の外から由夏が起こしに来たのだろう。目が重い。開けられない。ドアが開き、由夏だろう急ぎ足

で近付き、

「祐一朗、起きて！　もう遅いよ！　早く！」と言って急ぎ足で出て行く。足音が遠のいていく。何故か安心する。ちょっと休んでから起きる準備をしよう。大きく息を吸う。フゥ～と吐く。寝入った。自分では寝入ったとは思っていないが、小走りで走って来る足音を聞いた。勢いよくドアが開き、

「祐一朗、まだ寝てるの？　どうしたの？　気分でも悪いの？」

「ううん、大丈夫だよ！　今起きようと思って」

「祐一朗、私、先に行くから、いいね！　弥生さんに頼んでおくからいいね！　ちゃんと聞いてね！　祐一朗！　いいね！」私は布団を被ったまま手を上げて答える。由夏は弥生さんの所に行き、（今日は朝早くから客が来るから先に行ってお客の対応してるから弥生さんに代表を送って来る様にお願いする）

「運転は弥生さんがしてね！」（えッー私が！）

「そおう、代表に運転させないでね！　お願いよ！」（うんわかった）

由夏はもう一度私の部屋に来て、

「祐一朗！　私先に行くからね！　いいね！　弥生さんに頼んであるから送ってもらってね。今日は運転しちゃあダメよ！　ごめんね！」

由夏の言う事はよく聞き取れた。（少し遅れてもいいんだ）という気持ちになると何故かすぅっと起きられる。（なんだ行くのが嫌だったのかなぁー。子供みたいだ）少し笑えた。

弥生さんがドアを叩いてそおっと、「ツチヤマサマ……」と入って来る。

「土山様、起きられましたか？」

「はい、起きてますよ。ずっと前から」

「まぁー嘘ばっかり。由夏ちゃん、怒ってましたよ」

「いやぁーそれは不味いな。今日は休みます！」

「土山様、それはいけません！　私、由夏ちゃんに、頼まれましたので土山様をちゃんと送って行きます」

「えッー弥生さんが、私を会社まで送って行ってくれるんですか？」

「そうですよ！　私が送るんです。私が運転して、私の車で」

「えッーなんで弥生さんが?!　運転して？」

「……さぁー何故でしょう？　私にもよくわかりません。まぁー由夏ちゃんがそう言ってますのでそうします」

「そうですか、お願いします。でも朝ご飯が食べたいなぁー」

「あぁーそうでした。すぐご用意します」と走り去る。今日は何故か皆バタバタしている。私だけのんびりしている様でどうも波長が合わない。違和感は少し感じる。顔を洗い、歯を磨き、髭を剃る。服を着替て新しいネクタイをし、茶ノ間に行くと、朝ご飯の用意は出来ている。弥生さんがエプロン姿で現れ、ごはんをよそう。

「どうぞ、召し上がれ！」

「いただきます。いい匂いだ！」焼魚も目玉焼も里芋の煮物も、もちろん味噌汁も旨い。

「ここに来ると弥生さんの朝ご飯が一番楽しみなんです。おかわり！」

「はいはい、ありがとうございます。土山様も朝から大変ですね。おべんちゃらを言わないといけないし、はい、どうぞ！」

「おべんちゃらじゃないですよ！　本当に旨いです。いくらでも食べれます！」

「はいはいそうですか。土山様、私はゆっくりと食べて頂いたらいいのですが、由夏ちゃんが早く来てほしいんじゃないかと思いますので、ゆっくり食べて、急いで下さいね！」

「それは難しいなぁー。少しの間、考えてもいいですか？　ゆっくり食べて急ぐ方法を！」

「土山様、そんな事は今考えなくてもいいんです。それより……早く……」

「はい、おかわり！」

　まだ食べるのかってな顔をして、ご飯をよそいに立ち上がる。3杯目を食べ終わる頃には弥生さんはそこにいない。いろいろして来ていたのはわかったし、もう付き合っていられないと出かける準備をしにいったのだろう。私はもう1杯食べたかったが、平らげた食器を片付け、台所まで運び、ついでに洗う事にする。その時弥生さんが帰って来る。着替えている。青い洋服だ。

「まぁー土山様、なんて事をなさってるの？　やめて下さい！　私がやります」と私を追い出し、さっさと洗い終わる。

「土山様、もうちょっと待ってて下さいね……少しだけ……！」

「いいですよ、いくらでも！　ごゆっくり！」

「良ければ乗ってて頂いてもいいですよ。これ私の車のキーです」

　弥生さんはトイレに行くのか、化粧や服装のチェックをしに行くのか、忘れ物をしたのか、出かける前は、女性は何かと忙しい。車のキーだけがテーブルの上にある。取りに行こうと立ち上がった時、違和感を感じる。またかと気が滅入るが仕方がない。私は左手に鞄、右手にキーを持って玄関を出る。駐車場には4台の車がある。堀江さんと真由美さんの車もある。まだいるのだ。朝から顔を合わせ、気を使わせない様な心遣いだろう。弥生さんの車の前に立ち、白いリモコンキーのオープンの所を押す。（カチャ）と鳴る。助手席の方に行きドアを開ける。片足を入れようとした時、（ここは運転席だ）と思いながら鞄を助手席に置き、キーをその前に置き乗り込んだ。そうか、外車なんだ。いい匂いがする。弥生さんの匂いだ。小さな木製の熊と女の子の人形がダッシュボードの下に並んでいる。サングラスがある。ちょっとかけてみる、暗くは感じない。きれいに片付いている。女性らしさが隅々に現れている。

スタートを押してみる。微かにエンジン音が聞こえる。静かな音だ。ギアをDドライブに入れてみる。ブレーキをゆっくり離す。今、私の思考能力は、間違った行動をしているのはわかっている。しかしその行動を止めて正しい行為に戻そうという思考能力はない。昨日の神戸のホテルでもそうだった。車はゆっくりと動く。ハンドルを右に切る。軽い。駐車場を出る。アクセルは踏んでいないが前に進んでいる。弥生さんを待っているんだという思いと、車が前に進んでいるという事はまったく別の次元の事だ。私はまだ弥生さんを待っていようと思っているが、ブレーキを踏むつもりのない事は自分でもわかっている。ゆっくりと進んでいる。（弥生さんは怒るだろうなぁー）でも怒った顔も見てみたいものだ。由夏もきっと怒るだろう。なんで私は皆に怒られる様な事がわかっているのに続けているのだろう。前に進んでいる。アクセルを踏んでいないのに……そうだこの道はずっと下り道だ。室内のミラーに弥生さんの姿が映っている。小走りで何か叫んでいる。青い洋服がよく似合っている。弥生さんは両手を口の辺りに当て、屈むようにして叫んでいる。（待ってぇ……）と言っているのだろう。（土山様ぁ～待ってーバカ！）とでも言っているのだろう。もうすぐ門があるはずだ。

弥生さんはとにかく由夏に電話する。

「あぁー由夏ちゃん、土山様が……」

「どうしたの？　弥生さん、代表がどうしたの？」

「一人で行っちゃった、ごめん！」

「弥生さん、門を閉めて……すぐによ！」

弥生さんは家に駆け込み門のリモコンを閉じた。そして座り込んだ。

この小さなカーブを曲がると門が見えるはずだ、開いている。不用心な事だ。由夏が閉め忘れているのか？　門をゆっくり通り過ぎる。（ウォッ～ン！）と音を立てて門が閉まる。

由夏は客に対応中であったが弥生さんの電話を切ると、何も言わず事務所を出る。駐車場に走る。電話する。呼び出している。とにかく家に向かう。電話は鳴りっぱなしだ。

車はゆっくりと進んでいる。その先の緩いカーブを曲がるとすぐ県道に出る。ここはちょっと危ない所だ。ここを通るたびに思う。右から来る車が見えにくいのだ。ロードミラーも曇っている。今日は弥生さんの車なので特に安全運転だ。交差点の手前でブレーキを踏む。よく効くブレーキだ。前のめりになって止まる……がまだ右方が見えない。もう少し前に……少しずつ前に出る。ここでも顔を前に出さないと見えない。さっき（チャラ）という音を聞いた。助手席の座席に置いたリモコンキーが助手席の下に落ちたのだろう。そこに目をやる。白いリモコンキーが見える。拾わなくても何にも支障はないのだが、弥生さんのだからという思いが拾うという行動を起こさせる。手を伸ばすが届かない。お尻を右にずらす。右手を伸ばす。お尻を浮き上がらせながら手にリモコンを掴んだ。起き上がり顔を上に上げようとした時、（ギュウ～～ウゥ……）と異様な音を聞く。顔を上げた時、右前方数メートルの所に四角い大きな青色の壁を見た。異様な音は続いている。大型のトラックだというのはすぐにわかった。ははぁーさっきリモコンキーを拾った時、ブレーキから足が離れてたんだ。トラックの運転手も見えた。白い服を着たまだ若い青年だ。大きく口を開け叫んでいる。まだブレーキ音は続いている。そして、（ドォッーン……ギュウー〜〜バァオーン〜〜）という音を聞いた。思考能力が停止した。車は、トラックの足元に吸い込まれ、アスファルトを深く削った。トラックはガードレールを倒しながら走り、ガードレールの外の桜の大木を掠めても進み、次の大木に激突して止まった。私はトラックの下に食い込んだ弥生さんの車の中にいた。血が飛び、肉は千切れ、骨は砕けた。

由夏はいつも通る道を急いで家に向かっている。祐一朗とすれ違えばそれでいい。門の手前で止まっていれば自分が乗せていくつもりだ。不吉な予感はあった。どうしてこんな時に祐一朗の事が〈予見〉出来ないのか、さっきまで鳴り続いていた携帯電話の呼出し音が止まった。携帯電話の方に目を向けようと首を振った時、首にかけていたネックレスのビーズが飛び散った。由夏は全てを悟った。（祐一朗は死んだんだ……）だから見えたんだ。その時……から祐一朗の周りの状況が見えている。涙が一粒落ちた。心の中で詫びた。もっと気を付けていたら、もっと朝早く起きていたら、もっと……あなたに……しっかり言い聞かせていたら……。救急車のサイレンが遠くで聞こえる。人だかりが見える。車のスピードを緩める。そして片側通行を行き農道を走り、そして家の通路に戻った。見たくないと思った。がバックミラーにトラックの下に食い込んだ弥生さんの白い車が見える、目を逸らす。門を通り抜ける。門を閉める。あの光景を遮断したかった。門のすぐ側に弥生さんがいる。走り寄って来る。

「由夏ちゃん、あれ、土山様じゃないわね！」

僅かな期待を込めて聞いているのがわかる。

「そうなの！」

「怪我してるの？」

「死んじゃった！」

弥生さんは言葉なく膝が折れ、座り込む。両手で顔を覆い、

「由夏ちゃん、ごめんなさい、私が……！」

由夏は弥生さんを後部座席に押し込み、車を出す。

「弥生さんが悪い事なんか一つもないのよ。みんな私が悪いの！」

小さな声で、（あいつも悪いのよ！　呑気過ぎるんだから！）。弥生さんをソファーに座らせ、

「弥生さんは何も悪い事はないのよ！」と落ち付かせてから、

「弥生さん、私、行って来るから！」家を出て農道を進む。左にハンドルを切った時、左前方に事故現場を見る。涙が溢れ出す。涙の雫が、膝に、胸元に、ハンドルにも落ちた。止まらなかった。


葬儀は大勢の弔問の人で溢れた。式場も入り切らず外の広場もいっぱいで道路まで溢れた。弔問客が途絶える事がないため、急遽Dハートの事務所に祭壇をしつらえた。次の日も3日目も多くの弔問客が来た。車椅子で来る人も、来られない人の代理で来た人も多かった。Dハートの職員も地区の人達も忙しく動いた。悲しんでいる暇もなかった。

数日後、千賀子と祐治は、浜野と由夏と一緒に葬儀のお礼の挨拶に回った。どこに行っても後継者の話題になったが、誰もが曖昧な答えに終始した。

次の日浜野が由夏を呼び代表室に入る。

「堀江さん、Dハートも代表を空席にしていられない。次の代表を決めなければいけません。そこで堀江さん、あなたに代表を務めて頂きたい。是非お願いしたい！」

「私がですか？　何んで私が！　私より祐治君がいるじゃないですか！」

「私もそうは思ったが、彼はどうも引き受けそうにない。実はもうすぐ祐治君と千賀子さんがここにいらっしゃる事になっている。そこで祐治君を推してみるが……だめなら堀江さん！」

「祐治君が受けないなら、副代表が代表になったらいいじゃないですか？」

「まぁーそういう考え方もあるんだが、私はどうも代表っていう器じゃない。私には副っていうのが向いている。堀江さん、私が副代表で君を支えるから……」

千賀子と祐治と話が出来ているのはわかっている。今日は由夏を説得しに来るのだ。

「私はそんな積もりはまったくありません！」と、祐治。

「由夏ちゃん、由夏ちゃんに引き継いでもらうのが一番いいと思う。浜野さんには副代表として支えて頂いたら心配ないし！」と、千賀子。

「堀江さん、私が代表になったら誰が私を支えてくれるんですか？　堀江さんが私を支えてくれるんですか？　……それはちょっと心配だなぁー！」

「あれっ……」

その場は解散、後日また話し合う事となった。

少し落ち付いて来たある日、千賀子から電話が入り、高浜先生が祐一朗の遺言書を預っているので皆さんに集まってほしいという事だ。Dハートに集まり、高浜先生の説明の後、開封する。浅尾さんも葬儀の日からずっとこっちにいる。とても帰れないのだ。

「私、主人が遺言書を作ってるなんて知らなかったわ！　浜野さん知ってた？」

「いいえ、私は知りません、堀江さんは？」

「ずっと前に高浜事務所が暇なもので、遺言書を作れって代表に勧めてたのは知ってます。ねえ先生！」

「ウッウン……別に暇だからってわけじゃないんですがね！」

遺言書の内容は、地元の田・畑・山林・宅地と家屋は長男の祐治、また地元での預貯金は祐治、それと千賀子と3人の子供にはそれぞれ10億円、Dハート関係は全て堀江由夏とし、代表も由夏とする事、浜野は補佐する様にという遺言書だった。

「由夏ちゃん、お願いね。大変だと思うけど、主人もそう言ってるんだから」浜野も、

「堀江さん、私も力不足ながら補佐します。実は代表からそれらしき事を聞いてたんです。今から思えば、支えるのはもちろんですが、もっぱら堀江さんが変な方向に行かない様に監視する事を私に……代表がですよ！」浅尾さんも、

「姉さん、姉さんが受けるのが一番ええ。土山はんもそう言っとんやからねえ親分！」

「親分って言うな！……わかりました。少し時間下さい！」

その日、由夏は夕方まで机に座り書類を作った。夜は実家に帰る事にしている。実家にはあの日から行っていない。行くにはどうしてもあの場所を通るのだ。もうそんな事は言っていられない。あの場所はまだそのままだ。壊れたガードレールの前にバリケードが、桜の大木に大きな傷が残っている。地面には深く長く削られたアスファルトの傷が白く桜の大木の方向に進んでいる。由夏はさっと通り抜ける。涙が出るのを一生懸命止めた。駐車場に車を入れる。いつも停まっている弥生さんの白い車はない。由夏は立ち止まり、そこに停まっていたはずの白

い車を思い出し、今はない場所をじっと見つめた。

「由夏どうだ。落ち付いたか？　大変だっただろう？」

「うん、する事がたくさんあって、悲しんでもいられなくって！」

弥生さんが居間に入って来て、

「由夏ちゃん、何故、土山様、一人で行っちゃったんでしょう？　そんな素振りなかったんだけどねぇ」

「何故なんでしょうね！　でも最初から一人で行こうとは思ってなかったのよきっと！　代表はね助手席に乗ろうと思ってたのよ。乗ってみたら運転席だった。それでついついエンジンをかけてみる。ついつい行っちゃった。代表はね、ついつい行っちゃう人なの！　呑気なのいいかげんなの！」それはそうなのだが、その時自制心が利かなかったのだ。死相から来るものが自制心を消していたのだ。このままでは泣いてしまう……。

「それより由夏、Ｄハートはどうするんだ！」と、波平。

「お父さん……私……Ｄハートの代表になるかも知れないの。代表の遺言書にもそう書いてあるし、皆からも勧められてるの」

「何だと、お前がか？　代表に！　土山さんがそう言ってるのか？　……そりゃあ無理だ、やめとけ！　こんな飲み助が、部屋汚いし！　それに……」

「お父さん、私、決めた。やる。やめとけって言われるとやりたくなるのよねぇー……お母さん、いいね？」

「土山さんがそう言ってるのだったら、やるしかないんじゃないの」

「弥生さんは？」

「私は……由夏ちゃんはそんな事しないで、早くお嫁さんになってほしい。でもね、土山さんがそう言ってるの？」

「はい私、決めました。あぁーお腹すいたぁ～」

「はいはい、今持って来ます。お酒は？」

「もちろん飲みますよ！　たっぷり、ねぇお父さん！」

「何んでこんな飲み助な女になっちゃったんだかねぇ！」それからかなり飲んだ。波平は早く酔い潰れ、真由美さんも付き合いきれず、弥生さんも、とうとう「もおぉッ～やめときなさい！」と言って奥へ消えた。由夏はそれからも一人で飲んだ。（ユウイチローのバカヤロォゥ～）


次の日の朝、由夏は千賀子に電話を入れ、会社に出る。今日は浅尾さんを送って行く約束をしている。浜野に事情を説明し事務所を出る。家に戻ると浅尾さんが外で待っている。

「あらッ、待っててくれたの？」

「そりゃあ送って頂くのに外で待っとらんと失礼だし、一応親分だし！」

「一応って何だよ！　でも私が中に用があるからね。一応気持ちはわかったわ！　一応ってのはこういう時に使うんだよ！」と言ってとっとと中に入る。

「じゃあ俺もおしっこでもしてくるか！」由夏は服を着替え、化粧を直して、出て来る。

「親分、今日はまたしぶい洋服で。よくお似合いで！」

「わかってるよ！　浅尾さん荷物は？」

「へェッーこれだけで！」と小さな手提げ鞄を持ち上げる。

「いいね、いつも身軽で。何かあるだろう普通。着替えとか土産とか！」

「へェーこれだけで！」

「さては、下着も替えてないな、てめぇーは！」

「いやぁー参った、参った。さあ、行きやしょう！」

「いやぁ〜汚ったねぇ〜！」車の中、

「由夏はん、土山はんは、土山はんの決めた思いを達成したんやろうなぁーきっと！」

「………………」

「もう後は親分に任せて、きっと安心して成仏してるやろ！」本当に思いを成し遂げたのだろうか？　まだまだ道半ばであるのは違いないが確かに、思っていた道は進んで来ている。

「ほんなら、姉さん！」

「どっちかにしろ！　いろいろと言うな！」

「へぇ〜姉さん、引き受けるんやろ、引き受けなあかんで！」

「うん、わかってる！」

「せやけど、人の人生なんてあっけないもんやなぁー。昨日、元気やったのに今日はもうあっちに逝っちゃうんやから。てっきり俺の方が先に逝くもんやと思っとったのに〜」

「本当やなぁー、先に浅尾さんが逝っとったら良かったのにねぇ〜」

「いやぁー姉さん、参った、参った。けどまだ生きとるっちゅう事は、まだ何かせなぁーあかん事があるんやろな、姉さん！」

「おッー出ました。一年に一度の名言。でもそんな事もないで、浅尾さんが明日にも逝ったら後はかおりさんと相談してやるから大丈夫や。心置きなく逝ってくれたらええ！」

「姉さぁ〜ん、ひどい〜！」

くだくだ言いながらAハートの事務所に着いた時、

「浅尾さん、祐ちゃんも、研雄さんも死んじゃったけど、長生きしてね。死んじゃったら終わりなんだから！」

「そうしたいのはやまやまなんですが、姉さんのさっきの言葉、悲しくて、もう死にそうです。はい！」

「あんたは死なないよ！　じゃあまたね！　死ぬ前にはちょっと連絡してね！」

「姉さぁ〜〜ん〜〜また、お尻見に行きまぁ〜す」

由夏は車を出し、千賀子のところに向かう。近くまで来ると妙に懐かしい。集会所がある。あの時皆で避難した集会所だ。怖かったけど楽しい避難生活だった。テレビ放送さえなければこんな飲み助の噂は広がらなかったのに！　まぁーいい。考えてみると懐かしくもないはずだ。葬儀の前も後も来たはずだ。桃の木も桜の木もずいぶん大きくなった。研雄さんの家がある。顔が目に浮かぶ。笑っている。2人共早く逝きやがって……土山家はまだ新しい。じっくり外から眺めるのは初めてだ。落ち付いていて、どっしりとした垢抜けた家だ。祐一朗はなかなか建物のセンスが良かったのかも知れない。いや、鈴木さんがいいのだ！（…………）

「由夏ちゃん、ちょっと顔色が悪いよ、疲れたんだよきっと。忙しかったものねぇー」

昨日の二日酔いとは言えない。

「それで……やっと……やる気になってくれたのね！　ありがとう。あの人も喜んでるわきっと！」

「力不足ですが、代表の後、引き継いで行こうと思っています」

「私にもよくわからないけど、何か問題があったら言ってね。手続きに必要な物があったら揃えるからね！」

「私……千賀子さんに謝まらなくてはならない事があるんです。私と……」

「由夏ちゃん、もう何も言わなくていいのよ。由夏ちゃんが謝る事なんか何一つないのよ。でも由夏ちゃんには感謝してるのよ！　あんな人と長い間付き合って来てくれたんだから。由夏ちゃんがいなかったら、Dハートもこの地区も今の様にはなってなかったわ。大変だったでしょ。あんないいかげんな人と！」

「そうなんです。本当にいいかげんなんだから……まったく……いやーすみません！」

「いいのよ！　本当なんだから。あの人も幸せ者よ。こんな若い可愛い子と……じゃあもうすぐ始めるのね。皆に披露しなくちゃね！　新しい事業も待ってくれないし、私も応援するからね！」

「ありがとうございます。よろしくお願いします。私、一段落したら休暇を頂こうかと思っています」

「あぁーそれがいいわ！　働き過ぎなんだから。まぁーあの人があぁだったから仕方がなかったのね！　ゆっくり休んだらいいわ。でもまた忙しくなるわよ！」

　後の難関は浜野だ。攻略法を考えて、明日言おう。ごまかしながらのらりくらりと言ってOKを取るか？　正攻法で迫るか？　あッー、その前に研雄さんに報告しておこう。さっき美紀子さんの姿が見えた。花に水をやっている。

「由夏ちゃん、大変だったわね。もう落ち付いた？」

「はい少し、でも次から次にいろんな事が……」

「そうね、会社のトップが亡くなったんだものねえ」

「ちょっと研雄さんに報告して来ます！」

「ありがとう、喜ぶわ！　由夏ちゃんが来てくれるのが一番嬉しいのよ、きっと！」

仏壇の前に座り、線香を立て目を閉じ手を合せる。

「由夏ちゃん、報告終わったら、お茶飲んで」

「私、代表の後を引き継いでみようと思っています。せっかく代表が言ってくれてるのに、しないわけにはいかないんです」

「そう、それがいいわ！　そう決めたのね。沙智からも聞いてたんだけど、由夏ちゃんが一番適任だし、祐ちゃんよりいいかもね。これは内緒よ！　怒られるわ祐ちゃんに。でもね、祐ちゃんていつもぼんやりしてるのよね、でも祐ちゃんの周りの人がほっとけないのよねきっと。何もかもやってくれて。結局祐ちゃんは何にもしてないのよ」

「美紀子さん、その通り。何にもしてないし、いつものんびり、ボ～ッとしてるし！」

美紀子さんと話すといつも心が軽くなる。研雄さんの顔を見ると、つい楽しくなる。


翌日の朝――。

「副代表！　お話ししたい事があります」

「はい！　今からでいいですか？」

「はい、大丈夫です」

「じゃあ、代表室に入りましょうか」

浜野は一応上座に着く。浜野は由夏の話が代表の件だけではないなと感じている。

「堀江さん、どうですか、決心は着きましたか？」

「私が浜野さんを差し置いて、代表に就くなんてとんでもないと思いましたが、代表が言ってくれてるのに断るなんて事はとても出来ないと思いました」

「それで、やってくれるんですね！　私に気を使っていたんですか？　堀江さんらしくもない。私はねぇー人それぞれあると思うんですが、トップに立つという欲はまったくないんです。副代表で支えるというのが私に合っているんです、代表はそこは良くわかっています。だから気を使わなくていいですよ。堀江さんが気を使うなんて……病気になりますよ！」

「ありがとうございます。未熟ながら頑張って行こうと思っています……私も少しは気を使う事もあるんですよ！」

「よろしくお願いします。実は前代表もそうだったんですが、堀江さんも多々心配なところがありますが、まぁーそういう心配をさせる人の方が代表に向いているのかなって思ってます！」

「意味がよくわかりませんが？」

「まぁー心配事を全部言っておれば日が暮れてしまうので……とにかく名義を変えたり、各方面の方に代表就任の披露をしなくてはいけません。もう準備はしていますが、1ヶ月後位にはなると思います。披露する会を行いたいと思いますが、どこまでの方を呼ぶかリストを作りますので見て下さい。明日の朝礼でここの事務所の者だけには伝えますので、挨拶して下さい。

明日から代表と呼ばせて頂きます」

「ところでちょっと言いにくいんですが、その1ヶ月というの、もうちょっと何とか出来ませんか？」

「何とかというと、早くって事ですか？　詰めれば20日後！」

「もうちょっと！」

「2週間！　それ以上は無理です。そんなに急ぐんですか？　何か理由でも？」

「実はこれも言いにくいんですが……」

「堀江さん、いつもあなたは言いにくい事を言わなかったためしがない。今回は言わないでおきますか？」

「いえいえ。あのう、代表の件が終わったら私、ちょっと時間が欲しいんです。休暇を頂きたいと思いまして」

「あぁ～いいですよ。堀江さんもゆっくり休んだ事もないでしょう。やりかけたらやめないし、朝帰りも多いし、そりゃあ疲れますよ！」

一つ一つ嫌みが入っているが、今日はおとなしく聞いておこう。

「ありがとうございます、ちょっと勉強してきたいと思っています。それでは休暇は2週間後からという事にして頂けますか？」

「わかりました。一応皆に言っておきたいですが、期間はどれほどでしょうか？」

「はい、2年です！」とはっきり言う。

「…………！　ちょっと私、年がいったのか耳がよく聞こえない事があるんですが、もう一度……」

「……2年です！」

浜野の顔が赤くなっていくのがわかる。口が開いているためか次の言葉が出ない。ようやく半開きの状態で大きく深呼吸をする。そして穏やかに、

「あのう、2年って、365日が2回の2年じゃないよね？」

「違いますよ！」

「そうだろうね、よかった。あぁ～びっくりした！　それで2年って？」

「365日と366日です」浜野の頭に血が昇る。

「そんな事はどっちでもいいんだ。……新代表ぉう、新代表に就任早々、2年もの間留守にするって、そんな事が許されると思ってるんですか？　前代表の気持ちが今よぉーくわかりました。よく今まであなたと付き合って来たものだ、尊敬しますよ！」

「無理な事を言っているのは私もよーくわかって……！」

「わかりました。いいでしょう。そのかわり、私も2年の休暇を頂きます」由夏は立ち上がり、

「副代表、それはいけません。代表も副代表も2年間もいないなんて、Dハートが回っていきません。私がいなくても、Dハートは副代表さえいれば回っていきます！」

「まぁーそれはそうですが」（少しは否定してくれてもいいのに！）

「だいたい何ですか？　2年間もどこで何をするつもりなんですか？」

「そうですね、明日、2年間の計画表を提出しますので、副代表！　……でも前に副代表はDハートの社員数に私と代表は入ってなかったんだから……」

「くだらない事はよく覚えてるなぁー。まぁーとにかくその計画表とやらを拝見させて頂いてからにしましょう。新代表も、もう一度考え直して下さい。あなたが言い出したら聞かないのはよーく知っています。よくよく考えてからの事だと思いますが、まぁー明日、また相談しましょう、私も頭を冷やして考えます」

「はい！　よろしくお願いします」（しぶとい奴だ）

　さっそく帰って予定表の作成に取りかかる。本当に勉強したいのは間違いないのだが……ただそれはどちらかというと（ついで）なのは本人にもよーくわかっている。ごまかしの予定表を読み返すと、どうも嘘っぽい。この内容で2年はちょっと……私が上司なら許可しない。こういう時は、本当に本心浜野と向き合う。浜野は予定表を一読し、あっさりと、

「新代表、わかりました。2年後はりっぱに成長して帰って来て下さい。留守の間は及ばずながら私が引き受けます。今のこの事業は立派な仕事です。一夜漬で書く様なものではありません。この仕事は嘘も通用しません。人の命に関わる問題です。2年間を悔いのない様にお願いします！」

「はい！　あのう～！」

「私も昨夜考えましたが、新代表の計画を阻止したいのはやまやまですが、阻止した後の2年が……恐いので、新代表の計画に賭けてみようと思いました。確率の低い賭けですが！……」

「あらー恐いから？　OKしてくれたの？　確率が低い？　じゃあ計画の内容はどっちでも良かったのね！　もおうーせっかく朝までかかって作ったのに！」

「新代表、そんな事言ったら嘘がバレバレですよ！」

「ありゃあ～！」

「明日にでも社員に発表して下さい。それと2週間後の就任披露の時にもお願いします」

「はぁ～いわかりました。副代表ぉぅ～！」

　浜野もまがりなりにもOKした以上、ぐだぐだ言わない。ひとり言でぶつぶつと唸っている。新代表の披露の日程も決まり、招待客の人選も決まり、新代表の名義も変わった。

奈緒さんや鈴木さん、大輔くん、綾さんには以前から説明しているし、出発日も言ってある。ハワイに行く事も、〈株〉のリストは奈緒さん、大輔君にそれぞれ送る事とした。しかし、期間は曖昧にしている。

「あの別荘、良かったら使って下さい。連絡しておきますよ！」と大輔君。

「ありがとう。お願いしようかしら！　でも短い間だから」（別荘にいる期間は短いのだ）

さて堀江家。ここは浜野の次に難関だ。難関といってもただ煩わしいだけだから、とり敢えず言わない事にする。出発当日にでも連絡しよう、きっと驚くだろう。真由美さんなどは（謀られたぁ～）とでも言いそうだ。もうその時は飛行機の中だ。

新代表の披露の催しは、滞りなく終了した。事情のよくわかっている人は由夏の代表就任を喜んで祝ってくれたが、そうでもない人は（何んでこんな若い女の子が）と疑問を持った。それを察した浜野が、これまでの成り行きや前代表からの信頼度、そして遺言での内容など詳しく説明したため、全ての人は納得したし、期待し若い代表を祝した。そして新代表として、挨拶し、堂々と今後の展開を発表し、また前代表の夢を引き継いで行く事を宣言した。また浜野の顔が立つ様にしたのも忘れていない。

次の日、由夏は出勤する。皆の仕事は待ってくれない。浜野もくたびれているのだろうが、披露の催しのため仕事が溜まっている。由夏は比較的忙しくない。あらためて代表室の椅子に座ってみる。ここに座ると祐一朗の事を思い出す。悲しい様でもありまた、ろくな事を考えない気もする。ボ～ッと考えてみる。（だめだ、ここに座るとボ～ッとなるんだ）

浜野が入って来る。

「机の中、前代表のままですので、新代表、整理して下さい。それと代表、言わないでおこうと思ってたんですが、やっぱり言います。何故披露の席で2年って言わなかったんですか？」

由夏は留守をする事は言った。勉強するためとも言ったが、期間は言わなかった。

「まぁーそのうち皆さんにはわかりますよ。副代表も喋るんでしょ！」

「そりゃあー言いますよ！　皆に言ってやります。それと代表、出発する日、聞いておりませんが……まさか、明日からとか言わないで下さいね。私も心づもりもありますので！」

「わかってます。明後日です！」

「……あぁ～、やっぱり～こんなこっちゃないかと！……」由夏は祐一朗の机を懐かしく思いながら一つ一つ箱にしまった。懐かしくはあったが必要な物は何一つなかった。（何かいい物はないのかよぉ～）そして机に向かって夜まで文章を纏める。

明後日、由夏は出勤せず浜野に電話する。

「副代表、行って来ます。わがままな事ばっかり、すみません。もう少し賢くなって帰って来ますので！」

「はい！　いってらっしゃい。もう少しじゃなく、もっともっと賢くなって来て下さいね。体に気を付けて！　飲み過ぎない様にね！」

「はぁーい！　じゃあねぇ～！」

由夏は昨日、纏めた文章を沙智に渡し、副代表に渡す様に言っている。その内容は、今後の2年間にDハートに関連する事で、起こる事件や問題を列記し、その解決策や処理方法を書いている。もちろん浜野には〈予見〉出来る様な事を察する様な事を感じさせない様にしている。

浜野は一読して納得した。

由夏は飛行機の中にいる。さっき飛行機に乗る前に堀江家に電話した。真由美さんが出る。由夏は簡単に説明する。真由美さんは、大声で喚いている。（ごめんね、お母さん、感謝してるけど、煩わしいから）何故かしら涙が溢れ、止まらない。祐一朗が死んだ時に泣いてからもう泣くまいと思ってからすでに3度目だ。涙っていくらでも出て来るんだ。隣の座席の男の子がこっちを見ている。4～5歳だろう。白いハンカチを（はいっ）と言って、手をいっぱいに伸ばし差し出す。由夏は男の子の持ったままの手をハンカチと一緒に両手で握りしめた。男の子は戸惑ったままじっと由夏を見詰める。

「ありがとう！　君は何歳？」

「5歳！」と片手を由夏の手から抜いて大きく広げる。

「そう5歳、ありがとう！」

もう泣くのはやめようと決めた。

空港にはボブが迎えに来てくれている。大輔君が、連絡してくれていたのだ。ボブはいつも笑顔で暖かく迎えてくれる。そして別荘に落ち付いた。そこでいろんな施設や学校を調べ、そして見て歩いた。その間、車の国際免許も取り、車も買った。

「ボブ、ありがとう、私、明日から、ナタリーの所に行くの」

「えッーどうして、ここにいればいいのに！」

「うん、ありがとう、でもナタリーの所に行くの！」

翌朝、由夏は自分の車でナタリーの家に向った。ナタリーは由夏の来るのを外で待っていた。由夏もナタリーが外で待っててくれている事を知っている。涙が滲んだ。（そうだ、泣くまいと決めたんだ）由夏は車のドアを開けると、荷物も持たずにナタリーの胸に飛び込んだ。ナタリーは優しく由夏の背中を叩いた。

「ユカ！　待ってたよ！　悲しかったね！　私がもう少し出来てればね、ごめんね！」

ユカは首を振り、

「ナタリーありがとう、私がもう少し……」と大きな声で泣いた。泣かないと決めたのに、泣かないと思いながら泣いた。ナタリーはそっと抱きしめた。ナタリーは由夏がここに来る事も分かっていたし、祐一朗が死んだ事も知っている。そして由夏がここで長い時間を過ごす事も知っているし、またその理由も知っていて受止めている。

「ユカ！　あれ、由夏の車？」

「そうよ！　可愛いでしょ？」

「運転大丈夫なの？」

「大丈夫よ！　疑ってるの？」

「疑ってる」

「もぅ〜何よ！　大丈夫だって、たまに日本だと思って左側走ってるけど！　また乗せてあげる！」

「…………」

「何よ！」

エピローグ

ハワイでの生活が始まった。ナタリーはこれまでほとんど外出していなかったので、私の運転を恐いながらも外出を楽しんだ。朝起きて、朝食を食べながら昼食と夕食のメニューを一緒に考えるのも楽しかった。一緒に買物に行く。一緒に料理も作った。

「ユカは料理の基本が出来てないわ！」

「あらそんなことないわよ！　私が作った物は、皆、美味しいって言ってくれたよ！」

「日本人は優しいのね。それか舌がバカなのか？」

「ナタリー酷い！　そこまで言う？」

ナタリーの作った物はどれも美味しく、私も納得せざるを得ない。

「ユカ、ちゃんと食べなきゃーだめよ！　食事のバランス考えてるんだからね。ユカ一人の体じゃないんだから！」

いろんな所に行った。障害者の職業訓練、孤児の集団生活施設、虐待児の保護施設、その他、福祉施設の民官の係り方、支援、ボランティアの関わり方、だんだん行動が広がって行く。学校にも行き始めた。

夕方になると裏山に登った。あの時祐一朗が登った裏山だ。特別な事がない日は必ず登った。そこで沈む太陽を見た。太陽が沈むまでずっと見つめた。綺麗だった。毎日見ても飽きない綺麗さだった。そこには祐一朗がいた。いつもぼんやりした顔だった。祐一朗の言った事を思い出す。夕日を見るといつも言っていたあの神戸の病院で見た〝終日没〟の話だった。

「〝終日没〟なんて、人間が勝手に決めたものだ。太陽は人間の決めた事など関係ない。大晦日に沈むのも、今日だって、明日だって、太陽は何にも変わりはしない。でもあの時の太陽は、狭いビルとビルの間を窮屈そうに沈んで行くんだよ。あんな大きな太陽だって、そんな時もあるんだよ。いいと思わないか？」

裏山の少し平らになった所のベンチ代わりの大きな石に座り、沈む太陽を見た。最近ボ〜ッとしている時間が長くなった。

ナタリーは私の記憶を消す能力を知っているし、会得したいと思っている。そして私はナタリーの死相を消す能力を身に付けたいと思っているが、教えたり、教えられたり出来る物ではない事は2人共よくわかっている。ただ一緒にいるだけで身に付いてくるものらしい。しかし、会得出来ているかどうかはわからない。

浜野さんには月に一度連絡しているし、奈緒と大輔君には〈株〉のリストをメールしている。皆、最後には、（もうそろそろ帰って来い！）と言う。

すでに2年近くになる。約束の期間が近づいている。有意義な2年だったと思うし、人生の転機でもあった。私は成長したのだろうか？　もっともっと賢くなったのだろうか？　それはわからないが、自分で言うのも何んだが、優しくなったし、強くもなった。

強くなったのは子供を産んだからなのだろうか？　男の子を産んだ、もう1歳と2ヶ月になる。すくすくと育ち、大きくなった。元気過ぎて私やナタリーを手こずらし、もうすでに走り回っている。〈祐〉と名づけた。

明日は日本に帰るという日の夕方、少し早めに裏山に登った。今日初めて祐を連れて登る。どうしても見せておきたかった。どうしても登らせたかった。いつもの場所まで登るのに倍の時間がかかった。手を引いて登った。手を引き離し一人でも登ろうとした。汗びっしょりになって、走り回り、石の上に登った。そして石の上に立ち、沈みかけた太陽を見た。一瞬、体が固まった様に、祐は沈む太陽を見た。

「祐！　もう一段登るんだよ！　あそこまで行くんだよ！」

祐は元気に先になって登っていく。その場所には東屋があり木製のベンチがある。祐一朗が後になって気が付いた場所で（あそこに登ってみたかった）と言った所だ。祐は先に登りきり、ベンチによじ登る。私も登りきり振り向いて見る。太陽が沈みながらこっちに向かって何か言っている。

「祐！」

祐はベンチの上に立ち振り向いた。

「祐！　よく見ておくんだよ！」

そう言って沈む太陽を指差した。振り向いた祐の額に、紅く黄色い太陽の光の矢が刺さる。その時、少しの風が吹いた。冷たい心地好い風だった。風は祐の肩を通り過ぎ、首から額にかけて滑って行く。

（ユウイチロォーなのね！）

風は周りの木々の葉を揺らし、ざわざわとした音を連れて、天に昇って行った。

（ユウイチロォーちゃんと見ててよ！）

祐は額の汗を手で拭いながら、沈んでいく太陽を見ている。

「祐！　ちゃんと見ておくんだよ！」

再び私が言うと、祐は沈む太陽をじっと睨みつけた。そして、片目を瞑り、片目をそっと細めた。また風が吹いた。

〈完〉

著者プロフィール

土山 祐一朗（つちやま ゆういちろう）

1954年 兵庫県生まれ。
2013年 体調を崩し、長年勤めていた会社を退職。
入院時の体験を記憶しておこうと思い、執筆活動に入る。

終日没

2022年1月15日　初版第1刷発行

著　者　土山 祐一朗
発行者　瓜谷 綱延
発行所　株式会社文芸社
〒160-0022 東京都新宿区新宿1－10－1
電話 03-5369-3060（代表）
03-5369-2299（販売）

印刷所　株式会社 暁印刷

ISBN978-4-286-21763-5